Libretto

À MARCHE FORCÉE

SLAVOMIR RAWICZ

À MARCHE FORCÉE

À pied, du cercle polaire à l'Himalaya 1941-1942

Traduit de l'anglais par
ÉRIC CHÉDAILLE

libretto

SLAVOMIR RAWICZ
EXPRIME SA RECONNAISSANCE À
RONALD DOWNING
QUI L'A AIDÉ À ÉCRIRE CE LIVRE

Titre original :
The Long Walk

I.S.B.N. : 978-2-7529-0559-8

Né à Pinsk en 1915 d'une mère russe et d'un père polonais propriétaire terrien, Slavomir Rawicz, officier de cavalerie en 1939, est fait prisonnier par les Soviétiques dès les premiers jours de la Seconde Guerre mondiale. Un procès factice le condamne à vingt-cinq ans de travaux forcés dans l'un des goulags les plus durs de Sibérie. Une fois libre, il a voulu rendre compte de ce que fut cette réalité pour des milliers d'hommes, bagnards perdus au bout du monde. Publié en 1956 et rédigé avec l'aide d'un jeune journaliste, *À marche forcée* raconte l'incroyable épopée d'un groupe de prisonniers qui n'hésita pas à tenter l'impossible pour atteindre en des conditions extrêmes l'Himalaya et la muraille de Chine. Slavomir Rawicz, installé depuis 1947 à Nottingham en Grande-Bretagne, a toujours refusé de répondre à ceux qui mettaient en doute le fait qu'il ait lui-même vécu cette extraordinaire aventure. Il est décédé en 2004. Ce texte, considéré à ce jour comme l'une des références en matière de récits sur la captivité, l'esprit de survie et le besoin de liberté, a été adapté en 2010 par le réalisateur Peter Weir, sous le titre *Les Chemins de la liberté*.

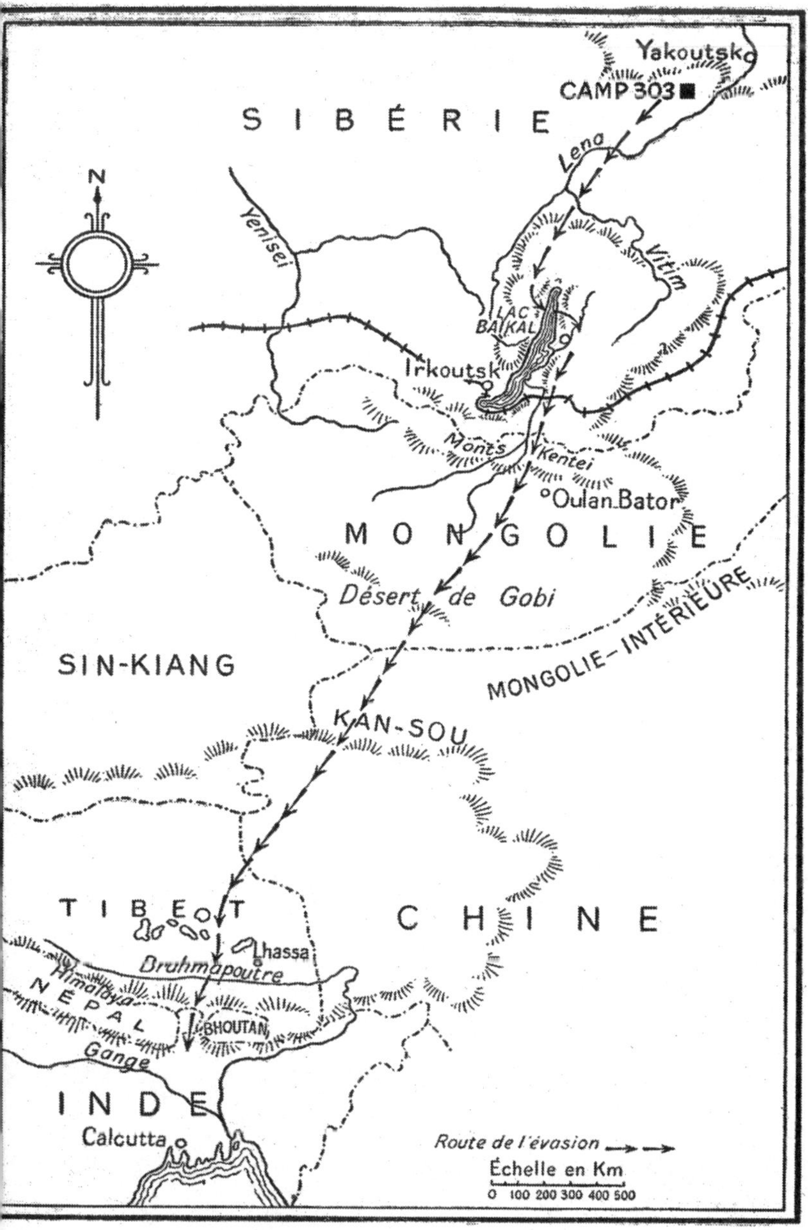
Yakoutsk
CAMP 303
SIBÉRIE
Lena
Yenisei
Vitim
N
LAC BAIKAL
Irkoutsk
Monts Kentei
Oulan Bator
MONGOLIE
Désert de Gobi
SIN-KIANG
MONGOLIE-INTÉRIEURE
KAN-SOU
TIBET
CHINE
Lhassa
Bruhmapoutre
Himalaya
NÉPAL
BHOUTAN
Gange
INDE
Calcutta
Route de l'évasion
Échelle en Km
0 100 200 300 400 500

I

KHARKOV ET LA LUBYANKA

Il pouvait être neuf heures en cette glaciale journée de novembre quand la clef cliqueta dans la lourde serrure de ma cellule de la Lubyanka. Deux gardiens, des colosses, entrèrent d'un air décidé. Cela faisait un moment que je marchais lentement en rond tout en tenant de la main gauche le haut de mon pantalon, attitude propre à tout prisonnier: les Russes vous donnaient en effet des culottes sans braguette ni ficelle, considérant avec raison qu'un homme ainsi handicapé aurait eu bien du mal à tenter une évasion. J'avais interrompu ma déambulation en entendant la porte s'ouvrir et me trouvais contre le mur du fond au moment où les gardiens apparurent. Le premier resta sur le seuil, l'autre s'avança de trois pas à l'intérieur.

– Amène-toi, dit-il. Et en vitesse.

Ce jour – douze mois après mon arrestation à Pinsk le 19 novembre 1939 – allait être marquant: on m'emmenait comparaître devant le Tribunal suprême des soviets. Encadré par ces deux gardiens au long des couloirs exigus et sonores de la Lubyanka, j'étais un individu pour ainsi dire dépouillé de son identité, sous-alimenté, plongé dans des abîmes de solitude, tentant de garder vivante une étincelle de résistance dans l'atmosphère humide de cette prison où on s'appliquait par système à me traiter avec dégoût et suspicion. Un an plus tôt, le jour où les hommes de la police secrète russe avaient fait irruption au milieu de la petite fête organisée par ma mère à l'occasion de mon retour à la maison, chez nous à Pinsk, j'étais le lieutenant Rawicz de la cavalerie polonaise, âgé de vingt-quatre ans, svelte et élégant dans mon uniforme bien coupé, mes jodhpurs et mes bottes rutilantes. Mon état présent reflétait le lot de brutalités incessantes et de tortures psychologiques infligées par les agents du NKVD (la police secrète soviétique) de Minsk et de Kharkov. Nul prisonnier ne peut effacer Kharkov de sa mémoire. Par la souffrance, la saleté et l'avilissement, on y fait tout pour ravaler l'homme au rang de bête gémissante.

L'air froid m'assaillit au détour d'un corridor. Nous descendîmes quelques marches et débouchâmes dans une cour pavée. D'un geste je remontai mon pantalon, puis hâtai le pas pour me maintenir à hauteur de mes gardiens, qui n'avaient ni l'un ni l'autre prononcé un mot depuis que nous avions quitté ma cellule. Ayant traversé la cour, nous nous arrêtâmes devant une porte massive. L'un d'eux me fit reculer d'un pas en me saisissant par l'ample blouse dépourvue de boutons qui, avec le pantalon, constituait ma tenue de prisonnier. Ils s'avancèrent au moment où la porte s'entrebâillait et me poussèrent dans les bras de deux autres hommes en uniforme qui me fouillèrent promptement. Pas une parole ne fut échangée. On m'escorta jusqu'à une autre porte dans les intérieurs du bâtiment. Elle s'ouvrit comme sur un signal secret, on m'engagea à entrer. Un rideau occultait l'autre côté de l'embrasure, on me le fit franchir sans ménagement. J'entendis la porte se refermer dans mon dos. Deux gardes – encore de nouvelles têtes – se postèrent derrière moi dans la position du garde-à-vous.

La pièce était vaste et bien chauffée. Les murs, peints ou

chaulés, étaient tout blancs. J'avisai au milieu de la salle une longue et lourde table comme on en voit dans les tribunaux. De ce côté-ci, dépourvu de la plus petite pièce de mobilier, les gardiens et moi jouissions de tout l'espace. De l'autre côté de la table étaient assises une quinzaine de personnes – dont dix peut-être portaient l'uniforme bleu du NKVD, les autres étant en civil. Fort détendus, ils conversaient, riaient, faisaient de grands gestes, fumaient des cigarettes. Aucun d'eux ne m'accorda le moindre coup d'œil.

Au bout d'une dizaine de minutes je commençai à sautiller sur le parquet de bois ciré – j'étais chaussé de souliers en toile pourvus d'œillets mais non point de lacets – et à me demander s'il n'y avait pas erreur. Quelqu'un s'était sans doute trompé : je n'avais absolument rien à faire en ces lieux. C'est alors qu'un capitaine du NKVD regarda dans notre direction et dit aux gardes de se mettre au repos. J'entendis derrière moi leurs bottes frapper le plancher.

Je me tenais là, m'efforçant à l'immobilité, et promenais des regards alentour. Je m'étonnais de constater que, pour la première fois au cours de ces mois accablants, je goûtais vaguement une expérience nouvelle. Tout ici était si propre. Il y régnait une atmosphère informelle plutôt rassurante. Je me sentais presque en contact avec le monde extérieur. Un flot continu de personnes entraient et sortaient, échangeaient quelques phrases ou une plaisanterie avec celles qui étaient assises, accoudées sans façon sur le beau dessus de table en peluche rouge. Quelqu'un demandait à quelle date tel major du NKVD comptait partir en permission. On s'enquérait gaiement de la nombreuse famille de tel autre. Un homme, vêtu d'un impeccable complet anthracite de style occidental, avait tout d'un diplomate bien en cour. Chacun semblait s'attacher à lui dire un mot. On l'appelait Mischa. Jamais je n'oublierai cet homme.

Sur le mur d'en face, derrière la table, se trouvait l'emblème soviétique moulé en plâtre et peint de couleurs criardes. De part et d'autre figuraient les portraits des dirigeants soviétiques, dominés par le faciès sévère de Staline. J'étais maintenant à même d'examiner ce qui m'entourait avec un intérêt non dissimulé. Nul ne s'occupait de ma personne. Je retenais toujours mon pantalon, mais changeai de main. Je notai que la salle comportait trois issues, chacune masquée d'une porte. Il n'y avait qu'un seul téléphone sur la longue table. Au centre se dressait un porte-crayon vieillot en bronze qui représentait une ancre et deux avirons entrecroisés, avec un encrier en verre, le tout reposant sur un socle massif de marbre ou d'albâtre.

Et tandis que se poursuivaient ces échanges à bâtons rompus, je sentais bien, moi l'exclu, auquel nulle parole aimable n'avait été adressée depuis un an, moi qui, du fait de l'isolement et d'une règle du silence strictement appliquée, m'étais enfoncé de plus en plus profondément dans la dépression, que ce jour serait à marquer d'une pierre blanche.

Planté là dans mon droguet informe et crasseux devant ces Russes aussi guillerets que bien mis, je ne fus pas effleuré par le moindre sentiment d'incongruité. La pointilleuse superbe de l'officier de cavalerie polonais, voilà à quoi ils s'en étaient pris tout d'abord à Minsk des mois plus tôt. Avant mon premier interrogatoire, on m'avait fait mettre nu comme un ver. Sous le regard narquois des officiers russes, je m'étais dépouillé de mon uniforme, de ma chemise, j'avais ôté bottes, chaussettes et linge de corps, et m'étais retrouvé devant eux privé de toute dignité, recru de honte, conscient qu'il s'agissait là du début des ignominies qu'il me faudrait subir. Et quand ils m'eurent bien examiné, qu'ils eurent bien ri et se furent finalement désintéressés de ma personne, alors, un long moment plus tard, on me remit ma tenue de détenu, un pantalon et une *rubashka*, la blouse-chemise russe. Tout en enfilant ces maudites hardes, sans quitter des yeux mes persécuteurs, j'entendis pour la première fois le questionnaire qui allait devenir le leitmotiv de ma vie en prison.

Nom ? Âge ? Date et lieu de naissance ? Nom des parents ? Nationalité des parents ? Profession du père ? Nom de jeune fille de la mère ? Nationalité de la mère ? Cela ne varia jamais d'un iota, les questions se succédant dans l'ordre où elles figuraient sur les pièces qu'agitaient les hommes chargés de m'interroger. Ils se montrèrent plutôt affables lors de la première séance. Ils me servirent du café et semblèrent ne pas remarquer le mal que j'avais à tenir la tasse de ma seule main libre. L'un d'eux m'offrit une cigarette, contrefit la consternation en feignant de découvrir que je ne pouvais l'allumer d'une seule main, puis me donna du feu.

Après quoi l'interrogatoire reprit. Les questions piégées.

– Où te trouvais-tu le 2 août 1939 ?

– Dans l'armée polonaise, mobilisée contre les Allemands à l'Ouest, leur répondais-je.

– Cependant, m'objectait-on, tu connaissais très bien la Pologne orientale. Ta famille est de Pinsk, tout près de la frontière russe. Frontière qu'un garçon instruit comme toi pouvait franchir sans difficulté, non ?

Je m'attachais à faire de prudentes dénégations, à effacer de mon esprit le souvenir des escapades de mes jeunes années jusqu'à des villages situés de l'autre côté de ladite frontière. Puis le rythme s'emballait. Deux d'entre eux me soumettaient à un feu roulant de questions. Un chapelet de noms de villages frontaliers. « Connais-tu cette localité, et celle-ci, et celle-là ? Cet homme, tu as dû le côtoyer. Nous savons que tu l'as rencontré. Notre organisation clandestine te faisait suivre. Nous savions à tout moment quelles personnes tu fréquentais et quelles informations vous échangiez. Est-ce que tu travaillais pour le compte de la *Dwojka* (services secrets de l'Armée) ? »

– Tu parles le russe couramment ?

– Oui, ma mère est russe.

– Elle t'a appris le russe ?

– Oui, dès l'enfance.

– Et la Dwojka se félicitait de disposer d'un officier parlant le russe pour concocter de l'espionnage à son profit ?

– Non. J'étais officier dans la cavalerie. J'ai combattu à l'Ouest, pas à l'Est.

Puis arrivait le couplet final. Au cours de ce premier interrogatoire, il me fut servi d'un ton affable, du genre « nous sommes entre gens de bonne compagnie ». On déposa un document devant moi, on me glissa un stylo entre les doigts.

– Ceci, dit le commandant du NKVD sans se départir de son sourire, est le questionnaire auquel tu as répondu. Il te suffit d'apposer une signature ici et nous ne t'importunerons plus.

Je n'obtempérais pas, arguant de ce que je ne pouvais signer une pièce dont le contenu m'était caché.

Le major sourit de plus belle, haussa les épaules.

– Tu signeras, le jour viendra où tu signeras. Je regrette pour toi que tu ne le fasses pas aujourd'hui. Oui, c'est très regrettable.

Il devait penser à Kharkov.

Ainsi commença le tenace affrontement entre Slavomir Rawicz et les sbires du NKVD. Très vite je compris qu'ils ne possédaient aucun renseignement précis contre moi. Ils ne savaient que ce que révélait mon dossier militaire et ce qu'ils avaient pu recueillir à Pinsk sur les antécédents de ma famille. Leurs présomptions reposaient entièrement sur la conviction que tous les Polonais de la moyenne ou de la grande bourgeoisie vivant sur la frontière russe étaient nécessairement des espions, tous des individus qui avaient œuvré avec discrétion et efficacité contre la libération du pays par les Soviétiques. Je ne connaissais aucun des endroits qu'ils citaient, aucun des hommes qu'ils cherchaient à me faire reconnaître pour complices. Il y eut des moments où je fus tenté de soulager mon supplice mental et physique en reconnaissant que j'avais été en contact avec les inconnus qu'ils mentionnaient. Je ne l'ai jamais fait. Même dans les périodes d'extrême abattement, je gardai présent à l'esprit qu'un tel aveu m'eût sûrement été fatal.

C'est en avril 1940 que je franchis le portail sinistre de l'imposante forteresse de Kharkov. Modérément rompu aux rigueurs de Minsk, j'étais peu préparé à affronter les horreurs de Kharkov. Ici fleurissait le génie phénoménal d'un commandant du NKVD surnommé « le Taureau ». L'homme devait avoisiner le quintal. Il avait une abondante tignasse rousse. Son torse et le dessus de ses énormes mains rouges étaient couverts de poils. Il possédait un tronc long et puissant, des jambes courtes, trapues, des bras démesurés et musculeux, un visage rougeaud au bout d'un cou interminable et fort. Il assumait sa tâche d'interrogateur en chef avec un implacable sérieux. Il haïssait d'une haine profonde, effrayante, le prisonnier qui refusait de capituler. Il me haïssait assurément. Quant à moi, encore aujourd'hui, je le tuerais sans remords et la joie au cœur.

Le Taureau devait être un phénomène à part même au sein du NKVD. Il conduisait ses interrogatoires à la manière d'un chirurgien éminent, exhibait son savoir-faire devant un groupe chaque fois différent de jeunes officiers assemblés comme des étudiants venus suivre une opération délicate. Ses méthodes étaient d'une ignoble ingéniosité. Le système destiné à briser les prisonniers récalcitrants avait pour point de départ la *kishka*, cellule en forme de cheminée dont le sol était à une trentaine de centimètres au-dessous du niveau du couloir. On y tenait tout juste debout. L'étroitesse du lieu vous donnait l'impression d'être enfermé dans un tombeau. À cinq mètres au-dessus de votre tête une lumière diffuse filtrait par une petite ouverture dissimulée à la vue. La porte ne s'ouvrait que lorsqu'on venait chercher le prisonnier pour le conduire en présence du Taureau.

Nous déféquions debout et restions les pieds dans nos déjections. On ne nettoyait jamais la kishka et j'ai passé six mois dans celle qui me fut attribuée à Kharkov. Avant d'aller voir le Taureau, on m'emmenait au «lavoir», réduit où se trouvait une pompe. Il n'y avait là ni savon ni rien. Je me dévêtais et actionnais le bras de la pompe pour faire couler de l'eau glacée sur mes vêtements, je les frottais, les piétinais, les essorais, puis les renfilais.

Les mêmes questions revenaient. Elles provenaient de la liasse de papiers qui m'avait suivi d'une prison à l'autre. Mais le Taureau se montrait beaucoup plus pressant que ses prédécesseurs dans son idée fixe d'obtenir ma signature. Il multipliait les jurons orduriers et entrait dans de violentes et incessantes colères. Un jour, après des heures de hurlements et de menaces, il sortit soudain son revolver. Les yeux lançant des éclairs, les veines du cou toutes gonflées, il me braqua le canon sur la tempe. Il resta ainsi, tout frémissant, pendant près de trente secondes. J'attendais la mort, les yeux fermés. Puis il s'écarta pour me porter à la mâchoire, sur le côté droit, un violent coup de crosse. Je crachai toutes mes dents de ce côté-là. Le lendemain, le visage tuméfié, l'intérieur de la bouche déchiré et sanguinolent, je fus de nouveau conduit devant lui. Il souriait. Son petit cercle d'admirateurs regardait son œuvre avec intérêt.

– Tu as l'air de pencher d'un côté, me dit-il.

Et de m'assener la crosse de son revolver sur l'autre joue. Je crachai encore quelques dents.

– Voilà qui va te remettre la gueule d'aplomb !

Un jour on me dégagea au rasoir, sur le sommet de la tête, un espace grand comme une pièce d'une demi-couronne. Je subis un interrogatoire de quarante-huit heures, les fesses à peine posées sur le rebord d'une chaise, tandis que des soldats se relayaient pour frapper à intervalles précis, une fois toutes les deux secondes, l'endroit dénudé de mon crâne. Pendant ce temps, le Taureau me mugissait ses questions, me lorgnait d'un air haineux, puis, énonçant d'épaisses amabilités, cherchait à me persuader de signer son satané document.

Ensuite, retour à la kishka dans une puanteur écœurante et tenace pour prendre quelques heures d'un sommeil terriblement haché. La kishka était bien nommée : cela signifie l'« intestin » ou le « boyau ». Lorsque je revenais à moi – d'ordinaire quand mes genoux lassés fléchissaient et que je devais me redresser –, je n'avais que le Taureau en tête. Il remplissait complètement ma vie. En une ou deux circonstances le gardien de service me glissa une cigarette allumée. Ce sont là les seuls gestes un peu humains qu'on eut pour moi à Kharkov. J'en aurais pleuré de reconnaissance.

Par moments je pensais être là pour la vie. Le Taureau semblait disposé à me travailler indéfiniment. Je vidai toutes les larmes de mon corps lors d'interminables séances sous de puissantes lampes à arc. Attaché sur le dos à un banc étroit je fixais directement la lumière tandis que lui, dans la pénombre, me tournait autour sans discontinuer, m'abreuvant de questions et d'insultes, me soumettant aux tourments réservés aux plus fourbes espions polonais et aux ennemis jurés des soviets. Cette énergie inlassable, cette force brute, avaient quelque chose d'obscène. Quand ma vue se brouillait et que mes yeux se fermaient, il m'écarquillait les paupières à l'aide de bâtonnets. Le supplice de la goutte d'eau était l'une de ses spécialités. Des heures durant, tombant d'un récipient disposé à l'aplomb du banc, des gouttes d'eau glacée me frappaient le crâne avec une régularité de métronome.

Il n'y avait plus ni jour ni nuit. Le Taureau m'envoyait chercher quand l'envie lui en prenait, à minuit, à l'aube, n'importe quand. Une morne curiosité m'habitait en permanence quant à ce qu'il me réservait pour la séance suivante. Les gardiens me conduisaient au long des couloirs, ouvraient la porte et me poussaient à l'intérieur. Une fois, mon persécuteur m'attendait avec une demi-douzaine de ses élèves du NKVD. Ils faisaient la haie, trois de chaque côté, leur supérieur de deux pas en retrait. Il me fallait circuler entre eux pour aller jusqu'à lui. Ils ne disaient pas un mot. Chacun se mit à m'assener au passage un terrible horion au-dessus de l'oreille qui me projetait d'un bord sur l'autre. Ils me relevèrent à coups de pied quand je m'effondrai et, pour finir, alors que j'étais de nouveau au sol, le Taureau s'avança et me donna dans les côtes un formidable coup de pied. Puis ils me soulevèrent pour me déposer sur le bord de la chaise, toujours la même, et l'interrogatoire reprit, on agita le document devant mon visage, on me tendit une plume.

Parfois je lui disais :

– Laissez-moi lire ce papier. Vous ne pouvez vous attendre à ce que je signe quelque chose que je n'ai pas lu.

Mais il ne voulait rien entendre et, de son doigt épais, il me montrait l'endroit où je devais apposer ma signature.

– Tout ce que tu as à faire c'est écrire ton nom ici et après ça je te fous la paix.

– Cigarette ? me demanda-t-il une fois.

Il en alluma une pour lui, une pour moi. Puis il s'avança tout tranquillement et m'écrasa avec force celle qu'il me destinait sur le dos de la main. Ce jour-là, j'étais resté assis sur le bord de la chaise jusqu'à ce que – comme toujours – les muscles de mon dos et de mes jambes fussent la proie de crampes intolérables. Tandis que je frottais la brûlure, il se glissa derrière moi et d'un mouvement sec du talon fit voler la chaise. Je m'affalai sur le sol de pierre.

Vers la fin de mon séjour à Kharkov, le Taureau imagina un nouveau dérivatif. Il arbora un coutelas de cosaque dont il semblait particulièrement fier et il se mit en devoir de m'en démontrer l'excellence du tranchant ; je porte encore sur la poitrine les marques de son indéniable savoir-faire.

Puis il y eut enfin cette circonstance où je le trouvai seul.

Il était calme. Il ne m'accueillit pas avec les obscénités dont il était coutumier. Et quand il prit la parole, son ton de voix, naturellement dur, véhément, était bas et retenu. En l'entendant, je compris qu'en quelque sorte il me priait de signer ce papier. Il en était presque abject. « Pour un peu il se mettrait à pleurer », pensais-je. Et je me répétais : « Non, pas maintenant, gros porc. Pas aujourd'hui. Pas après tout ce que j'ai traversé... »

Je ne me sentais pas suffisamment sûr de moi pour lui répondre. Je me bornai à secouer la tête. Sur quoi, pris de fureur, il se mit à déverser un interminable torrent d'imprécations et de grossièretés.

Combien de temps un homme, affaibli par la sous-alimentation et les sévices, peut-il tenir ? La limite de l'endurance, je le découvris, est située bien au-delà du terme fixé par le corps implorant la fin de son supplice. Je n'ai jamais touché le fond, ce point ultime où s'impose la capitulation. Une part infime de mon esprit se cramponnait à l'idée que renoncer revenait à accepter de mourir. Tant que je voulais vivre – et j'étais encore un homme jeune –, je conservais en moi un ultime reliquat de volonté qui me faisait leur tenir tête et repousser ce papier dont un trait de plume pouvait entraîner ma condamnation à mort.

Il y eut cependant la longue nuit où, après que l'on m'eut servi du poisson séché, je fus conduit à la salle d'interrogatoire. Je conserve une image assez nette de toutes les séances, à l'exception de celle-là. La tête me tournait, je tenais des propos sans suite, mes yeux avaient du mal à accommoder. Je manquai souvent de tomber de la chaise. On me donnait des coups de poing, on me cognait, sans que cela parût avoir un effet, et quand j'essayais de parler la langue me collait au palais. Je me souviens vaguement qu'on me tendit une fois de plus papier et stylo, mais, comme pour un fêtard après une nuit d'éthylisme, je n'ai aucune réminiscence de la façon dont cela se termina.

Au matin, quand je revins à la vie, je sentis en écartant mon visage du mur de la cellule une odeur inconnue et très particulière. Dans la lumière parcimonieuse, l'endroit de la paroi où mon souffle avait porté montrait une grande tache verdâtre. Voyant cela, la peur me prit, une sensation d'oppression véritablement écrasante, comme si j'étais en proie à la plus carabinée des gueules de bois. « Ils t'ont drogué, ne cessais-je de me répéter. Ils ont mis quelque chose dans le poisson. Qu'est-ce que tu leur as raconté ? » Je ne pensais pas avoir signé leur fichu bout de papier, mais rien n'affleurait à ma mémoire. J'étais à plat, complètement vidé et recru d'angoisse.

Je fus peu après transféré à Moscou, à la Lubyanka. Les gardiens se montrèrent volubiles et souriants au moment de mon départ. Ce qui était vrai de Pinsk et de Minsk l'était aujourd'hui de Kharkov, et cela m'apparaîtrait aussi plus tard à Moscou : tout se passait à chaque fois comme si les gardiens étaient contents de me voir partir. Ils parlaient volontiers, lâchaient même quelques plaisanteries. Peut-être était-ce leur façon de manifester une sympathie qu'ils n'avaient pu jusque-là me témoigner.

Les conditions de vie à la Lubyanka étaient un peu moins rigoureuses. Ma réputation de récalcitrant m'avait manifestement précédé, car je fus très rapidement placé dans la kishka. Mais celle-ci était propre et j'y fis des séjours de plus courte durée.

Cela n'empêcha cependant pas les gens de la Lubyanka de tester sur moi leurs propres techniques de persuasion. Sans doute une réaction d'orgueil métropolitain pour tenter d'aboutir là où les camarades de province avaient échoué. Se succédèrent les questions habituelles, toujours la même obstination à m'arracher une signature, quelques mauvais traitements, des invectives à l'encontre des sales espions polonais. Mais je ne subis qu'un seul supplice qui aurait pu rendre le Taureau jaloux.

Ils m'entravèrent les pieds sous la désormais familière «table d'opération», puis ils m'étirèrent les bras vers l'autre extrémité et chacune de mes mains fut attachée séparément. J'avais le corps ployé à la manière d'un arc, et la douleur devint atroce quand ils achevèrent de tendre les sangles. Cela, pourtant, ne constituait que des préparatifs, un peu comme lorsque, accablé d'une épouvantable rage de dents, on se juche sur le fauteuil du dentiste. Le principal restait à venir. Au-dessus de la table était suspendu un petit chaudron pourvu d'un bec verseur. Il contenait du goudron brûlant. Survint l'habituelle et instante invite à signer, assortie de l'assurance que si j'y déférais je serais immédiatement détaché et reconduit en cellule. Je crois qu'ils auraient été fort désappointés si j'avais, à ce stade, consenti à signer. La première goutte de goudron fut extrêmement douloureuse. Elle me brûla cruellement le dos de la main et conserva longtemps sa chaleur sur la peau racornie et livide. Cette première goutte se révéla la pire. Le summum de la souffrance. Les suivantes pour ainsi dire déçurent. Je fis mon possible pour ne pas m'évanouir et me raccrochai à ma volonté de résister. Ils m'avaient assuré que je serais bienheureux de signer de la main gauche à la fin de la séance, mais je leur démontrai la fausseté de cette affirmation. Pour ce qui était de la force d'âme, j'avais été à rude école.

J'eus à subir là les derniers sévices d'importance. Je n'étais à la Lubyanka que depuis deux semaines environ quand on me conduisit devant la première et unique cour de justice soviétique que je devais connaître.

II

PROCÈS ET SENTENCE

Le brouhaha des conversations s'éteignit soudain. Mischa, dont la chemise d'une impeccable blancheur et l'élégante cravate de soie grise accrochaient l'œil au milieu des uniformes et du tout-venant des tenues civiles, déclara d'un ton jovial :

– Bon, autant nous y mettre tout de suite.

Cela faisait peut-être une demi-heure que je me tenais là et les membres du tribunal me regardaient pour la première fois. On faisait circuler des liasses de documents.

La place centrale fut prise par un Russe aux cheveux blancs, à la voix posée, qui pouvait avoir dans les soixante ans. Il portait la longue veste traditionnelle sur une blouse boutonnée jusqu'au cou ; celle-ci était noire, rehaussée au col et aux poignets d'une broderie au point de croix vert et rouge. De chaque côté de sa personne était assis un officier du NKVD en uniforme bleu foncé, écusson rouge sur le col et ruban de même couleur autour de la haute casquette. Mischa s'était placé en bout de table, sur ma gauche. C'est lui, comme je devais le découvrir, qui assumait le rôle de procureur. Pendant que le tribunal se préparait, il me toisait froidement de son fauteuil. Tenant toujours mon pantalon d'une main, je fixais un point juste au-dessus de la tête du président.

Ce dernier, après avoir conféré à mi-voix avec les officiers placés à ses côtés, ouvrit la séance. Leur ouverture favorite, je la connaissais maintenant par cœur. Nom ? Âge ? Date de naissance ? Lieu de naissance ? Nom des parents ? Nationalité des parents ? Profession du père ? Nom de jeune fille de la mère ? Et ainsi de suite conformément à la liste qu'il avait sous les yeux, à quoi s'ajoutaient, je n'en doute pas, les réponses que j'avais répétées avec lassitude au cours de toutes mes rencontres avec le NKVD depuis mon arrestation à Pinsk jusqu'à mon arrivée à Moscou. S'ils espéraient par cette répétition me voir varier dans l'une ou l'autre de mes déclarations, c'est qu'ils n'avaient guère de psychologie. On m'avait tant de fois interrogé que n'importe laquelle de ces questions appelait sa réponse sans que j'eusse besoin d'y réfléchir. J'avais pris le pli, cela relevait du réflexe. Aux mêmes questions, les mêmes réponses…

On me donna lecture des faits qui m'étaient reprochés. Le président (peut-être n'était-ce pas son titre – mais de toute évidence sa fonction) mit longtemps pour venir à bout de l'acte d'accusation. Le document était hérissé de noms de lieux, de noms de présumés « réactionnaires » polonais, et de dates couvrant un intervalle de plusieurs années au cours desquelles j'étais accusé d'avoir mené des activités d'espionnage caractérisées à l'encontre de l'Union soviétique. Cela embrassait une si large période que je me suis toujours étonné qu'ils aient omis les circonstances où, en mon adolescence, recherchant le danger et l'aventure, j'avais effectivement franchi la frontière russo-polonaise. Ces accusations étaient dénuées de tout fondement et j'éprouvai quelque satisfaction à la pensée que si l'on n'avait pu m'arracher des aveux dans les chambres de torture de plusieurs prisons russes, il était peu probable que l'atmosphère comparativement agréable et policée de ce tribunal me fît changer d'attitude.

Tandis que commençait l'interrogatoire à proprement parler, je me pris à admirer malgré moi l'esprit de suite de ces fonctionnaires. Tout cela, je l'avais déjà traversé en une succession d'épouvantables cauchemars. Et voilà qu'en ce jour, en pleine lumière, alors que j'étais sorti des couloirs tortueux où régnaient l'horreur, la douleur et le désespoir, je découvrais que le rêve se poursuivait. Condensée, l'accusation pouvait se ramener à ceci: *Toi, Slavomir Rawicz, rejeton de la bourgeoisie instruite, officier de l'armée polonaise antirusse et demeurant près de la frontière, tu es nécessairement un espion polonais et un ennemi du peuple de l'URSS*. Il ne restait au tribunal qu'à demander, et non sans humeur: pourquoi nous faire perdre notre temps par tes dénégations?

Mes deux plantons furent relevés au bout d'une paire d'heures. Cela se produisit avec régularité tout au long du procès. Je continuai de répondre aux questions du président. Elles ne me posaient aucune difficulté, car elles relevaient du long préliminaire de routine. Je n'étais pas encore parvenu à la phase où il me faudrait réfléchir, flairer instantanément le danger et déjouer les pièges. Bien que l'information figurât à coup sûr en plusieurs occurrences dans le dossier qui trônait sous ses yeux, le président avait minutieusement réitéré cette question:

– Comprends-tu et parles-tu le russe?

Après quoi tous les débats s'effectuèrent en russe et la plupart des questions se teintèrent de cette méfiance très particulière que tous les Russes semblent nourrir envers l'étranger qui pratique leur langue, l'idée sous-jacente étant que nul n'apprendrait le russe s'il ne voulait se faire espion.

J'élaborai ma stratégie et décidai qu'il valait mieux ne pas me mettre le tribunal à dos. Je reconnus volontiers les faits que je ne pouvais nier. Là où une accusation était manifestement fausse, je la réfutais tout en demandant la permission d'expliquer pourquoi il en était ainsi. On me laissa m'exprimer. J'acquiesçai à ceci, admis partiellement cela, m'inscrivis en faux le plus souvent et livrai mes explications presque avec flamme. L'atmosphère était hostile, mais ma façon de procéder parut les intéresser. La sécheresse des questions ne me laissait aucune illusion quant à la possibilité de les voir changer de position, mais du moins sentais-je que je n'aggravais pas mon cas en me montrant soucieux de coopérer.

Je ne laissai pas d'être étonné par la décontraction qui avait cours en ces lieux. Les membres du tribunal fumaient cigarette sur cigarette. Le flot de visiteurs que j'avais remarqué tandis que j'attendais qu'on en vienne à moi se poursuivit pendant l'audience. Un brouhaha incessant s'élevait à l'arrière-plan, on venait échanger des propos à mi-voix, des sourires, avec les hommes qui siégeaient derrière la longue table, on leur posait la main sur l'épaule d'un air amical et complice. Tout en prêtant attention aux questions que l'on me posait, je notais tous ces détails. Comme un spectateur au théâtre, je tâchais d'évaluer dans l'ordre d'apparition l'importance et la signification de chaque personnage.

Le plus mystérieux était un homme de belle prestance, en uniforme, grand, les cheveux poivre et sel, qui, alors que le procès était commencé depuis peut-être trois heures, passa sans se presser l'une des portes. Le président me posait une question quand l'un des officiers du NKVD placés à côté de lui le poussa du coude et inclina la tête en direction de la porte. Le nouveau venu, la main tenant encore le rideau, parcourait la salle des yeux. Son regard m'embrassa, s'arrêta sur mes deux gardes, puis se porta vers le banc des juges. Le président s'était levé. Tous les autres l'imitèrent dans un raclement de chaises. Ce visiteur de marque paraissait tendu, et c'est d'une démarche raide, un peu saccadée, qu'il se dirigea vers le président dont le visage affichait un grand sourire. Des murmures gorgés de déférence l'accompagnèrent tandis qu'il longeait la table, et je perçus, répétés de proche en proche, ces deux mots de salutation: «Camarade colonel.» Le président serra avec chaleur la main du camarade colonel et le camarade colonel écouta d'un air distrait les quelques paroles de son subalterne. Puis il tourna les talons, adressa en souriant un signe de tête à l'élégant Mischa et alla se poster dos au mur non loin de la porte qu'il avait empruntée.

Le camarade colonel fit un geste et le tribunal se rassit. L'interrogatoire reprit. Le visiteur y prêtait l'oreille avec une expression d'ennui, les yeux au plafond, apparemment absorbé par des considérations autrement plus importantes que le procès d'un simple Polonais. Enfin, au bout d'une dizaine de minutes, il repartit comme il était entré.

Vers deux heures de l'après-midi le président céda sa place à un homme plus jeune et s'éclipsa, sans doute pour déjeuner. Il y eut d'autres changements de personnes. Dans ce genre de tribunal il n'était apparemment pas nécessaire de maintenir une continuité. Quiconque avait connaissance des dépositions était apte à prendre le relais afin que son collègue pût faire une pause. Le président suppléant avait un air énergique qui faisait défaut à son aîné. Sa façon de questionner, plus rapide, ne laissait guère le temps de la réflexion. Mais il ne se montrait pas désagréable, et peu de temps après être entré en fonction il me surprit en me proposant une cigarette. Il ne s'agissait pas d'une manœuvre. On m'apporta une cigarette allumée. J'inspirai la fumée et me sentis tout de suite mieux. Avant la fin de la journée on m'en donna une autre. Deux cigarettes le même jour. Je me dis que peut-être c'étaient là des signes favorables.

Le camarade colonel fit une nouvelle apparition au cours de l'après-midi. Il saisit des papiers sur la table, les étala, échangea quelques paroles concises avec deux ou trois des hommes les plus élevés en grade, et disparut de nouveau. L'interrogatoire se poursuivit.

La seconde relève de mes gardes m'avertit que deux nouvelles heures s'étaient écoulées. Le dénommé Mischa entreprit de me soumettre à un contre-interrogatoire. Il opérait sans hâte en me gratifiant de temps à autre d'un sourire. Je répondais en affichant beaucoup de bonne volonté. Je trouvais plaisant de m'entretenir avec un homme qui semblait avoir rapporté de l'Ouest, en même temps que ses vêtements de bonne coupe, un peu des agréments d'une autre civilisation.

Je crus discerner une légère touche de sympathie quand on m'interrogea à propos de ma femme. C'était une histoire plutôt courte. J'avais épousé Vera à Pinsk le 5 juillet 1939, à la faveur d'une permission de quarante-huit heures. Au cours du repas de noce, ma mère me fit appeler sous le prétexte qu'on me demandait au téléphone. Elle me remit un télégramme qui m'ordonnait de rallier sans délai mon unité. Je fis mon bagage et pris congé de Vera. Elle ruisselait de larmes tout en me caressant les cheveux et le visage. Je m'en fus et la plupart des invités ne savaient même pas que j'étais parti. Une quinzaine de jours plus tard, je parvins à obtenir l'autorisation qu'elle vienne demeurer près de moi, à Ozharov. Elle y passa quatre ou cinq jours et nous pûmes nous voir environ trois heures quotidiennement. Nous vécûmes là des moments d'intense bonheur au cours desquels nous parvenions presque à oublier les nuages qui pesaient si lourdement sur nous et sur toute la Pologne. Ainsi se résuma toute notre vie conjugale. Après que nous eûmes combattu les Allemands à l'Ouest et que les Russes eurent accompli leur avancée à l'Est, je retournai à Pinsk. Le NKVD opéra avec promptitude. À peine avais-je retrouvé Vera et répondu à ses premières questions, ils étaient déjà là. Ce fut la dernière fois que je la vis.

Vers le milieu de l'après-midi, alors que j'étais devant le tribunal depuis plus de quatre heures, le président suppléant me demanda si je voulais une tasse de café. Je lui répondis par l'affirmative. En cette circonstance on m'octroya ma deuxième cigarette. Le café était excellent, brûlant, fort et sucré. Quand j'en eus terminé – d'abord le café puis la cigarette du fait que je n'avais qu'une main de libre –, un civil corpulent assis au bout de la table à l'opposé de Mischa me posa quelques questions. Cet homme, à ce que je compris, était mon avocat. Il montrait des signes évidents d'agacement pour le rôle qu'il assumait par obligation, et me donnait l'impression d'avoir du mal à dissimuler le mépris que je lui inspirais. Il ne prit qu'une très petite part aux débats et ses interventions ne me furent en rien bénéfiques. Il campa, pour dire le moins, un défenseur fort peu enthousiaste.

La séance se termina assez abruptement aux alentours de quatre heures. L'un des deux officiers placés au centre de la table glissa un mot au président. Un autre mit mes gardiens au garde-à-vous et leur ordonna de me reconduire à ma cellule. On m'apporta à manger et je m'assis pour réfléchir aux événements de la journée. Je supposais mon procès terminé ; il ne restait plus désormais à mes juges qu'à m'annoncer leur sentence. Je ne pensais pas que l'affaire eût pris ce jour-là mauvaise tournure. J'avais même espoir que la peine serait légère. Je dormis très bien. Cela faisait bien des mois que je n'avais eu un sommeil aussi réparateur.

Les gardes vinrent me chercher à sept heures le lendemain matin. Le temps était brumeux ; un froid humide transperça mes vêtements et je frissonnai quand nous traversâmes la cour pavée pour gagner le bâtiment du tribunal. Une fois à l'intérieur, je fus fouillé, puis on me fit franchir porte et tenture et je me retrouvai face à la longue table du tribunal.

Mais l'atmosphère ne ressemblait pas à celle de la veille. La cour, déjà en place, m'attendait – tous ses membres affichant une mine rechignée, comme s'ils se fussent levés du mauvais pied. L'ambiance n'était plus au badinage. Le Tribunal suprême des soviets arborait un visage on ne pouvait plus sévère et glacial. Sa composition était la même que le jour précédent – le jeune suppléant siégeait au centre, flanqué de ses deux assesseurs du NKVD. « Cette fois, ça y est, me dis-je. Ils vont me signifier ma condamnation. » Je me campai bien droit et attendis. Ces messieurs me considéraient sans aménité.

Après un bref bruissement de papier le procès reprit. Le président débita les questions de routine : Nom ? Âge ? Lieu de naissance ? Il me sembla que je voyais pour la première fois cette salle aux murs blancs. Comme si hier n'avait jamais existé. Il fallut revenir de plus belle, et avec une insistance nouvelle, sur le catéchisme, comme si mes réponses de la veille étaient passées à la trappe. Durant la première demi-heure, je luttai pour ne pas me laisser couler ; je me sentais au bout du rouleau, à deux doigts de craquer. Je me reprochais ma stupidité, je m'en voulais d'avoir cru être au bout de mes peines. Je m'étais démobilisé, et voilà qu'il fallait de nouveau se battre pied à pied, et la lutte était d'autant plus cruelle que j'avais eu l'inconséquence de baisser les armes. Ces hommes, comme ceux de Minsk et de Kharkov, étaient des Russes, habités des mêmes haines, fonctionnant tous de la même façon et avec une seule idée en tête.

On hurlait contre moi, on n'écoutait pas mes réponses, on frappait du poing sur la table à en faire tressauter le lourd porte-crayon. Espion polonais. Traître polonais. Bâtard polonais. Fasciste polonais. Les questions s'émaillaient d'insultes.

Un Mischa nouveau, tendu, impassible, se leva pour mener la suite de l'interrogatoire. Le silence se fit momentanément tandis qu'il me toisait. Derrière le président se tenaient trois civils, des jeunes gens, que je voyais pour la première fois. Chacun avait un petit carnet à la main. Ils regardaient le procureur de l'air d'attendre ce qui allait suivre. Je pensai au Taureau et à ses apprentis tortionnaires.

– Écoute, Rawicz, foutu Polack, commença Mischa, nous en avons soupé d'écouter tes salades. Tu es une ordure d'espion et tu vas tout nous déballer.

– Je vous ai tout dit, lui répondis-je. Il n'y a rien de plus à ajouter. Je n'ai rien à cacher.

Soignant son effet, Mischa contourna la table et, s'avançant sans se presser d'une dizaine de pas, vint se ficher devant moi.

– Tu es un menteur professionnel.

Posément, il me frappa à toute volée au visage, une, deux, trois, quatre fois. Et, me voyant secouer la tête, il ajouta :

– Mais je vais te faire cracher la vérité.

Il tourna brusquement les talons puis regagna sa place à la table. Et les jeunes observateurs de griffonner fiévreusement sur leur calepin.

J'étais là, tout tremblant, plein de haine pour lui et pour tous les Russes, ce qu'ils étaient et ce qu'ils représentaient. Pendant quinze bonnes minutes, je fermai mes oreilles à un déluge d'insultes et de questions ; les lèvres serrées, je refusai de répondre. J'avais les joues en feu, un goût de sang dans la bouche. Sachant que je devais continuer de faire front jusqu'au bout, je finis par desserrer les dents. Je choisis pour rompre le silence le moment où Mischa prononçait trois noms – tous inconnus de moi – d'hommes qui, affirmait-il, avaient avoué des actes d'espionnage à l'encontre de la Russie et avaient été témoins de mes propres activités.

– Pourquoi ne les faites-vous pas venir pour les confronter avec moi ? demandai-je.

– Ce n'est pas exclu, dit Mischa.

Mais on ne fit jamais comparaître de « témoins ». Aucune véritable charge ne pesait contre moi. Sauf, peut-être, le fait que j'étais polonais. Cela paraissait en effet incarner un crime aux yeux des Russes.

Même si je ne me rappelle pas la totalité de ses questions, je me souviens parfaitement du savoir-faire de Mischa en tant que procureur. Il s'entendait à me faire suivre un cheminement balisé de noms de personnes et de lieux que je connaissais bien, de sorte que je pouvais presque prévoir la question suivante et avoir ma réponse toute prête. Puis, soudain, sans changement de rythme, il mentionnait une autre ville, un autre nom. Je marquais un temps d'arrêt pour emprunter cette nouvelle piste et Mischa de lancer triomphalement :

– Alors, chien de Polack, ça te la coupe, hein ? Car c'est bien là que tu allais remettre tes rapports !

Un torrent d'invectives s'ensuivait tandis que je répétais ne connaître ni la ville ni le personnage en question.

La veille, confiant et détendu, j'avais parlé des jours heureux où j'allais chasser le canard avec mon père dans les marais du Pripet. Voici que Mischa utilisait cela pour lancer une attaque aussi virulente que hasardeuse visant à démontrer mes activités d'espion et de saboteur. Au-delà du Pripet s'étendait la Russie : pas question – ni pour moi ni pour le tribunal – de l'oublier ! La veille, je m'étais un brin « vanté » de mes prouesses au fusil de chasse. Aujourd'hui, j'étais non seulement le plus méprisable des espions, mais aussi un assassin en puissance, un tireur d'élite des services secrets polonais. Et ainsi de suite.

Ce fut un procès insensé, orchestré par des fous. Il finit par prendre la forme d'une épreuve d'endurance opposant un homme affaibli, affamé, maltraité, à une machine d'État toute-puissante pour laquelle le temps ne comptait pas. J'étais à jeun et je ne reçus rien au cours de cette longue séance qui s'acheva à minuit. Je restai debout seize heures durant. Ni café ni cigarettes. Mischa parfois s'approchait, me donnait un coup de poing ou une gifle, surtout quand j'avais l'air près de m'effondrer ou que je piquais du nez.

Les membres du tribunal, Mischa y compris, firent des pauses à intervalles réguliers tout au long de la journée. D'autres venaient poursuivre l'interrogatoire. La composition de la cour changeait constamment. Dans l'après-midi le président occupa son poste quelque temps pour permettre à son suppléant de se reposer. Les gardes étaient relevés toutes les deux heures. Il n'y avait que moi qui restais là, la gorge sèche, oscillant, me demandant lugubrement si cette journée finirait jamais.

Je regagnai enfin ma cellule d'un pas titubant, mais l'on ne m'apporta rien à manger. Quand, à sept heures le lendemain matin, on me reconduisit devant le tribunal, je n'avais toujours rien avalé et, affamé, endolori, terriblement las, je survécus à une nouvelle séance-marathon organisée par l'absurde justice soviétique. «Pourquoi se comportent-ils ainsi ? ne cessais-je de me demander. Pourquoi consacrent-ils tant de temps à un seul malheureux Polonais ? Pourquoi ne se contentent-ils pas de me condamner, histoire de boucler l'affaire ?» Quant à moi, j'aurais été disposé, pour en terminer, à reconnaître tout ce dont ils m'accusaient. Mais je persistais à refuser la mort. Pour moi il s'agissait d'une lutte pour la vie.

Ils ne me brisèrent pas. Ils recoururent même au procédé utilisé à Kharkov et me firent passer quelques heures en équilibre sur le bord d'une chaise. C'était pénible, mais cela me changeait : je n'avais plus le souci constant d'empêcher mes genoux de ployer sous mon poids.

Le quatrième jour fut le dernier. Il me sembla qu'il y avait beaucoup plus de monde que lors des séances précédentes. Je suppose que tous les fonctionnaires qui étaient intervenus à un moment ou à un autre comme suppléants avaient tenu à être présents pour cet ultime acte. L'ambiance rappelait à s'y méprendre celle du premier jour. Le président, qui avait repris sa place, compulsait ses papiers. Tout le monde parlait et Mischa conversait en riant avec un capitaine du NKVD.

Défilèrent les préliminaires habituels. Je déclinai une fois de plus mon identité. J'étais épuisé, souffrant et toujours à jeun. On me posa encore quelques questions, auxquelles je répondis machinalement, des questions simples, qui ne recelaient aucun piège.

Après quoi le président me demanda si j'étais disposé à fournir au tribunal un spécimen de ma signature. Me voyant hésiter, il précisa qu'on n'exigeait pas de moi de signer un quelconque document. On s'approcha avec un petit morceau de papier, juste assez grand pour que j'y misse mon nom. J'en vérifiai le recto.

– Nous voulons juste voir à quoi ressemble ta signature.

Je pris le crayon qu'on me tendait et écrivis mon nom. Le président jeta un coup d'œil sur le papier, le fit passer aux deux hommes du NKVD. Tous trois restèrent penchés dessus deux ou trois minutes. Le président me regarda, ramassa le papier, le chiffonna et le jeta.

Puis il me montra un document. Un subalterne se chargea de me l'apporter.

– Est-ce là ta signature ?

J'examinai la feuille avec soin durant une minute. Le tribunal attendait ma réponse. Oui, c'était ma signature. Le trait en était grêle et tremblé. Mais à n'en pas douter, c'était ma signature. « Kharkov, pensai-je. Cette fameuse nuit à Kharkov… »

– Est-ce ta signature ? répéta le président.

– Oui, dis-je. Mais je ne me rappelle pas avoir signé et ça ne veut pas dire que je reconnaisse ce que contient cette pièce.

– Il s'agit de la liste complète des charges retenues contre toi.

– Je la connais par cœur, répliquai-je. Mais on n'a jamais consenti à me la laisser lire. Je ne l'ai jamais signée en connaissance de cause.

– Est-ce ta signature, cependant ?

– Oui, mais je ne me souviens pas d'en avoir paraphé cette pièce.

Ils se consultèrent à mi-voix d'un bout à l'autre de la table. Le président se leva, imité par l'ensemble du tribunal. Il donna lecture des chefs d'accusation, puis déclara que le tribunal m'avait jugé coupable d'espionnage et de menées subversives à l'encontre du peuple de l'URSS. Tout cela prit bien du temps – alors que j'attendais juste l'énoncé de ma peine. Qui enfin arriva :

– En conséquence de quoi nous te condamnons à vingt-cinq ans de travaux forcés.

– Voilà qui devrait te laisser le temps de soigner cette amnésie, ajouta le commandant en uniforme bleu placé à la droite du président.

Je restai un moment à contempler la longueur de la table. Je croisai le regard de Mischa, ce Mischa élégant et bien mis. Il se tenait légèrement en retrait. Il souriait. Rien de malveillant dans ce sourire. Plutôt celui, amical, de qui s'avance pour vous serrer la main. Il semblait presque m'encourager, me complimenter pour ma prestation. Il souriait toujours quand l'un des gardes me tira par la blouse : je devais faire demi-tour. Je repassai la porte et on me ramena en cellule.

On m'apporta à manger, un repas copieux selon les critères carcéraux, et à boire. Les gardes me parlèrent de nouveau. Je me sentais soulagé d'un grand poids. Je dormis.

III

DE LA PRISON AU WAGON PLOMBÉ

Il m'apparut avec évidence, dès le lendemain, que les responsables de la prison avaient pris note que j'étais passé du statut de prévenu à celui de condamné. Je repassai à la ration complète : le matin à sept heures, du café et cent grammes de pain de seigle ; le soir, de nouveau cent grammes de pain et une assiettée de soupe. Cette soupe, sans sel ni assaisonnement, n'était que de l'eau dans laquelle avaient bouilli des navets. Ce nouveau régime était néanmoins bienvenu.

J'eus également droit au premier bain chaud depuis mon arrestation. La salle d'eau se trouvait à une vingtaine de mètres de ma cellule et différait des cachots que j'avais connues jusque-là en ce qu'elle comportait deux robinets au lieu d'un. J'ôtai ma rubashka, me débarrassai de mon pantalon, de mes chaussures de toile, et entrai dans la vasque peu profonde creusée à même le sol. J'ouvris le robinet de droite et de l'eau chaude jaillit. Ni serviette ni savon, mais quel luxe ! Je batifolais, me penchais sous le robinet et laissais l'eau couler sur moi des pieds à la tête, me frictionnais à en faire rosir une peau devenue toute pâle.

Nonchalamment adossés de part et d'autre de la porte, les deux gardiens, l'un armé d'un pistolet Nagan dans un étui qu'il gardait ouvert, l'autre d'une carabine, observaient mes ébats.

– Ça va aller mieux pour toi désormais, me dit l'un. Tu vas être transféré.

– Quand ça? Où donc? demandai-je avec empressement.

Ils ignorèrent mes questions. Je poursuivis ma trempette, la faisant durer le plus possible. Enfin, ayant refermé le robinet, je sautai sur place pour m'égoutter. Puis, après m'être tamponné à l'aide de ma blouse, je mouillai mes hardes et les tordai vigoureusement. La crasse de la prison s'écoulait en un jus noir qui se sauvait par la bonde. Je les rinçai, les essorai, les secouai pour les défroisser et les enfilai encore tout fumants de vapeur.

– Tu as l'air d'un petit gars bien propre à présent, nota l'homme à la carabine. Bon, allons-y...

De retour en cellule j'eus droit à une cigarette. Un des gardiens la roula, l'alluma, puis la posa sur le sol. Il s'éloigna et je m'empressai de la ramasser. Ainsi en allait-il chaque fois qu'on me donnait de quoi fumer. Aucun des gardiens ne me remettait jamais ma cigarette de la main à la main, et si elle s'éteignait avant que j'aie tiré une première bouffée, une unique allumette m'était lancée. Après utilisation cette allumette était ramassée et enlevée de la cellule. Si la plupart des nombreuses et strictes mesures de sécurité tombaient sous le sens, je ne compris jamais en revanche la nécessité d'une règle aussi jalouse regardant les cigarettes, cela en présence de deux gardiens bien armés au cœur d'une prison comme la Lubyanka.

Bien que l'on y fût dépourvu de tout ce qui peut permettre d'échafauder un projet d'évasion, la surveillance ne trahissait aucun relâchement. Hors de sa cellule, le détenu était toujours escorté de deux hommes. Quand il en sortait, les gardiens se plaçaient de part et d'autre de la porte. Le prisonnier devait s'avancer, les dépasser de la valeur d'un pas et s'immobiliser. On lui signifiait alors la consigne, qui pouvait être : « Tu prends le couloir de gauche, au bout tu tournes à droite et tu continues d'avancer jusqu'à ce qu'on te dise de t'arrêter. Et marche bien au milieu. » Suivait généralement ce sinistre petit couplet :

Un écart à droite,
Un écart à gauche,
C'est déjà une tentative d'évasion.

J'ai dû entendre cette mise en garde des centaines de fois au cours de ma captivité. Tous les gardes l'utilisaient, tous les prisonniers la connaissaient. Les Russes se donnaient beaucoup de mal pour expliquer exactement au détenu où il devait aller, et ils ne laissaient planer aucun doute quant aux conséquences de la moindre déviation à droite ou à gauche : une balle dans le dos tirée par l'un des gardes marchant deux pas derrière lui. Cette précaution pouvait sembler excessive – voire ridicule à la Lubyanka ; par la suite toutefois, quand des milliers de prisonniers furent déplacés d'un bout à l'autre du pays et que s'évader devint envisageable, elle put paraître sensée du point de vue des Russes.

Le matin du quatrième jour après ma condamnation, un lieutenant du NKVD entra dans ma cellule.

– Est-ce que tu lis le russe ? me demanda-t-il.

– Oui, lui répondis-je.

Il me tendit un papier. Je vis qu'il s'agissait d'une feuille de route. Ainsi même les condamnés avaient besoin d'un tel document pour changer de lieu de résidence, c'est-à-dire obligatoirement un transfert de prison à prison… L'officier me tendit un stylo et je signai de mon nom. Il glissa la feuille dans sa poche et s'en fut.

C'est un soir de la mi-novembre de 1940 que je quittai ma cellule de la Lubyanka pour la dernière fois. On me conduisit dans la cour de la prison. La nuit tombait, il neigeait et le froid était si coupant que je respirais avec parcimonie. Autour de la cour se dressaient plusieurs baraquements. À un bout, le grand portail d'entrée qu'encadraient deux magasins de brique rouge. Je fus mené dans un de ces bâtiments. On m'y remit un paquet enveloppé de papier kraft. Celui qui me le donna me dit avec un sourire :

– C'est pour le voyage.

De retour dans la cour, tenant mon pantalon d'une main, l'autre refermée sur le colis, je m'aperçus que je frissonnais autant d'exaltation que de froid. J'étais habité d'un sentiment de liberté. « Slav, mon ami, me disais-je, c'en est fini des prisons. Où que l'on t'emmène, tu ne rejoindras pas une prison de plus. » Je me sentais tout guilleret. Quoi que me réservât l'avenir, je respirais un air vif et pur, et je savais que j'allais quelque part – non plus d'une cellule à une autre, d'une geôle à une autre, d'un juge à un autre –, qu'une vie nouvelle m'attendait, avec la possibilité de travailler, de me servir de nouveau de mes mains, de rencontrer d'autres hommes, de leur parler…

Ces autres hommes, mes codétenus, étaient justement en train de se déverser par petits groupes dans la cour. Mon cœur battait la chamade. Je ne parvenais pas à en détacher mes yeux. Eux aussi me regardaient, s'entre-regardaient de la même manière. Chacun cherchait quelqu'un de connaissance. Vœu pieux… Qui aurions-nous pu reconnaître ? Nous portions tous la même défroque, nous avions tous les cheveux longs, une barbe fournie – pour ce qui me concernait, presque un an sans rasoir ni paire de ciseaux –, mais jamais il ne me traversa l'esprit que les autres avaient pu subir le même régime. Quand tout le monde fut rassemblé, je dénombrai environ cent cinquante hommes qui tous, comme moi, s'efforçaient d'empêcher leur pantalon de tomber. Cent cinquante âmes en peine se présentant dans le même lamentable déguisement à un bal costumé orchestré par le Malin, chacune tenant d'une main un colis bien ficelé et de l'autre son pauvre froc. Mes lèvres se contractèrent, pour un peu j'en aurais ri, mais ma gorge se noua soudain au spectacle de notre dégradation.

C'était la première fois que je me trouvais en présence d'autres détenus. À Kharkov et à la Lubyanka, j'avais entendu fusiller des condamnés, j'avais entendu les hurlements atroces d'un homme rendu fou par la souffrance. Il y avait eu des grattements et des coups de l'autre côté de la muraille, comme si quelqu'un essayait de communiquer avec moi. Mais on ne m'autorisa jamais à rencontrer un autre de ces infortunés. L'isolement était la règle et on me l'avait appliquée à la lettre.

Nous rassembler, nous compter et pointer nos noms sur des listes prit environ deux heures. On nous avait fait accroupir dans la neige – autre mesure de sécurité. Deux escouades d'une douzaine de soldats en armes nous surveillaient. La nuit s'annonçait quand on nous fit relever et monter à bord de cinq camions militaires bâchés. Un camion de soldats prit la tête du convoi tandis qu'un autre fermait la marche. Debout, bringuebalés en tous sens, nous parcourûmes une quinzaine de kilomètres à tombeau ouvert. Soudain, un violent coup de frein nous projeta pêle-mêle sur l'avant: le convoi arrivait à destination.

Au cours de ce bref et inconfortable trajet, je perçus autour de moi une fébrile excitation. C'était une expérience singulière et forte que de se trouver de nouveau épaule contre épaule avec ses semblables, de sentir des coudes vous rentrer dans les côtes, de palper cette odeur familière d'humanité, d'entendre gouailler en polonais. Mais ce ne fut pas l'assaut de bavardage auquel on aurait pu s'attendre. Nous allions découvrir qu'il faut quelque temps pour recouvrer l'usage de la conversation. Cela revint lentement sous la forme d'interrogations concises, de réponses brèves et hachées, criées à la cantonade.

Les camions s'étaient arrêtés devant une petite gare sur

une ligne secondaire que j'évaluai à une huitaine de kilomètres de Moscou. Quelqu'un affirma connaître cet endroit et nous le nomma, précisant qu'il s'agissait d'une banlieue résidentielle en vogue chez les fonctionnaires haut placés. En sautant à terre, j'aperçus au loin des maisons éclairées, bien séparées les unes des autres, ce qui semblait confirmer ses dires. Il n'y avait toutefois pas un civil en vue ; prisonniers et soldats, nous avions la gare entière pour nous tout seuls. Sur la voie stationnait un convoi de wagons à bestiaux, de ceux normalement conçus pour recevoir huit chevaux ou bêtes à cornes dans des parcs construits de part et d'autre d'une étroite coursive partageant la plate-forme dans sa largeur. Une locomotive sous pression était attelée à chaque extrémité.

On procéda rapidement à l'embarquement. À l'appel de leur nom, les hommes s'avançaient jusqu'à la porte du wagon et deux soldats les hissaient à bord. À l'intérieur, deux autres les répartissaient le long des parois, garnissant peu à peu l'espace disponible vers le centre, puis vers la porte, jusqu'au moment où ils devaient eux-mêmes ressortir. Cette opération achevée, nous étions dans mon wagon soixante bonshommes serrés à ne plus pouvoir bouger. Les aménagements prévus pour les bêtes avaient été démontés, hormis les anneaux d'acier auxquels on nouait leur licol, et les quatre grilles de ventilation avaient été bouchées à l'aide de plaques de métal solidement boulonnées.

Deux soldats arborant un brassard s'encadrèrent dans la porte pour nous hurler :

– Nous sommes infirmiers. Si quelqu'un se sent mal au cours du voyage, appelez-nous et on le remettra d'aplomb.

La porte se ferma dans un grand bruit au moment où ceux qui se tassaient près de l'entrée semblaient sur le point de se faire éjecter comme des bouchons sous l'effet de la pression intérieure. Dans l'étouffante obscurité, quelqu'un déclencha des rires en ironisant à propos des infirmiers :

– Comment qu'on les appelle? Par téléphone?

Et de fait, pendant les semaines qui suivirent jamais on ne les vit exercer leur art dans notre wagon. Encore et toujours l'absurdité du système russe...

Mon colis toujours coincé sous le bras, j'étais littéralement écrasé contre le fond du wagon. J'avais les deux bras plaqués contre les flancs. Impossible de s'asseoir et, quand je voulais lever la main, il fallait que mon voisin y mît du sien et se penchât du côté opposé pour me ménager l'espace qui manquait. C'est d'ailleurs cet ami anonyme qui me conseilla d'ouvrir mon paquet et de manger un peu de mes victuailles de peur qu'elles ne me soient par la suite volées. J'inventoriai mon viatique au toucher et au nez – quelle délicieuse et réconfortante sensation. Il y avait là une miche d'un pain particulier, de forme ovale, long d'une vingtaine de centimètres et large d'une douzaine en son milieu. Et aussi deux excellents poissons séchés d'une espèce connue en Russie sous le nom de *taran*. Enfin trente grammes de *korizhki*, ce tabac grossier fait avec les nervures de la feuille, assorti, pour le rouler, d'un morceau de papier journal (dont je vis plus tard qu'il portait la date de 1938). Je mangeai la moitié du pain et un des poissons, et fourrai le reste dans ma blouse.

Ce n'est qu'au départ du train que les conversations débutèrent. On échafauda des hypothèses quant à notre destination. Certains disaient leur crainte de nous voir finir en Nouvelle-Zemble, île extrêmement désolée de la mer de Barents, ou dans les mines de sel du Kamtchatka en Sibérie orientale. Tous convinrent que notre point de chute serait la Sibérie.

Avant de refermer la porte nos gardiens nous avaient ordonné, entre autres proscriptions, de ne pas faire de tapage. Mais quand le train eut pris un semblant de vitesse, nous commençâmes à crier pour nous faire entendre par-dessus le ferraillement des roues. Une voix hurlait :

– Il y a quelqu'un de Lvov, ici?

Et une autre de répondre à l'autre bout du wagon :

– Moi, je suis de par là.

Mais toute velléité de conversation suivie se noyait bien vite dans le tumulte général. On distinguait des appels : y avait-il des gens de tel et tel régiment ? Bientôt, le brouhaha s'éteignit et l'on s'intéressa, plein d'espoir, à ses voisins immédiats. Quoique mon exaltation ne fût pas tout à fait retombée, je ne pus me joindre à ce déchaînement général de questions et de réponses. Il m'a toujours fallu du temps pour me dégeler. Plaqué contre la froide paroi du wagon, j'écoutais ce qui se disait, mais je gardais mes pensées pour moi, encore réticent à me confier, à me lier, simplement heureux de faire partie de ce groupe, de savoir que je n'étais plus seul.

Plus tard, je me pris à demander à ceux qui se trouvaient à proximité si personne ne connaissait Pinsk. À ma gauche une voix répondit avec empressement :

– Oui, moi, je connais.

Nous citâmes tour à tour des noms de personnes, de rues, de villages environnants qui nous étaient familiers. Mais son Pinsk n'était pas le mien et nous ne nous découvrîmes pas d'affinités. L'échange tourna court. J'étais déçu, fâché que cet homme ne connût pas les gens ni les lieux qui m'étaient jadis familiers. Je crois qu'il tenta de renouer conversation, mais je ne pus me résoudre à lui donner la réplique. Mon initiative manquait de toute façon de conviction et je regrettais vaguement de m'y être laissé aller.

Le train fit plusieurs haltes au cours de cette nuit et l'on entendit lors de chacun de ces arrêts des hommes qui descendaient de camions pour être entassés par centaines dans les wagons. Ceux de nos compagnons qui se trouvaient contre la paroi latérale suivaient par des interstices entre les planches ce qui se passait dehors à la lumière des projecteurs des locomotives, et ils nous racontaient ce qu'ils voyaient.

Cette première partie de notre voyage vers l'est tourna

bientôt au cauchemar. Nous demeurâmes enfermés toute la nuit et tout le jour suivant. Nous n'avions bien entendu rien qui ressemblât de près ou de loin à des lieux d'aisances et les hommes, incapables qu'ils étaient de se déplacer, se soulageaient debout. L'atmosphère était irrespirable. Quand le convoi stoppait à un signal, les hommes réclamaient à grands cris de la nourriture et de l'eau. Alors, les gardes parcouraient toute la longueur du train au pas de course et, frappant à coups de crosse sur les wagons, réclamaient le silence et promettaient que nous pourrions bientôt nous dégourdir les jambes. Ceux qui étaient contre la paroi extérieure souffraient terriblement du froid. À supposer que ceux qui occupaient une meilleure position aient consenti à tourner, ils n'eussent pu s'exécuter tant nous étions serrés. Douze heures à peu près après mon premier repas à bord de ce train, je glissai la main dans ma blouse et, lentement, mangeai le reste de mon pain et de mon poisson.

Les premiers embarqués étaient enfermés depuis près de vingt-quatre heures quand enfin le train s'immobilisa sur une voie d'évitement. On nous ouvrit les portes du wagon. C'était tard dans l'après-midi. Nous découvrîmes un paysage vallonné, couvert de neige et parsemé de bouquets d'arbres. Il nous fallut aider à descendre certains de nos compagnons, ankylosés par cette longue station debout. Nous nous étirions et bâillions à qui mieux mieux, nous frictionnions nos membres douloureux pour y rétablir la circulation. Une vieille blessure à la cheville, due à un éclat de grenade, s'était rouverte; le dos de ma main droite, sur laquelle les spécialistes de la Lubyanka avaient fait couler du goudron brûlant, était tout gonflé et me faisait mal. D'anciens soldats présentaient des plaies bien plus sérieuses, et qui n'avaient pas été soignées. Je ne pouvais qu'admirer leur courage. Nous étions impuissants à les aider, et les infirmiers russes ne leur donnèrent pas même un cachet d'aspirine pour les soulager.

Un vent d'est coupant sifflait autour du train. La neige avait cessé de tomber et la bise n'en paraissait que plus glaciale. Les soldats russes avaient pris position en arc de cercle face aux portes et des gardes patrouillaient sur le côté aveugle du convoi.

Après nous avoir fait accroupir au pied de notre wagon, on nous distribua l'habituel morceau de pain noir ainsi qu'une eau qui avait goût de vapeur et d'huile de locomotive. Puis on nous autorisa à déambuler dans un périmètre soigneusement circonscrit. Permission fut accordée à une poignée d'entre nous d'aller ramasser quelques branchages en vue de balayer le plancher du wagon – étant entendu qu'« un écart à droite, un écart à gauche » serait tenu pour une tentative d'évasion. Dehors, le vent transperçait nos minces vêtements, aussi les volontaires ne manquèrent-ils pas pour la corvée de nettoyage. Ils s'activaient un moment à l'intérieur puis sautaient à terre pour respirer une bouffée d'air pur. Je notai que la tringle d'acier utilisée pour barrer la porte du wagon était pourvue d'un fil de fer serti d'un cachet en plomb. « Nous sommes non seulement enfermés dans ce train, pensai-je, mais encore dans des wagons plombés. » La touche finale pour une sécurité absolue.

Le déroulement du voyage nous apparut bientôt clairement. Le plan général consistait à traverser nuitamment des villes endormies et à stationner le jour sur une voie de raccordement perdue en pleine campagne. En cas de retard important ou lorsque se présentait une longue étendue de pays habité, nous dépassions le tableau de marche et continuions de rouler bien après le lever du jour. Dans ces cas-là, la panique régnait presque chez les soldats et les chauffeurs du train. Je me demande souvent comment, lors de ces étapes matinales, les civils russes, sur les quais de gares, interprétaient la sourde rumeur émanant de ce long convoi de wagons à bestiaux qui passait devant eux à petite vitesse.

Vers la fin de la première semaine, la soixantaine d'hommes que nous étions avait mis en place une ébauche de règlement communautaire. Un système de rotation fut établi afin de permettre à chacun de profiter de la chaleur des corps serrés au centre du wagon. Chacun à son tour éprouvait le froid engourdissant qui régnait contre les parois. La température étant de plus en plus basse, ces séjours n'avaient rien d'une partie de plaisir. De même, chacun se retrouvait tour à tour en position d'observateur. Un guetteur possédant une voix qui portait pouvait, l'œil collé à un interstice entre deux madriers, contribuer à soulager grandement l'ennui général. Certains s'entendaient à nous faire des commentaires vraiment distrayants.

Enfermés de la sorte dans une quasi-obscurité, il nous était difficile de nous représenter exactement la direction suivie. Me fiant aux déclarations décousues d'hommes qui pouvaient cependant s'en faire une idée plus ou moins erronée, j'en vins à penser que nous avions opéré un certain nombre d'assez longs détours au cours de notre traversée de la Russie occidentale. Peut-être cela tenait-il aux exigences du trafic ferroviaire ainsi qu'à la nécessité de rallier les différents points d'embarquement de prisonniers. Pendant la deuxième semaine pourtant, quand à l'approche de l'Oural on nous adjoignit une troisième locomotive, il devint clair que nous étions sur la ligne du Transsibérien, et que sans nul doute notre destination se nichait quelque part dans les vastes étendues de la mystérieuse Sibérie. Nous franchissions presque toutes les grandes villes et les embranchements importants de nuit. Nous identifiions ces derniers au changement de rythme du ferraillement des roues lorsqu'elles avalaient une succession d'aiguillages ainsi qu'au bruit d'autres trains et de locomotives de service.

Un événement m'est resté gravé dans la mémoire, d'autant qu'il faisait jour et que j'avais l'œil collé à une des plus larges fentes de la paroi du wagon. Ce jour-là, pas loin de deux semaines après notre départ, les retards s'étaient accumulés et, au lever du soleil, le convoi n'avait pas encore atteint l'endroit prévu pour sa halte diurne. Nous traversions un important nœud ferroviaire. La ville attenante n'était remarquable que par le fait qu'elle semblait entièrement construite en brique rouge. Voilà un moment que le train se traînait à peut-être quinze kilomètres à l'heure. Il s'arrêta soudain dans un grand bruit de freins. Une minute ou deux plus tard, il s'ébranla de nouveau, se déplaçant à peine. C'est alors que je vis défiler lentement sur une voie parallèle un convoi en tout point semblable au nôtre.

J'alertai mes camarades. D'autres guetteurs donnèrent de la voix.

– Un train pareil au nôtre ! hurlai-je. Les ouvertures ne sont pas bouchées. Il y a des gens à l'intérieur…

Notre train s'immobilisa. L'autre était déjà à l'arrêt.

– Des femmes ! Ce sont des femmes. Et il y a aussi des enfants.

Je ne sais si c'est moi qui annonçai la nouvelle ou bien les autres. Je pense que nos voix se confondirent. Une belle bousculade s'ensuivit. Les hommes placés au milieu voulurent voir et nous autres, guetteurs, nous trouvâmes écrasés contre les madriers. Mais nous ne remarquâmes qu'à peine ce désagrément supplémentaire. Les femmes avaient l'air frappées de saisissement. Elles ne discernaient que la paroi aveugle de nos wagons. Autour de moi, le vacarme était assourdissant.

– Ce sont des Polonaises ! s'époumona quelqu'un. Ce sont nos femmes !

Et les hommes furent pris de fureur.

Peut-être s'agissait-il de Polonaises, de Lituaniennes, ou encore d'Estoniennes. Je l'ignore. Si elles émirent le moindre son, je ne pus l'entendre au milieu de l'hystérie ambiante.

Les soldats, affolés, avaient jailli de leurs postes situés à chaque extrémité du train, ils cognaient sur les wagons, nous ordonnaient de faire silence. Peine perdue. La totalité du convoi était en proie à un accès de folie. Je suppose que le mécanicien de la locomotive de tête reçut l'ordre de remettre en route sans se soucier de la signalisation. L'arrêt avait duré de sept à huit minutes et, tandis que nous roulions de nouveau, ceux qui ignoraient où pouvaient se trouver leur femme et leurs enfants pleuraient toutes les larmes de leur corps. L'effet perturbateur de cet incident persista pendant des jours. Ce fut le pire cafouillage dans l'organisation de ce transport.

On nous servit un épilogue non dénué d'ironie. Quand nous eûmes atteint le tronçon où nous devions demeurer pour la journée, le commandant du train – de haute taille, le visage glabre, la parole facile – passa de groupe en groupe pour nous rappeler à la nécessité d'observer la règle du silence. Après avoir secoué gravement la tête en signe de remontrance, il ajouta :

– L'ennui avec vous, c'est que vous manquez de culture.

Il était on ne peut plus sérieux, pour autant que je pus en juger. Chaque fois qu'il avait l'occasion de nous mettre en garde à la suite d'une entorse au règlement, il nous reprochait notre manque de culture.

Derrière nos barbes fournies et nos tignasses, nous commencions à nous reconnaître les uns les autres. Il n'était plus question de noms. Ceux-ci n'étaient plus de mise et personne ne s'en souciait. On identifiait les individus à leur personnage et à leurs traits de caractère. Il y avait les meneurs, les organisateurs, ceux qui prenaient naturellement les choses en main et imposaient des règles visant à assurer la survie du plus grand nombre. Il y avait des hommes qui, comme moi, avaient résolu de ne pas mourir. Il y avait les autres, chez qui toute étincelle d'espoir s'était pour ainsi dire éteinte le jour où on les avait fait monter à bord de ces cercueils roulants. Ils mouraient sans un murmure au cours de ces longues nuits où c'était leur tour de se tenir contre la paroi extérieure. Ils mouraient debout et nous ne découvrions qu'ils étaient morts que lorsque la porte s'ouvrait à la lumière du matin. Pour eux, point de sépulture : le sol était trop dur, impossible d'y creuser. On les transportait à quelque distance pour les ensevelir sous un peu de neige. Des noms biffés sur une liste. De notre wagon, on en sortit au moins huit, tout raidis par le froid.

Ceux que j'admirais le plus, c'étaient les blagueurs. Ils nous sauvèrent souvent dans les heures les plus sombres. Nous en comptions quatre ou cinq au sein de notre groupe. Ils plaisantaient à propos de tout. Leurs « sorties » étaient souvent macabres, toujours truculentes et caustiques, portées par cette langue savoureuse et sans équivoque que manient les hommes. Rien ne les retenait, rien ne les arrêtait. Je bénis leur mémoire pour ces bouffées de rire qu'ils déclenchaient en singeant le commandant du train, les gardes, tout ce qui était russe. Un jour que nous évoquions la possibilité d'être employés dans les mines d'or de la Sibérie orientale, l'un d'eux, un costaud, trapu, avec une superbe barbe noire, nous exposa son projet d'évasion.

– Messieurs, déclara-t-il, je compte avaler de la poussière d'or par poignées avec mon pain de seigle, me tailler à toute vitesse au Kamtchatka, passer au Japon et, une fois là-bas, je chierai de l'or russe et vivrai à jamais heureux.

L'absurdité du propos nous fit rire à gorge déployée, sans retenue, comme seuls peuvent rire des hommes touchant au désespoir.

Leur humour virait à l'amertume et à l'âpreté, quand ils voyaient les Russes dépouiller nos morts de leur pantalon et de leur blouse avant de jeter sur eux quelques pelletées de neige.

– Après tout, dit un jour l'un d'entre eux, le petit père Staline n'a prêté des frusques à ce pauvre diable que pour le temps de son séjour en URSS. Il n'en a que faire pour le voyage qu'il va entreprendre ; il repart comme il est venu…

Les hommes, unis dans le même malheur, se parlaient plus librement. L'issue ne s'en révélait pas toujours amicale. On avait souvent les nerfs en pelote et certains sujets de conversation engendraient de violentes altercations. Ainsi de la politique. J'entendis deux hommes se mettre à évoquer le rôle du ministre des Affaires étrangères Beck dans les événements qui avaient amené l'invasion de la Pologne par les Allemands. La discussion se poursuivait sur fond de colère tout juste contenue quand l'un d'eux lâcha soudain le mot de « traître » pour qualifier Beck. L'instant d'après, ils s'invectivaient, pris d'une rage irrépressible. Et, tandis que leurs voisins leur conseillaient de « laisser tomber », ils s'efforçaient en vain de dégager leurs poings, tentaient sans y parvenir d'utiliser leurs genoux et leurs pieds, pour enfin se battre à coups de dents. Ceux qui les entouraient réussirent tant bien que mal à les séparer. L'un avait le lobe de l'oreille presque sectionné, l'autre portait de profondes entailles au visage. Des larmes de fureur leur coulaient sur les joues. Ils continuèrent encore quelque temps à se menacer, puis ils se tinrent tranquilles et oublièrent toute l'affaire.

Une fois, le train s'arrêta en pleine nuit. Tout était silencieux. La plupart d'entre nous étaient plongés dans cet état de somnolence qui survient au bout de longues heures de voyage. Une voix s'éleva, rêveuse, à peine plus forte que le ton ordinaire de la conversation. Les hommes bougèrent, changèrent de position, se mirent malgré eux à écouter.

– Ma femme, disait la voix, était une toute petite femme. Une petite bonne femme contente de son sort. On s'entendait très bien tous les deux. C'était une merveilleuse cuisinière. Elle tenait ça de sa mère. Que je vous parle un peu du gâteau qu'elle me faisait pour mon anniversaire. Elle savait que j'en raffolais...

La voix était rauque, le débit lent et intelligible. Comme fascinés, nous prêtâmes secrètement l'oreille au songe éveillé de cet homme. Il décrivit tout avec autant de précision que d'attendrissement. Nous suivîmes la confection de la pâte dans la grande jatte en terre, l'incorporation des œufs, le dosage précis de la farine et de la levure, les touches finales, écorce d'orange confite, raisins secs et Dieu sait quoi encore, le savoir-faire requis pour le glaçage au pralin.

– C'était, dit l'homme, un magnifique, un extraordinaire, un merveilleux gâteau. L'odeur qu'il dégageait en cuisant semblait venir tout droit du paradis.

Soudain une autre voix hurla – oui, un hurlement qui nous provoqua un choc, comme une douche d'eau glacée qui arracherait un dormeur à son sommeil.

– Ça suffit ! Pour l'amour du ciel, arrête ça !

D'autres renchérirent :

– Tu tiens vraiment à nous rendre dingues ? Ferme-la donc, espèce de con.

On n'entendit plus l'homme et son rêve de pâtisserie. Je pensai pendant des jours à ce fichu gâteau. Je ne parvenais plus à me remémorer quel pouvait être le goût d'un gâteau.

IV

QUATRE MILLE HUIT CENTS KILOMÈTRES EN TRAIN

Ce voyage, qui semblait ne devoir jamais se terminer, entrait dans sa troisième semaine. Nous avions du temps à revendre pour ruminer notre situation. Le train traversait maintenant la Sibérie occidentale. Nous avions peu à peu cessé de nous intéresser au nom des gares, qui toutes arboraient leur buste de Staline peint en blanc. Mornes étendues enneigées, tantôt rases, tantôt boisées, toutes les haltes se ressemblaient. Elles ne variaient que par la température : plus nous progressions vers l'est, plus il faisait froid. Maintes fois assaillis par un vent hurlant du nord-est qui chassait devant lui une neige drue, nous ne fûmes pas fâchés de retrouver la relative chaleur qui régnait dans le wagon.

Nous continuions de glaner des renseignements les uns sur les autres. Je découvris qu'aucun d'entre nous n'avait écopé d'une peine inférieure à dix ans de travaux forcés. Les condamnations à vingt cinq ans étaient nombreuses, et il y en avait même de plus lourdes. Une bonne moitié de ces hommes possédaient un crime en commun, celui d'avoir servi au sein des forces armées polonaises. Ils parlaient, comme tout bon soldat, de ce par quoi ils étaient passés et des endroits où ils avaient combattu, de leur régiment, de leurs copains.

Je ne tenais pas particulièrement pour ma part à repenser à la Pologne, mais nous n'avions rien d'autre à faire. Je crois que c'était une façon de s'évader vers un passé de liberté.

Le petit Juif déclencha pourtant mes réminiscences. Il me posa une question singulière – fort singulière venant d'un Juif. Quand les Allemands percèrent à l'Ouest et les Russes à l'Est, ce petit homme qui avait une boutique à Beloyostok vendit son stock et acheta des diamants. Il avait de la famille à Żyrardów, centre textile proche de Varsovie, ainsi qu'un ami cordonnier qui lui confectionna une paire de brodequins spéciaux pour lui permettre de cacher ses diamants. Ainsi équipé, il entreprit de fuir la Pologne. Où comptait-il aller? Eh bien, en Allemagne ! Parce que, m'expliqua-t-il, il n'avait pas confiance dans les Russes.

– Cependant, lui objectai-je, les Allemands t'auraient tué; ils ont la haine des Juifs.

– Peut-être bien. En tout cas, tu vois que j'avais raison de me méfier des Russes. Regarde où j'en suis à présent.

Peut-être valait-il mieux pour lui qu'il ne se soit pas frotté aux Allemands. Les Russes le prirent alors qu'il passait la frontière, ce qui signifiait une condamnation quasi automatique à dix ans. Tenter d'échapper à ses libérateurs peut être considéré comme un comportement tout à fait antisocial.

En rentrant chez moi, à Pinsk, après l'effondrement de l'armée polonaise face aux Allemands, j'avais pratiquement choisi de tomber aux mains des Russes. Aurais-je été mieux loti en tant que prisonnier de guerre des nazis? Question désormais sans réponse, mais qui m'amena à repenser aux Allemands et à l'engagement dérisoire de notre cavalerie contre leurs tanks, à la bravoure d'une armée condamnée d'avance, au chaos qui avait régné au cours de ces folles semaines de septembre 1939.

Appelé en 1937, alors que je préparais un diplôme d'architecte à Varsovie, j'effectuai un service de douze mois à l'école d'infanterie de Brest-Litovsk. Au bout de sept mois on demanda des volontaires pour suivre la formation des éclaireurs de la cavalerie. Comme j'aimais monter à cheval, je sautai sur l'occasion. À la fin de l'année, j'obtins haut la main le grade de cadet. Je réintégrai l'université et réussis mes derniers examens en 1938. Après quoi, la même année, je retournai sous les drapeaux pour participer à six semaines de grandes manœuvres dans le secteur de Wolyn, non loin de la frontière ukrainienne. Nommé sous-lieutenant, je revins chez moi en pleine forme, bronzé et content de mon sort, afin d'aider ma mère à diriger notre domaine de Pinsk. Ma mère était l'élément moteur de la famille. Mon père estimait que le rôle de ce domaine consistait à lui fournir les moyens de se livrer à son « hobby » – peindre des paysages. La maison était pleine de ses toiles ; il ne voulait pas en vendre une seule, bien que sollicité par des marchands.

Je n'exerçai le métier de régisseur que quelques mois. Le 1er mars 1939 je reçus un ordre de « mobilisation non officielle ». Six mois plus tard exactement, le 31 août, à la veille de mon vingt-quatrième anniversaire, alors que je lisais les lettres de ma femme et de ma mère et que j'étais sur le point d'ouvrir les colis qu'elles m'avaient envoyés, une estafette arriva à notre camp des environs d'Ozharov pour annoncer que les Allemands faisaient mouvement. C'était la guerre.

Mon service actif ne dura que trois semaines environ, cependant riches en agitation et en péripéties. Je me repassai en mémoire, dans ce wagon brimbalant, les impressions que m'avaient laissées ces journées. Je me revoyais me jetant à couvert avec mon cheval quand les stukas, sirènes hurlantes, bombardaient les routes, et je revoyais aussi, sur ces routes encombrées, l'artillerie hippomobile polonaise s'efforçant vainement de venir à portée de tir de l'ennemi. Bien souvent nous recevions des obus sans que personne parût savoir où se situaient les Allemands. Près de Kutno, nous retrouvâmes le gros de notre cavalerie, soit près de dix mille chevaux, mais le principal itinéraire de repli sur Modlin était bloqué par des Allemands retranchés sur de bonnes positions.

Au moins avions-nous ce jour-là un commandement homogène. L'ordre fut transmis de forcer le passage. Entre les Allemands et nous, des bois sur une profondeur de deux kilomètres. Les clairons retentirent d'unité en unité et notre armée s'ébranla. Les hommes qui tombèrent lors de la première vague ne se relevèrent pas, leurs montures s'effondraient avec des hennissements affolés et ceux qui suivaient leur passaient dessus. En quittant le couvert, je vis des chevaux empalés sur des pieux et d'autres éventrés par les fils barbelés. Une charge de cavalerie induit une sorte de folie furieuse. Les cavaliers comme les bêtes en sont atteints. Son impétuosité, son inertie, son élan ne peuvent être brisés que par le plus terrible et le plus dense des tirs de barrage. Les Allemands qui se levaient pour se rendre furent fauchés. La cavalerie quand elle charge ne peut faire de prisonniers.

Harcelés par les bombardiers en piqué, nous frayant un chemin sur des routes engorgées, nous nous retirâmes sur Varsovie pour nous reformer afin, nous fut-il annoncé, de défendre la capitale. Des fantassins enfourchaient nos chevaux dépourvus de cavalier pour s'en revenir avec nous – je me souviens même d'avoir aperçu, alors que nous traversions les faubourgs, un marin à cheval. Rien n'avait été organisé pour la défense de la ville. Quand, après m'être occupé d'un transfert d'approvisionnement de la caserne de Praga à l'antique école des cadets de l'autre côté de la Vistule, j'appris qu'une ligne de défense se constituait sur la route de Piastóv, je sellai mon cheval, m'équipai et piquai des deux. Je fus accueilli à bras ouverts. On me confia le commandement d'une escouade de huit lanciers.

C'est ainsi que j'assistai sans doute à la dernière charge de cavalerie de la guerre moderne. Nous avions laissé les chevaux à la garde de quatre patrouilleurs à la lisière d'un bois pour ramper jusqu'au sommet d'un monticule hérissé d'un bouquet de petits arbres, d'où nous disposions d'un excellent point de vue sur la grand-route de Piastóv, coupée à une centaine de mètres de là par un carrefour. Une maison de couleur vive se dressait à l'angle formé par la route principale et l'une des routes adjacentes. Elle avait été désertée, mais un grand parasol multicolore trônait encore sur une table de jardin. Nous vîmes bientôt deux patrouilles allemandes qui progressaient avec précaution de chaque côté de la grand-route. L'une d'elles passa entre nous et nos chevaux. Demeurant parfaitement immobiles, nous continuâmes de surveiller la route, à présent déserte.

Nous saisîmes bientôt le pourquoi de ce détachement d'éclaireurs quand apparut au loin une section de soldats allemands qui approchait, le fusil à la bretelle, suivie d'une demi-douzaine d'officiers à cheval ; puis d'une compagnie d'infanterie et de quelques pièces d'artillerie. Cette colonne évoluait à huit cents mètres du croisement quand j'entendis des chevaux derrière moi sur la route. Une unité d'environ cent cinquante de nos lanciers débouchait des bois. J'appris plus tard qu'il s'agissait du 12e uhlans.

Les cavaliers se rangèrent immédiatement en formation et, avant que les Allemands aient compris ce qui leur arrivait, s'élancèrent sabre au clair dans un bruit de tonnerre. Ils enfoncèrent toute la colonne ennemie sans même essuyer un coup de feu. Les chevaux de l'artillerie se cabraient d'effroi, charriant leurs canons en travers de la chaussée, ce qui impliqua que plusieurs des nôtres, désarçonnés, se blessèrent en tombant sur les fûts. L'escadron se reforma et engagea une seconde charge pour achever le carnage, puis il s'en fut en empruntant une des routes secondaires et tout fut terminé. Nous allâmes reprendre nos chevaux et rentrâmes faire notre rapport. C'était le 15 ou le 16 septembre. Varsovie capitula peu après.

Je me dis que le problème posé par le petit boutiquier juif n'avait tout simplement pas de réponse. Les Allemands ou les Russes ? Pour les Polonais qui se trouvaient dans ma situation en 1939, le choix était réduit. Beaucoup dans ce train avaient, comme moi, cru que le fait d'avoir combattu les nazis pouvait leur valoir la clémence des Russes.

Les journées s'écoulaient lentement dans l'ennui et la tristesse. Nous somnolions, engourdis de froid, et minés par d'atroces cauchemars qui persistaient quand nous nous éveillions pour constater que nous étions toujours à bord de cet épouvantable train, dont le ferraillement semblait ne devoir jamais cesser. Nous parlions de nos femmes, de nos enfants. Certains décrivaient leur dernier-né avec ravissement. Nous injuriions les Russes, nous maudissions Hitler et les Allemands. Nous passions des heures entières sans dire un mot, pressés les uns contre les autres pour lutter contre le froid intense. Parfois nous restions enfermés jusqu'à trente-six heures d'affilée et les hommes se répandaient en lamentations, en violentes imprécations contre les artisans de notre déchéance.

Cependant nous allions, allions toujours. Des hommes mouraient et des noms étaient rayés, mais le long serpent de soixante wagons ou davantage continuait de dévorer un nombre stupéfiant de kilomètres. Ce pays-là est d'une monstrueuse immensité. Nous atteignîmes – et reconnûmes – le grand centre industriel de Novossibirsk, à deux mille huit cents kilomètres de notre point de départ dans la banlieue de Moscou, et toujours le train continuait vers l'est. Nous avions couvert plus de trois mille kilomètres presque en droite ligne quand nous traversâmes lentement Krasnoïarsk. Nous y vîmes, entreposé par monceaux à ciel ouvert, du blé qui se gâtait et germait par défaut de main-d'œuvre ou de moyens de transport pour l'emporter. Ville considérable que cette Krasnoïarsk, ainsi entrevue à travers les fentes de notre wagon : de gigantesques silos, des bâtiments de brique rouge et toute l'activité d'un important nœud ferroviaire.

Une douzaine de kilomètres plus loin, largement hors de portée de vue et d'oreille de l'agglomération, le convoi s'immobilisa sur une longue voie d'évitement. Une équipe d'entretien, bien emmitouflée, vérifia toutes les roues du train. Ces hommes doivent être parmi les plus consciencieux des cheminots. En toute occasion au cours de ce long voyage, ils descendirent ausculter les roues à coups de marteau. Leur rôle était bien évidemment de la plus haute importance : une rupture d'essieu en rase campagne aurait été désastreuse. Ils découvrirent ce jour-là des défectuosités sur certains wagons, et nous restâmes en plein vent du milieu de la matinée jusqu'à la tombée du jour tandis qu'on réparait avec des pièces provenant de cabanes sur le bas-côté. Notre situation avait connu une légère amélioration : à l'exemple d'un petit génie méconnu, nous avions confectionné des attaches pour nos pantalons à l'aide de brindilles glissées dans les passants de ceinture ; désormais, les deux mains libres, nous pouvions agiter les bras pour nous réchauffer.

C'était la fin de la troisième semaine et certains se disaient que Krasnoïarsk était peut-être le terminus. Au crépuscule toutefois, on nous fit rembarquer, les portes furent refermées, les plombs posés. Les roues reprirent leur rythme inlassable. Encore six longues nuits à rouler et six journées ou parties de journée arrêtés en plein vent, à battre la semelle pour demeurer en vie. Puis, chose incroyable, un mois après notre départ et, après avoir parcouru près de cinq mille kilomètres, nous atteignîmes le but du voyage : Irkoutsk, non loin de l'extrémité méridionale de l'immense lac Baïkal.

Les soldats remontèrent toute la longueur du train pour faire sauter les plombs et débarrer les portes.

– Tout le monde descend ! On est arrivés !

Sortant en désordre, nous fûmes cueillis par un vent furieux ; un froid qui devait avoisiner –30° nous fit suffoquer et nous rejeta contre l'abri tout relatif offert par les wagons.

En l'espace de quelques minutes nous eûmes les oreilles congelées, le nez violacé, les yeux inondés de larmes. Nous étions secoués d'irrépressibles tremblements. En cette deuxième semaine de décembre, la Sibérie était déjà au cœur de l'hiver et nous étions vêtus en tout et pour tout d'un pantalon, de chaussures de toile et d'une fine blouse de coton. Les soldats inspectaient les wagons pour s'assurer qu'il n'y subsistait plus personne. Certains d'entre nous, pris de crampes ou pis encore, durent être portés. Après un moment de flottement, des ordres furent répétés de proche en proche et une longue colonne se forma, « masse » de peut-être quatre mille prisonniers. Encadrés par les soldats nous nous ébranlâmes, courbés contre le vent, pantalon trempé jusqu'aux genoux, dans la neige mêlée de boue et barattée par ceux qui nous précédaient.

Nous marchâmes huit kilomètres sans plus rien voir ni entendre de la voie de chemin de fer. Conformément aux pratiques en vigueur à notre encontre jusqu'à présent, l'endroit où nous fîmes halte n'avait rien d'un havre pour voyageurs recrus de fatigue : on nous fit arrêter et rompre les rangs dans un grand champ de pommes de terre balayé par les vents. À perte de vue, pas le moindre bâtiment. La terre était recouverte de deux pieds de neige durcie. Quelques camions à gazogène stationnaient çà et là. Il n'y avait qu'une cuisine roulante, parfaitement insuffisante pour nourrir une telle foule. Je me sentais comme nu sous la morsure acérée de la bise. Les hommes, debout et immobiles dans la neige, se regardaient d'un air morne. Le froid n'était pas la seule cause de leur abattement.

Nous ne restâmes pas longtemps les bras ballants. Il devenait urgent d'agir pour se soustraire à ce vent qui nous paralysait. Non loin de l'endroit où je me trouvais, plusieurs hommes se mirent à élever un mur de neige en guise d'abri. L'idée fit tache d'huile. Bientôt on s'activa fiévreusement à dresser de ces petits remparts. Les hommes grattaient et raclaient avec leurs doigts gourds jusqu'à la terre noire et dure comme de la pierre et, leur ouvrage terminé, ils s'y accroupissaient.

Au-delà de la clôture de barbelés, à environ quatre cents mètres de la lisière du champ, se trouvaient des bois. Quand le commandant du transport, cet apôtre de la culture soviétique, vint à passer plus tard dans la journée, on lui demanda la permission d'y aller quérir des branchages pour en recouvrir le sol gelé. Il y consentit. Chacun était naturellement resté avec ses compagnons de wagon. Quelques volontaires de chaque groupe furent rassemblés et accomplirent sous escorte armée plusieurs allers et retours jusqu'aux bois, rapportant des brassées de branches que l'on étendit soigneusement sur le sol. Les hommes purent de la sorte s'allonger au-dessous du niveau des tas de neige et donc se soustraire au plus fort du vent. Même ainsi, serrés les uns contre les autres, notre situation était à peine supportable. On distribuait la nourriture avec parcimonie, soit environ une livre de pain quotidien pour chacun, et – cela mérite d'être noté – la roulante parvint à produire deux quarts d'ersatz de café fumant sans sucre par homme et par jour.

Nous passâmes là trois jours au cours desquels plusieurs convois de centaines de prisonniers vinrent grossir notre nombre. Parmi eux, des Finlandais. En ces journées, comme par la suite, on ne pouvait s'y tromper. Ils faisaient résolument bande à part, formant un groupe racial compact. Quand nous fûmes au complet, on ne dénombrait pas moins de cinq mille hommes dans ce champ, qui tous se demandaient avec angoisse ce qui leur était réservé. La suite allait justifier nos craintes les plus funestes.

Les poux, qui ne nous avaient pas quittés depuis les prisons de Russie occidentale, subissaient des pertes sévères. Leurs tièdes repaires sur nos personnes désormais exposés à la bourrasque, ils se décramponnaient ou se laissaient facilement attraper et mouraient. Ce qui n'était pas un mal, car nous étions en trop piteux état pour leur tenir lieu d'hôtes. Ils se seraient refait une santé s'ils avaient pu s'accrocher jusqu'au troisième jour – un jour vraiment mémorable.

Les camions à gazogène du kolkhoze arrivèrent et les soldats furent aussitôt sur le pied de guerre. Nous sentions que quelque chose d'extraordinaire se préparait, mais jamais au cours de nos rêves les plus optimistes nous n'aurions pu deviner de quoi il retournait. La nouvelle se répandit, venant de ceux qui étaient les plus proches des camions :

– Des vêtements ! Des vêtements neufs !

Et il s'agissait en effet de cela. La distribution dura deux heures, mais à la fin, chaque homme avait troqué sa mince rubashka pour la houppelande en ouatine russe, nommée *fufaika*, qui couvrait les cuisses et se boutonnait jusqu'au cou.

Nous touchâmes également un pantalon matelassé et des brodequins de toile caoutchoutée. Il n'y avait que trois tailles : petite, moyenne et grande. Rien n'était fait pour chausser chacun selon sa pointure. Tant mieux si le sort vous était favorable ; sinon, il fallait trouver à échanger ses chaussures trop courtes ou trop longues avec qui connaissait l'inconvénient inverse. J'eus de la chance. Celles qu'on me donna m'allaient. Nos vieilles hardes furent soigneusement ramassées. Il régnait une effervescence étonnante. Les visages rayonnaient. On s'empressait de revêtir sa nouvelle défroque. On s'interpellait, on se faisait admirer. Et ces chers vieux boute-en-train, quasi mutiques depuis l'arrivée, improvisèrent un défilé de mode, les mains sur les hanches et la barbe flottant au vent. Truisme rebattu que de dire que tout est relatif. Selon les critères communément admis, nous étions toujours épouvantablement mal vêtus pour affronter l'hiver sibérien, mais le surplus de chaleur que nous offrait la fufaika était extraordinaire.

La distribution de vêtements s'acheva le quatrième jour par deux morceaux de toile chacun qui, nous expliquèrent les soldats, étaient destinés à nous envelopper les pieds à l'intérieur de nos brodequins. Quelques-uns de notre wagon savaient ce qu'étaient ces « chaussettes » et comment les enrouler, pas trop serrées, autour des pieds de façon à éviter les engelures. On assista un peu partout à des démonstrations.

Là-dessus arriva un convoi de quelque soixante gros camions conduits par des chauffeurs de l'armée. Ces lourds véhicules avaient été réquisitionnés dans les fermes collectives à des centaines de kilomètres à la ronde et arboraient, peint sur leurs flancs, le nom de leurs kolkhozes respectifs. Juste derrière la cabine se dressait un gros gazogène cylindrique qui brûlait des bûchettes de bouleau et de frêne. Ce bois, abondant dans une Sibérie couverte de forêts, remplaçait de façon efficace et à bon compte la précieuse essence, résolvant ainsi l'un des nombreux problèmes de transport et de distribution du pays. Chaque camion portait accroché sur le côté un assortiment de bêches et de pioches. Leur plateau était ouvert à tout vent. Mis à part ce drôle de gazogène, ces véhicules ressemblaient au trois tonnes occidental.

Tandis qu'ils approchaient en cahotant, les ordres se mirent à pleuvoir, et nous comprîmes que la dernière partie de notre voyage allait commencer. Pour beaucoup d'entre nous, ç'allait être la dernière étape sur cette terre.

V

LA CHAÎNE

Il régnait en ce dernier jour dans le champ de pommes de terre une atmosphère annonçant un événement important – et inquiétant pour les cinq mille prisonniers : une opération de transportation à grande échelle. Il y avait là tout un bataillon de l'armée. Chaque soldat était coiffé de la *balaclava*, portait des gants en peau de mouton et son paquetage sur le dos, tenu par une bandoulière en cordelette. Au moins cinquante camions étaient rangés en ligne. Leur plateau était dépourvu de ridelles et portait une mitrailleuse montée derrière la cabine. Si la fourniture de nouvelles tenues n'y avait pas suffi, la présence de troupes et de véhicules aussi nombreux aurait levé les derniers doutes : une nouvelle épreuve nous attendait.

Les soldats arrivèrent aux environs de onze heures du matin après la distribution du pain et du café. L'appel des prisonniers commença aussitôt et ce ne fut pas une opération de tout repos. Certains d'entre nous ne saisissant pas leur nom prononcé à la russe, nos gardiens devaient les appeler plusieurs fois à pleine voix avant d'obtenir enfin une réponse. Dès qu'une centaine d'hommes avaient été cochés sur les listes, on les emmenait en colonne vers les camions.

À dessein ou non, les groupes constitués pendant le voyage en train furent dispersés et je me retrouvai pour une bonne part avec de nouveaux compagnons. On nous conduisit entre les sixième et septième camions et nous demeurâmes là tandis qu'appel et tri se poursuivirent tout au long de l'après-midi.

La lumière de cette froide et limpide journée de décembre commençait de décliner lorsque s'achevèrent ces préliminaires. Les soldats furent répartis en sections de vingt hommes environ placées sous les ordres d'un officier subalterne. Chaque section eut la charge de veiller sur cent prisonniers, rangés sur deux files derrière chaque camion. Transis de froid, nous observions cette « organisation » avec intérêt en espérant qu'on ne tarderait plus à se mettre en route.

Le bourdonnement des conversations s'interrompit soudain sous l'impact de l'effroi et de la surprise. On déroulait de l'arrière de chaque camion une lourde chaîne d'environ un pouce de diamètre. Le soldat qui en tenait l'extrémité passa entre les deux hommes de tête de mon groupe, les forçant à s'écarter, puis parcourut toute la longueur de l'alignement, nous séparant en deux files. D'autres soldats le suivaient en dévidant la chaîne. Ordre nous fut donné de l'empoigner. Je me trouvais à peu près au milieu de la rangée, sur le côté droit. Je me souviens de m'être dit que j'avais de la chance de ne pas devoir utiliser ma main droite, toujours à vif et douloureuse. La chaîne était toute neuve, encore enduite d'un revêtement antirouille, noir et poisseux, et si froide qu'on en éprouvait une sensation de brûlure. On nous y menotta le poignet. Trois gardes se répartirent de chaque côté, le chef de section grimpa dans la cabine avec le chauffeur et le reste de la troupe s'entassa en hâte sur le plateau. Nous étions prêts à partir. Aucun de nous ne pipait.

Tel un immense et lent reptile, le long cortège s'ébranla. Le camion de tête réglait le train, nous imposant l'allure – non négligeable – d'environ six kilomètres à l'heure. Le bout de la chaîne était fixé au camion par un fort crochet fermé d'un linguet, dispositif normalement réservé aux opérations de remorquage. Quand notre camion démarra et que la chaîne se tendit, nous partîmes à grandes enjambées et prîmes automatiquement le pas. Il y avait juste assez d'espace entre l'homme qui me précédait et celui qui me suivait pour que je pusse marcher sans être gêné. Quand le camion de tête rencontrait une congère un peu épaisse, le convoi tout entier se resserrait, s'immobilisait, puis se remettait en marche.

Nous cheminâmes douze heures ou plus sans nous arrêter pendant cette première nuit du début de la troisième semaine de décembre. Le camion de tête éclairait le chemin de ses phares puissants. Nous maintenions la cadence à grand-peine, soumis à la traction permanente de la chaîne, nous demandant toujours où on nous emmenait et combien de temps il nous faudrait marcher ainsi dans ce froid intense. Cette route était manifestement une voie importante ; je ne doutais pas que cette longue étape de nuit eût pour but de nous éloigner des zones habitées des environs d'Irkoutsk et de nous soustraire aux regards des populations civiles. Au cours des jours suivants, les étapes s'effectuèrent pendant la journée, mais l'itinéraire était toujours conçu de sorte à éviter les localités où on aurait pu nous voir. Ces étendues sibériennes sont si vastes et si peu peuplées que je ne vis pas un seul indigène dans toute la région d'Irkoutsk.

Une halte fut décidée une demi-heure environ après le lever du soleil dans une dépression boisée entre deux collines. Nous étions tout courbatus, les membres lourds, nous avions froid et faim. Mon groupe comptait des individus de tous âges, depuis des garçons de dix-sept ans jusqu'à des hommes de plus de soixante ans, et issus des milieux les plus divers. Quelques-uns parmi les plus vieux gémissaient déjà sous le poids du malheur. La plupart avaient exercé une profession libérale, il y avait là des avocats, des architectes et autres. À l'époque de l'arrivée des Russes ils avaient atteint à ce point de leur carrière où ils possédaient une voiture personnelle. Des hommes qui avaient abandonné les folies de la jeunesse et qui pouvaient envisager pour bientôt une retraite confortable et tranquille. Ils se colletaient avec la mort et disposaient pour ce combat d'armes bien dérisoires. Dès ces premières journées, nous autres, qui étions plus jeunes, fîmes notre possible pour les soutenir, mais beaucoup ne tinrent pas le coup.

Cette première halte ne dura que deux heures, suffisamment cependant pour que la roulante, qui nous avait suivis, préparât du café chaud et que l'on nous distribuât la ration de pain. La chaleur du café nous insuffla un regain de vie, et nous dévorâmes notre repas. Nous n'avions pas été détachés et, bien trop tôt à notre goût, il fallut se remettre en route, de jour cette fois.

Les six gardes qui nous flanquaient étaient relevés toutes les deux heures. Ils rattrapaient le camion à petites foulées, six autres en sautaient et un nouveau tour de service débutait sans que la colonne fût ralentie dans sa sinueuse et pénible progression. Sur les hauteurs nous étions exposés à un vent furieux, nos pieds glissaient dans la neige, le bout de nos doigts, notre nez, nos oreilles subissaient la morsure insidieuse du froid. Déjà, la mort commençait de prélever son tribut. Un appel provenant d'un groupe placé loin derrière nous fut relayé de sentinelle en sentinelle jusqu'au commandant du convoi. Le camion de tête s'arrêta, imité par les autres. Un malheureux fut détaché de sa chaîne, on emporta son corps. On appliqua la même méthode que lors du voyage en train : après l'avoir dépouillé de ses hardes et de ses chaussures, on l'abandonna sous un monceau de neige. C'était le premier d'une longue série. Pour prendre ma section en exemple, le taux de mortalité y avoisina les dix à quinze pour cent avant la fin de ce long exode.

Difficile de dire si nous suivions une vraie route, car tout était recouvert d'une épaisse couche de neige. Mais tous les cent mètres se dressait un gros pieu haut de huit pieds et coiffé d'un bouquet d'herbes sèches ou de brindilles, telle une succession de balais de sorcière. Il s'agissait, supposais-je, de jalons. Ils nous accompagnèrent sur des lieues, dans les montées escarpées, au fond de vallées boisées, par-delà les gués de cours d'eau pris par les glaces. Parfois, malgré leurs roues chaînées, les camions se mettaient à patiner ; alors les soldats sautaient à terre pour pousser et nous autres, prisonniers, mus par le seul désir d'arriver au plus vite à l'étape, nous joignions nos efforts aux leurs. C'était très dur et cela le devint plus encore au fil des jours.

Peu d'entre nous nourrissaient des doutes quant à notre direction. Nous allions vers le nord – presque plein nord – vers les marches septentrionales de la province d'Irkoutsk et les immensités de la Iakoutie. Nous suivions probablement un itinéraire plus ou moins parallèle à la rive occidentale du lac Baïkal, cette mer intérieure en forme de banane qui s'étend sur plus de six cents kilomètres vers le nord à partir de son extrémité méridionale, site de la ville d'Irkoutsk, sur le trajet du Transsibérien. Nous passions du 50e au 60e degré de latitude N et nous dirigions vers le cercle polaire. Les conditions climatiques empiraient à mesure que nous progressions.

Le deuxième jour, notre marche se poursuivit jusque tard dans l'après-midi. Elle se serait, je pense, terminée plus tôt si nous avions déniché un endroit abrité, mais il semble que le commandant avait reçu la consigne de choisir pour la halte nocturne, comme ce fut désormais l'usage, un emplacement protégé du vent par des bois. Cette mesure découlait certainement plus d'un calcul pragmatique que de considérations humanitaires. Estimant que beaucoup de temps, d'efforts et d'argent avaient été consacrés à transporter toute cette main-d'œuvre gratuite d'un bout de la Russie à l'autre, on avait dû faire pression sur le commandant pour qu'il amenât à bon port le plus grand nombre possible d'hommes valides. À présent que nous avions quitté la zone habitée d'Irkoutsk, on nous détacha pour la nuit et il nous fut permis de faire du feu. Comme dans le champ de pommes de terre, nous nous creusâmes des abris dans la neige, puis nous blottîmes les uns contre les autres pour somnoler à la lueur de foyers alimentés avec du bois mort que, les mains raidies par le froid, nous étions allés ramasser au pied des arbres. On nous donna notre second quart de café, et bienheureux ceux qui avaient eu la jugeote de mettre de côté un peu de leur pain du matin.

Je conserve un souvenir ému de la lourde roulante de campagne et de son efficacité. Y était cuit ce pain qu'on nous distribuait chaque matin – notre seule subsistance –, et elle nous assurait deux boissons chaudes par jour. Elle n'y manqua qu'une fois, le jour où nous restâmes plusieurs heures enlisés dans un blizzard. On nous accorda en cette occasion des rations de secours, changement d'ordinaire délectable et fort bienvenu : du pain de seigle imprégné de miel et en partie séché, aliment facile à stocker et à transporter. Je me souviens parfaitement des moindres variations touchant ma pitance tout au long de cet interminable voyage de Pinsk à la Sibérie du Nord. J'ai parfois du mal à me rappeler tel ou tel événement avec précision, mais j'ai, gravés en mémoire, tous les menus incidents ayant trait à notre alimentation. Nous n'étions jamais rassasiés et cela nous obsédait en permanence. On eût échangé une poignée de diamants contre une tranche de pain supplémentaire et l'on se fût alors regardé comme le plus heureux des hommes, car n'avait de valeur à nos yeux que ce qui se mangeait.

Trois effroyables blizzards s'abattirent sur nous au cours de notre marche. Le premier, qui frappa vers la fin de la première semaine, fut le plus terrible du fait que c'était notre première expérience de la furie de ces vents glacés, d'une force incroyable, qui poussent devant eux une neige compacte. Le ciel était bas et plombé lorsque nous nous remîmes en route peu après le lever du jour. La tempête nous tomba dessus deux heures plus tard. Elle ralentit le convoi presque immédiatement. Nous poursuivîmes néanmoins notre marche, courbés en avant, paupières closes. La neige s'accrochait à nos cheveux et dans nos barbes en broussaille, recouvrait les camions et les chaînes roides, enveloppait les soldats qui, là-haut, se tenaient serrés auprès de leur mitrailleuse enrobée d'une gangue blanche. La tourmente nous assaillit presque de face et avec une telle violence que je me demandai comment le camion de tête put, au cours des heures qui suivirent, entraîner vaille que vaille le convoi. Vers deux heures de l'après-midi, nous trouvâmes un abri tout relatif. C'était la première fois que je voyais les Russes porter le *bashlik*, sorte de balaclava en plus grand, faite d'un tissu rappelant le poil de chameau, et qu'ils ne coiffaient que sur ordre exprès du commandant.

La tempête fit rage pendant le reste de la journée et fort avant dans la nuit. Il nous fut impossible de faire du feu tant qu'elle dura. Quand elle s'apaisa un peu avant l'aube, ne laissant derrière elle que de légères chutes de neige, nous étions tous, y compris les soldats, au plus bas. Au lever du jour, pareils à une assemblée de bonshommes de neige, nous nous tournâmes, éperdus, vers la roulante. Cette supplique muette fut entendue. Le café brûlant circula. Il y eut une distribution de pain.

Il ne nous était guère possible d'établir des relations d'amitié avec l'un ou l'autre de nos compagnons de misère. Chacun se souciait de son sort et, à sa manière, se raccrochait désespérément à la nécessité impérieuse de continuer à avancer. Avec l'un d'eux pourtant je me liai. Nous partagions le même maillon de la chaîne et il marchait donc à ma hauteur. Un jeune type, costaud, les jambes solides, les épaules larges et musclées. Il s'écoula des jours avant que nous nous adressions la parole, même si nous nous étions

« examinés » mutuellement depuis le début. Il me faisait bonne impression et je voyais que c'était réciproque. Nous nous parlâmes pour la première fois à la faveur d'une halte imposée par la mort d'un homme qu'il fallait détacher, juste devant nous.

– Moi, ils ne m'auront pas comme ça, me confia-t-il à voix basse.

– Moi non plus, lui répondis-je. Où que nous allions, nous finirons par y arriver...

Il me dit s'appeler Grechinen. Il était – encore que le terme soit un peu ronflant pour son emploi réel – chef d'une petite gare de la région de Lublin. En réalité, il faisait presque tout lui-même, y tenant même le rôle de porteur. Garçon aux ambitions modestes, satisfait de la sphère réduite où il évoluait, il était plus heureux de se livrer à un travail manuel que de s'acquitter de la petite quantité d'écritures qu'impliquait le titre de chef de gare. Les Russes débarquèrent et, sans raison logique, le relevèrent de ses fonctions pour l'envoyer dans l'un de ces dépôts qu'ils installaient pour y réparer des tracteurs. Grechinen, ukrainien de naissance, comptait parmi ceux qui étaient devenus polonais à la faveur du vaste redécoupage des frontières de l'Europe centrale hérité de la Première Guerre mondiale. Il prenait son changement de situation avec philosophie. En fait il aimait bien « bricoler sur les tracteurs ».

Certains de ces tracteurs, m'expliqua-t-il, étaient au bout du rouleau, mais lui et ses compagnons étaient censés les remettre en état afin qu'on pût les renvoyer dans les exploitations agricoles. Il passa près d'une semaine sur l'un de ces engins, puis le vit partir avec appréhension. Un jour, le directeur le convoqua pour lui annoncer gravement que la machine en question était tombée en panne peu de temps après son retour à la ferme. Grechinen, gars tranquille et lent à la détente, lui répondit sans détour que l'on ne pouvait transformer un tas de ferraille en tracteur.

Il fut arrêté et accusé de sabotage. On lui imputa plusieurs autres crimes pour faire bonne mesure. Son emploi antérieur de chef de gare, pourtant peu suspect, lui valut d'être taxé de collaboration avec l'État policier polonais et de passer par conséquent pour un ennemi du peuple. Il tenta de s'expliquer, mais personne ne l'écouta ; il se tut après le premier interrogatoire et résolut de ne plus desserrer les dents.

– Que veux-tu répondre à un tas de cinglés qui te posent des questions et deviennent fous furieux parce que tu ne leur donnes pas les réponses qu'ils attendent ?

Ils eurent beau le malmener, le brutaliser, Grechinen resta muet comme une carpe. Le jugeant pour finir un peu simplet, ils cessèrent de le bousculer et le conduisirent devant les juges. Il s'en tira à bon compte avec une condamnation à dix ans de travaux forcés.

Quand on lui signifia sa peine, il fut si estomaqué qu'il en oublia son vœu de silence.

– Dix ans ! s'écria-t-il. Et pour quelle raison ?

Le procureur bondit de sa chaise.

– Ah, lui lança-t-il d'un ton menaçant, voilà que tu retrouves ta langue !

Grechinen ne répliqua rien. Et il n'avait plus prononcé un mot, me dit-il, jusqu'à notre rencontre. L'ouvrir quand il convenait de la fermer, me mit-il en garde, pouvait amener des tas d'ennuis imprévus. Je compris qu'il me donnait là un conseil d'ami et l'en remerciai. Il s'établit un lien solide entre nous pour tout le reste de notre longue marche. J'avais de l'affection pour ce garçon honnête et droit.

Quelqu'un apprit on ne sait comment, au cours de la deuxième semaine, qu'on était le 24 décembre. Peut-être un prisonnier, supposant cette date prochaine, s'était-il fait confirmer l'information par un garde. La nouvelle se répandit comme une traînée de poudre. « C'est la veille de Noël », se passait-on de bouche en bouche.

– C'est la veille de Noël ! dis-je à Grechinen.

Ses lèvres gercées esquissèrent un sourire.

– Ouais, la veille de Noël, répéta-t-il.

Loin derrière s'éleva soudain une rumeur faible et vacillante. Quelque chose d'étrange, de saisissant. Cela enflait en remontant rapidement la longue colonne. C'étaient les hommes qui chantaient, et le volume croissant de leur chant retentissait dans les solitudes désolées de la Sibérie.

Je crus que les soldats allaient nous faire taire, mais l'ensemble du convoi fut bientôt gagné. Je chantai et Grechinen chanta aussi. Tous ceux qui avaient encore de la voix se joignirent à l'unisson. Un chœur en marche de près de cinq mille hommes qui oubliaient leur désespoir en célébrant la naissance de l'Enfant Jésus. Ce cantique s'appelait *Sainte nuit*, et ceux qui ne le chantaient pas en polonais le faisaient dans la langue dans laquelle ils l'avaient appris en leurs jeunes années. Puis quelques voix entonnèrent *La Berceuse de Jésus*, chant traditionnel de mon pays et, la gorge nouée, je me tus. Au bout de quelques couplets, d'autres ne purent poursuivre et se mirent à pleurer sans bruit. La berceuse tourna court et le silence retomba. Nos cœurs débordaient de souvenirs doux-amers des Noëls passés.

Le jour de Noël arriva et s'écoula, aussi morne que les autres journées de marche. Puis ce fut le deuxième blizzard. Tout au long des heures que dura cette tempête, Grechinen et moi nous efforçâmes de soutenir l'homme placé devant lui, tout en sollicitant les gardes pour qu'ils l'aident.

– Il va s'en tirer, nous répondit l'un d'eux.

L'homme mourut une demi-heure à peine avant d'atteindre la halte.

Les soldats n'étaient pas toujours aussi indifférents aux prières de prisonniers à bout de forces, mais il devint évident qu'ils avaient ordre d'opérer des choix. Les plus âgés, ceux qui avaient le souffle court et qui traînaient la patte, ne recevaient jamais le moindre secours, en dépit de cette recommandation souvent répétée par les gardes le matin avant le départ: «Si vous vous sentez malades, vous nous le signalez.» On nous rappelait aussi que nous avions avec nous des infirmiers qualifiés, mais je n'en vis jamais aucun exercer son art.

Au lieu de rassemblement près d'Irkoutsk, un petit groupe de Russes était venu grossir nos rangs. Presque tous avaient l'air relativement jeunes et je suppose qu'il s'agissait non pas de condamnés politiques, mais de criminels ordinaires qui allaient purger leur peine en Sibérie. Il y en avait trois ou quatre sur notre chaîne et ils étaient les seuls à recevoir de l'aide. Quand quelqu'un commençait à trébucher, à tomber et à geindre misérablement, l'usage voulait que ses voisins immédiats avertissent un des gardes qui marchaient à nos côtés. Celui-ci hurlait le nom du malheureux à l'adresse des soldats montés sur le camion. On consultait une liste. Plus souvent qu'à son tour l'homme n'avait pas de chance. On lui ordonnait de continuer d'avancer et ses camarades se démenaient au mieux pour le soutenir jusqu'à l'étape. J'en ai vu s'effondrer dans la neige et supplier qu'on les détachât et les laissât dormir sur place. La mort leur eût été une délivrance et ils l'appelaient de leurs vœux. Mais les soldats les faisaient relever à coups de pied et l'affreuse lutte reprenait.

Nous fûmes vraiment surpris par ce qui se produisit la première fois qu'un des nouveaux venus tourna de l'œil, tomba et se laissa traîner par la chaîne. Cela donna lieu aux échanges habituels entre les gardes à pied et ceux du camion. On sortit la liste. L'homme fut redressé sans ménagements. Tandis qu'on le détachait, un des soldats le plaisanta:

– T'es bien bâti. On te permet de te reposer un peu; comme ça, plus tard, tu pourras bosser pour nous.

On fit monter l'homme dans le camion. Il y resta peut-être deux heures, puis il reprit sa place dans la colonne. Nous aurions sans doute dû nous réjouir de voir l'un d'entre nous ainsi épargné; mais, pensant à ceux qui mouraient sans secours, nous nous mîmes à haïr cet homme et à lui témoigner la plus grande méfiance. Nous n'avions plus rien à dire à un type qui avait obtenu la faveur de monter à bord d'un camion. Nos soupçons allèrent jusqu'à nous demander si les Russes ne plaçaient pas des « moutons » parmi nous, encore qu'on voie mal quel bénéfice aurait pu compenser pareille promenade dans l'hiver sibérien. Le seul critère de cette discrimination était peut-être l'âge des déportés, méthode très pragmatique pour amener à bon port le plus grand nombre possible de sujets jeunes. Toutefois, je ne vis jamais un seul Polonais obtenir de monter dans le camion ; mais après tout l'existence qu'on nous faisait mener n'obéissait pas aux règles d'une pensée logique.

Les jours s'écoulèrent avec la même lenteur pendant tout janvier. Nous attendions avec toujours plus d'impatience l'étape du soir, les feux, le pain et le café chaud. Des soldats parmi les plus âgés nous disaient que nous avions de la chance, que cet hiver était relativement clément ; mais pour ma part, j'espère ne jamais subir de nouveau un temps aussi rigoureux. Des congères de plus en plus élevées nous ralentissaient considérablement. Les occasions où il nous fallait aider les camions à franchir des obstacles devenaient de plus en plus fréquentes, au point que nous nous demandions si nous n'allions pas finir par rester bloqués sur place. L'acier glacé de la menotte m'entaillait le poignet. J'avais toujours froid, j'étais trempé en permanence et tenaillé par une faim dévorante. Jour après jour, l'impassible Grechinen cheminait lourdement à mes côtés. Nous parlions peu, mais nous tirions notre force l'un de l'autre, de notre mutuelle détermination à tenir jusqu'au bout. Des jours durant il ne décrochait pas une parole, mais de temps à autre il me souriait à travers sa barbe et je lui adressais en retour une grimace crispée par le froid.

VI

FIN DU VOYAGE

Ce doit être dans la dernière semaine de janvier 1941, alors que nous marchions depuis quarante jours, que le troisième blizzard, le plus violent, s'abattit sur nous et finit par enliser les camions. Le convoi avait couvert plus de douze cents kilomètres depuis Irkoutsk. Nous avions traversé deux grands cours d'eau, d'abord le Vitim, puis, à peine quelques jours plus tard, la puissante Lena, tous deux pris par les glaces et pareils à de larges routes parfaitement lisses serpentant à travers l'immensité de la Sibérie. Après cela, il semblait impensable que les camions interrompissent jamais leur lente progression vers le nord. Le visage cinglé par une neige sèche et dure, soldats et prisonniers travaillaient de concert à déblayer les congères. Arriva toutefois le moment où nos efforts furent inutiles. La longue file de véhicules et de piétons se ramassa sur elle-même et s'immobilisa sans ordre.

Tout au long du voyage, c'est par roulement qu'avait été assurée la tâche éprouvante d'ouvrir la marche. Quand la relève était décidée, le chauffeur du camion de tête se rangeait sur le côté avec les hommes enchaînés à sa suite et se laissait dépasser par les autres véhicules pour repartir en dernière position. La durée du service en tête de convoi était fonction de la route et du temps qu'il faisait. Pour lors, nous suivions un axe important bordé de poteaux télégraphiques dont les fils pendaient sous le poids de la neige. Toutefois, l'avantage de circuler sur une route digne de ce nom était plus que contrebalancé par la situation de ladite route sur un plateau exposé aux intempéries. Outre les difficultés liées aux amoncellements de neige, les chauffeurs devaient éprouver toutes les peines du monde à distinguer quoi que ce fût à travers l'épais brouillard de flocons tourbillonnants.

Mon groupe se trouvait alors en quatrième ou en cinquième position dans la file, et ce fut là, presque à ma hauteur, qu'après être allés à l'avant prendre la mesure de la situation, le commandant et ses officiers se réunirent pour conférer. Je ne sais si pareille éventualité avait jamais été envisagée, mais toujours est-il qu'ils se montraient à l'évidence fort inquiets. Ils discutèrent, tournant le dos au vent, durant quelques minutes, ensuite de quoi un radio grimpa à l'un des poteaux téléphoniques pour y raccorder un poste de campagne. Il redescendit faire son rapport. Les officiers hochèrent la tête avec raideur, puis se séparèrent pour remplir leurs fonctions respectives. Nous attendîmes tandis qu'un petit détachement de soldats partait sur la route en quête d'un lieu abrité.

Une demi-heure environ après l'arrêt, les chaînes furent décrochées des camions ; on nous fit avancer pour battre la neige fraîche et y ouvrir une piste. Les camions progressaient lentement derrière nous. Après un kilomètre et demi d'efforts, nous atteignîmes avec soulagement un havre constitué par un rideau d'arbres. Nous parvînmes, non sans difficulté, à allumer des feux, plusieurs centaines, et à les entretenir toute la nuit afin de ne pas crever sur place. Nous avions le sentiment que cette tempête entendait nous effacer de la surface de la terre. Certains prisonniers se frayaient obstinément un chemin à travers la presse pour s'approcher au plus près des flammes et, méprisant les mises en garde faites dès les premiers temps de notre marche, y présentaient leurs doigts engourdis pour ensuite hurler de douleur quand le sang se remettait à circuler. Nous ne cessions de nous retourner à l'intérieur du cercle de chaleur, car le blizzard nous glaçait le dos tandis que nous nous réchauffions les mains, le visage et la poitrine. On ne laissait personne dormir. Ceux qui commençaient à somnoler étaient brutalement secoués par leurs camarades : chacun savait que s'il s'endormait ce pouvait être pour toujours.

Le blizzard se déchaîna pendant vingt-quatre heures. Les feux ainsi que la roulante, qui fonctionnait encore, nous sauvèrent. Les herbes vivaces à larges feuilles, qui avaient fait partie du paysage sur toute la longueur du parcours, se couchaient, tournoyaient, dansaient follement dans la tourmente. La neige tombait dans les flammes en sifflant. Les mains enfouies dans nos fufaikas, battant sans discontinuer la semelle pour empêcher nos pieds de geler, nous maudissions la tempête et nous demandions en quel état nous allions quitter cet endroit.

Quand le vent faiblit et que la neige se fit moins dense, ma première impression fut celle du silence retrouvé. Il était de nouveau possible d'entendre clairement les bruits ordinaires du camp, de tenir une conversation à voix basse. Le vent était encore bien établi, il chantait lugubrement dans les arbres, mais cela n'avait plus rien à voir avec la plainte martelée du blizzard qui nous avait assaillis pendant de longues heures. Je ne me rappelle pas combien de temps nous restâmes à l'abri de ces bois – une éternité selon moi, deux jours peut-être tout au plus. Toujours est-il que la matinée était claire, de cette extraordinaire limpidité qui caractérise une belle journée d'hiver en Sibérie, journée très froide où la respiration ressort en nuages de vapeur, où la vue porte très loin. Un groupe d'officiers s'entretenait, regardant de temps à autre dans la direction d'où nous étions venus et consultant fréquemment leurs montres. Il y avait de l'attente dans l'air et, n'ayant pas la moindre idée de ce qui allait suivre, nous étions tous dévorés de curiosité et habités d'une agitation croissante.

Nous entendîmes avant de voir. Au loin des hommes donnaient de la voix. Chacun se tourna dans la direction d'où provenaient ces cris. Au bout de quelques minutes une forme apparut sur la crête à environ quatre cents mètres de là. Des exclamations de surprise retentirent parmi nous. Des rennes ! Des rennes et des traîneaux ! Par douzaines. Deux, trois, et même quatre bêtes attelées en flèche à chaque traîneau. Ils étaient menés par de petits hommes bruns du type mongol, au visage camus, et qui ne mesuraient guère plus d'un mètre cinquante. C'étaient des nomades ostyaks, gardiens de troupeaux des steppes de Sibérie. Ce changement inattendu nous mit du baume au cœur. Les prisonniers s'arrachaient à leur apathie, ils s'interpellaient, ils riaient. Près de moi un homme sautait sur place tout en ne cessant de répéter :

– Ah ben, ça alors ! Visez-moi un peu ces gars-là !

Des têtes nouvelles, une animation, des bruits nouveaux. Les appels des Ostyaks, le déharnachement des rennes, la pose d'entraves sur leurs antérieurs avant de les envoyer paître la mousse sous l'épais manteau neigeux, tout cela nous fascina. Voilà bien de l'inédit en un lieu et dans une situation où, pensions-nous, rien d'insolite ne pouvait se présenter. Mon voisin continuait de parler tout seul d'un ton qui voulait dire : « Que vont-ils imaginer la prochaine fois ? »

Il ne fallut aux Ostyaks que peu de temps pour libérer les bêtes de leur harnais rudimentaire, un collier en cuir de renne attaché à deux longs brancards qui, s'incurvant vers le sol, formaient les patins du traîneau dont la plate-forme de bois comportait zibelines et autres fourrures. Ils avaient apporté de la nourriture dans de petites sacoches et, tandis que nous recevions notre ration matinale de pain et de café, ils se joignirent à nous autour du feu. Emmitouflés dans de chauds vêtements de peau, ils nous regardaient avec pitié. Leurs yeux, d'un noir intense, étaient deux étroites fentes comme c'est le cas des gens qui affrontent les climats les plus rudes.

Je communiquai avec l'un d'eux en russe. Il pouvait avoir dans les soixante ans, mais il n'est jamais aisé d'apprécier l'âge de ces hommes du type mongol. Il m'expliqua que des soldats de l'Armée rouge étaient venus les trouver à leur campement d'hiver pour leur demander de se rendre ici, ce qui ne les avait pas remplis de joie. Il estimait avoir parcouru, et promptement, près de cent cinquante kilomètres jusqu'à notre rencontre. Ils avaient amené des soldats avec eux, à raison de deux par traîneau. Il me parla des rennes, me dit qu'on ne pouvait les monter, car ils avaient le dos fragile, mais qu'encolure et garrot étaient en revanche très solides et qu'un Ostyak pouvait s'y jucher d'un bond à l'aide de la longue perche qui leur servait à diriger leurs traîneaux, et chevaucher ainsi sans effort ni fatigue pour la bête. Il m'indiqua son nom, mais, accoutumé comme je l'étais aux seuls noms occidentaux ou russes, je n'en ai gardé aucun souvenir.

Il m'arriva de converser à plusieurs reprises avec cet homme. Il venait discrètement me trouver. Il n'avait pas grand-chose à dire. Il réfléchissait longuement et accomplissait des efforts visibles pour formuler ses idées en russe. Il nous appelait, de même que tous ses compatriotes, «les Misérables». Par tradition, depuis l'époque des tsars, nous étions aux yeux de son peuple les Misérables, ces prisonniers d'un État qui avait toujours cherché à exploiter les ressources de la Sibérie à l'aide d'une main-d'œuvre gratuite, ces prisonniers politiques qui n'avaient pu s'adapter au système de ces tyrannies successives.

– Nous sommes vos amis depuis toujours, me confia-t-il. Il y a bien longtemps – du temps de mon père et du père de mon père – nous déposions le soir à l'extérieur de nos habitations de la nourriture pour les Misérables qui s'étaient évadés de leurs camps et ne savaient où aller. De mon temps aussi, car je me fais vieux, je me souviens qu'on pratiquait cette coutume.

– Ces hommes, lui demandai-je, ont-ils toujours essayé d'échapper aux Russes ?

– Oui, les hommes jeunes et robustes et qui ne veulent pas être esclaves ont toujours cherché à s'évader, dit l'Ostyak. Peut-être essaieras-tu, toi aussi.

S'évader. Je m'aperçus que l'idée me trottait dans la tête depuis le jour où j'avais quitté la Lubyanka. Oui, sacré vieil Ostyak, pensai-je, tous les hommes jeunes et robustes et qui ne veulent pas mourir doivent penser à s'évader. Un écart à droite, un écart à gauche… les Russes le savaient eux aussi. Mais seul un fou aurait pu envisager de leur fausser compagnie à la faveur de cette marche au cœur de l'hiver. À supposer qu'il ne fût pas abattu sur-le-champ – il était en effet possible de s'écarter du camp, car la surveillance connut sur la fin quelque relâchement, les soldats se souciant surtout, comme les autres, de rester en bonne forme afin d'arriver à destination –, un tel homme n'aurait pu tirer sa subsistance de ce pays en hiver, surtout affaibli et à demi mort de faim comme nous l'étions déjà. Cependant le vieux conducteur de rennes sema en moi cette idée qui ne devait plus me quitter.

Le vieil homme me parlait de la vie des siens, des bêtes dont la peau avait pour eux tant de prix, des rennes qu'ils soignaient avec tant de vigilance.

– Autrefois, me raconta-t-il, nous avions le droit de chasser au fusil, mais aujourd'hui les Soviétiques nous l'interdisent et nous posons des pièges.

Le jour où nous repartîmes à la suite des traîneaux, quelques-uns se mirent à rire devant les protestations de l'Ostyak dont l'attelage à quatre rennes avait été désigné pour tirer la roulante, simple chaudière à bois assortie d'un four. L'homme affirmait que ses bêtes et son traîneau trop léger ne parviendraient jamais à remorquer un tel poids. Les cuisiniers russes poursuivirent flegmatiquement leur travail et nous observions la scène, partagés entre une sympathie amusée à l'égard de l'Ostyak et une pointe d'inquiétude de voir se confirmer ses craintes. Tout alla bien cependant. Nous nous mîmes en route, nos chaînes à présent assujetties aux traîneaux. La roulante, à notre grand soulagement, suivit le mouvement. Quelques soldats demeurèrent avec les camions et je regrettai d'abandonner ces véhicules puissants et fiables. Je ne sais ce qu'il en advint. Peut-être purent-ils rebrousser chemin ou encore les tracteurs des kolkhozes vinrent-ils les chercher…

Cheminer derrière la croupe dansante des rennes, contempler le balancement de leurs andouillers, constitua une nouveauté qui garda jusqu'au bout son attrait. En retenant doucement la chaîne nous pouvions réduire considérablement leur pas. Nous découvrîmes cette astuce lors du franchissement passablement désordonné d'une petite rivière encaissée. Les premiers attelages dévalaient sans peine le talus, les gardes hurlaient à leurs conducteurs de maintenir une allure raisonnable. Pas mécontents de ce tohu-bohu, nous unîmes nos forces afin de ralentir notre traîneau qui prenait de la vitesse. Nous descendîmes la berge au galop, puis gravîmes l'autre versant au petit trot. Il fallut une bonne heure pour que ce cirque insensé se remît en ligne et fût prêt à repartir.

Les vicissitudes du voyage ne diminuaient pas et l'épuisement faisait encore des victimes, dont des soldats. Ceux-ci affrontaient désormais des difficultés aussi considérables que les nôtres, même s'ils étaient mieux équipés contre le froid et mieux nourris que nous, leur régime de base s'agrémentant de viande en conserve et de soupe de légumes. Mais pas un – hormis le commandant et les malades – n'était autorisé à prendre place sur les traîneaux. Ils marchaient dans une neige profonde en abord de la piste, effort auquel, le groupe de tête excepté, nous échappions, étant de surcroît tractés par notre chaîne. Beaucoup de ces hommes, originaires des républiques soviétiques autonomes du Sud, éprouvaient pour la première fois la rudesse de l'hiver sibérien et en souffraient d'autant plus.

Les Ostyaks étaient les moins affectés par le froid. La seule chose « nouvelle » pour ce qui les concernait résidait en la tâche à laquelle on les contraignait. Tout en ayant pitié de nous, ils semblaient avoir compris que le seul secours qu'ils pouvaient nous apporter était de nous conduire aussi vite que possible à destination. Sur les types de terrain les plus divers ils s'arrangèrent pour couvrir une moyenne de vingt-cinq kilomètres par jour. Ils se comportaient à l'égard des soldats avec une indépendance presque insolente. Ils ne désiraient recevoir de l'armée que les boîtes de conserve vides, que, par ordre, on récupérait soigneusement. L'intérêt qu'ils portaient aux objets en métal montrait bien le caractère rudimentaire de leur mode de vie. Si, chez eux, le métal était rare, ils avaient en revanche des peaux et du bois en quantité. Aussi s'opérait-il des trocs discrets entre eux et les cuistots de l'armée : des peaux contre du fer-blanc. L'échange d'une zibeline contre une boîte de singe vide constituait une bonne affaire pour les deux parties et nous découvrions pour notre part la valeur relative des choses dans cette partie du monde. Ces boîtes, nous expliquèrent-ils, allaient devenir des ustensiles de cuisine et leurs femmes les regarderaient comme un bien précieux.

L'incroyable convoi poursuivit sa route pendant plus d'une semaine, la plupart du temps en rase campagne et en évitant toujours les lieux habités. La longueur de chaîne qui traînait derrière nous dans la neige disait l'histoire des hommes tombés en chemin. À chaque mort, les hommes placés en arrière de l'espace vacant avançaient d'un cran et le surplus de chaîne indiquait le taux de mortalité de chaque groupe. Les deux prisonniers en bout de file ramassaient la chaîne sous leurs aisselles afin d'en supporter mieux le poids et nous occupions cette place peu enviable à tour de rôle. Nous en dispensions toutefois les plus vieux et les plus diminués.

Le huitième ou le neuvième jour après que nous eûmes abandonné les camions, nous entrâmes dans une vaste forêt que, d'une hauteur quelques heures auparavant, nous avions vue s'étendre à perte de vue. Nous suivions à présent une très large piste entre les arbres, heureux d'échapper à la morsure du vent et de savoir que notre gîte de nuit était assuré. Les soldats affichaient des signes de bonne humeur et nous supposions, ce qui se révéla exact, que la fin du voyage était proche. Nous cheminâmes deux jours dans cette forêt. Le second jour, le regain d'entrain des soldats se communiqua aux prisonniers, donnant espoir, même à ceux qui étaient presque mourants, que la grande épreuve touchait à sa fin. Ce fut une longue étape qui commença avec les premières lueurs de l'aube et se poursuivit jusqu'au soir. La nuit tombait lorsque nous débouchâmes dans une vaste clairière ouverte par l'homme dans la forêt environnante. On apercevait des lumières à quelque distance et des voix se faisaient entendre.

Telle était donc notre destination – le camp 303, sur la rive nord de la Lena, selon mes estimations entre trois et quatre cent cinquante kilomètres au sud-ouest de la ville de Iakoutsk, capitale de la Sibérie septentrionale. Je n'ai pas un souvenir très précis des scènes qui marquèrent notre arrivée, en cette première semaine de février 1941. Je me souviens que nous avançâmes, les équipages de rennes les uns derrière les autres, jusqu'à un grand portail pratiqué dans une forte palissade de troncs d'arbres grossièrement équarris. On me libéra de mes chaînes, j'éprouvai un étrange sentiment de sécurité en déambulant avec les autres à l'intérieur de l'enceinte. Je me souviens aussi d'un repas agrémenté d'une soupe de navets, de feux qu'on allumait sur ce qui semblait être un vaste terrain d'exercice. Je me rappelle encore qu'on lança mon nom à l'heure de l'appel. Assis épaule contre épaule avec Grechinen devant un monceau de bûches grésillantes, je parlais un peu, somnolais souvent, me relevais afin de faire jouer mes jambes endolories. Plus de quinze cents kilomètres de marche depuis Irkoutsk pour finalement aboutir ici. Je m'en émerveillais. En dépit de mes souffrances physiques je me sentais presque heureux. L'horrible épreuve de ces deux mois passés sur la route avait pris fin. Quoi que nous apportât le lendemain, ce ne pouvait être pire. Je crois que je devais être en proie à un léger délire.

La force de l'habitude fit que nous nous réveillâmes au point du jour, perclus de douleurs, les yeux lourds de fatigue. Certains étaient très malades et leurs compagnons durent les aider à se lever. Les Ostyaks et leurs rennes étaient repartis dans la nuit. Je m'apprêtais à vivre le premier jour de ma vie dans un camp de travail soviétique.

VII

LA VIE AU CAMP 303

Un léger brouillard matinal se dissipa et à la froide et claire lumière du jour j'examinai l'endroit où il avait été décidé que je passerais vingt-cinq années de mon existence. Le camp 303, qui se situait entre quatre cent cinquante et six cents kilomètres au sud du cercle polaire, formait une enceinte rectangulaire de huit cents mètres de long sur quatre cents de large. À chaque angle, bâti en forts pilotis de bois, s'élevait un mirador armé d'une mitrailleuse. La porte principale, placée sur la largeur et avec de chaque côté les baraquements de la garnison, les cuisines, les magasins et les locaux administratifs, regardait vers l'ouest. À peu près au centre de l'enceinte s'étendait le no man's land séparant soldats et prisonniers.

Entre nous et la forêt environnante se dressaient les lignes de défense propres à un camp de prisonniers. Partant de l'intérieur, le premier obstacle nous coupant de la liberté était un cercle ininterrompu de rouleaux de barbelés. Venait ensuite un fossé profond de deux mètres dont la paroi intérieure faisait un angle d'une trentaine de degrés tandis que l'autre était parfaitement verticale. Puis s'élevait la première de deux palissades en troncs d'arbres hautes de quatre mètres, sans aspérités sur leur face intérieure, mais fortement étayées de l'autre côté. Le pied extérieur de ces deux palissades était renforcé d'un réseau de barbelés. Parfaitement dégagée, la bande de terrain qui les espaçait tenait lieu de chemin de ronde et reliait le corps de garde, situé à l'entrée principale du camp, aux quatre miradors. Des sentinelles y patrouillaient en permanence, accompagnées la nuit de chiens-loups. Ceux-ci partageaient leur chenil près de la porte ouest avec une meute de chiens de traîneau.

Un millier d'hommes se mêlèrent timidement à nous lors de cette première matinée, des Finlandais pour une bonne part qui se trouvaient déjà là à l'arrivée de notre troupe dépenaillée de quatre mille cinq cents âmes. Ils sortaient de quatre grands baraquements qui se dressaient à l'extrémité orientale de l'enceinte. Ces logements, construits en rondins, mesuraient quatre-vingts mètres de long sur dix de large. Leur disposition se conformait à la configuration générale du camp. Les portes donnaient sur la largeur, à l'ouest, et ce côté était protégé du vent et de la neige par une étroite galerie qui s'ouvrait au sud. Manifestement, rien n'avait été prévu pour nous, les nouveaux arrivants.

Nos conjectures connurent un terme quand les soldats nous ordonnèrent de nous mettre en rang pour le repas. Nous nous mîmes à défiler devant les fenêtres des cuisines, un des bâtiments situés à gauche de l'entrée principale. On nous distribua comme d'habitude de l'ersatz de café et du pain. Chacun but aussi vite que possible pour tendre son quart de fer-blanc à la fenêtre suivante. On nous gratifiait de cette lavasse en abondance, mais les récipients manquaient. Cette pénurie persista tout le temps que je passai au camp et il en allait de même des écuelles en bois utilisées pour nous servir la soupe.

Des soldats apportèrent une estrade au centre de l'esplanade et, aux ordres d'officiers subalternes et de sous-officiers, ils prirent position tout autour. Après quoi on nous fit ranger en un large cercle. Accompagnés d'un petit détachement, deux colonels fendirent la foule et l'un d'eux monta sur ladite estrade. Du premier rang où je me trouvais, j'eus tout loisir de l'examiner. L'homme, grand, mince, le visage émacié, les tempes grisonnantes, l'allure distinguée, correspondait à l'archétype du militaire de carrière. Sa petite moustache grise était impeccablement taillée, deux rides très marquées reliaient une bouche pleine de fermeté à un menton énergique. Il tenait la tête légèrement inclinée vers l'avant et je fus frappé par son air détaché, cet air indéfinissable d'autorité innée que quiconque a servi sous les drapeaux a noté chez certains de ses chefs. Face à un auditoire hostile, une troupe de malheureux habités d'une haine profonde et presque tangible pour tout ce qui était russe, cet homme ne montrait aucune émotion. Il demeurait là face à nous, immobile et parfaitement détendu. Les commentaires bruissaient. L'officier nous embrassa d'un lent regard circulaire. Il se fit un silence absolu.

Dans un russe net et cassant, il nous tint ce discours :

– Je suis le colonel Ushakov, commandant de ce camp. Vous êtes ici pour travailler et j'attends de vous labeur et discipline. Je ne vous parlerai pas des punitions : vous savez sûrement ce qui vous guette si vous ne filez pas droit.

» Notre première guette est de vous pourvoir d'un toit. Votre première tâche va donc consister à construire des baraquements pour votre usage. Plus vite ils seront terminés, plus vite vous échapperez aux intempéries. À vous de voir. Dans toute communauté, certains se débrouillent pour laisser les autres travailler à leur place. Ce genre de relâchement ne sera pas toléré ici et nous veillerons pour le bien de tous à ce que chacun assume sa part de besogne.

» Je compte que vous ne créerez pas de difficultés. Si vous avez des plaintes à formuler je serai toujours disposé à les entendre et ferai ce qui est en mon pouvoir pour vous aider. Ici, point de médecins, mais des soldats qui ont suivi une formation de secouriste. Ceux d'entre vous qui ne sont pas en état dc travailler seront logés dans les bâtiments existants pendant que les autres construiront les nouveaux baraquements. J'en ai terminé.

Le commandant du camp descendit pour céder la place à l'autre colonel. Celui-ci bondit sur l'estrade plus qu'il n'y monta tant il était bouillant. Rien de placide chez cet homme. Si d'Ushakov émanait une impression d'autorité contenue, ce type exhibait au contraire son pouvoir à la manière d'une oriflamme flottant au vent. Mieux vêtu que son collègue, il portait une veste en peau de mouton et avait aux pieds d'élégantes bottes de cuir souple parfaitement cirées. Quant à son âge, il aurait pu être le fils d'Ushakov.

Si j'ai jamais su son nom, je l'ai oublié. C'était le commissaire politique et nous ne l'appelâmes jamais autrement que le «politruk», abréviation du titre porté par ces fonctionnaires. Il resta une bonne minute à nous toiser avec un petit sourire, image même de la suffisance et de l'arrogance. Les prisonniers, mal à l'aise, dansaient d'un pied sur l'autre et ne pipaient mot.

Enfin, il prit la parole. Il s'exprimait comme un sergent-major, avec rudesse et mépris.

– Regardez-vous, nous lança-t-il en voûtant les épaules et en plaçant ses mains gantées sur ses hanches. Une vraie bande d'animaux! Non, mais à quoi ressemblez-vous! On vous tient pour des gens hautement civilisés se faisant fort de régir la planète. Vous rendez-vous compte aujourd'hui à quel point ce qu'on vous a fourré dans le crâne est inepte?

Enhardi par l'anonymat qu'offrait cette foule inquiète, un homme courageux eut l'audace de lui répondre. Sa voix traversa le silence alors que le politruk, après son attaque liminaire, s'était tu pour ménager ses effets.

– À quoi pouvons-nous ressembler? Vous ne nous laissez pas nous raser, nous n'avons ni savon ni vêtements de rechange.

Le politruk se tourna dans la direction d'où venait la voix.

– À la prochaine interruption, je suspends vos rations – il ne fut plus interrompu. Au bout de quelque temps ici, continua-t-il, et sous la conduite du camarade Staline, nous ferons de vous des citoyens utiles. Ceux qui ne travaillent pas ne mangent pas. C'est ma tâche que de vous aider à vous améliorer. Ici on ne fait pas que travailler. Vous pouvez suivre des cours pour rectifier votre vision des choses. Nous avons une excellente bibliothèque à laquelle vous aurez accès après les heures de travail.

Il poursuivit un moment dans cette veine, puis, brusquement :

– Des questions ?

– Quand est-ce que le printemps arrive, ici ? demanda un prisonnier.

– Ne posez pas de questions idiotes, lui répondit le politruk.

Sur quoi on nous fit rompre les rangs.

Les premiers jours de la construction des baraquements furent quelque peu chaotiques. Tout le monde était relativement disposé à mettre la main à la pâte, mais assigner aux hommes les plus capables les tâches qui leur convenaient ne se révéla pas une mince affaire. L'ensemble s'organisa doucement au bout de deux ou trois jours. Se constituèrent des équipes d'architectes et d'arpenteurs pour tracer au sol le plan de chaque baraque et le jalonner à l'aide de piquets, des équipes d'ouvriers, désignés parmi les plus jeunes, qui piochèrent la terre glacée pour y creuser de profonds trous destinés à recevoir les poteaux, et enfin le groupe des charpentiers, hommes habiles à manier l'herminette pour façonner le bois d'œuvre issu de la forêt. Le plus gros parti de travailleurs passait la porte du camp chaque matin à huit heures sous la garde de soldats en armes.

J'étais du groupe des bûcherons. Un clairon sonnait le

réveil à cinq heures et presque aussitôt un défilé d'hommes ensommeillés se rendait aux latrines, une tranchée creusée derrière l'emplacement des futurs baraquements. Puis on faisait la queue pour le déjeuner. Les outils nous étaient remis au magasin, situé sur la gauche du portail – objet d'un comptage méticuleux et le matin et à la fin de la journée, lorsque nous les restituions. Au moment où nous sortions du camp, un pointeur cochait nos noms sur ses listes.

La forêt se composait principalement de sapins, mais aussi de bouleaux et de mélèzes en quantité. Je travaillais dans une équipe d'abattage, maniant un bout d'une grande scie à deux mains ou passe-partout. Parfois je changeais d'occupation et ébranchais les billes à la hache. Depuis mon enfance dans notre domaine de Pinsk j'avais toujours été habile à manier l'outil et ce travail me plaisait. Progressivement mes forces revenaient. Je me plongeai dans un tourbillon d'activité. J'éprouvais fierté et satisfaction à me servir de nouveau de mes mains. À une heure, nous rentrions au camp pour livrer aux charpentiers le bois que nous avions coupé. La soupe était servie, puis nous retournions en forêt travailler jusqu'à la tombée de la nuit. La ligne des baraquements s'allongeait chaque jour un peu plus.

Deux semaines après notre arrivée, nos logements étaient achevés : deux rangées de dix constructions que séparait une large « rue ». Un châlit me fut alloué dans l'une des dernières terminées, et je me souviens parfaitement du délicieux sentiment de sécurité, de confort et de chaleur que j'éprouvai la première fois que, par une nuit glaciale, je pénétrai dans ma nouvelle demeure. Cela fleurait bon le sapin fraîchement coupé. Sur la longueur de la paroi en rondins s'alignaient cinquante couchettes à trois étages superposés, simplement constituées de planches posées sur un solide cadre rectangulaire. Trois poêles en tôle, répartis à intervalles réguliers le long de la pièce, rougeoyaient dans les ténèbres, alimentés par les chutes de bois que nous rapportions chaque jour de la forêt. À l'exemple de ceux qui étaient déjà installés dans leurs baraquements, nous avions ramassé dans nos fufaikas autant de mousse que possible pour l'étendre sur les planches de nos lits. Nous n'avions pas de cheminées; la fumée sortait d'un court tuyau et s'échappait par des orifices ménagés dans la toiture. L'odeur de fumée de bois se mêlait à celle du sapin. Ce fameux soir, étendu sur ma couchette haute, les mains croisées derrière la tête, j'écoutai la conversation des hommes qui m'entouraient.

Allongé sur le flanc, face à moi, dans l'une des couchettes qui faisaient pendant de l'autre côté de la pièce, un homme d'une cinquantaine d'années. Nous parlâmes d'abord de ces baraquements, félicitâmes les charpentiers pour leur savoir-faire, poussâmes la grandeur d'âme jusqu'à complimenter les Russes pour le tirage de leurs calorifères. Puis mon voisin se mit à évoquer sa vie. Il avait été instituteur à Brest-Litovsk et sergent de réserve dans l'armée polonaise. Les Russes survinrent et il perdit son emploi au profit d'un communiste qui, au cours d'une «courte formation» de quinze jours, avait appris les méthodes pédagogiques soviétiques. Les mères continuaient de lui amener leurs enfants, mais, à la suite d'une plainte, il fut arrêté, interrogé et condamné à dix ans de travaux forcés. Je le plaignis tout en me disant: «Dix ans... tu as de la chance, mon vieux.» Il parlait encore que je m'étais endormi, et ce fut ma première vraie nuit de sommeil depuis des mois.

Nous passions beaucoup de temps enfermés. Après six heures du soir, tout prisonnier devait être rentré dans ses quartiers. On tolérait les allées et venues entre les baraquements à condition qu'il ne se formât pas d'attroupements importants. Les deux rangées de bâtiments étaient étroitement surveillées du haut des miradors de l'extrémité est de l'enceinte, mais dès lors que l'on observait l'interdiction formelle d'approcher du barbelé, les gardes n'intervenaient pas. Il n'y avait pas grand-chose à faire une fois à l'intérieur.

Nous n'avions rien à lire et pas d'éclairage. Les seules activités autorisées après six heures du soir consistaient à assister, le mercredi, à la conférence organisée par le politruk ou, les autres jours, à faire un tour à la bibliothèque, placée sous la coupe du même type. Je finis par me dire que feuilleter des livres n'engageait à rien et occuperait en partie ces longues soirées. Je me décidai subitement à demander la permission de me rendre à cette bibliothèque. On me l'accorda volontiers.

La salle occupait la moitié d'un des bâtiments administratifs situés à gauche de l'entrée du camp et le plus éloigné de celle-ci, à une vingtaine de mètres du barbelé sur le grand côté sud. Environ deux cents livres étaient rangés à un bout de la pièce sur des planches de bois sans apprêt et j'en sortis quelques-uns au hasard. Il y avait là un certain nombre d'ouvrages d'un certain Maïakovski. Quelque cinquante volumes appartenaient à la série des *Russkaya Azbuka*, livres d'apprentissage à la lecture illustrés pour les enfants. Ce soir-là et les suivants je passai quelque temps à parcourir ces *Azbuka*. Il s'agissait d'abécédaires dont les textes chantaient en vers de mirliton les vertus des avions soviétiques et de leurs pilotes, des tanks et tankistes soviétiques, de l'Armée rouge, de héros soviétiques comme Vorochilov, d'hommes d'État soviétiques comme Lénine et Staline, des conducteurs de tracteurs et des travailleurs des kolkhozes soviétiques, et de toutes les gloires de l'URSS.

Mais les deux fleurons étaient l'*Histoire du grand parti communiste bolchevique*, en deux volumes bien reliés, et une version complète de la Constitution russe. Ayant passé des heures édifiantes en compagnie de ces deux ouvrages, j'en conclus qu'il y avait peu de chance que, dussé-je moisir vingt-cinq années ici, je me convertisse au communisme, russe ou autre.

Un Tchèque plein de gaieté et de cynisme qui «logeait» sur une couchette voisine de la mienne, me persuada de l'accompagner à une des causeries du mercredi soir planifiées par le politruk, obligatoires pour tous les soldats qui n'étaient pas de service. Le politruk ne cacha pas son plaisir de nous voir là et nous adressa quelques remarques élogieuses avant de se consacrer à son auditoire de soldats. Il parla de la puissance de la Russie, de sa prédominance dans le monde (avec des parenthèses à notre intention sur la décadence d'un système capitaliste néfaste). Lorsque les soldats lui posaient des questions, il leur servait le dogme marxiste et des citations tirées des discours et des écrits de Lénine et de Staline. Il souriait lorsque nous repartîmes. Il n'aurait pas tant souri s'il avait vu le Tchèque improviser quelques minutes plus tard devant nos camarades un numéro impayable sur la façon dont il éduquait les membres de l'Armée rouge. Je ne fus pas le dernier à hurler de rire. Ce garçon était un comédien et un mime-né. Il termina en demandant à son public s'il avait des «questions à poser» et il y répondit par des déformations savamment mordantes des théories marxistes, léninistes, stalinistes. Les autres convinrent que notre présence à la conférence avait été fort profitable.

Nous eûmes une récréation d'un autre genre quelques jours plus tard. Habitaient avec nous un des quelques prêtres, catholiques pour la plupart, mais aussi des Russes et des Grecs orthodoxes, incarcérés au camp. Nous étions allongés ou assis ce soir-là quand notre ecclésiastique, de confession catholique, passa lentement entre les châlits pour demander si quelqu'un voyait un inconvénient à ce qu'il dît la messe. Certains ne répondirent pas, mais personne n'éleva d'objection. Il se plaça au milieu de la pièce et célébra un office tout simple dont les paroles en latin résonnaient étrangement en ce lieu. Je l'observais à la faible lueur que dispensaient les poêles et trouvai singulière cette vision d'un curé à longue barbe noire. Ensuite il pria pour notre délivrance et je dégringolai de ma couchette pour tomber à genoux. Beaucoup d'autres firent de même. Un crucifix en bouleau argenté à la main, il nous bénit. Il était grand, très maigre, légèrement voûté, les cheveux poivre et sel, bien qu'il n'eût sans doute pas plus de trente-cinq ans. Je n'ai jamais su ce qui lui avait valu d'être déporté en Sibérie. Il ne parlait jamais de lui. Il s'appelait Gorycz, ce qui en polonais signifie « amertume ». Nul n'aurait pu être plus mal nommé.

À la fin de ce premier mois, le camp avait adopté un rythme de vie méthodique et chacun avait le sentiment que, si rude que fût l'existence dans ce lieu écarté, soumis à un interminable hiver, les conditions auraient pu être bien pires. Tous les prisonniers qui travaillaient recevaient quatre cents grammes de pain par jour et ceux qui étaient trop malades pour s'y atteler trois cents. Ce pain était distribué en même temps que le café du matin ; on en mangeait une partie sur-le-champ, une autre accompagnait la soupe de midi et le reste partait avec la boisson chaude servie en fin de journée. Parfois, le dimanche, nous avions droit à du poisson séché, mais le pain demeurait l'aliment de base et l'élément le plus important de notre existence. Le tabac aussi était important, mais à un degré moindre. Il y avait une distribution assez abondante une fois par semaine du grossier korizhki, assorti d'une feuille de très vieux journal en guise de papier à cigarettes. Pain et tabac étaient au camp les seuls articles de valeur. Ils constituaient notre monnaie d'échange et le seul moyen de rétribuer les services.

La mortalité resta élevée au cours de ce premier mois. Beaucoup des rescapés de notre marche si meurtrière se trouvaient réduits à l'état d'épaves, tant moralement que physiquement. Ils ne travaillèrent jamais. À l'arrivée, des couchettes leur avaient été attribuées dans les baraquements déjà existants et, épuisés au-delà de tout, ils gisaient là jour après jour jusqu'à ce qu'ils aient cessé de se raccrocher à la vie. Des volontaires de leurs amis transportaient alors leur cadavre jusqu'à une clairière située à quatre cents mètres du camp, creusaient dans la terre gelée une tombe peu profonde et les abandonnaient au repos éternel.

Il m'arriva par deux fois d'accompagner un tel groupe de fossoyeurs et c'est ainsi que je découvris que le commandant avait un avion à sa disposition. Nous passâmes devant ce qui me parut être une mauvaise piste ouverte en pleine forêt. L'aéroplane, protégé par des bâches, était rangé sous un bouquet d'arbres. C'était un petit Tiger Moth d'entraînement. Un des gardes nous dit qu'Ushakov le pilotait lui-même pour se rendre à des réunions au quartier général local de Yakoutsk.

En dehors des heures de travail, les Russes intervenaient très peu dans notre existence. Les visites d'inspection étaient peu fréquentes et superficielles. Les prisonniers employés à l'abattage en forêt nouèrent de nouvelles amitiés et cherchèrent tout de suite à obtenir l'autorisation de changer de baraquement afin de loger avec leurs camarades d'équipe. Les autorités n'élevèrent aucune objection et firent savoir que de tels transferts pouvaient s'effectuer par accord mutuel entre prisonniers. La plupart acceptaient de troquer leur place contre du tabac, et c'est ainsi que ces premières semaines virent, à mesure que les hommes se liaient entre eux, un ballet incessant de permutations. Je ne connaissais particulièrement bien aucun de mes camarades, même si je croisais parfois Grechinen, mon compagnon de marche. En dehors de ce dernier, il n'y avait que le Tchèque, dont j'admirais l'humour et la gaieté, mais qui ne fut jamais un ami proche. Les divers groupes nationaux tendaient à rester entre eux. Ainsi, nous autres Polonais prîmes l'habitude de commencer la journée en entonnant un petit cantique de notre pays qui a pour titre *Quand paraît la lumière du matin*. Les Russes ne goûtaient guère nos chants, mais ils n'entreprirent jamais rien pour y mettre fin.

Je passais d'ordinaire ces longues soirées allongé sur ma couchette à méditer tout en contemplant la bouche d'aération, à cinq mètres au-dessus de ma tête. Les hommes conversaient à voix basse, certains venus en visite des autres baraquements. Des mots, des bribes de phrases me parvenaient... des noms de lieux, de prisons, de régiments... « Elle m'a dit : "Chéri, t'en fais pas, ça sera bientôt fini, et je serai toujours ici à t'attendre." » Des fragments de conversation à propos d'un garde qui ne s'était pas garé lors de la chute d'un arbre du mauvais côté : « Pauvre diable, c'est pas ici que sa jambe va être correctement soignée... » On parlait d'un camarade qui avait des côtes fêlées. « Il se débrouille bien : il fait de menus travaux, il nettoie le mess des officiers, et là, qu'est-ce qu'on récupère comme tabac ! » Cela m'enveloppait, composait un arrière-fond sonore à mes propres pensées. Il y avait aussi l'odeur de sapin, la chaleur et le va-et-vient de ceux qui soulevaient le couvercle des poêles pour y remettre du bois. Et pendant ce temps ma pensée jonglait avec des images du camp, d'Ushakov, du politruk, des soldats (combien étaient morts ?) et des hommes qui m'entouraient, les jeunes comme moi qui avaient du ressort et reprenaient vite le dessus, ceux de quarante ans qui, constatation surprenante (pour moi à l'époque) se déplaçaient avec lenteur, mais avec de grandes réserves de courage et de force, et ceux qui avaient dépassé la cinquantaine et luttaient pour rester jeunes, pour travailler, pour vivre. Eux avaient mené une existence tranquille et voilà qu'aujourd'hui, chose merveilleuse, ils avaient le nerf d'affronter avec beaucoup de bravoure une vie aussi cruelle qu'inédite. En ce moment ils auraient dû raconter des histoires à leurs petits-enfants ; au lieu de cela, ils s'éreintaient des journées entières à porter des troncs d'arbres, travaillant à côté d'hommes qui bien souvent avaient la moitié de leur âge. Il est une sorte de courage discret qui fleurit au sein de la pire adversité. Ces hommes-là la possédaient au plus haut point.

Je tournais et retournais ces réflexions qui se pressaient dans ma tête. Puis, immanquablement, jusqu'à ce que le sommeil m'emportât, je me colletais avec mes propres problèmes. L'idée lancinante qui me hantait sans cesse était: «Passer vingt-cinq années dans cet endroit!...» La plupart de ceux que j'y connaissais mourraient au fil des ans. Il y aurait de nouveaux arrivants. Et je me ferais de plus en plus vieux. Vingt-cinq ans... Vingt-cinq ans... Le temps que j'avais vécu depuis le jour de ma naissance. Mais comment m'en sortir? Une fois franchis les barbelés, le fossé et les formidables palissades, où diriger ses pas? Je repensais au petit Ostyak et à ce qu'il m'avait dit à propos des Misérables. L'un d'eux avait-il jamais réussi à s'échapper de Sibérie? Nul ne pouvait espérer traverser seul les périls de ce pays immense. Où dégoter, après avoir monté une évasion, des hommes résolus à tenter l'aventure? Je me posais ces questions parmi beaucoup d'autres et ne leur trouvais pas de réponse.

Un soir, me rendant aux latrines, je tombai sur Grechinen.

– Grechinen, m'enquis-je, si je parvenais un jour à mettre au point un plan d'évasion, est-ce que tu serais partant?

Une ride se creusa sur son front.

– Tu parles sérieusement?

Je fis signe que oui. Il se passa lentement les doigts dans la barbe.

– Rawicz, répondit-il enfin, j'y réfléchis ce soir, je te donne ma réponse demain.

Prudent, Grechinen. Je le rencontrai le lendemain dans l'espace ouvert entre les deux rangées de baraquements.

– C'est non, me déclara-t-il. Je t'accompagnerais s'il y avait une chance de réussite. Mais, même si les Russes ne nous reprenaient pas, la neige et le froid auraient raison de nous avant que nous arrivions quelque part.

J'eus un haussement d'épaules.

– J'ai toujours l'intention de ne pas mourir jeune, ajouta-t-il.

Je posai la même question au Tchèque. Il crut d'abord que je plaisantais. Puis il s'assit au bord de sa couchette et m'invita à m'accroupir à côté de lui. Une main sur mon épaule il me murmura :

– Oui, je t'accompagnerais volontiers. Seulement, ce qu'il te faut, ce sont des compagnons costauds et en bonne santé. J'ai un problème à l'estomac et je pense que je vais en crever un de ces quatre. Si je partais avec toi, cela abrégerait mes jours d'autant et tu regretterais de m'avoir emmené.

Après un silence de plusieurs minutes, il précisa :

– Si l'occasion se présente, tire-toi, mon gars. Ouvre l'œil et choisis bien tes compères. En tout cas, je te souhaite de réussir.

Nous travaillions dur pendant six jours et avions repos le septième. Chaque dimanche, le commandant s'adressait aux prisonniers. Il annonçait les objectifs de la semaine à venir, attirait l'attention sur les infractions au règlement du camp. Puis il nous conviait à poser des questions, à émettre des suggestions. Nous étions là depuis un mois quand il sollicita des volontaires pour une nouvelle tâche : il cherchait des hommes capables de fabriquer des skis. Voyant qu'il n'obtenait aucune réponse, il compléta son propos :

– Les volontaires verront leur ration de pain augmenter de cent grammes, et plus encore si les skis offrent une bonne qualité.

Soixante hommes se présentèrent – dont moi. Je ne prétendais pas être un expert, mais pour du rabiot de pain je voulais bien m'y essayer.

L'atelier fut installé dans l'autre moitié du bâtiment occupé par la bibliothèque. Parmi les volontaires, une demi-douzaine étaient du métier et d'un accord commun ils divisèrent le reste en deux équipes : l'une chargée de les seconder, l'autre d'abattre les bouleaux, de les débiter en longueur et d'approvisionner régulièrement l'atelier en matière première. Le fait d'avoir autrefois fabriqué deux skis me valut de travailler à l'intérieur, à l'étuvage et au chantournement des planches. Le jour même, avant que fût produite la première paire de skis, chacun toucha sa nouvelle ration de cinq cents grammes de pain.

Le deuxième jour, nous sortîmes nos deux premières paires. Nous les posâmes tour à tour sur des billots (un à l'avant, un à l'arrière), et Ushakov les testa en personne. Il monta dessus et les planches se ployèrent en U, leur centre touchant le sol. Après quoi deux soldats les emportèrent pour les éprouver sur un parcours en forêt. Les essais furent concluants. À la fin de la semaine, Ushakov vint au magasin nous annoncer que les échantillons envoyés à Yakoutsk répondaient aux critères imposés par l'Armée rouge et étaient donc acceptés. Notre ration de pain s'élèverait immédiatement à un kilo par jour, soit plus du double de la ration de base, et nous obtiendrions davantage de tabac. Au bout de quinze jours, nous produisions cent soixante paires de skis par jour.

Nos nouveaux privilèges étaient très mal vus par les équipes qui travaillaient en forêt. On me demanda plus d'une fois comment je pouvais accepter de fabriquer des skis pour les soldats russes, mais je ne me laissai jamais embarquer dans ce genre de discussion. Selon mon sentiment personnel, tout travail exécuté dans un camp de Sibérie profitait d'une manière ou d'une autre aux soviets. Autant choisir par conséquent l'occupation la plus intéressante qui se présentait. Intéressante et bien rétribuée. Considérant la place importante monopolisée par le pain dans notre vie, il aurait été surprenant que la majorité moins favorisée n'émît pas de commentaires hostiles. Je partageais mon tabac et donnais aussi de mon pain aux malades. Bien d'autres parmi les prisonniers affectés à la fabrication des skis agissaient de même. Mais le mécontentement persista. Paradoxalement, les tenants les plus convaincus d'une société sans classe avaient, à une vitesse surprenante, réussi à créer deux classes de travailleurs et à creuser très nettement un fossé entre elles en accordant à l'une une rémunération substantielle.

À travailler toute la journée dans la tiédeur de l'atelier, le four ronflant en permanence pour étuver le bois, je sentais que je recouvrais toutes mes forces. J'aurais pu me laisser gagner par la résignation ; or, bien au contraire, je pensais de plus en plus à m'évader. Je commençai à chercher comment conserver et cacher une partie de mes rations de pain. Je n'avais pas encore de plan bien précis et ne me doutais pas qu'une intervention inattendue allait précipiter les choses.

VIII

LA FEMME DU COLONEL

Je m'étais déjà porté volontaire une fois et bien m'en avait pris. Je recommençai un dimanche matin de la mi-mars. C'était le jour de la revue hebdomadaire. Rassemblés sur l'esplanade, les prisonniers faisaient le gros dos sous des rafales de neige.

– J'ai chez moi un poste de radio, nous dit Ushakov. Il s'agit d'un Telefunken. L'un d'entre vous connaîtrait-il suffisamment ce modèle pour le réparer ?

C'était mon cas, car nous possédions un Telefunken à la maison. Un poste de fabrication allemande, je crois, assemblé dans une usine de Vilnius pour le marché polonais. Les têtes se tournaient de tous côtés pour guetter qui s'avancerait. Il y eut toute une minute de silence, personne ne bougeait. Je connaissais certes ce poste, mais étais-je capable de le réparer ? Si oui, je pouvais caresser l'espoir exaltant de capter des nouvelles du monde extérieur, dont j'étais coupé depuis bientôt un an et demi. J'éprouvai soudain une sorte de panique : et si quelqu'un d'autre se proposait ? Je levai la main et donnai de la voix. Un sous-officier vint noter mon nom et mon poste de travail.

– Je te ferai appeler quand j'aurai besoin de toi, me stipula le commandant.

Cette décision providentielle m'amena à vivre la dernière et plus extraordinaire période de mon séjour au camp 303. Au sein de cette communauté en vase clos de cinq à six mille hommes, à laquelle s'ajoutaient les effectifs d'un bataillon, il n'y avait qu'une seule femme. Grâce à ce Telefunken défectueux je la rencontrai, et je fus, selon toute probabilité, le seul prisonnier qui lui parlât jamais.

L'après-midi suivant, tandis que je travaillais à l'atelier, le commissionnaire d'Ushakov, soldat à face de lune prénommé Igor, vint me chercher.

– Amène-toi. Le commandant veut te voir.

Comme je sortais, mes camarades d'atelier me lancèrent des recommandations telles que : « Tâche de savoir où en est la guerre », « Rapporte-nous des nouvelles de Pologne », etc.

Je leur répondis d'un geste de la main. J'avoue que je me sentais un peu tendu lorsque, laissant l'atelier derrière moi, je passai devant la grand-porte et longeai le mess des officiers pour diriger mes pas vers la maison du commandant, située à l'autre bout du camp, dans l'angle nord-ouest de l'esplanade. Elle était, comme tous les autres bâtiments, construite en rondins, avec la traditionnelle galerie ouvrant au sud et destinée à protéger la porte d'entrée du vent et de la neige. En entrant, je vis qu'elle ne différait de nos baraquements que par un revêtement intérieur en bois lisse, un plafond, un plancher et un tuyau de poêle. Les fenêtres n'étaient pas pourvues de vitres, mais garnies de ce curieux matériau à base de peau de poisson dont tous les autres bâtiments étaient équipés. Tout ce qu'on pouvait en dire de bien, c'est que c'était imperméable et que cela laissait passer la lumière. Impossible toutefois de voir au travers.

Igor me fit entrer. Ushakov s'avança vers la porte, congédia le soldat et me pressa d'avancer.

– Je viens examiner votre TSF, *Gospodin Polkovnik*, lui dis-je en russe, utilisant la formule autrefois de mise pour s'adresser à un colonel.

– Oui. Je vais te montrer ça.

Il passa devant moi, sortit un instant, jeta un coup d'œil à l'extérieur et rentra.

La femme était assise face au poêle, placé dans l'axe de la cloison qui divisait le logement, de sorte à en chauffer les deux parties. Le colonel me présenta dans un marmonnement. Je m'inclinai et saluai poliment. Elle pencha légèrement la tête avec un sourire. J'étais comme fasciné : elle était la première femme que je voyais depuis le jour où j'avais laissé à Pinsk ma mère et mon épouse. Je me sentais gauche, mal à l'aise, j'avais affreusement conscience de la laideur de mes hardes, de ma barbe, de cette tignasse qui rebiquait par-dessus le col de mon vêtement. Je ne parvenais pas à en détacher mon regard.

Elle se leva et je constatai qu'elle était grande. Elle portait une jupe longue et un cardigan foncé sur un chemisier blanc brodé de fleurs. Sa chevelure brune, nattée serré et ramenée autour de la tête à la mode russe, était comme lustrée, et je fus frappé par la clarté de son teint. Je n'ai jamais bien su deviner l'âge des femmes, mais je dirais qu'elle devait aller sur ses quarante ans. Sans être véritablement belle, elle possédait cette douceur qui symbolise l'essence de la féminité, une façon de se tenir, une aisance de mouvement, une manière de vous considérer qui aurait en tout lieu suscité de l'intérêt. Je m'arrachai de ma brève extase pour découvrir dans ses yeux bleus une lueur de pitié et de compassion véritables à mon égard. Détournant la tête, je vis Ushakov qui, arrêté dans le passage entre les deux pièces, m'observait avec cet air préoccupé et lointain qui n'appartenait qu'à lui.

– Viens que je te montre le poste, me lança-t-il.

La pièce du fond leur servait à la fois de chambre à coucher et de bureau. Le long du mur le plus proche du poêle on avait installé un lit massif, à la tête duquel se dressait une armoire où j'aperçus, pendus, ses uniformes. À côté, contre le mur qui faisait face à la porte, une lourde commode. Le lit se trouvait à gauche en entrant, la commode au fond de la pièce. La partie située sur la droite était occupée par le bureau. J'avisai, accrochée au mur, une grande carte avec courbes de niveau de la Sibérie orientale. Détail insolite, au lieu de toponymes elle ne portait que des numéros. Il y avait aussi un plan du camp et un portrait en couleur de Joseph Staline. Sur une large étagère, sous l'œil omniscient du petit père des peuples, trônait le fameux poste de TSF flambant neuf, un Telefunken à piles.

Ushakov m'offrit une cigarette Pushky, alla chercher une lampe à pétrole et la posa à côté de moi sur l'étagère. Je démontai l'arrière du poste et me mis à palper les fils, car je subodorais un mauvais contact quelque part. Ushakov me posait des questions à propos de l'appareil, son lieu de fabrication, son prix, la façon dont il fonctionnait. Non sans hésitation, je lui demandai où il se l'était procuré.

– Il se trouve que j'ai eu le malheur d'exercer, en 1939, un commandement en Pologne. C'est là-bas que j'en ai fait l'acquisition.

Je relevai le mot « malheur ». Cela cadrait avec l'opinion bien établie parmi les prisonniers selon laquelle le fait d'être muté en Sibérie, fût-ce pour y commander un camp, relevait d'une mesure disciplinaire. J'eus dès lors l'impression, qui devait se renforcer par la suite, qu'Ushakov devait sa nomination en Sibérie à quelque impair commis pendant la campagne de Pologne.

Il alla s'asseoir auprès de son épouse. Je poursuivis ma besogne, vérifiant posément chaque branchement. Au bout d'une demi-heure environ, j'eus conscience que la maîtresse de maison s'affairait dans la pièce voisine. Peu après, le colonel m'appela et je vis en entrant que sa femme servait le thé. Il n'y avait que deux tasses. Après l'avoir sucré à la saccharine, le colonel but son thé, puis me tendit sa tasse. Je retournai m'occuper du poste et, tout en me remettant à la tâche, je compris soudain que je n'avais pas l'intention d'en finir rapidement, que je n'avais rien vécu d'aussi plaisant depuis mon arrestation et que je devais « faire traîner ». Quand Igor se montra, j'expliquai que la vérification de toutes les lampes et de tous les fils représentait un travail de longue haleine.

– Très bien, dit Ushakov, tu n'auras qu'à revenir. Je t'enverrai chercher.

Il me donna une autre cigarette et je m'en fus en compagnie de mon escorte.

– Alors, me questionna-t-on à mon retour, quelles sont les nouvelles ?

– Patience. Je n'ai pas encore réussi à le faire fonctionner.

Igor vint de nouveau me trouver le lendemain. Tandis que je bricolais le poste, tous deux engagèrent la conversation. Ushakova, impressionnée par la qualité de mon russe, s'intéressa à ma famille. Je lui dis que ma mère était russe.

– Qu'as-tu fait pour être envoyé ici ? m'interrogea son mari.

– Rien, lui rétorquai-je.

– Tu es condamné à vingt-cinq ans, pas vrai ?

– Oui, en effet.

Après une pause, sa femme dit :

– Vingt-cinq ans, c'est beaucoup. Quel âge as-tu ?

Je lui répondis que j'avais vingt-cinq ans.

Cette conversation à trois était ponctuée de silences. Ils étaient assis côte à côte sur leur banc, et moi, en position accroupie, je les regardais par-dessus le Telefunken. Soudain, Ushakov me demanda si je pensais que la Russie serait entraînée dans une nouvelle guerre. Pour lui, la dernière à laquelle son pays avait participé était celle de 1914. Je mentionnai la Finlande et la Pologne.

– Ah, mais ça, répliqua-t-il, ce n'était pas une guerre, c'était une opération de libération.

Croyait-il vraiment ce qu'il disait ? Je relevai brusquement la tête et le regardai. Il fixait le plafond et son visage était inexpressif. Il revint à la question de savoir si la Russie allait être entraînée dans la guerre.

– En Pologne, dis-je, tout le monde savait que Goering était entré en contact avec notre gouvernement pour qu'il ouvre aux Allemands un corridor par lequel attaquer la Russie. L'Allemagne est prête, l'attaque est inévitable.

Je parlais avec volubilité. Je m'attendais à ce qu'on me le reprochât. Mais ni Ushakov ni sa femme ne me firent la moindre réflexion de ce genre.

– Est-ce que cette guerre a été très cruelle ? finit-elle par s'enquérir.

J'évoquai devant elle les routes de Pologne encombrées de femmes, d'enfants et de vieillards, je lui décrivis les stukas piquant sur ces malheureux, sirènes hurlantes.

– C'est la guerre, dit le colonel. On ne fait pas d'omelette sans casser des œufs.

J'eus l'impression qu'ils n'étaient pas vraiment pressés que je finisse de réparer leur radio. Je croyais avoir décelé la cause de la panne : un mauvais contact au niveau des piles. Mais il ne me tardait guère de rebrancher les fils, de revisser la plaque de protection et d'allumer ce poste, car c'eût été la fin de mes visites.

Elle désira en savoir plus sur la période qui avait précédé la guerre en Pologne. À quoi ressemblait la mode féminine ? « Les femmes étaient souvent très élégantes, lui précisai-je. La mode venait directement de Paris. » « Et les souliers à hauts talons ? » « Oui, dis-je. Ils étaient très séduisants. »

Deux jours passèrent avant la visite suivante. Entre-temps, mes compagnons d'atelier m'asticotaient, disant que je n'étais pas fichu de réparer ce poste et que le commandant allait commencer à s'impatienter.

À la troisième visite, je me mis aussitôt en devoir de faire marcher le Telefunken. Ushakov était occupé à son bureau et c'est sa femme qui me faisait la conversation. Elle m'interrogea sur ce que j'avais vu au cinéma et fut surprise d'apprendre que les films russes étaient interdits en Pologne. J'allumai l'appareil. Il grésilla tout de suite et je tournai les boutons sans tarder. Ushakov abandonna son travail pour s'approcher. Nous entendîmes quelques notes d'un concert donné à Moscou. Je passais d'une station à l'autre, recueillant des bribes d'informations, et tombai pour finir sur la voix, reconnaissable entre toutes, de Hitler prenant la parole devant un rassemblement de jeunes dans la Ruhr – à Düsseldorf, je crois.

Ushakov me donna tout un paquet de tabac korizhki et une feuille de papier journal. Et, tandis qu'Igor attendait sur le seuil pour me raccompagner, il me dit :

– Je te ferai revenir au besoin. Je crains que nous ne sachions pas très bien nous servir de ce poste.

Je rapportai à mes camarades ce que j'avais appris à la TSF. Ils s'intéressaient surtout à ce qu'il se passait en Allemagne et à ce que racontait Hitler. Ils me demandèrent quand je retournerais chez le commandant.

– Quand le poste sera de nouveau en panne, leur répondis-je.

On approchait maintenant de la fin de mars. Je travaillai plusieurs jours d'affilée à l'atelier et commençai de me dire que l'épisode du Telefunken était bel et bien terminé. C'est vers cette époque que je fis la connaissance d'un homme remarquable du nom d'Anastazi Kolemenos. Je le voyais de temps en temps qui se réchauffait devant le grand feu que nous entretenions pour étuver le bois. Il était au physique un des plus beaux spécimens humains que j'aie jamais vus. Il dépassait le mètre quatre-vingts, avait la barbe et les cheveux blonds, et des yeux d'un singulier gris-vert. En dépit des privations endurées, il devait approcher les quatre-vingt-dix kilos. C'était une sorte de géant aimable et serviable, dont la tâche consistait à transporter les billes de bouleau et à les fendre en planches dont nous ferions des skis.

Ce jour-là, après l'avoir observé un moment de la porte de l'atelier, je m'avançai vers l'endroit où il s'employait à entasser quelques billes. Je voulus en prendre une pour la lui passer. Je la soulevai par le bout, puis cherchai à la saisir en son milieu pour la décoller du sol. Elle était trop lourde pour moi. Kolemenos accourut.

– Laisse, camarade, dit-il. Je vais le faire.

Il se baissa et, d'un mouvement puissant, hissa la bille sur son épaule. Je ne me considère pas comme un gringalet, mais ce type était d'une force prodigieuse. J'engageai la conversation et spontanément me présentai. Kolemenos me dit son nom et, de lui-même, m'apprit qu'il était propriétaire d'un domaine en Lituanie; qu'il avait vingt-sept ans. Mon projet d'évasion me revint en tête, mais ce n'était pas le lieu qui convenait pour aborder la question.

– Il faut que nous parlions un de ces jours, lui suggérai-je.

– Ce sera avec joie, acquiesça le géant.

Peu de temps après, dans le bruit qui emplissait l'atelier, quelqu'un me cria:

– Ton copain a de nouveau besoin de toi!

Et je vis Igor me faire signe du pas de la porte. Je posai le ski que j'étais en train de vérifier, m'époussetai et lui emboîtai le pas.

Ushakov était présent, de même que sa femme. Il m'expliqua que le poste ne marchait pas aussi bien qu'auparavant. Je le manipulai et il me parut fonctionner normalement, même si la réception était un peu faible. Je lui dis qu'il faudrait bientôt remplacer les piles. Il me répondit qu'il s'en occuperait, puis il passa son manteau, avisa son épouse d'une réunion avec ses officiers à laquelle il devait assister et s'en fut. Ces deux-là formaient un couple très uni.

– Je vais te préparer du thé, m'annonça-t-elle en souriant. Tâche donc de me trouver une station avec de la bonne musique.

Elle parla un moment de la musique qu'elle aimait, vanta

Chopin, mais avoua une préférence pour Tchaïkovski. Elle m'apprit qu'elle jouait du piano, et que d'avoir dû se séparer de son instrument était l'aspect le plus cruel de sa vie en Sibérie. Je regardai ses mains, qu'elle avait allongées devant elle. Les doigts étaient blancs, longs et puissants, les mains bien faites et soignées.

– Voilà des mains d'artiste, me hasardai-je à remarquer.

– Je dessine aussi, me spécifia-t-elle. C'est un de mes passe-temps.

Je lui trouvai de la musique à son goût et, sur fond d'orchestre symphonique, elle continua de me parler d'elle. Tout se passait comme si elle cherchait à me mettre en confiance pour m'amener à me dévoiler. C'était comme si elle me disait : «Voici ce que je suis, voici ma vie. Tu peux te fier à moi.» Je ne savais trop pourquoi cela m'arrivait à moi. Je songeais qu'en dépit de la position éminente de son mari, eux aussi étaient des exilés, des bannis. Elle, surtout, se révélait d'une certaine façon aussi prisonnière que je pouvais l'être. Si elle vivait là, c'était parce qu'il s'y trouvait, lui ; et il était en outre probable que le véritable dirigeant du camp fût le politruk.

Nous sirotions notre thé et elle m'entretenait à voix basse. Voici l'histoire qu'elle me conta. On était officier dans sa famille depuis des générations. Avant la révolution, son père était colonel dans la garde personnelle du tsar. Il avait été fusillé par les bolcheviks. Son frère cadet avait succombé aux blessures reçues lors de la défense de l'institut Smolny. Sa mère et elle avaient fui la maison qu'elles habitaient près de Nijni Novgorod. Plus tard, à la mort de sa mère, elle s'était adaptée à l'ordre nouveau, s'était procuré une carte de travail et un emploi. Elle réussit et on lui accorda des vacances offertes par l'État en compagnie d'autres travailleurs. C'est là, à Yalta, qu'elle rencontra Ushakov. Je crus comprendre qu'à partir de ce moment il fut le seul homme dans sa vie.

Très loyale envers son mari, elle ne me divulgua pas les

raisons de son rappel subit de Pologne. Il était d'abord allé à Vladivostok et elle n'avait plus eu de ses nouvelles pendant six mois. Ushakova connaissait des gens influents au sein du parti. Ils lui révélèrent son affectation en Sibérie pour y diriger un camp et elle se démena jusqu'à ce que ses amis lui obtinssent un laissez-passer pour le rejoindre.

Et moi de me dire : « Elle me parle ainsi parce que je suis un prisonnier et qu'elle a de la peine pour moi, et aussi parce qu'elle ne peut aborder ces choses avec ses compatriotes. » Pourtant, malgré les quelques doutes qui subsistaient en moi, j'avais la conviction d'avoir affaire à une femme intelligente, sensible et très compatissante, que l'existence de ce camp, où tant de vies étaient impitoyablement gaspillées, choquait au plus haut point. Ce n'était pas la place d'une femme. Ushakova était russe, elle croyait avec passion au grand destin de la Russie. Mais elle était aussi une femme, qui selon moi n'aimait pas ce qu'elle avait sous les yeux tous les jours, mois après mois.

Qu'est-ce qui me poussa à lui parler des Ostyaks ? Je ne sais. J'imagine que, gêné par cette acceptation si pleine et entière de ma personne, j'entendais donner ainsi un tour moins personnel à la conversation. Je lui dis qu'ils avaient coutume de déposer de la nourriture pour ceux qu'ils appelaient les Misérables.

Ses yeux bleus et clairs accrochèrent mon regard.

– Ne penses-tu jamais à t'évader ?

La question me paniqua. J'étais en terrain miné. Bouche bée, incapable de proférer un son, je reposai gauchement ma tasse. Et ses yeux bleus, grands ouverts et pleins de candeur, continuaient de me fixer et d'observer les signes de mon angoisse.

D'une voix égale, elle reprit :

– Tu ne réponds pas, Rawicz. Tu n'as pas confiance en moi. Je m'étais dit que tu désirerais peut-être en discuter. Tu n'as rien à craindre à le faire.

S'évader. S'évader. C'était à croire qu'elle avait lu en moi et y avait puisé ce seul mot, ce mot gorgé de péril et d'espoir. Oui, j'avais envie de lui parler de mes dangereuses aspirations. Pourtant, elle m'avait causé un tel choc que je gardai le silence. Les phrases ne venaient pas.

Survint Igor et je me levai pour partir, déconcerté et malheureux comme qui s'est détourné de la main amicale qu'on lui tendait.

– Tu reviendras si jamais le poste a besoin d'un réglage? se renseigna-t-elle d'un ton normal, comme si de rien n'était.

En moi tout se bouscula.

– Oui, oui, bien sûr. Avec plaisir.

C'est plein d'une sourde exaltation que je vécus les jours suivants, me demandant si l'on m'appellerait de nouveau. Je fis la connaissance d'un dénommé Sigmund Makowski, capitaine dans les gardes-frontière polonais. Il avait trente-sept ans. C'était un garçon précis, aux idées bien nettes, en forme, actif, avec toutes les caractéristiques du soldat de métier. À l'instar de Kolemenos il retint mon attention, mais je ne révélais encore mes projets à personne. Pour ce qui était d'Ushakova, je ne savais pas précisément ce que je pouvais en attendre, sinon peut-être des conseils.

Elle me fit mander et, quand j'eus réglé la radio, en prenant mon temps afin de saisir quelques fragments d'informations pour mes amis, elle se mit à parler, l'air de rien, du court été sibérien qui serait bientôt là. Je me jetai à l'eau:

– Il ne faut pas m'en vouloir, pour la dernière fois. Bien sûr que cela me trotte dans la tête, mais les distances sont tellement considérables, le pays si hostile… et puis je n'ai rien de ce qu'il faut pour une telle entreprise.

– Tu n'as que vingt-cinq ans, me répondit-elle. Il ne faut pas craindre d'admettre que tu n'envisages pas de passer ici les vingt-cinq prochaines années. C'est pour toi comme pour moi un sujet de conversation bien légitime. Je ne suis pas si malheureuse ici. Nous avons un logement confortable, une nourriture bien meilleure que la vôtre et autant de cigarettes que nous voulons. Mais je ne pourrais y passer vingt-cinq ans. C'est pourquoi je comprends que t'évader doit être un projet cher à ton cœur; cela te ferait du bien de te confier.

C'est ainsi que nous l'évoquâmes dans l'abstrait, comme une action envisagée par une tierce personne. Nous posâmes le problème: à supposer qu'un homme pût sortir du camp, quelle direction pourrait-il emprunter? La seule possibilité pour lui, estimais-je, eût été de foncer plein est pour couvrir les neuf cents kilomètres et des poussières qui nous séparaient du Kamtchatka, et de là passer au Japon. Selon Ushakova, cette option était vouée à l'échec: le littoral du Kamtchatka, zone de sécurité renforcée, serait étroitement surveillé. Pourrait-il monter clandestinement à bord d'un train en partance vers l'ouest, peut-être trouver du travail dans les mines de l'Oural pour par la suite quitter la Russie? Se faire embaucher, obtenir un permis de travail et autres pièces indispensables, tout cela, m'objecta-t-elle, comportait trop de difficultés. La discussion s'arrêta là. Allongé sur ma couchette ce soir-là, il m'apparut qu'elle avait délibérément omis un itinéraire, celui du sud, vers le lac Baïkal. Quelle direction prendre ensuite? Un nom s'imposa d'un coup: l'Afghanistan! Il présentait le double attrait de la neutralité et de la discrétion.

La fois suivante, le colonel en personne me fit appeler. Il se montrait décidément incapable de faire fonctionner ce banal poste de radio, ce qui ne laissait pas de m'étonner, car l'homme était intelligent. Il semblait désemparé face à cet appareil et préférait me charger de lui trouver les stations. Il voulait avoir les nouvelles et, après que je lui eus fait entendre différents communiqués et commentaires, il me dit qu'il était désormais certain que la Russie serait entraînée dans la guerre. Je ne crois pas qu'il voulût la guerre, mais il y voyait de toute évidence la possibilité d'être rappelé de Sibérie et de reprendre son métier de soldat.

Pas question de parler d'évasion en présence du commandant. J'imagine qu'il aurait été horrifié d'apprendre que sa femme avait abordé un tel sujet avec un prisonnier. Quand je pris congé, il resta près du poste, et ce fut elle qui me raccompagna à la porte.

– Ne t'en fais pas, me glissa-t-elle. Tout ira bien.

Ce soir-là je m'ouvris à Makowski de mon projet. Je l'accompagnai aux latrines.

– Et si on se faisait la belle ? lui lançai-je.

– Ne dis pas de bêtises, vieux. Même si on parvenait à sortir de l'enceinte du camp, on serait complètement démunis.

– Il se pourrait que je bénéficie d'un petit coup de pouce.

– Si c'est faisable, je suis ton homme. J'en ai soupé de cet endroit.

Ushakova semblait goûter intensément son rôle de comploteuse en chef. Je ne parviens pas à me rendre compte si elle crut jamais que je tenterais vraiment de m'échapper. Il se peut que tout cela n'ait été qu'un jeu de l'esprit pour cette femme intelligente qu'ennuyait la vie pesante du camp. Même avec le recul du temps, je n'ai pas tranché la question.

Nous n'étions plus dans l'abstraction. Voici le langage qu'elle me tint un jour tandis qu'une de ses symphonies préférées de Tchaïkovski passait à la radio :

– Il te faudra un petit groupe d'hommes choisis parmi les mieux portants et les plus hardis. Tu vas mettre de côté une demi-livre de pain par jour. Ce pain, tu le feras sécher derrière le poêle de l'atelier, puis tu le placeras en lieu sûr. Je te trouverai de la toile pour faire des sacs. Il vous faudra des peaux pour confectionner des vêtements chauds et des chaussures. Les soldats prennent des zibelines au piège et les officiers en tuent à la chasse. On les suspend aux barbelés extérieurs. Ceux qui travaillent au-dehors devront en subtiliser une chaque jour. Personne ne s'en apercevra. À toi de voir comment vous sortirez du camp. Ensuite vous piquerez droit au sud. Attendez une nuit où il neigera beaucoup, de sorte que vos empreintes soient rapidement recouvertes.

Puis, comme si cela lui venait après coup :

– Le colonel Ushakov doit se rendre prochainement à Yakoutsk pour y suivre une formation d'officier supérieur. Je ne voudrais pas que la chose se produise durant une période où c'est lui qui commande le camp.

Cette Ushakova était une épouse loyale.

J'allai aussitôt trouver Makowski.

– C'est pour bientôt, lui annonçai-je. On nous donne un coup de main.

– Combien d'hommes veux-tu avec toi ?

– Une demi-douzaine environ.

– Parfait. On va les trouver. J'en vois un que je recommande personnellement.

– Moi aussi, dis-je en pensant à Kolemenos. On rassemble notre monde demain.

IX

PRÉPARATIFS D'ÉVASION

– Tiens. C'est lui là-bas.

Le lendemain à la pause de midi, Makowski me désigna un prisonnier qui se tenait un peu à l'écart des autres.

– Attends un peu, ajouta-t-il. Prends le temps de l'examiner.

L'homme était large d'épaules et ses vêtements informes ne parvenaient pas à gommer sa prestance.

– Toi qui es cavalier, reprit Makowski au bout d'un instant, tu devrais identifier tout de suite ce genre de gus.

– Qui est-ce ?

– Un Polonais. Le sergent de cavalerie Anton Paluchowicz. Il a quarante et un ans, mais il est costaud, en bonne santé, très capable et rompu à tout. J'irais n'importe où avec lui. Veux-tu que nous allions lui causer ?

Nous nous exécutâmes. L'allure de ce Paluchowicz me plaisait. Il accepta notre proposition en soldat qui se voit confier une mission. Il fut heureux d'apprendre que j'étais lieutenant dans la cavalerie polonaise.

– On y arrivera, dit-il. Ça ne va pas être facile, mais on y arrivera.

Ce soir-là, je me pointai derrière Kolemenos, lui tapai sur l'épaule. Il se retourna et me sourit.

– Ah, c'est toi.

– Kolemenos, je me fais la malle avec quelques camarades. Veux-tu en être ?

Il posa une grande main sur mon épaule.

– Tu parles sérieusement ?

– Oui. Et c'est peut-être pour très bientôt.

La barbe blonde du colosse s'éclaira d'un grand sourire.

– Je suis ton homme – il se mit à rire en me tapotant le bras. Au besoin, je te porterai sur mon dos. Vu qu'on a fait tout le trajet d'Irkoutsk en nous coltinant ces saloperies de chaînes, on est capables d'en faire beaucoup plus sans elles.

Nous étions désormais quatre. Nous commençâmes nos préparatifs avec le sentiment qu'il fallait faire vite. Mars approchait de son terme et je sentais que le temps était compté. Ce furent d'abord les repérages. Nous notâmes par exemple que, la nuit, chaque départ de la patrouille avec les bergers allemands était salué par les aboiements et les gémissements des chiens de traîneau, mécontents de rester dans leur chenil. Cela se produisait toutes les deux heures. Nous découvrîmes que la ronde se faisait toujours dans le sens inverse des aiguilles d'une montre et commençait invariablement par le côté sud du camp. Nous en conclûmes que nous sortirions par ce côté-là et que, par conséquent, nous devions nous établir dans le baraquement qui en était le plus proche, ce que nous fîmes en distribuant force rations de pain et de tabac.

Paluchowicz nous proposa une nouvelle recrue. Eugene Zaro était originaire des Balkans. Je crois qu'il était yougoslave. Il avait trente ans et, avant son arrestation, il était employé de bureau.

– Si vous voulez vous marrer en chemin, nous dit notre sergent, Zaro est l'homme qu'il vous faut.

À la manière d'un comité de recrutement, Makowski, Paluchowicz et moi observâmes de loin Zaro qui faisait la queue à l'heure de la soupe. Bien bâti, d'une taille inférieure à la moyenne, ce garçon avait à l'œil une lueur permanente de gaieté et d'espièglerie. Autour de lui la rigolade ne cessait pas et ses yeux noirs pétillaient au centre d'un visage pince-sans-rire.

– D'accord, décidai-je, on le prend.

– J'ai toujours eu envie de voyager. Ça me tente, me répondit Zaro quand je lui eus parlé de notre projet.

– Ça ne sera pas une promenade de santé, loin de là, lui dis-je.

– Je sais. N'empêche, je marche – puis, après un silence : Les Russes n'ont aucun sens de l'humour. Je ne serai pas fâché de les quitter.

Nous étions maintenant cinq et parlions de porter notre nombre à dix de sorte à, une fois hors du camp, nous scinder en deux groupes qui suivraient chacun un itinéraire différent afin de compliquer la tâche de nos poursuivants.

Mais ce ne devait pas être aussi facile. Deux types qui avaient le profil, à qui je fis des ouvertures, ne voulurent même pas entendre le mot d'évasion. Le seul fait d'aborder le sujet était déjà périlleux à leurs yeux. Notre projet revenait selon eux à courir au suicide. Considérant leurs nouveaux privilèges, le kilo de pain quotidien et la ration de tabac supplémentaire, ils étaient satisfaits de leur sort. Pourquoi faire un pari fou et risquer le désastre et la mort ?

– Vous avez sans doute raison, leur dis-je. C'est juste une idée qui m'a traversé l'esprit comme ça.

Je continuai pendant ce temps de faire sécher chaque jour une demi-livre de pain qui allait ensuite grossir le stock dissimulé au fond de l'atelier derrière le tas de skis de rebut.

Notre sixième compagnon d'évasion nous fut amené par Kolemenos. Il s'agissait d'un Lituanien de vingt-huit ans, architecte de son état, qui s'appelait Zacharius Marchinkovas. Il était grand, mince, avec des yeux noirs et vifs. Ce qui m'impressionna, c'est la façon dont, après avoir évalué les facteurs qui jouaient contre nous et les ayant trouvés formidables, il conclut que l'infime espoir de les surmonter justifiait de tenter le coup. C'était un garçon intelligent et sympathique.

Quand, au cours de nos entretiens à voix basse, Paluchowicz avança le nom de Schmidt, je me dis qu'il devait s'agir d'un membre de la colonie germano-russe qui avait embarqué à bord de notre train à Ufa dans l'Oural. Ces Russes à patronyme allemand étaient les descendants des artisans allemands que Pierre le Grand avait fait venir. J'avais lu quelque part qu'ils s'étaient établis sur les rives de la Volga.

– Il est allemand ? demandai-je au sergent.

– Il s'appelle Schmidt, mais je n'en sais pas plus, me répondit-il. Il parle le russe à la perfection. C'est un type qui sort du lot et qui réfléchit beaucoup. Il me donne en tout d'excellents conseils. Je vous le recommande.

Makowski et moi décidâmes d'aller voir ce Schmidt dès le lendemain.

– Je vous montrerai qui c'est, dit le sergent en souriant.

Schmidt venait chercher son café à la fenêtre de la cuisine lors de la dernière distribution de la journée quand Paluchowicz me le désigna d'un mouvement de tête. Makowski et moi-même nous approchâmes l'air de rien. Ma première impression fut qu'il était sans doute trop vieux pour se lancer dans une telle entreprise. Je lui donnai dans les cinquante ans. Il était bien bâti, large d'épaules, la taille mince. Il avait la barbe et les cheveux poivre et sel. Il nous vit approcher et, sans doute parce que le sergent l'avait averti, ne manifesta aucun étonnement quand je lui adressai la parole.

– Nous aimerions te causer.

J'avais parlé en russe. Il m'imita :

– Dirigez-vous vers les baraquements, je vous rejoins dans un moment.

Il suivit la queue et nous partîmes de notre côté.

Son quart de café à la main, il vint nous retrouver et nous gagnâmes un endroit tranquille. Il s'arrêta face à nous en souriant.

– Messieurs, mon nom est Smith. J'ai cru comprendre que vous aviez une proposition à me faire.

– Smith ? répétâmes-nous en chœur, interloqués.

– Oui, Smith, Mr Smith, citoyen américain, dit-il, ravi de notre ébahissement. Je vois que vous êtes surpris, messieurs.

Nous n'en croyions pas nos oreilles. Il parlait un russe impeccable. Je n'y détectais pas la moindre trace d'accent.

– Pardonne-moi, lâchai-je enfin, mais c'est difficile à croire. Comment as-tu échoué ici ?

Il s'exprimait avec aisance, d'un ton patient, presque professoral.

– Comme je vous l'ai dit, je suis américain. Ingénieur de mon état, je faisais partie d'un groupe cordialement invité par le gouvernement soviétique pour aider à la construction du métro de Moscou. Nous étions une cinquantaine. C'était il y a neuf ou dix ans. J'ai été arrêté en 1936, convaincu d'espionnage et condamné à vingt ans.

Il termina son café. Nous continuions de le dévisager, l'air toujours aussi stupide.

– Je rapporte mon quart et ensuite nous nous rendrons ensemble aux baraquements.

Makowski et moi le suivîmes de loin. Nous nous attendions à trouver ici des Polonais, des Ukrainiens, des Lituaniens, des Estoniens, des Tchèques, des Finlandais, ressortissants de nations ébranlées par les bouleversements de l'Europe. Mais un Américain…

– Peut-être qu'en cherchant un peu on dénichera un Anglais ou un Français, plaisanta Makowski.

Paluchowicz nous rejoignit.

– Alors, comment le trouvez-vous ?

Les yeux rivés à la silhouette de Smith qui, après avoir rendu son quart, s'en revenait vers nous, Makowski haussa les épaules.

– Herr Schmidt, déclara-t-il au sergent, est en fait Mister Smith – le front de Paluchowicz se plissa de perplexité. Et Mister Smith, mon cher, est un Américain.

Tout cela dépassait Paluchowicz. Il ouvrit la bouche pour dire quelque chose, la referma.

Tout en regagnant lentement les baraquements, nous nous renseignâmes, conformément à l'usage, sur la durée de nos peines respectives. C'est-à-dire que chacun de nous se présenta comme l'avait fait Smith, et que ce dernier, selon l'étiquette du camp, nous demanda tour à tour à l'un et à l'autre: «Pour combien de temps êtes-vous ici?» Cette question était toujours de mise lors d'une première rencontre. C'était ainsi que l'on se présentait.

Nous étions maintenant dans les premiers jours d'avril, Makowski et moi-même possédions une couchette près de la porte du dernier baraquement. Kolemenos s'était également arrangé pour changer et les autres espéraient nous rejoindre très vite. Après avoir dit à Paluchowicz que nous le verrions plus tard, nous invitâmes Smith dans notre baraquement. Assis sur le châlit de Makowski, j'esquissai les grandes lignes de notre plan. Je lui expliquai que j'avais de bonnes raisons de penser que seule la route du sud, quoique plus longue, comportait quelque chance de succès, bien que certains préconisent encore celle, plus courte, de l'est vers le Kamtchatka.

Il ne se pressa pas pour donner sa réponse, posa quelques questions très pertinentes. Nous attendîmes en silence tandis qu'il réfléchissait. Puis:

– Messieurs, je considère comme une faveur de pouvoir me joindre à vous. Je conviens que la route du sud est préférable. Vous pouvez compter sur moi.

Nous veillâmes fort avant dans la nuit. Nos parcours

respectifs, ce que nous avions vécu depuis que nous étions en Russie, tout cela se ressemblait. Pour Smith, il en allait autrement. Il était l'exception, il nous intriguait. Il nous raconta beaucoup de choses, mais ni alors ni par la suite il ne nous dit son prénom. Nous autres, les six Européens, nous appelions sans façon par nos prénoms, mais l'Américain fut toujours pour nous Mr Smith, ainsi qu'il se présenta la première fois, ce «mister» remplaçant en quelque sorte le prénom caché.

Une profonde cicatrice d'une vingtaine de centimètres de long lui barrait le sommet du crâne de droite à gauche jusqu'à la nuque. Il avait récolté cela, nous expliqua-t-il, dans l'effondrement d'un échafaudage lors de la construction du métro.

– Cet accident mis à part, je me suis bien plu à Moscou pendant quelques années. Le travail était intéressant, j'étais très bien payé, et j'aimais être avec les Russes. Ils avaient eux-mêmes de bons ingénieurs, mais les postes clefs revenaient aux étrangers comme moi. La raison en était, je pense, que ce projet de métro incarnait à leurs yeux une importante réalisation de prestige. À supposer que quelque chose tournât mal, l'orgueil national aurait été sauvegardé si un étranger portait le chapeau. J'étais assez content de mon sort : j'avais toujours voulu voir la Russie.

À Moscou, ville qui, entre les deux guerres, était obsédée par ses plans quinquennaux, Smith et ses semblables, installés dans des appartements bien équipés, avec de l'argent en suffisance pour fréquenter les boutiques de luxe où on n'accédait que sur présentation de la carte du parti ou d'un passeport étranger, ne devaient pas passer inaperçus. Smith possédait une automobile et se déplaçait librement – circonstance qui devait lui valoir un dossier à l'encre rouge au siège de la police secrète. Il avait une maîtresse russe, ce qui ne devait pas non plus être du goût de la police. Mais on le laissait mener sa vie. Il travaillait dur et s'amusait ferme.

– Je n'ai pas vu arriver le coup. Au bout d'un an, sans que j'aie rien fait pour cela, les Russes ont doublé mon salaire, fixé par contrat, afin de montrer combien ils étaient satisfaits des progrès continus du chantier. Je me suis dès lors figuré que j'étais très bien vu.

Smith se trouvait dans son appartement en compagnie de sa compagne quand, un soir de 1936, le NKVD fit irruption chez lui. Des gens discrets, résolus, efficaces. Smith et son amie furent tous deux arrêtés. Il ne la revit jamais. Les autres occupants de l'immeuble ne se rendirent probablement compte de rien. Au lever du jour, Smith occupait une cellule à la Lubyanka et il y passa les six mois qui suivirent. Il effectua des demandes répétées pour rencontrer un représentant de l'ambassade des États-Unis, mais cela resta chaque fois lettre morte.

– Quel changement ! nous dit-il, songeur. Tel jour, ingénieur en pleine réussite, et le lendemain espion à la solde de l'étranger. Il semblerait qu'en plus de surveiller mes faits et gestes ils ouvraient ma correspondance privée. L'accusation reposait pour l'essentiel sur le fait que j'avais parlé de la Russie dans le courrier adressé à mes parents.

» Le procès, tenu à huis clos, fut une farce. J'ai pris vingt ans. Ma voiture et tous mes biens m'ont été confisqués, de sorte qu'ils ont récupéré une bonne part de la rétribution qu'ils m'avaient si généreusement allouée.

» Je me suis retrouvé au fond d'une mine de diamants dans l'Oural. Je leur ai signalé que je pouvais, par l'emploi de moyens d'extraction modernes, augmenter le rendement de façon significative. Cela n'a pas paru les intéresser et j'ai continué de manier la pioche…

– As-tu jamais pensé à t'évader ? l'interrompit Makowski.

– Je n'ai pas cessé d'y songer dès le premier jour dans l'Oural. J'ai fini par conclure que cela ne pouvait se faire seul.

Là-dessus, il nous interrogea de façon précise sur notre

projet. Il entendait s'en former une idée aussi claire et détaillée que possible à ce stade de nos préparatifs. Il nous posa des questions judicieuses sur les distances à couvrir. Étions-nous bien conscients qu'il nous faudrait parcourir seize cents kilomètres à pied pour atteindre seulement les frontières de la Mongolie ? Nous parlâmes, presque à voix basse, pendant un long moment, tandis que d'autres occupants du baraquement numéro un passaient à côté de nous, battaient leurs semelles pour en faire tomber la neige, s'interpellaient, se rassemblaient autour des trois poêles portés au rouge. Je dis à Smith que nous ferions en sorte qu'il pût déménager de son baraquement, situé au milieu de la rangée, et venir loger avec nous. J'insistai sur le peu de temps dont nous disposions.

Il se leva, l'air pensif.

– Bonsoir, messieurs, lança-t-il en sortant.

Les autres acceptèrent aussitôt cette septième et dernière recrue. Sur le plan pratique, nous prévoyions qu'il nous serait utile quand nous entrerions en contact avec le monde anglophone. Zaro lui avait dit :

– J'aimerais aller en Amérique quand nous serons libres.

Et Smith de répondre :

– J'aimerais que vous y veniez tous.

À la fin de la première semaine d'avril nous logions tous dans le même baraquement, ce qui était déjà une victoire. Nous étions en train de constituer une impressionnante collection de peaux, pour la plupart récupérées sur les barbelés par Kolemenos à la faveur de ses nombreux allers et retours pour nous apporter des billes de bouleau. Sur la meule de l'atelier, j'aplatis et aiguisai une pointe d'une quinzaine de centimètres de long pour la transformer en un outil destiné à trancher les peaux et à percer des trous. Notre stock finit par comprendre des peaux de zibeline, d'hermine, de renard de Sibérie et – véritable trophée en l'espèce – une peau de daim qu'un officier avait tué afin d'améliorer l'ordinaire du mess. Nous découpâmes de longues lanières de cuir pour lacer les mocassins rudimentaires que nous cousions la nuit dans la pénombre de notre baraquement. Nous tressions aussi ces lanières pour en faire des ceintures. Chacun de nous se confectionna un chaud gilet en fourrure retournée qu'il porta sous sa fufaika. Pour nous protéger les jambes, nous nous fabriquâmes des guêtres fourrées.

À cette période notre plus grande angoisse résidait en une dénonciation. Pareille activité devait fatalement attirer l'attention. Tout informateur aurait reçu des Russes une belle gratification en pain et en tabac. Mais il n'y eut pas de Judas. Ceux qui se doutaient de quelque chose nous tenaient probablement pour des fous et nous laissaient courir au désastre auquel, selon eux, nous n'échapperions pas. Pour l'observateur le moins attentif, chiper des peaux pour en faire le meilleur usage n'avait rien de suspect. Nous restions le plus possible entre nous dans le baraquement et menions la plupart de nos conciliabules à l'extérieur, sur le chemin des latrines.

J'annonçai à Ushakova que j'avais trouvé six compagnons. Elle ne me demanda pas qui ils étaient, et je ne pense pas qu'elle voulût le savoir. Elle me fit un présent qui devait se révéler inestimable : un fer de hache.

– Je vais avoir cela toute ma vie sur la conscience, me dit-elle : c'est la première fois que je vole quelque chose.

J'y adaptai un manche et la confiai à Kolemenos qui, pour plus de sûreté, la conserva dès lors sur lui, glissée à sa ceinture.

Autre précieux article que je fabriquai à l'atelier : un beau coutelas long de trente centimètres sur trois de large. À l'origine un simple morceau de lame de scie cassée, je le chauffai dans le poêle pour ensuite le marteler puis lui donner du tranchant sur la meule. Le manche était fait de deux morceaux de bois façonnés et étroitement serrés au moyen de longues lanières en peau de daim. De même qu'à

Kolemenos revenait la garde de la hache, je me réservai le soin de veiller sur le coutelas. Il s'agissait là de biens dangereux à posséder dans le camp. De plus, si l'un ou l'autre de ces objets venait à être découvert, c'en était terminé de notre projet.

Nous avions déjà résolu la question du feu. En Sibérie, où les allumettes sont un luxe, il existe un moyen primitif mais efficace : un champignon épais que l'on arrache par plaques sur les arbres et que les Russes appellent *gubka*, littéralement « éponge ». On le fait bouillir et sécher. Il suffit ensuite, en grattant une pointe tordue sur un bout de silex, de faire jaillir une étincelle sur cette gubka qui s'enflamme sans peine. Nous en amassâmes en quantité et devînmes tous experts en cet art.

Nous apprîmes que le dimanche de Pâques arrivait dans une semaine. En 1941, il tombait le 13 avril, comme je l'ai su par la suite. Le dimanche précédent, le 6, marqua la fin de nos préparatifs. Nous avions achevé de mettre au point notre garde-robe d'évadés avec la confection de sept toques en fourrure prolongées sur la nuque d'un rabat destiné à être glissé à l'intérieur du col du manteau. Nous étions tous sur les charbons ardents, prêts à partir, et veillions jalousement sur nos équipements – peaux, hache, coutelas, provisions de pain séché –, redoutant plus que jamais quelque larcin.

Ce jour-là, Ushakova me fit venir et me dit :

– Mon mari est parti pour Yakoutsk. C'est pourquoi il n'a pas assisté à l'appel aujourd'hui. Je vous ai confectionné sept besaces dans des sacs de jute. Tu vas devoir les emporter une par une.

Elle était parfaitement calme. J'avais le cœur qui battait à grands coups tant j'étais tendu. Quand elle me remit le premier de ces sacs, je constatai qu'elle y avait également fourré des vivres, et je me demandai comment nous allions pouvoir les dissimuler. Je le calai sous mon bras à l'intérieur de ma veste, enfonçai les mains dans mes poches et regagnai le baraquement, courbé, tête basse, tel un homme perdu dans ses pensées. Dans les jours qui suivirent, j'accomplis le même dangereux manège à six reprises, sachant que si l'on me démasquait, le désastre serait aussi instantané que complet. De ces sacs nous fîmes provisoirement des oreillers, les recouvrant de peaux et de mousse, tremblant d'appréhension tout au long de nos heures d'absence.

Au cours de ces dernières journées nous acquîmes une canadienne de soldat en mouton retourné, tout usée et jetée au rebut. J'expliquai aux autres ce vieux truc de braconnier qui consiste à traîner derrière soi une peau de mouton pour que les chiens du garde-chasse ne puissent flairer l'odeur de l'homme. Je leur proposai d'user de ce stratagème. Ils acquiescèrent.

Nous surveillions le temps qu'il faisait, facteur essentiel dans notre projet d'évasion. Nous voulions de la neige, une neige qui tomberait à gros flocons et effacerait nos traces. Le lundi se révéla froid avec un ciel dégagé. Le mardi il y eut des bourrasques et des chutes de neige fondue. Le mercredi, en milieu de matinée, un ciel bas et plombé fut l'aubaine que nous attendions. La neige s'épaississait au fil des heures. Elle s'amassait peu à peu dans le no man's land qui nous séparait des barbelés. À la pause de midi nous nous rencontrâmes brièvement, tous les sept. Nous nous passâmes le mot: «C'est pour aujourd'hui.» Aux alentours de quatre heures de l'après-midi, je quittai l'atelier pour la dernière fois. Ma fufaika était bourrée de tout le pain que nous avions mis de côté et je sentais contre mon mollet le froid de la lame du coutelas glissé dans ma botte droite. Nous bûmes notre café du soir, mangeâmes un peu du pain de notre ration quotidienne et, seuls ou par deux, regagnâmes le baraquement.

Nous procédâmes à de fréquents allers et retours aux latrines pour convenir des ultimes détails de l'opération.

Smith nous conseillait de ne pas faire mouvement trop tôt. Il estimait préférable que le camp fût endormi. Minuit était selon lui le moment favorable. D'ici là, il fallait s'efforcer au calme. La neige, par bonheur, continuait de tomber à gros flocons cotonneux qui couvraient et effaçaient tout.

Ce fut Zaro qui émit l'idée saugrenue d'aller assister à la séance d'endoctrinement du mercredi soir. Nous commençâmes par nous esclaffer, puis Makowski dit : « Et pourquoi pas ? » Et nous nous y rendîmes tous les sept, laissant nos précieux sacs sur nos couchettes, camouflés sous de la mousse, en nous disant que désormais, en cette dernière soirée, rien ne pouvait mal tourner. Nous nous installâmes au fond de la salle et le politruk nous adressa un signe de bienvenue non dénué de surprise. Nous lui retournâmes son sourire et tâchâmes de ne pas montrer notre nervosité.

Voilà bien la réunion politique la plus exaltante à laquelle j'aie jamais assisté, quoique l'orateur n'y ait été pour rien. Le politruk, officier le plus élevé en grade en l'absence d'Ushakov, était en verve. Il nous rebattit une nouvelle fois les oreilles du miracle opéré par l'État soviétique, de la valeur du travail, du rôle de l'autodiscipline à l'intérieur du cadre de la discipline étatique, du glorieux idéal international du communisme. Et qu'avait dit le camarade Staline à ses camarades travailleurs à propos des fermes d'État en 1938 ? Un soldat zélé se dressa pour citer mot pour mot deux ou trois phrases de cet appel épique. Le politruk nous fit le grand jeu : culture soviétique, décadence et désintégration du capitalisme et ce qui s'ensuit. C'était là, pour ce qui nous concernait, son discours d'adieu, et nous le goûtions d'autant plus.

Cela dura une heure et demie, puis nous nous levâmes pour prendre congé.

– Bonne nuit, colonel, dîmes-nous en chœur.

– Bonne nuit à vous, répondit-il.

Les occupants du baraquement numéro un étaient en

train de s'installer pour la nuit. Smith et Zaro, qui occupaient les châlits les plus proches de la porte, devaient nous donner le signal du départ. Nous nous séparâmes pour aller nous allonger sur nos paillasses respectives. Six d'entre nous restèrent bien éveillés, mais le grand Kolemenos, sur la couchette au-dessus de moi, se mit à ronfler gentiment.

Je réfléchissais tout en écoutant les battements de mon cœur. Je me souvins que je n'avais pas dit adieu à Ushakova. Je finis par me convaincre qu'elle n'aurait pas aimé que je le fisse. Les heures passaient lentement. Le silence s'établissait peu à peu dans le baraquement. Un homme parlait dans son sommeil. Un autre, à peine réveillé, se leva pour tisonner le poêle le plus proche de sa couchette.

Smith vint me taper sur l'épaule.

– C'est l'heure, murmura-t-il.

Je secouai doucement Kolemenos en répétant :

– C'est l'heure.

X

NOUS FRANCHISSONS LA LENA

Nous saisîmes nos sacs par les courroies de cuir que nous y avions adaptées pour pouvoir les porter sur le dos, puis chacun entassa à la tête de son lit de la mousse en forme d'oreiller.

– Tout va bien ? murmurai-je.

– Oui, me fut-il répondu à voix basse.

– Personne n'a changé d'idée ?

Pas de réponse.

– Allons-y, dit Makowski.

Je déposai mon sac près de la porte et sortis. Le camp était silencieux. Il neigeait toujours aussi abondamment. Je ne parvenais pas à distinguer le barbelé. Du mirador de l'angle sud-est, danger le plus proche, on ne devait pas voir à plus de vingt mètres. Nous pouvions remercier le ciel que, dans ces lieux où l'on ne disposait ni d'eau courante ni d'électricité, il n'y eût point de projecteurs.

Le réseau de barbelés intérieur était à une distance d'une centaine de mètres de la porte du baraquement et le succès de la première partie de l'opération tenait au fait que, durcis par le gel, les barbelés n'épousaient pas exactement le profil du terrain. Il y avait face à nous une dépression dans le sol où nous pensions pouvoir nous ménager, en déblayant la neige, un passage d'environ deux pieds de haut.

Nous nous glissâmes dehors un à un par intervalles d'une minute. Zaro partit le premier et je priai pour qu'il tombe tout de suite sur l'emplacement en question. Puis ce fut le Lituanien. Ensuite Smith, Makowski et Paluchowicz. Kolemenos se retourna pour me souffler :

– J'espère qu'ils auront creusé un trou suffisamment large pour moi.

Je le regardai partir dans le noir à la suite des autres, tenant son sac sur son ventre afin de le pousser devant lui dans le passage, comme cela avait été prévu. Puis ce fut mon tour. J'avais les mains toutes moites. Je jetai un dernier coup d'œil à l'intérieur : tout le monde dormait paisiblement. Ensuite je fonçai.

Quand j'atteignis le barbelé, Smith était en train de le franchir. Deux étaient déjà passés. Les autres attendaient, accroupis. D'angoissantes minutes s'écoulèrent encore tandis que le sergent puis Makowski se contorsionnaient en ahanant, ventre plaqué au sol. La grande masse de Kolemenos s'engagea tête la première dans le passage et je retins mon souffle. Il était à mi-chemin quand les barbelés accrochèrent l'encolure de son manteau. Il s'agita pour se dégager et de petits fragments de glace se détachèrent des fils en rendant un son cristallin.

– Ne bouge plus, Anastazi ! lui lançai-je. Ne bouge plus du tout.

De l'autre côté quelqu'un avait récupéré son sac et allongeait le bras pour essayer de le décrocher. Les minutes s'égrenaient. Mâchoires crispées, je me pris à compter les secondes sur mes doigts. Kolemenos demeurait absolument tranquille pendant que le camarade lui dégageait les épaules. Enfin, notre colosse se remit à progresser. Je lâchai une longue expiration et m'engageai à mon tour. Le premier obstacle était derrière nous. Il nous avait retenus vingt bonnes minutes.

Agenouillés sur le bord du fossé, nous considérions à travers la pénombre la première palissade de bois qui se dressait de l'autre côté, cependant que Kolemenos se laissait glisser au fond du trou, puis s'adossait à l'abrupte paroi. Il allait nous servir de pierre de gué. Il nous fit traverser l'un après l'autre, supportant nos pieds dans ses mains réunies et nous hissant sur le terre-plein au pied de la palissade, haute de plus de trois mètres. De précieuses minutes passèrent à le sortir du fossé. Puis, grimpés sur ses épaules et en nous étirant au maximum, nous parvînmes à atteindre le sommet de la barricade. Prenant appui sur la traverse qui, de l'autre côté, assujettissait les rondins entre eux, les premiers aidèrent les suivants à opérer leur rétablissement.

Kolemenos nous posa de nouveau un problème. À califourchon sur le faîte de la palissade, Makowski et moi nous penchâmes tête en bas pour le saisir chacun par un bras. Par trois fois nous amenâmes le bout de ses doigts à quelques centimètres du sommet et par trois fois nous dûmes le laisser redescendre. Après avoir marqué une pause, tremblants de fatigue, proches du désespoir, nous fîmes une nouvelle tentative. Ses doigts cherchèrent une prise, la dénichèrent. À nos efforts s'ajouta sa force colossale. Il s'éleva lentement et passa enfin de l'autre côté.

Pour franchir les barbelés qui bordaient le pied de la palissade, nous nous jetâmes par-dessus, allant bouler en tas dans la neige épaisse. Un ou deux d'entre nous ne sautèrent pas suffisamment loin et se griffèrent. Nous nous trouvions maintenant sur le chemin de ronde entre les deux palissades et le temps pressait. Je crois que si, à ce moment, j'avais entendu les aboiements des chiens de traîneau marquant le départ d'une patrouille, je me serais trouvé mal.

Nous parcourûmes au pas de course les quelques mètres nous séparant de la palissade extérieure et, cette fois, c'est Kolemenos qui passa en premier. Sans doute ne faisions-nous que fort peu de bruit, mais cela me semblait assourdissant. J'étais en dernière position et ce fut Kolemenos qui me souleva et m'aida à me rétablir sur le faîte de la palissade. Il fallut une nouvelle fois se jeter dans le vide pour parer le dernier rouleau de barbelés. Nous nous relevâmes et, le souffle court, après avoir vérifié que tout le monde était sain et sauf, nous nous mîmes à courir comme un seul homme. J'avais, attachée autour de la taille, la vieille canadienne en mouton retourné. Je la dénouai pour la traîner derrière moi, attachée à une courroie passée à mon poignet.

Nous courions à perdre haleine entre les arbres tout revêtus de blanc. Nous filions vers le sud. L'un de nous s'affala dans la neige, puis un autre. On les aida à se relever. Notre course précipitée du début se ralentit un peu et nous poursuivîmes à petites foulées des heures durant, jusqu'à l'aube et tout au long de la matinée. Nos sacs nous battaient le dos. Chaque fois que nous nous arrêtions pour reprendre haleine, je pressais très vite mes compagnons de se remettre en route. Je leur fis mener ce train exténuant jusqu'à onze heures du matin, quand je vis que pas un d'entre nous n'aurait pu faire un pas de plus. Je ramassai la vieille peau de mouton et la coinçai sous mon bras. Nous nous regardâmes. Paluchowicz, courbé en deux, les mains sur les genoux, cherchait à récupérer son souffle. Deux autres s'étaient accroupis dans la neige. Nous étions tous bouche ouverte, langue pendante, comme des animaux rendus.

Nous nous trouvions dans une cuvette peu profonde où les arbres poussaient moins serrés. Nous descendîmes au fond de la dépression. Nous n'aurions pu en remonter la pente sans prendre d'abord un peu de repos. Nous passâmes là une dizaine de minutes, trop essoufflés pour échanger une parole, en nage malgré une température qui devait avoisiner – 20 °C. La neige continuait de tomber, moins épaisse à présent, et une bise glaciale agitait les branches dénudées des arbres. Comme des bêtes traquées, nous tendions l'oreille pour repérer d'éventuels poursuivants. Tous, nous pensions aux chiens. Mais on n'entendait que le vent, la neige et les arbres qui gémissaient.

Là-haut sur notre gauche, la végétation était plus dense.

– Voilà ce qu'il nous faut, dis-je enfin. Nous y serons mieux abrités et mieux cachés.

Il y eut des grognements de protestation, mais Smith m'approuva :

– Rawicz a raison.

Après nous être péniblement extraits de la cuvette, nous choisîmes le pied d'un gros arbre pour y appuyer notre abri. Ayant déblayé un espace d'environ deux mètres carrés, nous élevâmes tout autour un muret de neige compacte. Kolemenos coupa des branches avec sa hache et nous les disposâmes en un réseau serré, charpente sur laquelle on jeta de la neige pour obtenir un toit étanche. C'était une leçon que la Sibérie nous avait apprise à nos dépens : se soustraire avant tout au vent, parce que c'est le vent qui tue. Le vieil Ostyak m'avait dit : « La neige ? Qui se soucie de la neige ? Il suffit de s'en envelopper pour dormir au chaud comme dans un lit de plumes. »

Nous ouvrîmes nos paquetages pour la première fois depuis le départ. Chacun avait une miche de pain, un peu de farine, environ cinq livres d'orge perlé, du sel, une centaine de grammes de tabac korizhki et du papier journal. À cela s'ajoutait le stock de pain séché que j'avais mis de côté. Sur chaque paquetage étaient attachés les mocassins de rechange que nous nous étions confectionnés et les pièces de peau qui restaient. Nous nous glissâmes à l'intérieur de l'igloo et, serrés les uns contre les autres, nous mîmes à converser à voix basse. On conféra pour savoir si nous pouvions fumer. La conclusion fut que le surcroît de risque était mince et que cela nous calmerait les nerfs. Nous fîmes donc une tabagie, étendus côte à côte dans notre réduit confiné.

Il n'était pas question, à si courte distance du camp, d'allumer un feu. Nous nous contentâmes donc de mastiquer du pain. C'est là que nous fîmes une découverte concernant le sergent Paluchowicz : il n'avait plus aucune dent. Manger ce pain serré lui causait une souffrance intolérable. Pour en venir à bout, il lui fallait le ramollir avec de l'eau. En l'occurrence, comme nous n'avions pas d'eau, il dut l'amalgamer péniblement à de la neige.

– J'avais de bonnes dents à l'époque où ils m'ont capturé près de Bielostock, nous expliqua-t-il. Mais ces salauds du NKVD me les ont fait sauter à coups de poing. Ça les a rudement amusés, mais moi, je rigolais beaucoup moins, ça, je vous le garantis, quand il me fallait attaquer le pain de prison avec les gencives. La première chose que je fais en arrivant là où on va, c'est de m'offrir un râtelier complet.

– Et en or encore ! lança Zaro. Tu l'auras bien mérité.

Cela nous fit bien rire et Paluchowicz ne fut pas le dernier.

Nous avons sommeillé pendant les quelques heures de jour qui restaient, l'un d'entre nous faisant le guet à tour de rôle près de la porte. Kolemenos s'endormit comme un enfant et on n'eut pas le cœur de le secouer pour son tour de garde. Le Lituanien Marchinkovas nous réveilla à la nuit tombante. Après avoir mangé un bout de pain et fumé une cigarette, nous nous sommes glissés dehors. Il ne neigeait plus autant, mais le vent forcissait. Un froid glacial sévissait et nous étions courbatus et endoloris.

Nous avions tous conscience qu'il importait de s'éloigner du camp au plus vite. Tout au long de cette deuxième nuit nous avons alternativement couru et marché. Mes courbatures me quittèrent au bout d'une heure, remplacées par la douleur occasionnée par le sac qui me battait le dos. Je le portais par périodes contre la poitrine. La hache de Kolemenos, passée à sa ceinture, lui entaillait les chairs ; il finit par la prendre sous le bras. Si la nuit ne fut jamais complètement noire, notre progression était malgré tout pénible dans deux ou trois pieds de neige verglacée, les ondulations du terrain étant masquées par les arbres plantés serré. Au matin, après avoir traversé un ruisseau pris par les glaces et escaladé le talus abrupt qui le bordait sur l'autre rive, nous nous enfonçâmes dans la forêt et établîmes notre campement.

Pendant les quatre ou cinq premiers jours, nous continuâmes à marcher de nuit et à nous terrer pendant la journée. Rien n'indiquait qu'on nous donnât la chasse. Nous en conclûmes que, la neige de la première nuit ayant recouvert nos traces, les poursuites avaient probablement été lancées vers l'est – l'itinéraire le plus court pour des évadés et donc le plus vraisemblable. Relativement optimistes, nous nous félicitions d'avoir choisi de fuir vers le sud. Nous commençâmes à nous déplacer de jour, cheminant de front en formation dispersée et parcourant jusqu'à cinquante kilomètres dans la journée. Par l'observation du soleil, lorsqu'il se montrait, et de la mousse, qui pousse sur le côté abrité des arbres, nous gardions approximativement le bon cap. Nous franchîmes plusieurs autres cours d'eau gelés, tous orientés vers le sud pour se jeter, estimais-je, dans la Lena. Ce fut une période difficile où il nous fallut lutter en permanence contre le froid et la fatigue. Nous avions cependant très bon moral. La plupart d'entre nous rêvaient du jour où il serait possible de faire du feu et, pour nous stimuler, nous nous promîmes de nous y atteler sitôt en vue de la Lena.

Au bout d'une semaine, des affinités se dessinèrent. Les deux soldats de métier, Makowski et Paluchowicz, restaient volontiers ensemble. Marchinkovas, réservé et grave, avec parfois un trait inattendu d'humour pince-sans-rire, se lia avec Kolemenos. Smith, maintenant accepté par tous dans le rôle de conseiller plus âgé du groupe, était devenu mon compagnon d'élection. Zaro ne faisait pas de distinction ; il était l'ami de chacun et allait avec bonheur d'un groupe à l'autre. Un type exceptionnel que ce Zaro. À la fin d'une journée éreintante, alors que nous en étions à frapper nos membres douloureux afin d'y réveiller suffisamment d'énergie pour édifier notre abri, je l'ai vu, pour tourner son épuisement et le nôtre en dérision, s'accroupir dans la neige, les mains sur les hanches, et nous interpréter une danse russe à en faire hurler de rire Kolemenos qui eut bientôt la barbe mouillée de larmes. Rien ne pouvait abattre Zaro. De tous les boute-en-train que j'ai connus, il était incontestablement le plus grand. Il nous apprit à tous que les plus sinistres coups durs de l'existence n'étaient pas entièrement dénués d'humour.

Au cours de cette course vers la Lena, nous obtînmes notre premier menu succès à la chasse. Nous avons coincé et tué une zibeline qui se déplaçait avec difficulté dans la neige. Elle ressemblait, par l'aspect et la taille, à une fouine. Elle déploya de grands efforts pour s'enfuir tandis que nous l'encerclions, chacun armé d'un bâton de bouleau. Peut-être était-elle blessée, je ne sais. Makowski la tua net d'un coup. Nous la dépeçâmes, mais nous n'étions pas encore affamés au point de la manger.

Le huitième ou le neuvième jour, notre progression se fit sensiblement plus aisée. Le terrain descendait en pente douce vers le sud. Le sol laissait apparaître des touffes d'une herbe rude, bruissante, typique de la Sibérie. Il y avait davantage de mousse sur le tronc des arbres. Au début de l'après-midi ce jour-là, la forêt s'éclaircit subitement et nous découvrîmes la Lena, recouverte de glace et d'une largeur dépassant les sept cents mètres. Elle était déjà un fleuve imposant alors qu'il lui restait encore à parcourir environ deux mille kilomètres avant de déboucher dans l'océan Arctique par un delta aux multiples ramifications. Nous demeurâmes un moment à couvert, sur une ligne, tendant l'oreille et ouvrant l'œil. La journée était limpide et le son devait bien porter. Mais tout était silencieux, rien ne bougeait. Nous nous trouvions à environ quinze cents mètres de la rive la plus proche sur une zone de terrain bas qui devenait sûrement marécageux à la fonte des neiges.

L'Américain me rejoignit sans bruit.

– Nous ferions mieux de nous poser ici cette nuit, proposa-t-il. Pour traverser demain au petit jour.

C'était aussi mon avis.

– Nous allons revenir sur nos pas et nous cacher.

D'un signe, j'indiquai aux autres la direction. Nous rebroussâmes chemin, marchant à bonne allure durant une vingtaine de minutes. Nous construisîmes notre abri et, à la tombée de la nuit, allumâmes notre premier feu avec de la gubka et des brindilles sèches que nous avions transportées pendant des jours entre veste et gilet fourré.

En comparaison de ce qu'il nous restait à parcourir nous n'avions pas fait beaucoup de chemin, mais, la Lena étant notre premier objectif, cela représentait déjà à nos yeux une réussite considérable. Tandis que la fumée du feu montait entre les arbres et se dispersait dans la nuit, nous célébrâmes l'événement avec un repas chaud – une *kasha*, ou bouillie de gruau, à base d'eau, d'orge perlé, de farine, et assaisonnée de sel. Nous avions pour toute marmite un gobelet en aluminium d'une contenance d'un demi-litre. Nous possédions deux grossières cuillers de bois et le gobelet circula de main en main, chacun y prélevant tour à tour une ou deux cuillerées. La première tournée dévorée – ce qui ne traîna pas – nous fîmes de nouveau fondre de la neige pour en préparer une seconde. Le sergent eut le droit de mettre son pain à ramollir dans la bouillie et nous nous congratulâmes de ce somptueux repas. Le feu, entretenu par l'homme de veille, brûla toute la nuit.

Et donc, dans le jour naissant, nous traversâmes silencieusement la Lena, cours d'eau le plus puissant de ce pays qui compte tant de grands fleuves, et nous prîmes pied sur la berge opposée. Nous contemplâmes quelques minutes la rive que nous venions de quitter. La tension des dernières semaines commençait déjà de nous abandonner. Nous pouvions envisager la prochaine étape avec confiance.

Sans y attacher d'importance, quelqu'un se mit à parler de poisson, ce qui déclencha en moi un train de réminiscences. Je leur dis que chez moi, en hiver, on pêchait par un trou ouvert à coups de masse dans la glace.

– Une fois qu'on a fait le trou, intervint Zaro, comment on s'y prend ? On siffle ?

– Non, expliquai-je, le poisson, choqué par les coups, remonte à la surface en raison du changement de pression au moment où la glace s'ouvre.

Les autres s'esclaffèrent et me raillèrent, ils louaient mon talent pour raconter des craques.

– Bon, très bien, leur dis-je. On va faire l'essai.

Kolemenos s'en fut chercher un gros rondin et nous nous avançâmes d'une vingtaine de mètres sur la glace. Kolemenos prit le lourd morceau de bois à bras-le-corps cependant que Zaro et moi en tenions l'extrémité inférieure pour diriger les coups avec précision et nous pilonnâmes violemment la glace. Un trou s'y ouvrit, l'eau se mit à jaillir comme un geyser et se répandit, glaciale, autour de nos pieds. Mais oui ! Il y avait du poisson – quatre, de la taille de harengs. Nous bondîmes pour les ramasser. Nous étions excités comme des gamins. Mes camarades m'entourèrent, me tapèrent dans le dos et Zaro composa un petit couplet destiné à me présenter leurs excuses pour avoir douté de moi. Puis Smith, tout en scrutant les environs d'un air soucieux, nous dit qu'il valait mieux ne pas tenter le diable et regagner le couvert des arbres. Après avoir bu un peu de l'eau glacée et limpide de la Lena nous repartîmes.

Nous poursuivîmes vers le sud, entamant la deuxième étape de notre voyage avec pour prochain objectif le lac Baïkal. Le pays ressemblait beaucoup à celui que nous avions parcouru lors de la marche vers l'ouest pour gagner le camp. Même si l'on traversait encore d'épais bosquets et si crêtes et collines étaient couronnées d'arbres en nombre, c'en était terminé des vastes forêts rencontrées plus haut dans le nord. Des buissons rabougris, de la broussaille défiaient les rigueurs de l'hiver ; un peu partout une herbe caractéristique, brun-vert, s'épanouissait presque avec exubérance et dansait au hululement du vent de Sibérie.

Nous passâmes notre première nuit après la traversée de la Lena dans un boqueteau au sommet d'une petite éminence. Nous fîmes griller nos poissons au bout d'une baguette enfilée dans les ouïes. Ce premier repas d'aliment frais, accompagné de gruau, fut un régal.

Au matin, Marchinkovas, qui s'était éloigné à quelque distance du camp pour se soulager, revint et nous fit signe de le suivre. Intrigués, nous lui emboîtâmes le pas. Il nous mena jusqu'à une petite clairière où, toujours mystérieux, il se contenta de nous indiquer quelque chose du doigt. À l'ombre d'un arbre se dressait une solide croix de chêne haute d'un peu plus d'un mètre. Nous nous approchâmes. J'écartais mousse et moisissures et lus une inscription, les lettres *VP*, abréviation communément utilisée de la formule *vechnaya pamyat* (souvenir éternel), les trois initiales d'un nom et la date de 1846. Cette croix était bien en chêne, ce qui ne laissa pas de nous étonner, car il ne poussait que des conifères dans la région.

– Vous savez, dit Marchinkovas, nous sommes sans doute les premiers à voir cette croix depuis qu'elle a été dressée ici.

Le sergent Paluchowicz porta la main à sa toque de fourrure, l'enleva lentement et abaissa son menton barbu contre sa poitrine. Ce que voyant, après avoir échangé un regard, nous nous découvrîmes à notre tour pour nous recueillir. Je récitai en moi-même une courte prière, pour celui qui était mort ici et pour notre propre salut.

Les brodequins de toile caoutchoutée que nous avions touchés à Irkoutsk avaient rendu l'âme. Nous avions toujours les pieds enveloppés dans de longues bandes de toile, seules pièces d'habillement qu'on nous eût fournies au camp. Nous étions tous désormais chaussés des mocassins et des guêtres de notre fabrication. Nous progressions toujours vers le sud à raison d'environ quarante-cinq kilomètres par jour et nous nous en tenions à nos dix heures de marche quotidienne. Bien que nous n'eussions encore vu aucun signe de présence humaine, nous continuions à cheminer de front, éloignés les uns des autres, considérant que si un ou deux d'entre nous faisaient une mauvaise rencontre, les autres pourraient poursuivre sans encombre. Nos rapports étaient devenus plus détendus et nous parlions plus librement. Le soir à l'étape, Smith se voyait souvent assaillir de questions concernant l'Amérique. Nous comprîmes à l'entendre qu'il avait abondamment sillonné les États-Unis et je me rappelle combien nous fascina sa description du Mexique et de la superbe selle incrustée d'argent qu'il y avait achetée.

Il nous raconta qu'à l'époque où il travaillait dans les mines de l'Oural, il y avait retrouvé un autre Américain connu à Moscou. Il en avait conclu qu'il n'était pas le seul de la colonie américaine à avoir été surveillé par le NKVD.

Un lancer de gourdin passablement heureux, suivi d'une ruée furieuse à travers une congère de neige poudreuse, nous valut un mets succulent en l'espèce d'un lièvre de Sibérie et enrichit notre stock d'une belle fourrure blanche.

Nos succès en matière de chasse étaient purement accidentels. Armés en tout et pour tout d'un couteau, d'une hache et de quelques bâtons, nous étions bien mal équipés. Il aurait été relativement facile de construire des pièges simples et efficaces, du modèle de ceux qui se rabattent sur la proie, et qu'allaient tendre les soldats du camp, mais la nécessité où nous étions de nous déplacer constamment ne nous en accordait pas le loisir. Nous nous consolions en considérant que, tant que dureraient notre pain, la farine et l'orge, ces petits extras occasionnels – poissons frais et lièvre au gîte ayant bondi trop tard – élevaient notre régime bien au-dessus du misérable ordinaire du camp. Nous aperçûmes maintes fois le *suolik*, la petite marmotte de Sibérie, dressant une tête curieuse à l'entrée de son terrier, mais jamais nous n'en attrapâmes. Zaro les sifflait et leur faisait des grimaces.

En tout ce qui touchait la forêt et la chasse, c'était toujours mon avis qui prévalait. Mes six compagnons étaient des citadins. Les jours heureux que j'avais passés, enfant, dans les marais du Pripet portaient bien souvent leurs fruits. Je ne doutais pas qu'une brève et intermittente observation du soleil, ajoutée à l'examen des mousses au pied des arbres me permettrait de garder avec suffisamment d'exactitude le cap au sud. J'avais également en tête une représentation assez précise du sud-est de la Sibérie, où ressortaient la Lena et le lac Baïkal. «Trouvons seulement l'extrémité nord du lac, disais-je aux autres, et sa longue rive orientale nous mènera presque hors de Sibérie.»

Cette idée du Baïkal comme guide naturel pour quitter ce pays de servage fut l'aiguillon qui nous fit poursuivre à marche forcée au cours des semaines suivantes.

XI

LE BAÏKAL ET LA FUGITIVE

J'ai du mal à me rappeler dans le bon ordre les modifications physiques des régions que nous avons traversées. J'ai en tête des images bien nettes de telle et telle étendue de paysage, chacune fixée par le souvenir de quelque incident sortant de l'ordinaire, comme le décor de la scène à tel moment fort de l'intrigue d'une pièce.

Arrêtés ce jour-là au sommet d'un monticule couronné d'arbres, nous regardâmes vers le sud. Devant nous s'étendaient trente ou quarante kilomètres d'une campagne rase et dénudée, barrée d'une large rivière et bornée par un horizon de collines boisées. Nous marchâmes toute une journée à travers taillis, arbres rabougris et touffes herbues, désireux de retrouver au plus vite le couvert de la forêt. Puis nous cheminâmes au milieu des arbres pendant quelques jours. Le troisième jour, au moment où nous nous mettions en route, une brume montée du sol nous enveloppa. Renonçant pour une fois à nous disperser, nous partîmes groupés. Soudain, l'un d'entre nous réclama le silence. Nous nous figeâmes aussitôt pour tendre l'oreille.

À peu de distance devant nous retentirent des bruits de gorge, des coups donnés contre le sol, puis un fracas de branches brisées comme si une masse imposante se jetait vers nous à travers les broussailles. Nous restâmes un moment pétrifiés comme des statues. Puis je saisis mon couteau, Kolemenos se mit la hache à l'épaule et les autres levèrent leur bâton d'un air résolu. Le tapage s'interrompit. Nous attendîmes toute une minute, aux aguêts. Le bruit d'une respiration difficile nous parvenait faiblement. Une autre minute s'écoula. Le tumulte reprit de plus belle et nous sentions le sol trembler. Kolemenos s'approcha de moi.

– Qu'est-ce que ça peut être ? murmura-t-il.

– Sans doute un animal.

– En tout cas il reste sur ses positions.

– Allons voir.

Nous étant déployés, nous avançâmes. Je décelai à quelques mètres de distance à travers la brume la masse d'une bête qui se débattait frénétiquement. Sa tête penchait de sorte qu'elle m'était masquée. Je m'approchai en courant, courbé en avant. Les autres me suivaient de près. Là, ruant, s'ébrouant, le museau tacheté d'écume et le souffle exhalant une vapeur qui s'ajoutait au brouillard ambiant, nous vîmes un daim adulte. Il perçut l'odeur de l'homme et, terrorisé, se mit à rouler des yeux blancs. Le battement de ses antérieurs avait creusé une tranchée dans la terre durcie. Il était coincé et ne pouvait s'enfuir. Ses andouillers, magnifiquement développés, s'étaient pris dans le fouillis des racines d'un arbre abattu. À voir la façon dont il avait labouré le sol, à en juger par son état d'épuisement, il devait y avoir des heures qu'il s'était mis dans ce mauvais pas. La terreur que lui inspira notre présence lui donna un regain de vigueur et il se débattit de plus belle. Puis il se calma, ne bougeant qu'une de ses pattes de devant, agitée de contractions nerveuses. Nous nous tournâmes vers Kolemenos. Il considéra l'animal, eut un hochement de tête et s'avança.

Ayant lentement contourné le daim, il s'approcha du tronc de l'arbre couché, se campa solidement sur ses jambes et porta le coup de toutes ses forces. Le fer de la hache frappa le daim au garrot. La bête s'effondra, tuée net. Kolemenos dégagea son arme et l'essuya sur sa guêtre. Nous accourûmes et entreprîmes de libérer la tête de l'animal. Kolemenos tenta de soulever l'arbre. N'y parvenant pas, il ressortit sa hache et sépara la tête du reste du corps. Nous traînâmes la carcasse en un lieu dégagé et je la dépeçai avec soin.

Tout s'était déroulé très vite et, dans cette agitation de la tuerie et du dépeçage, nous n'avions guère communiqué. Vint le moment où Makowski, s'adressant à la ronde, mais les yeux posés sur Smith, demanda :

– Qu'est-ce qu'on va faire de toute cette viande ?

Occupé à découper un cuissot, les bras rougis presque jusqu'aux coudes, je m'interrompis et me relevai.

– Nous ferions bien de tenir conseil, dit l'Américain.

Il ouvrit les débats en déclarant que nous ne pouvions emporter le tout, mais qu'il était également impensable d'en laisser une partie sur place. Nous avions tous à l'esprit les trente ou quarante kilomètres que nous nous proposions de faire ce jour-là. Nous cherchâmes à estimer quelle quantité de viande était transportable et il apparut que nous ne pourrions décidément tout prendre. Marchinkovas proposa une solution de bon sens :

– Pas question de gâcher de la nourriture. C'est pourquoi je ne vois qu'une seule réponse à notre problème. Nous restons ici pendant vingt-quatre heures et nous mangeons autant de viande que nous pouvons en absorber. Ce qui restera, nous devrions l'emporter sans problème.

Zaro déclara en se pourléchant qu'il se sentait, pour sa part, capable d'alléger le fardeau.

– Vous acceptez, messieurs ? interrogea Smith.

Ce fut un concert d'approbations.

Paluchowicz s'occupa de ramasser du bois et de faire un feu tandis que nous autres construisions un abri et achevions de découper la bête. Une heure plus tard, nous mettions notre venaison à la broche et une bouillie d'orge mêlée de morceaux de foie bouillottait en dégageant un délicieux parfum. Nous n'eûmes pas la patience d'attendre que la viande fût cuite jusqu'à l'os. Je ne cessai d'y découper des tranches pour les distribuer autour de moi. Il fallait certes mastiquer un peu, mais nous fîmes excellente chère. Paluchowicz m'emprunta mon couteau et hacha menu sa part et il eut droit au premier service de gruau. Nous mangeâmes à n'en plus pouvoir. La barbe ruisselant de graisse, nous lâchions des rots sonores, nous riions et nous félicitions de l'aubaine. Après avoir grillé quelques cigarettes puis fait une sieste d'une heure ou deux, nous nous mîmes en devoir de tanner la peau.

Cela prit du temps. Armés de morceaux de bois, nous raclâmes minutieusement les amas graisseux qui adhéraient au cuir. La terre sableuse retournée par le daim nous fut d'une grande utilité pour cette opération. Considérant la nécessité de voyager léger, le transport de cette grande pièce de peau aurait posé un problème. La solution fut de même nature que celle que nous avions trouvée pour ce qui concernait la carcasse. Nous fîmes quatorze paires de mocassins. Chacun en chaussa une paire par-dessus ceux qu'il portait déjà et glissa la paire de rechange dans son sac. Et il nous resta encore à chacun un morceau de cuir. Je roulai le mien et le fixai sur le dessus de mon sac. Interrompant notre travail de cordonnerie, nous fîmes de nouveau bombance, puis, à la nuit, nous recommençâmes jusqu'à en être complètement ballonnés. Avec moins d'appétit mais sans rechigner nous préparâmes juste avant le lever du soleil un petit déjeuner à base de viande, puis nous répartîmes les meilleurs morceaux subsistants entre nos paquetages respectifs.

Quelque part à mi-chemin entre la Lena et le Baïkal, après avoir gravi des heures durant les versants les plus élevés d'une chaîne de collines, nous atteignîmes enfin en milieu d'après-midi le couvert des bois. La journée avait été exténuante, mais, les arbres étant trop espacés à notre goût, il nous fallut marcher encore deux heures en quête d'un abri convenable. À cette altitude relativement élevée, le vent soufflait en tempête et il était impératif de s'en protéger du mieux possible. Ce que nous dégotâmes dépassa notre attente : une cabane de trappeur en rondins. Nous nous en approchâmes avec circonspection, mais la méfiance n'était pas de mise. L'endroit était abandonné depuis longtemps. Le toit était crevé, de la mousse et des champignons tapissaient le sol de terre battue. Après avoir rafistolé la toiture et allumé un feu nous nous endormîmes, chaque homme assurant une garde d'une heure.

Ayant pris le dernier tour de guet, Zaro fut le premier à sortir le lendemain matin. Il reparut bientôt, fort agité.

– Là, dehors, il y a quelqu'un qui joue du violon ! s'écria-t-il.

Ce fut l'hilarité générale. Nous lui demandâmes quelle était cette nouvelle facétie. Il paraissait on ne peut plus sérieux, mais sa réputation d'humoriste le desservait grandement.

– Je vous répète qu'il y a quelqu'un, là dehors, qui essaie de jouer du violon !

Les rires redoublèrent. Smith lui proposa d'exécuter une danse russe sur cette musique. Mais il ne voulait pas en démordre.

– Vous n'avez qu'à sortir, vous l'entendrez comme moi.

Le sergent, qui l'observait depuis un moment dans l'attente d'une amorce de sourire, fut pris d'un doute et se leva pour sortir. Nous les suivîmes. À une vingtaine de mètres derrière la cabane, Zaro leva la main pour réclamer le silence. Nous nous figeâmes, la tête penchée sur le côté.

Zaro avait bel et bien entendu quelque chose d'insolite. Affirmer qu'il s'agissait d'un joueur de violon était un peu outré musicalement parlant. On pensait plutôt au pincement d'une corde de contrebasse. La note était grave et soutenue, puis s'éteignait peu à peu. Elle retentissait environ une fois par minute. Après nous être dévisagés avec ébahissement, nous partîmes à pas de loup dans la direction d'où provenait ce son. Par un heureux hasard, nous étions sous le vent de sa source. Nous nous immobilisâmes à l'orée d'une clairière. De l'autre côté se trouvait un arbre qui avait été frappé par la foudre. Le tronc en était couché, mais non pas complètement détaché de la souche. À l'endroit de la brisure, à peut-être un mètre cinquante au-dessus du sol, une longue éclisse pointait vers le ciel. Sous nos yeux éberlués, l'éclisse fut ramenée en arrière, ployée comme un arc puis relâchée – et nous entendîmes la note de « musique ». Et l'exécutant était… un grand ours brun de Sibérie, dressé de toute sa hauteur sur ses pattes de derrière.

De notre poste d'observation nous le vîmes actionner l'éclisse encore et encore, penchant chaque fois la tête de côté pour écouter avec un air de perplexité des plus comiques le bruit qu'il produisait. Le spectacle dura plusieurs minutes, puis le plantigrade se lassa et s'éloigna lourdement – dans la direction opposée.

L'incident nous amusa pendant bien longtemps. Le numéro de Zaro intitulé « Le violoniste russe », valait la peine d'être vu. Cet ours avait, soit dit en passant, un avantage considérable sur nous relativement à l'instrument qu'il s'était choisi : nous découvrîmes par la suite qu'aucun de nous n'était de force à ployer suffisamment l'éclisse et il fallut pour en tirer un son que Kolemenos s'y employât avec deux autres. Ce fut le seul ours que nous vîmes, en dépit de ce que les plus anciens prisonniers du camp nous avaient confié : ils n'étaient pas rares et, surtout au début du printemps, il ne faisait pas bon les côtoyer. Nous ne croisâmes jamais de loups, autre danger de ces contrées ; nous entendîmes pourtant leurs hurlements et relevâmes souvent leurs empreintes. Notre nombre était sans doute propre à les dissuader de s'intéresser à nous.

Les semaines passèrent et ce fut bientôt la mi-mai. Nous notions avec plaisir les premiers signes du bref printemps sibérien. Le vent était moins fort, quelques bourgeons apparaissaient sur les arbres. Des oies et des canards passaient dans le ciel qui gagnaient leurs zones de reproduction. Les ruisseaux que nous franchissions étaient encore profondément gelés et le tapis de neige demeurait intact, mais le temps devenait plus clément et nous avions le sentiment que le pire des intempéries se trouvait derrière nous.

La dernière chose que nous souhaitions était de rencontrer d'autres hommes et, à cet égard, notre chance ne se démentit pas. Nous ne traversions les très rares routes qu'après une reconnaissance approfondie. Il y eut des nuits où nous apercevions dans le lointain les lumières d'un village ou d'une petite ville. Il y eut des jours où nous distinguions sur l'horizon les contours de bâtiments d'usines et de hautes cheminées empanachées de fumée blanche. Dans ces parages nous progressions avec d'infinies précautions.

Parfois éclataient de menus accès d'irritation et de mauvaise humeur, presque toujours à la fin d'une journée de marche particulièrement éprouvante et avec pour ainsi dire toujours pour origine la répartition des tâches. Mais ils étaient de courte durée. Heureusement, parmi les sept hommes que nous étions, il n'y eut pas le moindre conflit de personnalités. Nul n'éprouva le besoin de se poser en chef du groupe. Toute suggestion pertinente, quel qu'en fût l'auteur, était retenue et suivie. En cas d'avis divergents sur telle ou telle question, l'usage voulait que Smith, notre aîné, mît cela aux voix et l'affaire était définitivement entendue. Kolemenos, qui ne se prenait jamais de bec avec personne, résolvait les rares altercations regardant la répartition des tâches : il se chargeait de faire ce qu'il y avait à faire. Il accomplissait toujours plus que sa part de travail sans même y penser.

Infatigable, généreux, cet homme était admirable à tous égards.

Bizarrement, nous sûmes que nous approchions du lac Baïkal deux jours avant de le voir. Nous flairâmes l'odeur particulière de l'eau, à quoi se mêlait le parfum ténu et douceâtre des plantes aquatiques et de ces indéfinissables impressions qui suscitent la nostalgie chez les gens qui ont vécu au bord de l'eau. Nous n'avions pas encore atteint le lac quand nous tombâmes sur une multitude d'arêtes de gros poissons et nous restâmes fort perplexes quant à leur présence en ces lieux.

Descendant du plateau qui borde le Baïkal, nous commencions à voir de vraies routes, probablement secondaires mais bien meilleures que tout ce que nous avions rencontré depuis notre évasion du camp. Porté par le vent nous parvenait de la direction du lac le bruit lointain d'une sirène d'usine.

Nous arrivâmes en un lieu élevé d'où la vue embrassait une vallée et nous conclûmes non sans émotion que ce devait être le début du Baïkal. Des groupes de bâtiments industriels se distinguaient à des kilomètres vers l'ouest. De gros rochers de couleur ocre se dressaient dans le paysage, hérissés de sapins qui leur faisaient comme une coiffure d'Iroquois. À un endroit de la rive se pressaient de petites maisons de bois et, à côté d'elles, quelques barques retournées et des pieux de bois espacés, tels ceux utilisés par les pêcheurs pour y sécher leurs filets. La visibilité était excellente, il n'y avait pas de vent et la fumée des cheminées d'usine montait toute droite dans le ciel. Rien ne bougeait dans le village de pêcheurs et nous nous demandions si ces demeures n'étaient pas occupées qu'en été. Bien au-dessous, entre nous et l'eau, serpentait une route jalonnée de poteaux télégraphiques dont les gros isolateurs blancs portaient une grande quantité de fils, ce qui semblait indiquer la proximité d'une agglomération de quelque importance.

Notre problème consistait à savoir en quel point du lac nous nous trouvions. Après en avoir discuté nous finîmes par conclure que nous avions obliqué trop à l'ouest : nous évoluions présentement quelque part du côté de l'angle nord-ouest. Ce qui signifiait que nous devions suivre la rive septentrionale en direction de l'est jusqu'à ce qu'elle s'infléchît vers le sud, nous ouvrant la voie à travers la Sibérie méridionale.

Pendant une bonne heure nous restâmes tapis là, absorbés dans la contemplation du vaste panorama qui s'offrait à nos yeux. À un moment nous crûmes bien entendre la sirène d'un vapeur. Nous étions tous gais à la pensée d'avoir atteint une nouvelle étape de notre long voyage vers le sud. Nous échangions des avis, nous ne nous dissimulions pas que nos vivres se réduisaient à presque rien, dont des restes de viande au fumet un peu fort. Nous parlâmes du Baïkal et je dis aux autres qu'il était considéré comme le lac le plus profond au monde, immense cuvette très encaissée dont les abysses atteignaient quinze cents mètres par endroits. Je leur racontai une histoire que je tenais d'un oncle à moi qui combattit aux côtés des Russes blancs en Sibérie, celle du drame qui frappa les vestiges d'une armée antibolchevique qui avait voulu franchir le lac gelé. La glace n'avait pas pris en son milieu et les fuyards périrent par centaines. Je me souvenais vaguement avoir lu des articles expliquant que cette vaste étendue d'eau, sans cesse agitée par de puissants courants sous-marins dus aux nombreuses rivières qui l'alimentaient, ne gelait jamais sur toute sa surface.

Smith mit un terme à nos conjectures.

– Descendons jeter un coup d'œil en bas, proposa-t-il.

Il nous fallut plus de temps que nous ne le pensions pour atteindre la route. Un poteau indicateur fatigué par les intempéries y indiquait la direction et la distance d'une ville, ou d'un bourg, du nom de Chichevka, probable lieu d'implantation des usines repérées depuis notre point d'observation.

Nous traversâmes rapidement la chaussée pour nous précipiter dans les fourrés de l'autre côté. Entre nous et la rive du lac s'étendait sur un kilomètre et demi un terrain assez plat où le genévrier croissait en abondance parmi des chênes, des frênes, des bouleaux, des tilleuls et des saules. Sur les parties plus humides poussaient, bruissant au vent, de hautes cannes semblables à des bambous. Débouchant d'une lisière d'arbrisseaux nous arrivâmes au bord d'une rivière. Je levai la main et les autres rappliquèrent. Il fallait décider si nous traverserions ou non ce cours d'eau. Il n'avait qu'une largeur de cent cinquante mètres environ, mais la glace s'était brisée en son milieu et on y voyait passer rapidement un courant d'eau brunâtre. Nous découvrîmes que nous savions tous nager. L'avis général fut que, comme nous aurions désormais affaire à de nombreuses rivières, autant ne point reculer devant cette première épreuve. Je me proposai pour passer le premier. Chacun déroula la lanière de cuir brut dont sa taille était enserrée. Nous en fîmes une corde destinée à nous assurer. Chacun en portait jusqu'à sept tours, ce qui, mis bout à bout, faisait une belle longueur. Tandis que mes compagnons surveillaient les environs, je m'avançais à pas légers sur la glace. Elle céda subitement et je me retrouvai à l'eau, suffoqué par le froid. Je parcourus la courte distance qui me séparait de la glace bordant la rive opposée et tentai d'y grimper. La glace se brisa derechef. Après bien des efforts, je parvins à m'y jucher et rampai sur le ventre pendant quelques mètres avant de me risquer sur mes pieds. Trempé et grelottant, je fis signe aux autres de traverser. Cela leur fut moins difficile, mais tout aussi déplaisant. Ils passèrent un à un en se tenant à la ligne. On hala Smith qui, venant en dernier, se l'était nouée autour de la taille. Dès lors, chaque fois qu'il fallut franchir une de ces rivières où la glace était peu épaisse, je pris la hache et m'en servis comme d'un piolet pour me tirer hors de l'eau.

Ayant rejoint sans perdre de temps le couvert des arbres,

nous nous dépouillâmes de nos trois pièces de vêtement – pantalon matelassé, veste et gilet fourré – pour les tordre et en exprimer toute l'eau possible. Puis, rhabillés, nous partîmes en direction du lac, marchant d'un bon pas afin de ranimer la circulation dans nos membres gourds. Arrivés en vue du lac, nous nous orientâmes et prîmes vers l'est.

Tard dans l'après-midi, nous tînmes conseil pour discuter de l'étape à venir. En serrant la rive de trop près nous aurions couru le risque d'être vus des habitants des villages de pêcheurs ou de ceux de ces bourgades semi-industrielles qui, relativement espacées ici dans la partie nord du lac, deviendraient toutefois plus nombreuses dans le sud à mesure que nous nous rapprocherions des villes plus importantes massées aux abords de la ligne du Transsibérien. La proposition à laquelle tout le monde se rallia fut donc d'obliquer vers le nord afin d'éviter routes et agglomérations et de cheminer parallèlement au lac, mais en le laissant à bonne distance. En conséquence de quoi nous partîmes vers le nord-est avec l'intention de retraverser la route quelque temps plus tard. Nous marchions vite afin de faire sécher nos hardes. Nous avions couvert environ huit kilomètres quand nous aperçûmes devant nous une rangée d'arbres qui marquait la berge d'une rivière.

Sur ma droite, Zaro leva brusquement la main. Je relayai le signal et toute la ligne s'arrêta. Zaro montrait avec insistance un point du côté de la rivière. Je vis quelque chose se déplacer entre les arbres. Un animal ou un homme – à cette distance de plusieurs centaines de mètres dans le jour déclinant, c'était difficile à dire. Il fallait en avoir le cœur net. Je rejoignis Zaro pour lui demander ce qu'il pensait avoir vu.

– C'est peut-être un homme, me répondit-il. En tout cas, homme ou animal, il se conduit comme s'il nous avait repérés et tentait de se cacher.

Les autres nous rejoignaient.

– Si c'est un homme, dit Makowski, il va falloir l'assommer et le balancer dans la rivière. On ne peut pas prendre le risque de se faire dénoncer.

Ayant repris notre formation, Smith et Zaro sur ma gauche, Paluchowicz, Makowski, Marchinkovas et Kolemenos sur ma droite, nous avançâmes, courbés en deux, de taillis en taillis. Nous découvrîmes bientôt que la rangée d'arbres se trouvait à cinquante mètres de la rivière, dont nous pouvions maintenant nettement distinguer les eaux. Parvenu à une dizaine de mètres des premiers arbres, je m'arrêtai pour écouter. Les autres firent de même. Soudain une silhouette, jusque-là dissimulée derrière un tronc, se jeta dans un fourré. J'avais eu le temps de voir un pantalon et de lourdes bottes. Je m'élançai, les autres sur mes talons.

Lesdites bottes montaient à hauteur du genou, elles étaient à semelles de caoutchouc et tige doublée de feutre. Elles émergeaient ridiculement du taillis. Je me ruai dessus et les empoignai pour tirer leur propriétaire en pleine vue. L'instant d'après, je me retrouvai sur le derrière, une botte dans chaque main. Kolemenos se tenait derrière moi, le souffle court. Nous avions sous les yeux deux pieds tout menus, enveloppés dans de la toile, et une paire de chevilles graciles. Et de là-dessous sortaient des sanglots à fendre l'âme. Nous nous regardâmes, pris de court.

– Ce doit être une femme, chuchota quelqu'un d'un ton effaré.

Kolemenos se pencha, écarta les broussailles et la souleva doucement. Nous fîmes cercle. C'était une fille, un petit bout de femme. Elle avait les yeux agrandis par la terreur et ses larmes délayaient la crasse de son visage. Quelques minutes auparavant, nous étions un groupe d'hommes prêts à tout, capables d'envisager un meurtre pour éviter d'être découverts. Et voici que nous paraissions dans nos petits souliers, pareils à des gamins turbulents qui, pris sur le fait, cherchent comment marquer leur repentir après un chahut trop brutal. À travers ses larmes, elle glissa un regard vers mon visage et se recroquevilla de plus belle.

– Il ne faut pas avoir peur de nous, la rassurai-je en russe.

Elle leva de nouveau les yeux vers moi, puis son regard passa sur les visages barbus, graves et inquiets, de mes compagnons. Elle pleurait toujours et nous ne pouvions lui jeter la pierre : jamais elle n'avait dû rencontrer groupe d'individus plus patibulaires.

– Je t'en prie, ma petite, ne pleure pas, lui dit Paluchowicz.

Toujours très effrayée, elle s'efforçait cependant d'interrompre ses sanglots.

– On ne va pas te faire de mal, lui promis-je pour la rasséréner. Tous, nous avons des sœurs et des fiancées.

Et les autres d'opiner.

Ce qu'elle avait sur le dos semblait trop grand et trop large pour elle. Ses maigres épaules étaient enfouies dans une longue et ample fufaika ouatinée, ses chevilles graciles émergeaient de façon incongrue d'un gros pantalon matelassé. Tout comme les nôtres, ses vêtements étaient faits d'un grossier tissu noirâtre. Sa veste laissait voir le haut d'une robe de velours violette, usée et crasseuse, dont le bas était fourré dans son pantalon. Avec les manches d'un chandail ou d'un cardigan de laine verte, elle s'était fait une écharpe qu'elle portait enroulée autour du cou. Ses yeux pleins de larmes étaient très bleus. Des mèches de cheveux châtains s'échappaient de sous une toque de fourrure mitée. Elle avait tout d'une écolière affublée de vêtements d'homme. Et, la voyant si désemparée, nous l'entourions, immobiles et silencieux, attendant qu'elle séchât ses larmes et nous dît quelque chose. Nous étions comme muets.

Elle appliqua les manches de sa veste sur son visage et je vis qu'elle tenait un petit crucifix. Elle abaissa les mains, regarda ses orteils et tourna les yeux vers moi. Elle était pieds nus dans la neige. Je m'aperçus que j'avais toujours ses bottes à la main et me penchai pour les lui renfiler.

Elle commença alors à parler dans un étrange mélange de polonais et de russe hésitant :

– Je me suis perdue en me rendant au kolkhoze où je suis employée. Je suis polonaise, j'ai été déportée.

Elle nous considérait d'un air plein d'appréhension. Paluchowicz et Makowski s'étaient avancés. Ils prirent la parole en même temps que moi. De ce flot d'explications elle retira que nous étions polonais nous aussi, que nous étions des prisonniers évadés et qu'elle n'avait rien à redouter de nous. Sous le coup de l'émotion, elle se jeta dans mes bras pour pleurer de soulagement et de joie.

– Dieu est bon avec moi, ne cessait-elle de répéter.

Les deux autres Polonais lui tapotaient gauchement la tête et le dos.

C'était une scène émouvante. Trop émouvante et trop bruyante pour la tête froide de la bande. Smith s'était éloigné pour surveiller les environs. Il finit par nous lancer en russe :

– Allez, ça va comme ça. Vous avez oublié où on est ? Pour l'amour de Dieu, allons nous mettre à couvert.

Le groupe se dispersa aussitôt et nous nous mîmes en quête d'un endroit sûr.

XII

KRISTINA SE JOINT À NOUS

Elle s'appelait Kristina Polanska et venait d'avoir dix-sept ans. Elle n'avait rien avalé depuis deux jours et elle était affamée. Nous fouillâmes dans nos sacs et lui donnâmes des restes de nourriture. Elle les dévora avec une expression de profonde concentration, comme une bête à demi morte de faim. De temps à autre, elle reniflait et s'essuyait le nez d'un revers de manche. Elle nous fascinait. Accroupis autour d'elle, nous ne la quittions pas des yeux. Seul Smith restait un peu à l'écart. Lui aussi l'observait, mais d'un air plus détaché. Puis elle cessa de manger et nous dit son nom.

– Je ne me suis pas perdue, nous expliqua-t-elle, je me suis enfuie du kolkhoze. Il y a plusieurs jours que je marche – puis, après un silence : Vous êtes les premiers messieurs que je rencontre depuis que je suis partie de chez moi.

Elle avait fortement souligné ce mot de *messieurs*. Je m'enquis :

– Où vivais-tu, Kristina ?

– Mon père avait une ferme près de Łuck, en Galicie. Je l'ai vue pour la dernière fois en 1939. Je n'ai plus de chez-moi à présent.

L'Américain nous interrompit pour aborder la question

de nos projets immédiats. La nuit tombait, nous fit-il remarquer, et il pensait judicieux de remonter vers le nord le long de la rivière jusqu'à un endroit qui paraissait favorable pour la franchir de bonne heure le lendemain matin. Selon lui, il eût été déraisonnable de nous tremper de nouveau ce soir-là. Au moins dormirions-nous dans des vêtements secs.

Tout le monde en fut d'accord. Nous parcourûmes six ou sept kilomètres le long de la rivière bordée d'arbres. Je vis à plusieurs reprises Kristina regarder Smith. Elle ne lui adressait pas la parole. Je pense qu'elle sentait que cet homme calme et réfléchi était le seul obstacle possible à sa présence parmi nous. Nous autres, Polonais, nous lui parlions. Smith ne disait rien.

Il faisait tout à fait nuit quand nous dénichâmes un lieu de bivouac. Nous construisîmes un abri contre un tronc d'arbre abattu. Nous étendîmes nos sacs à l'intention de notre nouvelle recrue. Parfaitement confiante, elle se blottit entre nous et s'endormit. Notre sommeil fut plus haché que le sien puisque, selon notre habitude, nous montâmes la garde à tour de rôle. Elle dormit d'une traite comme une enfant fatiguée, oublieuse du froid. Elle n'était pas encore éveillée quand, à la première lueur du jour, Smith me toucha l'épaule et me fit signe de l'accompagner à l'écart.

Il en vint tout de suite à l'essentiel :

– Qu'est-ce qu'on va faire d'elle, Slav ?

Je m'attendais à cette question, mais ne sus que répondre.

– Il faudrait l'interroger sur ses projets…

C'était esquiver le problème, et j'en avais parfaitement conscience. Du coin de l'œil je vis Makowski qui s'entretenait avec Paluchowicz. Ils venaient dans notre direction. Kolemenos les suivait de près. Une minute plus tard, les deux derniers sortaient de l'abri pour se joindre à nous.

– Très bien, dit l'Américain, nous tenons une conférence plénière.

Nous conférâmes certes, mais sans aborder le fond du

problème. Allions-nous emmener la fille avec nous ? Telle était la grande question. La conclusion de notre entretien fut que nous parlerions à Kristina et prendrions une décision ultérieurement.

On la réveilla en douceur. Elle bâilla, s'étira. Elle se mit sur son séant et nous regarda en souriant, véritablement heureuse de nous voir. Nous l'imitâmes derrière notre barbe, séduits que nous étions par ce sourire exquis. Nous rassemblâmes un peu de nourriture et mangeâmes en silence tandis que le jour se levait. Paluchowicz s'éclaircit la gorge d'une manière un peu contrainte et demanda à Kristina comment elle avait abouti là où nous l'avions trouvée et où elle se rendait.

– J'essayais de gagner Irkoutsk, expliqua-t-elle. Un camionneur m'a avancée de plusieurs dizaines de kilomètres. Il a eu pitié de moi et m'a dit que, si j'allais à la gare de marchandises, je pourrais peut-être monter clandestinement à bord d'un train se dirigeant vers l'ouest. Il m'a déposée à quelques kilomètres d'ici et je cherchais à contourner la ville.

Elle fixait l'Américain. Il lui retournait son regard, l'air sombre. Elle porta les doigts vers les mèches de cheveux qui s'échappaient de sa toque et les rajusta avec un geste de femme, à la fois pathétique et séduisant.

– Je crois qu'il faut que je vous raconte mon histoire.

Nous fîmes un signe affirmatif.

C'était une variation sur un thème que nous connaissions bien. Les camps de prisonniers regorgeaient d'hommes qui avaient vécu des expériences analogues. Le lieu et les détails pouvaient différer, mais horreur et profonde détresse en étaient les éléments communs et produits par les mêmes causes.

Après la Première Guerre mondiale, au moment de la réorganisation des territoires d'Europe centrale, le père de Kristina Polanska s'était vu octroyer des terres en Ukraine en récompense de sa conduite pendant le conflit. Il s'était battu contre les bolcheviks et le maréchal Piłsudski y avait vu le moyen de lui témoigner de façon concrète la reconnaissance de la Pologne. La jeune fille était enfant unique. Les parents de Kristina, travailleurs acharnés, voulaient que leur fille profitât de tous les avantages qu'ils pouvaient lui apporter. En 1939, elle fréquentait le lycée de Luck et les Polanska étaient satisfaits de ses résultats.

Puis ce fut septembre 1939. Les Russes firent mouvement. Les ouvriers agricoles ukrainiens apprirent la nouvelle de l'arrivée prochaine des «libérateurs» de l'Armée rouge. Le mouvement communiste clandestin se tenait prêt. Il suffit de quelques discours enflammés sur le thème du renvoi des propriétaires étrangers et de la restitution de la terre aux travailleurs, pour transformer la paysannerie ukrainienne en une foule meurtrière. Les Polanska comprirent que leur situation était désespérée. Ils savaient que la populace s'en prendrait à eux. Ils cachèrent Kristina dans un grenier et attendirent. «Quoi qu'il arrive, lui recommanda sa mère, ne bouge pas d'ici jusqu'à ce que nous venions te chercher.»

Elle entendit les émeutiers qui déboulaient, les vociférations, les coups des haches et des masses qui s'abattaient avec une frénésie destructrice sur le matériel rangé dans les dépendances de la ferme. Elle crut reconnaître la voix de gens du village voisin. Dans la cour, Polanska interpellait par leur nom des hommes qu'il connaissait. De son grenier, la malheureuse enfant percevait distinctement ses suppliques: «Prenez ce que vous voulez, mais ne détruisez pas notre maison et notre terre.» S'ensuivirent une ou deux minutes de silence. Puis une rumeur menaçante s'éleva; les pillards se regroupaient pour marcher sur Polanska et sa demeure. Kristina n'entendit pas sa mère, mais elle était certaine que celle-ci ne quittait pas le côté de son père. Quelqu'un se mit à haranguer la foule à coups de formules aussi violentes que venimeuses. Elle entendit une fois encore la voix paternelle, mais bientôt noyée par une brusque clameur. Sa mère poussa un cri perçant, puis Kristina, tremblante, gémissante, se boucha les oreilles.

Elle demeura dans le grenier pendant ce qui lui parut des heures même si elle estimait aujourd'hui que cela n'avait probablement pas duré aussi longtemps. Tout le monde était parti. La maison était parfaitement silencieuse. Les domestiques s'étaient enfuis la veille. Ni son père ni sa mère n'étaient venus la chercher. Peut-être les gens du village les avaient-ils emmenés. Elle descendit, puis sortit dans la cour. Ses parents gisaient sans vie sur le côté de la maison. Elle s'approcha et les contempla pour la dernière fois. On les avait battus puis étranglés avec du fil de fer barbelé.

J'observai attentivement son visage blême tandis qu'elle nous disait l'horreur de cette belle matinée de septembre. Elle parlait d'une voix blanche, sans grands changements dans l'expression, comme qui est encore sous l'effet d'un choc profond.

– Je suis retournée à l'intérieur, j'ai ramassé quelques victuailles que j'ai enveloppées dans un linge, puis je me suis sauvée.

Elle ne se souvenait pas du détail des jours suivants. Dans les villages qu'elle traversa des âmes compatissantes lui offrirent le gîte et le couvert. Elle avait une idée fixe : devancer les Russes pour ne pas tomber entre leurs mains. Ironie du sort, elle se fit prendre alors qu'elle passait la frontière sans même savoir qu'elle en était aussi proche. L'Armée rouge la remit à un tribunal civil qui, rondement, la condamna à être déportée en Sibérie occidentale comme ouvrière dans un kolkhoze de la région du fleuve Ienisseï.

Elle nous décrivit avec plus de précision sa vie dans la ferme soviétique. L'expérience était plus récente et donc plus nette dans sa mémoire. La plupart des ouvrières étaient des Russes mamelues, costaudes et résistantes. Kristina était la seule Polonaise. Le surlendemain de son arrivée, on l'envoya battre du blé au fléau et déplacer d'énormes sacs de céréales. Les autres brocardaient sa délicatesse et son peu de forces, se moquaient lorsqu'elle ne parvenait pas à effectuer le dur labeur dont elles-mêmes s'acquittaient sans peine. Le soir, endolorie des pieds à la tête, elle sanglotait dans son coin jusqu'à ce que le sommeil l'emportât. La nourriture était misérable, avec pour base un kilo de pain par jour.

Mais ce ne furent pas ses consœurs qui, au bout du compte, poussèrent Kristina à s'enfuir. La ferme était dirigée par un contremaître, dont les autres ouvrières cherchaient à se ménager les bonnes grâces. Kristina avait peur de lui et faisait tout pour ne pas croiser son chemin. Elle nous le décrivit comme un grand gaillard, très fort et noir de poils. Il venait parfois la trouver et se fendait de pesantes amabilités ; il lui disait combien elle était différente des femmes russes et qu'elle avait besoin de quelqu'un pour veiller sur elle. Ensuite de quoi les autres ouvrières lui adressaient des plaisanteries grasses, des remarques désobligeantes sur sa maigreur, et lui conseillaient vivement de « bien mener sa barque ».

Arriva le jour où il lui fut demandé de ne pas partir avec les autres dans la charrette à cheval, mais de se présenter chez le contremaître « pour interrogatoire ». Elle comprit tout de suite ce qu'il avait en tête. Il lui promit qu'elle n'aurait plus jamais à accomplir de travaux harassants si elle se montrait gentille avec lui. Kristina, prise de panique, le supplia de la laisser partir. S'ensuivit une tentative de viol caractérisée. Elle hurla, lui griffa le visage, lui donna de furieux coups de pied. Surpris par la violence de sa résistance, il lâcha prise, si bien qu'elle pût se jeter dehors et regagner le quartier des femmes. Il lui lança les injures les plus grossières et l'assura qu'il avait les moyens de la faire changer d'attitude.

Elle attendit la tombée du jour, redoutant de le voir surgir d'une minute à l'autre, mais il ne se montra pas. Quand il lui sembla que les autres femmes n'allaient plus tarder à rentrer, elle se glissa dehors en ayant soin de garder les bâtiments du kolkhoze entre elle et la maison du contremaître, et elle s'enfuit. Elle dormit cette nuit-là dans les roseaux près d'une rivière et, le lendemain, après en avoir suivi le cours sur des kilomètres, elle finit par atteindre une route. Là, un camionneur l'embarqua, puis un autre, qui lui fit accomplir beaucoup de chemin vers l'est.

– Tous les Russes ne sont pas mauvais, nous dit-elle. Ces deux-là ont eu pitié de moi et m'ont donné un peu de leur pain. Le second m'a encouragée à tenter de gagner Irkoutsk, mais il ne pouvait m'emmener plus loin – elle nous dévisagea tour à tour et posa pour finir les yeux sur Smith. C'est ainsi que j'ai abouti ici.

L'Américain enfonça ses mains dans les poches de sa fufaika. Il parla d'une voix unie :

– Nous n'avons pas du tout l'intention de passer près d'Irkoutsk ; nous nous dirigeons vers le sud, en suivant l'autre côté du lac. Que comptes-tu faire à présent ?

Kristina parut surprise et déconcertée. Elle adressa un regard suppliant aux six autres d'entre nous. Nous nous taisions. Nous avions notre idée, mais préférions laisser Smith mener l'affaire à sa façon. Les lèvres de Kristina tremblèrent légèrement. Puis elle fit saillir son petit menton.

– Je viens avec vous. Vous ne pouvez pas m'abandonner.

Smith resta un moment à regarder au loin en direction de la rivière.

– Est-ce que tu sais nager ?

– Je nage très bien, affirma-t-elle avec une indéniable pointe d'orgueil. Au lycée, j'étais très bonne nageuse.

Un bref sourire éclaira la barbe poivre et sel de Smith. Nous fûmes soulagés quand il déclara :

– Pardonne-moi, ma petite, si mes questions ont pu te

sembler abruptes. Simplement, on se disait que tu avais peut-être un plan à toi. Tout ce que nous avons à te proposer, ce sont des difficultés sans nombre. Nos provisions sont au plus bas et nous avons encore beaucoup de chemin à faire. Il te faut aussi considérer que si tu te fais reprendre avec nous, tu ne t'en tireras pas aussi bien que si tu étais toute seule. Mais si tu tiens à te joindre à nous, nous t'estimerons comme une des nôtres.

– Merci, répondit simplement Kristina. Tout ce que je désire, c'est venir avec vous.

Là-dessus, elle alla s'isoler derrière un écran de végétation et, en son absence, je demandai qu'on fît le point en ce qui concernait les vivres. Chacun ouvrit son sac et en extirpa les provisions qu'il lui restait. Nous étions, comme nous le craignions, terriblement démunis. Il ne nous restait en tout et pour tout que deux livres d'orge, un peu de farine, du sel et quelques kilos de viande de daim presque noircie. Nous décidâmes de nous rationner et de nous contenter d'un unique repas par jour jusqu'à ce que nous ayons reconstitué nos réserves. La seule denrée dont nous jouissions encore en quantité était la gubka pour allumer le feu. Au moins avions-nous de quoi nous réchauffer.

Sans doute chacun de nous possédait-il encore, outre la nourriture communautaire exposée au grand jour, au moins un morceau de pain séché au fond de la poche de sa veste. Je sais que j'en avais un et il apparut par la suite que les autres possédaient eux aussi une petite réserve de ce genre. Il n'y avait là rien de malhonnête ou d'antisocial. Cacher du pain était un réflexe de prisonnier, un symptôme lié à la captivité. Un détenu qui conservait une croûte de pain avait le sentiment d'avoir encore prise sur l'existence, de même qu'en des lieux civilisés un homme aura sur lui une pièce porte-bonheur lui garantissant de n'être jamais à court d'argent. Que tel et tel aient par la suite sorti cet ultime morceau de pain pour apaiser la faim de cette jeune

Polonaise donne la mesure de l'affection que nous lui portions.

Nous déjeunâmes en vitesse ce matin-là, ayant résolu de traverser la rivière sans attendre. Cette première heure du jour promettait une belle journée de printemps et nous entendions faire une longue étape de sorte à remettre dès que possible le cap au sud.

Pour la fille, cette première rivière était une épreuve inédite. Nous l'engageâmes à retirer sa veste, son pantalon et ses bottes. J'eus le cœur serré en la voyant vêtue de sa vieille robe fanée. Je me dirigeai avec précaution vers le bord de la glace, traînant la courroie derrière moi, la hache passée dans la ceinture de mon pantalon. Je franchis assez rapidement la partie non gelée et me retrouvai bientôt de l'autre côté. Kolemenos traversa en tenant en l'air, non sans difficulté, les vêtements roulés en boule de Kristina. Paluchowicz et Makowski passèrent ensemble, suivis par cette dernière, chacun tenant un bout de la courroie qu'ils lui avaient nouée autour de la taille. Les trois autres fermèrent le convoi, l'un d'eux portant les bottes de la demoiselle. Nous allâmes rapidement nous mettre à couvert, lovant la courroie tout en courant.

Kristina était bleue de froid et claquait des dents. Kolemenos lui restitua ses vêtements.

– Ne reste pas immobile, petite, dit l'Américain. Va un peu plus loin enlever cette robe. Essore-la rapidement, essuie-toi du mieux possible et saute dans ton pantalon et ta fufaika, qui eux sont secs.

Elle acquiesça et s'en fut à l'écart. Nous nous dévêtîmes, dansâmes sur place tout en tordant nos vêtements. Cette opération ne prit guère de temps et, ayant renfilé nos hardes humides, nous attendîmes quelques minutes que la fille nous rejoignît. Elle arriva en courant, sa robe et ses dessous roulés en boule sous le bras.

– Vous avez vu ? Vous voyez que je sais nager.

Smith lui sourit.

– Oui, j'ai vu – et s'adressant à moi : Finalement, la petite demoiselle ne sera pas un boulet.

Nous avons marché sans répit au cours de cette journée, ne nous autorisant que de courtes haltes, et Kristina soutint l'allure sans se plaindre. À midi, le soleil de mai nous dispensa une agréable tiédeur et contribua, en même temps que la chaleur dégagée par notre corps, à sécher complètement nos vêtements. À la tombée du jour nous avions bien parcouru quarante-cinq kilomètres vers le nord-est, nous éloignant ainsi du lac Baïkal, et nous passâmes une nuit d'autant plus tranquille que nous avions retrouvé la haute futaie.

Le troisième jour après avoir quitté le bord du lac, j'estimai avoir atteint le point où nous pouvions obliquer vers le sud afin d'emprunter une direction qui nous mènerait à la frontière, avec le Baïkal à quelque soixante-quinze kilomètres sur notre droite. C'était une approximation, mais je ne crois pas qu'elle fût très erronée, même s'il n'aurait pas été possible de conserver une route exactement parallèle à la rive du lac. Le pays était vallonné et très boisé, et nous enchaînions raidillons et descentes dans des vallées encaissées où coulaient de petites rivières et des ruisseaux tributaires du lac. Ces vallées s'orientaient presque uniformément vers le sud-ouest. La plupart des cours d'eau étaient guéables, bien que leur débit, grossi par la débâcle, fût important. Kolemenos ouvrait la marche, sondant devant lui à l'aide d'une longue perche.

Je m'émerveillais de voir comme l'adolescente supportait tout cela. Nous nourrissions tous des appréhensions concernant sa fragilité et je suppose qu'elle en avait conscience. Au cours de ces premiers jours, pas une fois elle ne nous obligea à ralentir. Même, alors que nous étions fourbus et maussades au terme d'une étape particulièrement épuisante, elle se montrait encore gaie et joyeuse. Elle nous considérait comme une bande de grands frères – à l'exception toutefois de Smith. Entre ces deux-là s'établit presque une relation de père à fille. Souvent, le soir au bivouac, elle lui demandait de lui parler de l'Amérique, et plus d'une fois j'ai entendu Smith lui dire que lorsque tout cela serait terminé, elle viendrait avec lui aux États-Unis. Il la taquinait gentiment au sujet de ses grosses bottes russes, puis la rassurait :

– Ne t'en fais pas, Kristina : en Amérique, je t'offrirai de belles robes et de jolis souliers à hauts talons.

Et Kristina riait à cette perspective.

Elle nous devint de plus en plus chère, au point que chacun de nous aurait allègrement plongé au-devant de la mort pour la protéger. Le matin, elle ouvrait les yeux, regardait ce groupe d'hommes mal fagotés qui l'entouraient et disait :

– C'est merveilleux de vous voir tous là. Vous me donnez une telle impression de sécurité !

Tout en cheminant, elle aimait inciter Zaro à faire le clown. Même lui était à l'occasion maussade, mais elle parvenait toujours, à force de taquineries, à le remettre dans de bonnes dispositions. Stimulé par l'intérêt qu'elle lui manifestait, il débordait alors d'humour. Parfois, en les observant, j'avais du mal à croire que nous étions dans une situation aussi délicate, à demi morts de faim, avec devant nous la partie la plus difficile de notre voyage. Le plus réservé du groupe était Marchinkovas, le Lituanien. Il parlait peu et ne donnait généralement son avis que lorsqu'on le lui demandait. Kristina marchait à côté de lui pendant des kilomètres, parlant doucement et sérieusement, et on assistait au prodige de voir Marchinkovas sourire et même rire à gorge déployée.

Désormais le groupe disposait aussi d'une infirmière. Kolemenos se mit à boiter. Il souffrait des orteils. Kristina les lui baigna, déchira des bandes dans son jupon et en enveloppa les endroits à vif. Quand ma blessure à la jambe se rouvrit, elle me la pansa. Dès que quelqu'un se coupait ou s'écorchait, elle en faisait son affaire. Quand les bandages n'étaient plus utiles, elle les lavait dans l'eau d'un ruisseau, les faisait sécher et les conservait pour un usage ultérieur.

Aux approches de ce qui devait être la rivière Bargusin, à peu près à mi-hauteur du lac, ce fut son tour d'avoir un problème. Elle se fit distancer, et je vis qu'elle traînait la jambe. Je demandai aux autres de s'arrêter et m'en revins vers elle.

– Mes bottes me font un peu mal, me dit-elle.

Je les lui ôtai. Elle avait la plante des pieds et les talons à vif pour cause d'ampoules qui avaient éclaté. Elle devait souffrir le martyre depuis des heures. Ces bottes étaient trop lourdes et trop grandes pour elle. Elle affirmait que cela allait, qu'elle pouvait poursuivre, à quoi nous nous récriâmes tous les sept. Je lui enveloppai les pieds dans ses bandages, puis la persuadai de me laisser couper les longues tiges de ses bottes pour voir si elle pourrait marcher plus aisément avec moins de poids. On récupéra le feutre pour en doubler plus tard nos mocassins. Mais au bout d'une heure elle boitait plus fort que jamais et nous décidâmes de lui en confectionner.

Je me mis donc au travail et y apportai tout le soin et le savoir-faire dont j'étais capable avec les matériaux à ma disposition. Les autres m'entouraient, observant toutes les phases du découpage des pièces et de la couture. Je fis une semelle double pour plus de solidité et doublai l'intérieur de zibeline. Chacun me félicita pour ce travail et Kristina, sous le coup de l'émotion, me déposa un baiser sur le front.

Nous commencions à penser qu'elle nous portait bonheur. Notre progression ne connut aucun ralentissement jusqu'à ce qu'un soir, cinq jours après avoir obliqué vers le sud, se présentât la rivière Bargusin. L'ennui avec les cours d'eau imposants, c'était qu'il nous fallait les longer en quête de l'endroit le plus favorable où traverser. Nous découvrîmes le lendemain qu'il y avait devant nous encore trois autres rivières assez importantes. Ayant franchi la première, nous rencontrâmes la deuxième après seulement une heure de marche. Nous arrivâmes trois heures plus tard devant la troisième, la plus large, et perdîmes des heures en reconnaissance avant de pouvoir la passer. Ces trois rivières devaient converger plus loin vers l'ouest pour former la Bargusin et se jeter dans le Baïkal. Au terme de ce troisième franchissement, nous gravîmes une colline et fîmes du feu pour nous sécher. Nous étions tous terriblement fatigués et fort affamés.

Je ne souffris pas de la faim avant une huitaine de jours. Tous mes compagnons en éprouvaient déjà durement les affres. Mais quand les douleurs m'assaillirent, elles m'affectèrent plus cruellement que les autres. Nous préparâmes ce soir-là une petite kasha avec de l'orge, mais il y en avait si peu que ce fut presque pis que rien du tout. La nourriture devint une obsession. Certains proposèrent d'aller voler quelque chose dans une ferme. Mais même dans l'extrémité où nous nous trouvions, nous redoutions plus que tout de provoquer l'échec de notre évasion en nous faisant remarquer des gens du pays. Si jamais l'on nous pourchassait avec détermination, plusieurs d'entre nous au moins seraient repris.

Kristina dormait profondément tandis que nous discutions.

Le sergent la regarda.

– Dormons. Demain, la petite nous portera chance.

– Il faut l'espérer, dit son ami Makowski.

XIII

TRAVERSÉE DE LA VOIE DU TRANSSIBÉRIEN

Le franchissement de la Bargusin eut lieu à la fin du mois de mai et ce fut le dernier des obstacles importants que l'eau plaçait sur notre chemin. Il semblait que l'été sibérien nous attendît sur la rive sud. Depuis l'extrémité nord du Baïkal nous avions connu un climat printanier exceptionnellement clément et presque sans une goutte de pluie. À présent le soleil donnait, tout verdoyait, il y avait des fleurs et les oiseaux étaient de retour de leurs migrations lointaines. En six semaines nous étions passés des dernières rigueurs de l'hiver de Sibérie centrale à la chaude caresse de l'été méridional. Dans les lointains, cerisiers et abricotiers en fleur égayaient les vergers des villages. Dormir à la belle étoile devenait moins éprouvant, même lorsque nous jugions plus prudent de ne pas allumer de feu. Dans la journée nous ôtions nos gilets fourrés pour les remettre au coucher du soleil afin de nous protéger du froid nocturne.

Nous n'eûmes rien à manger pendant les deux jours qui suivirent la traversée de la Bargusin et la nourriture se transforma en idée fixe. C'est alors que nous aperçûmes un cheval entre les arbres. Il avait trahi sa présence en piaffant entre les brancards d'un traîneau grossier. Il avait senti notre approche et, à l'évidence, ce qu'il flairait n'était pas à son goût. Zaro et moi allâmes l'observer de près. L'animal nous toisa par-dessus son épaule en nous montrant le blanc de ses yeux. Il avait toutes les raisons de soupçonner nos intentions et, de fait, nous étions tout disposés à manger de la viande de cheval.

Zaro et moi avisâmes en même temps un vieux fusil de chasse à un coup, de calibre douze, canon et crosse tenus ensemble par du fil de cuivre. Il était posé sur le traîneau à côté d'un petit sac de cuir qui contenait sans doute les munitions. Une pensée s'imposa : nous devions nous emparer de ce fusil avant le retour de son propriétaire. Je m'élançai en compagnie de Zaro et le glissai rapidement sous mon bras, canon pointé vers le sol. Je fis signe aux autres de venir. Kristina demeura à bonne distance avec Smith, qui lui avait passé un bras protecteur autour des épaules, tandis que le reste du groupe nous rejoignait. Kolemenos s'approcha du cheval pour lui parler et tenter d'apaiser son inquiétude, mais la bête ne se laissa pas amadouer.

L'homme ne devait pas être loin. Probablement avait-il entendu son cheval s'agiter, car nous le vîmes bientôt arriver. Nous lui fîmes face. C'était un bûcheron massif et carré, âgé d'une soixantaine d'années. Il portait sa cognée sur l'épaule droite. Il avait une barbe fournie mais soignée, tout comme ses longs cheveux. Sa façon de s'approcher m'impressionna. Il nous avait vus, pourtant sa démarche lente et mesurée ne trahissait aucune appréhension. Il regardait droit devant lui. Il nota que je m'étais emparé de son fusil, mais ne montra ni peur ni inquiétude. Il s'avança vers la tête du cheval, lui glissa une main dans la crinière, et se tourna pour ficher le fer de sa hache dans le fût d'un arbre.

Ses yeux se posèrent sur moi, puis se portèrent vers la fille et l'Américain.

– Qui êtes-vous ?

Smith répondit tout en faisant un pas en avant :

– Nous sommes des prisonniers évadés. Nous ne te ferons aucun mal. Nous voulons seulement à manger.

– Les temps ont changé, dit l'homme. Il fut une époque où il y aurait eu de la nourriture à votre disposition et aucune question de posée.

De cet homme émanait un air de dignité dépourvu d'afféterie. Il nous détailla avec le plus grand naturel. Il tourna derechef la tête vers Kristina et je crus qu'il allait nous interroger à son sujet. Mais il s'abstint. Au lieu de cela, il contourna son cheval pour aller prendre une longue sacoche plate dans le traîneau. Il dénoua la lanière de cuir qui la fermait.

– Soyez sans inquiétude à mon sujet, nous dit-il. Je vis seul et suis le seul habitant à des kilomètres à la ronde.

Du sac il sortit des trésors : une miche de pain noir, quatre petits poissons séchés et un gros morceau de porc salé. Il tira de sa ceinture une dague de chasse. C'étaient là les provisions d'un homme parti de chez lui pour la journée et il n'avait manifestement pas encore mangé. Nous le regardions faire avec grande attention. Il découpa posément une tranche de pain et une tranche de viande qu'il remit dans le sac. Il convia Kolemenos, qui se trouvait le plus près de lui, à s'approcher. Kolemenos s'avança de deux pas et l'autre déposa dans ses grands battoirs la miche de pain, le morceau de porc et les poissons séchés.

Kolemenos resta si longtemps immobile à fixer intensément ces comestibles que je finis par lui dire :

– Mets-les dans ton sac, Anastazi. Nous les partagerons plus tard.

Au son de ma voix le Russe se tourna vers moi – et vers son fusil. Une question tacite luisait dans son regard. Je me dirigeai vers Smith pour conférer à propos de ce fusil. Nous convînmes qu'il ne nous serait d'aucune utilité. Nous ne pouvions nous en servir pour chasser car les coups de feu auraient pu nous faire repérer, surtout dans ces contrées plus peuplées du sud que nous aborderions bientôt. Cependant, notre sécurité nous interdisait de le rendre au bûcheron. Paluchowicz et Makowski intervinrent en ce sens et pour finir il fut décidé que nous ne pouvions prendre le risque de voir cette arme se retourner contre nous ou servir à donner l'alerte. Je me retournai vers le Russe :

– Nous sommes navrés, mon vieux, mais nous devons emporter ton fusil.

Pour la première fois, il parut contrarié. Il leva les mains comme pour argumenter, puis les laissa retomber.

– Il serait dangereux de vous en servir, nous dit-il. Je comprends votre décision. Suspendez-le à un arbre quelque part et peut-être le retrouverai-je un jour.

Nous tournâmes les talons pour partir. Une fois encore il regarda Kristina.

– Bonne chance à vous, nous lança-t-il. Puissiez-vous trouver ce que vous cherchez.

Nous avons marché pendant environ une heure sans beaucoup parler. Tous, nous éprouvions des remords d'avoir emporté le fusil, objet d'une valeur inestimable pour un homme comme ce bûcheron.

– Ah, baste ! finit par lâcher Zaro, le vieux a encore son cheval…

Cela nous fit rire, mais ne soulagea pas pour autant notre conscience. À peut-être huit kilomètres du lieu de la rencontre, je suspendis le fusil à la branche basse d'un arbre au bord d'une piste légèrement tracée, après avoir enroulé une pièce de peau de daim autour de la culasse. C'était tout ce que je pouvais faire.

On ne toucha pas à la nourriture jusqu'à ce que l'étape du jour eût été couverte. Kolemenos fit huit parts. Chacune était si petite que j'aurais pu avaler la mienne en un rien de temps et sans que ma faim s'en trouvât apaisée. Mais l'instinct qui nous poussait à économiser les vivres en prévision de temps encore plus durs l'emporta chez chacun de nous.

Nous décidâmes de considérer ce peu de victuailles comme des rations de réserve pour trois jours, d'en consommer un tiers sur-le-champ, et le reste les deux soirs suivants. Kristina écouta notre entretien tout en mangeant comme nous un tiers de son modeste viatique. Je me souviens que ce soir-là elle était très pâle et paraissait très fatiguée.

En dépit de notre préoccupation bien compréhensible concernant la nourriture, nous avons continué de progresser convenablement vers le sud à travers une région de collines basses. Plus nous avancions, plus les signes de présence humaine se multipliaient. Notre méthode consistait à terminer avec circonspection l'ascension de chaque hauteur et, du sommet, à observer attentivement avant de s'y engager la nouvelle étendue de pays que nous allions devoir traverser. Souvent, nous voyions des gens se déplacer dans le lointain. Nous faisions des détours pour éviter les routes bordées de poteaux téléphoniques – signe certain d'une importante voie de communication –, où circulaient quantité de camions. Parfois, nous entendions des hommes qui s'interpellaient et des bruits de tracteurs. Parfois aussi retentissait à quelque distance l'appel d'une sirène d'usine.

Voyager en pleine journée devenait risqué. Un jour – nous venions de terminer les vivres que nous avait donnés le bûcheron –, nous nous assîmes pour faire le point. Ce jour-là, je m'en souviens, Kristina n'avait pu soutenir l'allure. Elle s'était laissé distancer à plusieurs reprises, nous obligeant à nous arrêter pour l'attendre. Elle avait chaque fois eu droit à une gentille réprimande. Nous envisagions la façon dont nous allions franchir la région, regorgeant de dangers, qui nous séparait encore de la frontière, lorsque subitement, profitant de ce que Kristina s'était éloignée, le sergent demanda :

– Qu'est-ce qui ne va pas avec la petite ?

– Ce n'est pas bien méchant, lui répliquai-je assez vivement. Un jour de repos et il n'y paraîtra plus. N'oublie pas qu'il s'agit d'une femme. Toutes les femmes ont des périodes d'indisposition. Tu as oublié ?

– Je n'avais pas pensé à ça, avoua-t-il avec lenteur d'un air consterné.

Les autres non plus, apparemment.

– La pauvre petite, murmura Makowski.

Smith prit alors la parole :

– Il est évident qu'il va falloir sous peu se remettre à marcher de nuit. Autant commencer dès maintenant. Ainsi, Kristina pourra se reposer. Slav, toi qui es le plus jeune, prends-la à part et dis-lui que nous ne repartirons que lorsqu'elle se sentira complètement dispose.

J'allai la trouver au moment où elle s'en revenait d'entre les arbres.

– Kristina, lui annonçai-je, nous nous reposerons ici une journée, puis nous recommencerons à voyager de nuit.

– C'est à cause de moi ? interrogea-t-elle en rougissant.

– Non, non. Nous serons plus en sécurité la nuit.

– Je m'en veux de vous avoir retardés aujourd'hui. Mais je n'y pouvais rien : j'étais très fatiguée.

– Mais oui, je comprends. Je t'en prie, ne t'en fais pas pour ça.

Elle se détourna.

– Tu es très gentil, Slav. Vous êtes tous très bons. Merci.

Je l'emmenai rejoindre les autres. Du coup, tout le monde se mit à converser comme si de rien n'était. Kristina s'installa à côté de Smith et lui dit :

– Parle-moi encore de ce que les femmes portent en Amérique.

Il lui sourit et s'exécuta. Elle l'écoutait en silence, le menton sur les genoux.

Les nouvelles dispositions se révélèrent plaisantes : nous dormions au chaud pendant la journée et nous avions la lune pour nous guider dans la fraîcheur de la nuit.

C'est par un beau clair de lune que la faim nous poussa à

nous aventurer pour la première et la dernière fois dans un village. Cette nuit-là, les lumières d'habitations éparses à environ deux kilomètres en contrebas nous arrêtèrent au sommet d'une colline. Le faible couinement d'un porc monta jusqu'à nous.

– Ma mère cuisinait une délicieuse soupe aux pois avec la queue du cochon, déclara Zaro en s'accompagnant de bruits de lèvres.

Kolemenos me tapota l'épaule.

– Tâchons de capturer ce goret.

Nous pesâmes les risques. Il fallait absolument s'alimenter. Smith s'éleva de toutes ses forces contre notre projet, puis il finit par céder. On désigna ceux qui partiraient à la chasse au cochon : Kolemenos avec la hache, moi avec mon couteau, et le Lituanien Marchinkovas. Les autres devraient longer le village par la droite et nous attendre sous un bouquet d'arbres qui se détachait nettement sur l'horizon à un kilomètre et demi de là. Il fut convenu que s'ils entendaient venant du hameau la moindre agitation pouvant indiquer que nous avions des ennuis, ils devaient quitter le coin au plus vite.

Le grand Lituanien et moi nous mîmes en route, suivis par Marchinkovas à quelques pas en arrière. Nous nous dirigeâmes droit vers l'endroit où nous estimions qu'avait retenti le cri du cochon et nous aboutîmes dans un verger de jeunes arbres à l'orée du village. L'herbe y croissait en abondance.

Marchinkovas se posta à la lisière de ce verger pour faire le guet, puis Kolemenos et moi partîmes en rampant vers un petit bâtiment de bois, ressemblant à une grange, qui était situé à l'autre bout.

– Ça sent le cochon, me souffla Kolemenos à l'oreille.

Nous nous relevâmes à l'ombre d'un tas de rondins.

– Ne t'y appuie pas, me glissa mon compagnon : ils pourraient s'écrouler et ça ferait un raffut de tous les diables.

Nous regardâmes le toit du bâtiment afin de nous assurer qu'il ne s'agissait pas d'une habitation. Il ne comportait pas de cheminée.

Je m'avançai pour coller l'oreille contre les planches. J'entendis le porc qui bougeait dans des bruissements de paille. Il m'avait flairé et me reniflait à quelques centimètres de l'autre côté de la paroi. Kolemenos vint me rejoindre et nous nous mîmes à chercher la porte à tâtons. Il n'y en avait point.

– Elle doit se trouver de l'autre côté, murmurai-je à mon compagnon.

Derrière se trouvaient aussi le village et ses quelques fenêtres éclairées.

De fait, la porte était de l'autre côté. J'en soulevai le loquet et l'entrouvris. Les gonds grinçaient faute d'huile et je transpirais à grosses gouttes. Kolemenos entra à ma suite dans l'obscurité qui régnait à l'intérieur. Je me dirigeai vers le fond, où j'avais jugé que devait être le cochon. Je dénichais le portillon d'un enclos. Je bondis en entendant le porc grogner tout près de moi et lui coinçai le groin contre ma jambe. Kolemenos entoura doucement l'animal de ses bras puissants et tenta de le soulever pour en apprécier le poids.

– Il est trop lourd pour qu'on le porte, jugea-t-il.

Il n'y avait qu'une solution: le persuader de nous suivre.

– Il faut faire ami-ami avec lui, suggérai-je. Chatouille-lui le ventre. Ensuite, passe derrière lui et tiens-toi prêt à le pousser si besoin est.

Kolemenos se mit à l'ouvrage et moi de même. Le porc grognait de contentement. Je le saisis par l'oreille et partis vers la sortie. Kolemenos, de son côté, l'incitait à se mettre en marche. Il y eut quelques angoissantes secondes de flottement avant qu'il y consentît. Nous sortîmes en refermant derrière nous, traversâmes le verger, marchant courbés en deux sans cesser de susurrer des encouragements à l'animal afin qu'il restât dans la même disposition d'esprit. Nous retrouvâmes en haut du verger un Marchinkovas tout pâle. Il nous emboîta le pas pour couvrir notre retraite.

La chance, celle de ceux qui n'ont plus rien à perdre, était de notre côté. À une centaine de mètres du lieu de rendez-vous, Kolemenos tua la bête d'un unique coup de hache. Elle mourut sans un bruit. J'en eus un pincement de remords : ce malheureux cochon s'était montré si confiant ! Opérant avec promptitude, nous le vidâmes sous le clair de lune et le découpâmes grossièrement en morceaux transportables par les sept hommes que nous étions. Les autres, qui nous avaient aperçus, vinrent à notre rencontre. On nous félicita abondamment. Cette heure d'attente leur avait mis les nerfs à rude épreuve.

Nous avions tué la bête à un kilomètre environ du village, y laissant des traces qui seraient aisément repérables au matin. Il nous fallait absolument abattre la plus grande distance possible avant le lever du soleil. Après avoir cheminé des heures durant, nous gravîmes, tandis que le jour commençait de poindre, une colline parsemée de rochers. Alors que nous désespérions de trouver un abri, nous finîmes par découvrir une grotte humide dont l'étroite entrée était bien dissimulée par des arbres nains.

Une fois le soleil levé, nous vîmes dans la direction d'où nous venions une plaine large de peut-être trois kilomètres qui nous séparait d'une longue chaîne de collines. Aucun signe de vie de ce côté-là, mais nous prîmes néanmoins bien soin de ne pas nous faire voir. Les sacs chargés de notre butin furent introduits tout au fond de la grotte, puis nous conférâmes pour décider de ce que nous allions faire de toute cette viande. Dans la douceur de ce mois de juin, elle ne resterait pas longtemps comestible ; il fallait la faire cuire sans tarder. La solution consistait une fois de plus à en manger autant que possible dès qu'elle serait cuite. Faire du feu était risqué, mais nous n'avions pas le choix.

On alimenta ce feu, installé au fond de la grotte, avec le bois le plus sec que nous pûmes récupérer. Kristina tournait la longue tringle sur laquelle les morceaux de porc étaient embrochés. La graisse dégouttait dans les flammes avec des grésillements. Une délicieuse odeur de porc rôti et de fumée de bois emplissait notre abri. Pendant ce temps, Zaro et Marchinkovas étaient partis en quête d'eau avec le gobelet. Ils furent absents si longtemps que cela finit par nous inquiéter. À leur retour, Zaro expliqua qu'ils avaient parcouru peut-être huit cents mètres avant de trouver un mince filet d'eau au milieu des rochers et qu'ils avaient dû attendre patiemment que le récipient se remplît.

Pendant toute cette journée nous avons cuisiné, nous avons mangé et nous avons dormi, un homme faisant le guet par tour de deux heures. Vers le milieu de l'après-midi, je fus pris de terribles maux d'estomac. Smith, Paluchowicz et Makowski se tenaient le ventre, eux aussi tenaillés par d'atroces souffrances. Cela venait de ce que nous infligions à notre système digestif, inactif depuis bien des jours, un aliment abondant, mal cuit et très riche en graisse. Vers le soir, nos douleurs s'apaisèrent et nous nous contraignîmes à manger encore.

Quelqu'un, je ne me rappelle plus qui, proposa d'essayer de fumer la viande que nous allions emporter avec nous de façon à ce qu'elle se conservât mieux. Alors que le crépuscule tombait, nous jetâmes sur les flammes des rameaux de genévriers verts. Une épaisse fumée s'éleva, provoquant une épidémie de toux et de larmes. Deux heures durant nous avons fumé les morceaux de viande jusqu'à ce qu'ils prissent une teinte brune. Puis nous les avons fourrés dans nos sacs et sommes partis pour couvrir notre étape de nuit. Au moment où nous quittions la grotte, je fus plié en deux par de nouvelles douleurs et je sentis que j'allais vomir. Cette indisposition devait se manifester par intermittence pendant plusieurs heures.

À ce stade de notre voyage, je savais que nous devions être à une semaine de marche de la frontière. Cette idée nous rendait nerveux, taciturnes et prudents à l'excès. Nous passions une heure à examiner le terrain avant de nous y risquer à découvert ou de franchir l'un des innombrables ruisseaux qui nous barraient la route, alors qu'il y avait peu de chance que l'on nous surprît pendant la nuit. J'avais le sentiment de cheminer au milieu de populations hostiles, persuadé qu'à un moment ou à un autre nous finirions par tomber sur quelques-uns de leurs représentants. Dans l'immédiat, plus que le franchissement de la frontière, je redoutais la traversée de la voie du Transsibérien. Déjà, nous en étions suffisamment près pour entendre le passage des trains dans le lointain. Smith partageait mes craintes.

– Il doit y avoir de nombreuses patrouilles le long de la voie, me confiait-il avec inquiétude.

– Nous traverserons de nuit, lui répliquais-je.

Il n'était pas facile de dormir pendant la journée. Nul besoin de sentinelle : tout le monde était sur le qui-vive. Seule Kristina semblait jouir d'une grande quiétude d'esprit. Elle avait une confiance absolue en nous. Tandis que nous nous tourmentions, elle dormait comme une enfant ; toutefois, sachant que la piste deviendrait de plus en plus difficile, je m'en félicitais. Elle se réjouit beaucoup en voyant, un matin de bonne heure, une caravane de dromadaires chargés de coton passer lentement à moins de trois kilomètres de notre bivouac situé sur une hauteur couverte de taillis. Elle n'avait jamais vu de dromadaires. Zaro commenta l'événement par ces mots : « Du renne au chameau, j'aurai vraiment tout vu ! »

D'un point élevé, nous aperçûmes le Transsibérien, à peut-être huit kilomètres de distance à travers l'atmosphère limpide d'un matin de juin. Non loin de la voie et distants de six ou sept kilomètres l'un de l'autre, se trouvaient deux hameaux ; à la sortie de chacun d'eux, tout près des rails, se dressait la maison en dur d'un employé chargé des signaux ou de l'entretien. De notre côté de la ligne, au nord, il y avait un écran d'arbres, au-delà duquel on distinguait une sorte de clôture – cette disposition ayant à l'évidence pour objet d'empêcher la neige soufflée par le vent de s'amasser sur la voie. Nous avons continué notre observation pendant toute la journée. Plusieurs longs convois défilèrent dans les deux sens. Vers midi, un train de la Croix-Rouge passa, filant vers l'ouest. Une heure plus tard environ, ce fut un train lourdement chargé allant vers l'est. Nous nous poussâmes du coude en avisant les lourdes pièces d'artillerie qu'il transportait sur des plates-formes basses. Certains d'entre nous purent dormir un peu ce jour-là, mais l'Américain et moi étions trop agités et trop tendus pour prendre du repos.

Nous fîmes mouvement vers la voie ferrée sitôt la tombée de la nuit. Paluchowicz et Makowski se placèrent en flancs-gardes. La fille demeura près de Smith tandis que, déployés en éventail, Kolemenos, Marchinkovas, Zaro et moi ouvrions la marche. Il nous fallut environ une heure et demie pour atteindre le rideau d'arbres et nous attendîmes, accroupis, que les deux Polonais revinssent vers nous. Selon eux, rien de suspect en vue.

– Parfait, dis-je. Marchinkovas va m'accompagner jusqu'à la voie. Les autres suivront jusqu'à l'orée des arbres, d'où ils guetteront notre signal.

La clôture ne présenta pas de difficultés, puis nous franchîmes aisément le fossé qui bordait le ballast. Ensuite, nous gravîmes en rampant le remblai et demeurâmes un moment aux aguets. Je collai l'oreille au rail le plus proche : rien, pas le moindre bruit. Je me levai un court instant et agitai les bras en direction des arbres, puis m'étendis de nouveau à côté du Lituanien et attendis durant d'angoissantes minutes l'arrivée du reste du groupe. Tendant l'oreille pour déceler tout mouvement suspect le long de la voie, je percevais chaque bruit qui indiquait l'approche de nos camarades. Je considérai – et j'en étais malade – qu'ils faisaient un raffut suffisant pour être entendus à des kilomètres. Kristina arriva en premier, elle s'accroupit près de moi.

– Ça va ? lui soufflai-je.

– Oui.

Je regardai autour de moi. Tout le monde était là. Je portai le regard de l'autre côté des rails luisants et tendis l'oreille pendant encore quelques secondes.

– Allons-y.

J'agitai le bras, bondis sur mes pieds et m'élançai, emmenant Kristina avec moi en la tenant par le coude. Tout le monde dévala le ballast et se mit à courir comme des dératés. Nous avions parcouru une centaine de mètres quand quelqu'un cria d'un ton de panique :

– À terre ! Couchez-vous !

Jetant un coup d'œil par-dessus mon épaule, je vis les lumières d'un train de voyageurs. Je me précipitai à plat ventre, entraînant la fille avec moi. Le convoi passa en ferraillant. Il s'en était fallu de peu. Si quelqu'un nous avait vus du train, je suis certain qu'on nous aurait poursuivis sans merci.

Au terme d'une marche éprouvante, le matin nous trouva prenant le soleil au bord d'une rivière limpide. Ce cours d'eau regorgeait de poissons, mais nous aurions tout aussi bien pu être les visiteurs d'un aquarium, car nous ne savions comment les attraper. Nous restâmes un moment sur place, puis Smith déclara qu'il valait mieux traverser dès que possible. À la différence des cours d'eau de la chaîne du Baïkal, celui-ci coulait lentement et ses eaux étaient tièdes. Le traverser à la nage fut une partie de plaisir.

Le pays qui s'étendait au sud de cette rivière était plutôt plat et nous offrait un bon couvert. Il était sillonné d'une multitude de ruisseaux, et c'est au bord de l'un d'eux que, deux jours plus tard, Kristina nous dit soudain :

– J'aimerais bien laver mes vêtements.

Nous jugeâmes l'idée excellente. Kristina s'éloigna, marchant dans l'eau, ses chaussures à la main, et disparut au détour d'un méandre. Nous nous dénudâmes et entamâmes notre lessive. Nous étions infestés de poux, et c'est avec une jubilation mauvaise que je plongeai mes frusques dans l'eau avec l'espoir de décimer l'armée de parasites qui s'était nourrie de mon sang durant des mois. Nous frottâmes nos hardes sur des pierres puis les rinçâmes longuement pour en chasser la crasse. Les laissant sécher deux heures au soleil, nous prîmes un bain, puis nous étendîmes nus dans les hautes herbes. Soudain, Kristina nous héla pour nous avertir de son retour. Chacun se rua sur son pantalon et l'avait tout juste enfilé à l'instant où elle parut.

Kristina semblait s'être vigoureusement récurée. Son visage luisait. Elle s'était également occupée de ses cheveux. Des reflets châtains y jouaient au soleil. Elle avait réussi à les ordonner tant bien que mal et en avait soigneusement natté les plus longues mèches. Les traits impassibles, très droite, telle une douairière à un thé, elle nous salua en ces termes :

– Bonjour, messieurs. Est-ce que vous vous attendiez à me voir ?

Nous éclatâmes de rire et finîmes de nous rhabiller. Smith s'en fut cueillir un petit bouquet de fleurs roses et l'offrit à la demoiselle.

– Tu es très belle, mon enfant, lui dit-il.

Kristina souriait de bonheur. Ce dut être un des meilleurs moments qu'elle partagea avec nous.

Nous étions tout près de la frontière quand nous tombâmes sur deux Bouriates. Impossible de les éviter : nous nous vîmes au même moment à une cinquantaine de mètres de distance et nous n'eûmes d'autre alternative que de nous diriger vers eux. Le premier paraissait un homme mûr, si toutefois il est loisible d'apprécier l'âge de ces gens ; l'autre était, à n'en pas douter, un jeune homme. Peut-être le père et le fils. Ils s'immobilisèrent et nous laissèrent venir à eux.

Ils souriaient jusqu'aux oreilles et dodelinaient de la tête. Ils s'inclinèrent d'un même mouvement quand nous nous arrêtâmes face à eux.

Leur conversation s'ornementait de politesses et de compliments fleuris et je calquai mes manières sur les leurs. Ils parlaient lentement en russe. Ils nous demandèrent avec amabilité si nos pieds nous portaient bien dans nos voyages. Je répondis par l'affirmative et leur retournai la question. L'aîné, animé d'une curiosité naïve, semblait très désireux d'apprendre qui nous étions.

– D'où venez-vous ?

– Du nord, de Yakoutsk.

– Et où allez-vous ?

– Très loin dans le sud.

Il me considéra malicieusement de sous ses paupières ridées.

– Peut-être allez-vous prier à Lhassa.

Je trouvai l'idée excellente.

– Oui, en effet, lui assurai-je.

Mais il n'en avait pas terminé.

– Pourquoi cette femme vous accompagne-t-elle ?

Il fallait répondre rapidement.

– Elle a de la famille qui habite quelque part sur le chemin que nous empruntons et nous avons promis de l'y conduire.

Les deux Mongols se regardèrent en souriant, l'air d'approuver la protection que nous apportions à la jeune fille. Puis ils enfoncèrent les mains dans les profondeurs de leurs poches pour en sortir des arachides qu'ils nous distribuèrent avec entrain.

Chacun à son tour forma des vœux pour que nos pieds nous portassent à bon port. Ils tournèrent les talons et s'en furent. Nous attendions qu'ils fussent hors de vue. Mais ils n'avaient parcouru que quelques mètres quand le plus vieux revint sur ses pas. Il se dirigea vers Kristina, s'inclina et lui donna, pour elle toute seule, une poignée d'arachides. Il réitéra ses vœux, à elle puis à nous, et repartit, irradiant la bienveillance.

Après leur départ, nous nous remîmes en route à belle allure : nous étions désormais trop proches de la frontière pour prendre le moindre risque.

XIV

À HUIT EN MONGOLIE

La première phase de notre évasion cessa avec le passage de la frontière russo-mongole à la fin de la deuxième semaine de juin. Deux circonstances notables : la facilité avec laquelle nous la franchîmes et le fait que nous sortîmes de la république autonome de Mongolie avec près d'un quintal de pommes de terre, des primeurs arrachées dans un champ quelques heures seulement avant de passer ladite frontière. Cette razzia et le moment où elle fut menée – à l'aube, le jour même où nous devions, quelques heures plus tard, quitter la Sibérie – nous remplirent de jubilation. J'eus le sentiment que, ayant été expédiés en captivité sans rien, nous repartions avec un beau cadeau de départ, même si c'était à l'insu des généreux donateurs.

Nous atteignîmes le point de passage en fin d'après-midi, alors que des nuages noirs chargés de pluie s'amassaient, hâtant le crépuscule. Le tonnerre roulait dans les lointains, pareil aux grommellements d'un géant ombrageux. Il n'y avait pas un souffle d'air, il faisait chaud et très lourd. Aussi loin que portait le regard rien ne bougeait. Aucun obstacle ne s'opposait à notre progression. La frontière était matérialisée par un poteau rouge de trois mètres de haut portant une plaque de métal ronde frappée de l'emblème soviétique – gerbe de blé, étoile, faucille et marteau – au-dessus d'une inscription en initiales cyrilliques. Vers l'est comme vers l'ouest on apercevait un poteau identique, ces jalons étant espacés en fonction du relief du pays de sorte qu'un observateur placé au pied de l'un d'eux pouvait en voir deux autres.

J'en fis le tour, curieux de savoir ce qu'il pouvait y avoir d'inscrit de l'autre côté. Mais non, le revers était vierge. Zaro déclencha des rires lorsqu'il me lança :

– Alors, c'est comment, la Mongolie, Slav ?

Il me rejoignit en sautant à cloche-pied. Les autres se précipitèrent à sa suite. Ce fut un festival de pas de danse et de cabrioles, de claques dans le dos, de tirages de barbe et de poignées de main. Kristina virevoltait de l'un à l'autre, nous embrassait tour à tour et pleurait de bonheur et d'exaltation. Smith mit un terme à ces débordements d'allégresse en jetant ostensiblement son sac de pommes de terre sur son dos et en s'éloignant. Toujours hilares, nous courûmes derrière lui.

– Filons d'ici aussi vite que possible, nous dit-il. Nous ignorons jusqu'où l'influence russe s'étend au-delà de cette frontière. Nous ne savons ni où nous sommes ni où nous allons.

Nous laissâmes les poteaux frontière glisser dans l'obscurité, où ils se fondirent à mesure que nous avancions. L'Américain était plongé dans ses pensées. J'estimai que nous avions couvert deux mille kilomètres en guère plus de soixante jours. C'était un exploit en matière de vitesse et d'endurance.

– Combien nous reste-t-il à parcourir ? me demanda Paluchowicz, interrompant le cours de mes réflexions.

– À peu près deux fois ce que nous avons fait, lui répondis-je après un temps.

Il fit entendre un grognement consterné.

C'est là que, pour la première fois, nous débattîmes

sérieusement de notre destination. Nous n'avions eu jusque-là qu'une idée: sortir de Sibérie. Au camp, j'avais évoqué, sans plus de conviction que cela, l'Afghanistan. Il me semblait que, dans ce petit pays, isolé et sûr, il nous serait possible d'arriver sans éveiller une trop grande curiosité. Maintenant nous commencions à penser à l'Inde. Cela tenait, je crois, à la conversation que nous avions eue la veille avec les deux Mongols. «Lhassa» était un mot que nous pourrions utiliser dans un pays où peu de gens connaissaient notre langue, un mot facile à comprendre et qui nous vaudrait toujours un doigt pointé dans la bonne direction. Mais c'était surtout du Tibet que nous parlions, l'Inde nous paraissant une perspective encore lointaine.

L'Américain avait raison: nous ignorions où nous nous trouvions. Nous n'avions ni cartes ni personne pour nous renseigner. J'ai essayé à plusieurs reprises, ces dernières années, de retracer notre parcours sur la carte, mais je n'ai jamais pu descendre en dessous d'une marge d'erreur de plus de cent cinquante kilomètres. Disons que, selon moi, nous avons pénétré en Mongolie-Extérieure en un point qui nous a menés en droite ligne vers les monts Kentei, qu'après avoir traversé cette chaîne nous avons marché au sud-sud-ouest et sommes passés à l'ouest de la seule grande ville de la région, Ourga, ou, comme on l'appelle maintenant, Oulan Bator. Cette hypothèse concorde avec la configuration du pays tel que nous l'avons vu, ses collines, ses plaines cultivées et ses nombreux cours d'eau où naviguaient des sampans. Elle expliquerait la direction suivie par ces bateliers: Ourga est au confluent de trois rivières, dont chacune comporte des tributaires.

Cela faisait deux heures que nous avions franchi la frontière. Nous nous élevions avec régularité dans la montagne. Nous étions en nage. Le tonnerre se rapprochait de plus en plus et, venu de nulle part, un vent chaud se leva et forcit peu à peu.

L'orage qui menaçait éclata aux alentours de minuit. Le premier coup de tonnerre retentit au-dessus de nous, aussi assourdissant qu'une salve d'artillerie lourde. Une illumination d'éclairs déchira le ciel noir qui grondait de toutes parts. Quelques grosses gouttes de pluie nous firent chercher un abri, mais nous ne voyions à la lueur des éclairs que des pentes rocheuses et dénudées. La trombe s'abattit tandis que nous avancions à tâtons au milieu du vacarme. Il pleuvait à seaux, une pluie dont le vent, pourtant violent, n'affectait pas la verticalité. Mes hardes furent complètement trempées en l'espace de quelques minutes. L'eau me ruisselait dans le cou. Le pire orage que j'aie jamais connu.

Nous dénichâmes pour la nuit une crevasse peu profonde entre deux rochers lisses. Seuls les deux qui couchèrent au fond connurent un semblant de bien-être. Kristina, qui occupait l'emplacement le plus confortable, passa ces longues heures nocturnes ramassée dans ses vêtements détrempés, muette, secouée de frissons et stupide devant la fureur sans répit des éléments.

Ce fut un soulagement de repartir aux premières lueurs de l'aube. La pluie continua de tomber pendant toute la journée comme si elle devait ne jamais s'arrêter. Il plut encore toute la nuit suivante et jusqu'à la soirée du lendemain. Puis le déluge s'interrompit d'un coup, comme si quelqu'un, là-haut, avait fermé un robinet. Au matin, un chaud soleil vint transfigurer notre univers lugubre et des nuages de vapeur commencèrent à s'élever des rochers. Nous fîmes sécher nos vêtements et pûmes de nouveau examiner notre situation.

L'ascension était fatigante, mais pas difficile. Les quinze ou vingt livres de pommes de terre que chacun avait sur le dos ne facilitaient pas les choses, pourtant personne ne s'en plaignait. De la position élevée où nous étions parvenus le quatrième jour, on voyait nettement la chaîne de montagnes grossièrement orientée est-ouest et s'étirant vers le sud comme une succession d'immenses doigts tendus. L'itinéraire que nous avions choisi au petit bonheur passait entre trois pics encore peu visibles et culminait en un large plateau au terrain inégal. Comme tout était trop mouillé pour faire du feu, nous ne mangeâmes que quelques arachides et un peu de *rizhiki* partiellement séché – genre d'agaric de la taille d'une soucoupe dont je savais depuis mes jeunes années en Pologne qu'il était comestible. J'étais le mycologue du groupe. Après avoir, avec méfiance et sur mon insistance, goûté de succulents champignons roses poussés sur une souche en décomposition, les autres se fièrent par la suite à mon jugement.

Du rebord sud du plateau nous découvrîmes vers l'est, dans la plaine en contrebas, un village de maisons blanches aux toits plats. Des bêtes en lesquelles je reconnus des chèvres blanches paissaient dans des prés ombragés d'arbres. Un troupeau de chameaux fut aisément identifié même à cette distance. Smith s'opposa avec force à Marchinkovas, à Paluchowicz et à Makowski qui proposaient de descendre s'aboucher avec les gens de ce village. Il soutenait que nous étions encore trop proches de la frontière pour prendre le moindre risque. Argumentant avec sérieux et patience face à des individus qui gesticulaient et parlaient fort, il fit prévaloir son point de vue.

Le franchissement des monts Kentei nous prit huit jours. Les dernières étapes de la descente furent marquées par la découverte de bois qui nous permit d'allumer du feu et de cuire le reste, nauséabond, de notre viande de porc. Nous installions une pierre plate au coin du feu et y faisions rôtir des pommes de terre, dont nous nous régalions. En dessert, nous dégustions nos dernières arachides.

Passant des hauteurs glacées à la plaine, nous eûmes l'impression d'entrer dans un four. Débarrassés de nos volumineuses fufaikas, les bras nus dans nos gilets fourrés, nous étouffions encore de chaud. Kolemenos se chargea de la veste ouatinée de Kristina. Elle cheminait maintenant avec le col de sa robe violette déboutonné. Le sol, couvert d'une fine poussière rougeâtre, était dur comme du ciment. Les avant-monts se succédaient en drôles de petits tertres ovales. La peau de nos bras vira au rouge vif, cloqua, pela, puis se teignit d'un hâle profond. L'étape de trente à quarante-cinq kilomètres que nous nous imposions quotidiennement était extrêmement fatigante. La nuit, il faisait un froid pénétrant.

Nos pieds devenaient une véritable préoccupation. Des crevasses se formaient entre les orteils et nous avions la chair à vif à cause du frottement sur la poussière qui s'introduisait dans nos mocassins. Cela nous fut l'occasion de bénir la prévoyance de Paluchowicz, qui souffrait des pieds de façon chronique. Il avait recueilli la graisse qui dégouttait du porc pendant la cuisson à l'intérieur de la grotte, et l'avait conservée dans un bol en bois grossièrement creusé en forme de demi-noix de coco. Nous étendions parcimonieusement de ce saindoux sur nos plaies.

Nous devions découvrir que ce pays était sillonné de cours d'eau, mais il fallut marcher deux jours avant de rencontrer le premier. À midi, par une journée torride pleine de brume de chaleur, la perspective de se plonger dans ses eaux fraîches nous donna des ailes. Le tableau était magnifique : cette rivière était large d'une bonne centaine de mètres, ses berges étaient tapissées d'un vert gazon ; il y poussait de ces plantes aquatiques à longues tiges semblables à des bambous que nous avions rencontrées partout en Sibérie. Nous avons commencé par y boire, couchés à plat ventre, puis nous y avons longuement et délicieusement trempé nos pauvres pieds. Nous nous sommes lavés, en utilisant du sable fin comme poudre à récurer, puis nous avons rincé nos vêtements pour en expulser la poussière. Après avoir fait cuire et mangé nos pommes de terre, nous nous sommes étendus dans l'herbe avec un sentiment de détente et de bien-être.

Une heure après notre arrivée est passé un petit bateau du type sampan, très haut sur l'eau à l'avant et à l'arrière, à coque renflée et équipé en son centre d'un abri en toile légère. Sur l'avant reposait, en travers de l'embarcation, une forte perche qui dépassait de plusieurs mètres sur chaque bord ; aux extrémités était fixé un fagot très serré de brindilles qui glissait à quelques centimètres au-dessus de l'eau. Je crus d'abord reconnaître je ne sais quelles défenses, mais compris par la suite qu'il s'agissait de stabilisateurs qui, en entrant dans l'eau lorsque l'embarcation virait, lui permettaient de conserver une bonne assiette. Le marinier était chinois. Il était nu-pieds, portait un chapeau de coolie, un pantalon de toile qui s'arrêtait au-dessous du genou et une chemise flottante dont les manches étaient déchirées aux coudes. Le sampan était mû par une perche faite d'une longueur de gros bambou. Ce spectacle était nouveau pour nous et nous agitâmes les mains tandis que le bateau passait lentement devant nous. Le Chinois nous salua de même en souriant. Nous vîmes trois ou quatre autres embarcations pendant les deux heures où nous restâmes là. Toutes étaient propulsées de la même façon – au moyen d'une longue perche en bambou – bien que l'une d'elles possédât un mât courtaud sur lequel aurait pu être gréée une voile.

Nous vîmes par la suite maints bateaux sur maintes rivières de Mongolie-Extérieure, mais les hommes qui les armaient étaient toujours des Chinois. Par les chemins, jamais je n'ai rencontré un seul Chinois. Ceux qui voyageaient par voie de terre étaient apparemment toujours des Mongols.

Notre premier contact avec des indigènes eut lieu après que nous eûmes franchi cette rivière et progressé de quelques kilomètres vers le sud. Loin de suivre une piste frayée, nous devions nous plier au relief du terrain ; soucieux d'éviter les collines basses, nous choisissions un point remarquable dans la direction du sud et nous nous dirigions droit dessus.

Il nous arriva de croiser une route orientée est-ouest sur laquelle, venant de l'ouest, un groupe de voyageurs cheminait lentement, et il nous apparut que, de part et d'autre conservant la même allure, nous ne pouvions que nous trouver nez à nez. Nous étions à moins de cinquante mètres de la route quand ces Mongols, qui auraient pu passer leur chemin, s'arrêtèrent pour nous attendre. Ils s'entretenaient avec animation tout en nous regardant approcher, puis se turent quand nous fîmes halte devant eux. Sans nous quitter des yeux, ils nous adressèrent force sourires et courbettes.

Il y avait là au moins une douzaine d'hommes, un chameau, deux mules et deux ânes. Les bêtes étaient chargées léger et sellées. Le chameau, seule bête à être montée, transportait un vieil homme pourvu d'une barbichette grise. Il se pouvait que ces gens fussent de la même famille et que ce vieillard en fût le patriarche. Tous portaient le couvre-chef traditionnel, de forme conique, en cuir ou en molleton, dont en cette saison les longs rabats latéraux étaient remontés sur la coiffe. Tous étaient chaussés de bottes de cuir souple, et celles du vieillard, de cuir vert, brodées sur l'extérieur du mollet d'un motif en fil de soie ou de laine, étaient d'une qualité toute particulière. Un lourd et ample manteau leur descendait au genou, dont les pans ouverts laissaient voir une large ceinture. Certaines étaient en cuir, mais la plupart étaient faites d'une solide fibre tissée. Je trouvais étrange qu'ils fussent aussi chaudement vêtus par un temps pareil.

Chacun avait un coutelas passé à la ceinture, mais d'un modèle différent : l'un d'eux, par exemple, était un long couteau à cran d'arrêt et à manche de corne pendu à une chaîne d'argent ; quant au vieillard, il possédait, ainsi qu'il convenait à son statut, un poignard mesurant bien quarante-cinq centimètres de long, avec une large lame légèrement incurvée et un fourreau à renforts de cuivre présentant un motif gravé ou martelé.

Une fois terminées les salutations muettes, l'ancien descendit de sa monture. Nous nous inclinâmes de nouveau et il nous répondit de même. Il prononça quelques mots dans sa langue et nous ne pûmes que faire non de la tête.

– Essaie de lui parler en russe, Slav, me souffla Smith.

Le vieil homme m'entendit et se tourna vers moi.

– Que vos pieds vous portent bien dans votre voyage, lui dis-je en russe.

Un long silence s'ensuivit.

En un russe hésitant, cette langue lui étant manifestement peu familière, il me répondit :

– Continue, s'il te plaît. Je te comprends bien, mais je parle mal le russe. Autrefois je l'ai parlé, mais c'était il y a bien des années.

Je parlai lentement, il m'écouta avec grande attention. Je lui expliquai que nous nous dirigions vers le sud – ce qui était de toute façon une évidence –, que nous avions traversé une rivière quelques heures plus tôt. Je ne sus que dire de plus. Je supposai au bout d'un moment l'entretien terminé. Mais le vieillard entendait satisfaire sa curiosité et il apparut bientôt qu'il rassemblait ce qui lui restait de russe afin d'énoncer intelligiblement ses questions. Notre échange, long et difficile, peut se résumer ainsi :

– Vous n'avez pas de chameaux ?

– Non, nous sommes trop pauvres pour en posséder.

– Vous n'avez pas de mulets ?

– Nous n'avons pas de mulets non plus.

– Vous n'avez pas d'ânes ?

– Non, pas d'ânes.

Nous ayant situés au plus bas de l'échelle sociale, il en vint à m'interroger sur le but de notre voyage. Le nom de Lhassa fut avancé. Il désigna le sud et cita plusieurs autres localités. Ces renseignements étaient pour nous sans valeur, attendu que nous n'avions pas de cartes et ne savions de quoi il parlait.

– C'est très loin, dit-il, et le soleil aura fait plusieurs fois le tour avant que vous y arriviez.

Il finit par poser la question qui le démangeait. Il regarda Kristina, dont la chevelure, qui avait encore pâli au soleil, contrastait de façon frappante avec le hâle d'un visage au centre duquel deux yeux bleus lui retournaient son regard sans ciller. Il s'enquit de son âge, voulut savoir si elle était parente avec l'un d'entre nous et où nous l'emmenions. Je lui répondis comme je l'avais fait avec l'autre vieillard, là-haut dans le nord.

Cet entretien décousu s'éternisait, mais l'ancêtre semblait y prendre un plaisir infini. Il devait être heureux de montrer aux siens qu'il était capable de converser dans une langue étrangère. Il se tourna pour dire quelques mots. Ils échangèrent des sourires, puis allèrent s'affairer autour des sacoches dont leurs bêtes étaient chargées.

Ils en sortirent des victuailles qu'il nous distribua en souriant. Il mettait un soin vétilleux à ce que chacun de nous reçût exactement la même part. À un moment, il vit qu'il avait donné au grand Kolemenos une figue de plus qu'aux autres. Poliment, il la lui reprit. Il nous offrit des noix, du poisson séché, de l'orge à demi cuite et de petits gâteaux d'avoine. Nous le remerciions avec force courbettes et je lui servis pour ma part, en tant que truchement, les formules les plus fleuries que je pouvais trouver. Je pensais que la rencontre touchait à sa fin, mais les Mongols ne bougeaient pas. Ils attendaient un signe de leur chef, lequel ne semblait pas pressé de nous quitter.

Il nous expliqua que lui et les siens se rendaient à « un grand marché » pas très loin vers l'est pour y acheter des marchandises. Repartant vers son chameau, il en rapporta une feuille de tabac roulée et nouée en son milieu d'une fibre de roseau qu'il se mit à fumer. Il me tendit un paquet d'environ quinze feuilles de tabac entières. Je le remerciai encore et voulus les glisser dans la poche du manteau que j'avais sur le bras. Il avança la main pour arrêter mon geste.

– C'est pour fumer, me dit-il.

Je lui expliquai que je ne pouvais fumer comme lui la feuille tout entière et que nous n'avions pas de papier pour rouler des cigarettes. Il alla incontinent à son bagage, dont il revint avec une double feuille de papier journal.

– Pour toi, dit-il. Vas-y, fume.

Un regard sur la page imprimée m'apprit qu'elle provenait d'un exemplaire de *L'Étoile rouge* russe daté de la première semaine de mai. Smith, qui se tenait près de moi, le nota également.

– Conserve cette feuille, Slav, me glissa-t-il.

Je n'avais nul besoin de me l'entendre dire !

Je découpai une bande de papier dans le haut de la feuille en ayant soin de ne pas amputer de texte. Après avoir émietté entre mes mains un peu de tabac, je me roulai une cigarette, puis me munis de mon silex, de ma tige d'acier et d'un morceau d'amadou grand comme l'ongle que j'assujettis contre le silex entre le pouce et l'index de ma main gauche avant de le frapper de l'acier. L'amadou prit à la première étincelle. Je soufflai dessus, puis y appliquai ma cigarette. Les Mongols suivaient l'opération avec une admiration non dissimulée devant mon savoir-faire.

– Comment appelles-tu ça ? me demanda l'ancien en désignant les trois ustensiles qui me servaient de briquet.

– Dans certaines régions les Russes l'appellent *chakolobakhalo*, lui dis-je.

Le mot lui plut. Il le répéta à deux reprises. Je tirai avec bonheur sur ma cigarette et le Mongol sur la sienne. Quand la braise en atteignit le milieu, il recula le lien en roseau. Ainsi campés au bord de la route, entourés de sa famille et de mes compagnons, lui et moi finîmes de fumer. Le moment était venu de nous séparer.

Soudain notre hôte, plongeant la main vers sa hanche

droite, pencha l'oreille vers l'objet qu'elle était allée chercher. J'allongeai le cou, intrigué. Il s'agissait d'une montre, un gros oignon d'argent, attaché à la ceinture par une courte et forte chaîne du même métal. Il remarqua tout de suite notre intérêt. Nous nous pressâmes autour de lui et il me laissa le prendre pour l'examiner. C'était une vieille montre de fabrication russe, qui se remontait avec une clef et devait bien avoir cinquante ans. Elle datait à coup sûr d'avant la révolution. On pouvait lire, calligraphié en cyrillique sur le cadran, le nom du fabricant et, par un étrange caprice de la mémoire, ce nom m'est resté : Pavel Bure – un artisan du temps du tsar probablement mort il y a des lustres.

– Il y a bien longtemps, me dit le vieillard, quand les Russes se battaient entre eux, certains se sont enfuis jusqu'ici.

« Voilà la raison pour laquelle, pensai-je, non seulement il possède cette montre – paiement d'un service rendu, cadeau ou bien encore monnaie d'échange –, mais encore il sait des rudiments de la langue ! »

On se sépara en multipliant les vœux de bonne continuation et en se souhaitant des pieds en bonne santé. Ce fut peut-être la rencontre la plus intéressante que nous ayons faite en Mongolie, mais nous devions découvrir que tous ces gens, quelle que fût leur situation, se signalaient par ces qualités typiques : la courtoisie, une totale confiance, la générosité et le sens de l'hospitalité. L'aide que nous recevions, certes proportionnée aux moyens de celui qui la prodiguait, était toujours offerte avec enthousiasme. Sans parler de cette exquise vertu qu'ils ont : une curiosité franche et naïve. Malheureusement, à cause de l'insurmontable barrière du langage, il nous fut impossible, par la suite, de nouer conversation avec quiconque sur notre chemin, même si nous avions acquis une grande expertise dans l'art de communiquer par gestes des notions simples sans cesser de recourir à notre langue maternelle, ce qui nous reposait bien plus, à tous points de vue, que de nous cantonner dans les embarras du mime.

Dès que la caravane eut disparu, nous ressortîmes *L'Étoile rouge*. Elle ne nous apprit pas grand-chose, ce qui ne nous empêcha pas de l'éplucher, car c'était le premier journal que nous voyions depuis ces feuilles, vieilles de six mois et davantage, que l'on nous distribuait au camp pour rouler nos cigarettes. Notamment, elle nous laissa sur notre faim concernant l'événement qu'augurait avec confiance et depuis le début chaque prisonnier que j'ai rencontré en Russie : la Russie et l'Allemagne se faisaient-elles la guerre ? Nous n'y trouvâmes que quelques ennuyeux articles de politique intérieure, les suites de la célébration du 1er Mai et la sempiternelle promesse que, tant en industrie qu'en agriculture, les objectifs de production seraient dépassés. Un entrefilet, qui semblait réfuter l'idée d'une confrontation prochaine entre les deux grandes puissances continentales, faisait état de l'envoi aux Allemands d'une importante quantité de céréales.

Sa lecture terminée, la page, dûment déchirée, fut vouée à un autre usage : chacun en reçut une équitable portion destinée à y envelopper sa provision de tabac. À sept heures du soir, après avoir marché à travers un pays vallonné, nous installâmes notre bivouac au bord d'un ruisseau. Un bon feu pour nous prémunir du froid de la nuit, un repas consistant, puis nous nous abandonnâmes au luxe de fumer en devisant.

Au bout d'une première quinzaine en Mongolie, notre organisation avait bien changé par rapport à celle que nous nous imposions en Sibérie. Il n'y avait plus lieu d'établir des tours de garde pendant la nuit. Si persistait la nécessité d'avancer sans relâche, désormais ancrée en nous comme une habitude, nous n'étions plus tourmentés par la crainte d'être repris, nous pouvions entrer en contact avec des autochtones, nous pouvions leur demander de quoi manger, voire de travailler en échange de nourriture. Si nous continuions d'accomplir de longues étapes de jour, nous mettant en route dès avant l'aube et marchant jusqu'au coucher du soleil, nous avions adopté la coutume des pays chauds et nous nous reposions deux heures à l'ombre au plus chaud de la journée.

Le pays qui s'étalait devant nous présentait une succession de mamelons que nous contournions chaque fois que possible et gravissions quand nous ne pouvions faire autrement. Certaines de ces collines étaient couvertes de bruyères, qui croissaient toujours plus abondamment sur les pentes exposées au nord. Les seuls arbres venaient aux abords des villages et des cours d'eau ; ailleurs, pour toute végétation, des broussailles couronnant une variété de berberis à fruits ovales rouges et juteux, ainsi que des églantiers. Une population peu nombreuse à l'habitat clairsemé était groupée près des points d'eau. Une infime part des étendues que nous traversâmes était cultivée.

À peine atteignions-nous le sommet d'une hauteur que nous cherchions à repérer le plus proche cours d'eau. Cette traversée de la Mongolie-Extérieure consista essentiellement en une suite de marches forcées de point d'eau en point d'eau sous un soleil de plomb. Ruisseaux et rivières étaient synonymes de soulagement pour nos pieds, de soif étanchée et de bienfaisante baignade. Comme, à l'occasion, les voies d'eau navigables nous fournissaient une manne providentielle, il est bien naturel que quelques anecdotes me soient restées en mémoire.

La première fois que la chance nous sourit, ce fut quand nous vîmes un sampan plein à ras bord qui venait de s'échouer sur un banc de vase. Le batelier poussait d'un côté puis de l'autre en s'aidant de sa perche de bambou, mais rien n'y faisait, et l'embarcation se bornait à pivoter légèrement dans le courant.

– Donnons-lui un coup de main, proposa Kolemenos.

Laissant Kristina assise dans l'herbe, nous nous avançâmes

jusqu'au bateau immobilisé à une dizaine de mètres de la rive. Le Chinois nous passa une longueur de gros bambou que nous glissâmes sous l'étrave; nous en servant comme levier tandis qu'au-dessus de nous le batelier poussait avec sa perche, nous fîmes riper l'avant. Après quelques minutes d'un labeur qui fut loin de nous épuiser, nous parvînmes à le dégager. Le Chinois était aux anges. Il transportait des melons de la taille de ballons de football. Tout en s'éloignant doucement de la berge, il nous bombarda de fruits.

Pour rejoindre Kristina, vers laquelle nous revenions à coups de joyeuses éclaboussures, nous devions franchir une zone de boue épaisse, large de quelques mètres, qui correspondait au niveau des hautes eaux à la saison des pluies. La croûte toute craquelée de la surface recouvrait une vase gris-brun où l'on enfonçait jusqu'à mi-mollet. Zaro venait de lancer un melon à Kristina et s'esclaffait en pataugeant quand soudain il poussa un grand cri. Nous lui demandâmes ce qui se passait, mais avant qu'il ait eu le temps de répondre, je sentis quelque chose se faufiler sous mes pieds. Je me baissai pour y mettre les mains. Par deux fois cette chose m'échappa alors que je croyais avoir assuré ma prise. Enfin, l'ayant cramponnée par les ouïes, je la sortis alors qu'elle se tortillait furieusement. Trente centimètres de long, le corps rond et trapu, cela rappelait vaguement l'anguille. J'identifiai une variété de loche que les Russes nomment *viyuni*.

– Est-ce que ça se mange? s'enquit l'Américain.

À quoi je répondis par l'affirmative.

Ce fut le début d'une demi-heure de pêche et de rigolade au terme de laquelle nous disposâmes pour le dîner d'un menu tout à fait inhabituel. À l'instar des anguilles, ces bestioles ont la vie chevillée au corps, et il fallut leur trancher la tête avant de pouvoir les préparer. En les lavant dans la rivière, nous découvrîmes qu'elles étaient d'un noir de jais velouté. Nous les fîmes rôtir sur des pierres brûlantes et, si je ne sais plus exactement quel en était le goût, je me souviens au moins qu'il n'évoquait ni celui du poisson ni celui de l'anguille. Il ne nous vint pas de mot plus propre pour le qualifier que « douceâtre ». C'était une chair serrée et rassasiante.

Ce repas exquis s'accompagna de succulents quartiers de melon. Marchinkovas eut la bonne idée d'en récupérer deux moitiés évidées afin de s'en servir comme calebasses pour boire. L'idée fit long feu : l'écorce se craquela en séchant. Le lendemain, il les jetait.

XV

LA VIE PARMI LES MONGOLS AMICAUX

Cette règle que nous nous imposions de parcourir semaine après semaine nos trente kilomètres quotidiens connaissait quelques entorses fort bienvenues. Nous ne perdions pas pour autant notre temps en ces journées où nous levions le pied. Une des raisons qui nous poussaient à nous arrêter quelques heures était la nécessité de réparer ou de refaire nos mocassins, quand il ne fallait pas soigner nos pieds blessés et tuméfiés ; une autre celle de gagner notre subsistance – car nous ne pouvions pas uniquement compter sur la charité pour manger.

Au cours de notre second mois de voyage en Mongolie, nous arrivâmes dans un village consistant en petites exploitations éparses. À nos yeux d'Occidentaux, le plus frappant était l'absence de clôtures et de toute espèce de bornage. Sans doute ces villages fonctionnaient-ils sur le mode communautaire, ce qui rendait inutile une délimitation des parcelles. Nous nous approchâmes d'une masure de pierre, à toit plat, devant laquelle, sur une aire en terre battue, un bœuf tournait lentement autour d'un gros pieu fiché verticalement dans le sol. C'était le milieu de la matinée et nous avions déjà parcouru quinze ou vingt kilomètres. Chacun de nous était muni de son long bâton de marche. Nous avions un peu faim, étions passablement altérés, mais loin d'être rendus à la dernière extrémité.

Nous nous arrêtâmes à peu de distance pour voir quel genre de tâche accomplissait l'animal. Quatre personnes se tenaient devant la maison : le fermier, qui, accroupi, soulevait paresseusement son bonnet pour gratter son crâne chauve ; un garçon de quatorze ou quinze ans, d'aspect vigoureux, armé d'un bâton qui lui servait à aiguillonner de temps à autre le bœuf quand celui-ci passait à proximité ; et deux femmes, dont l'une pouvait être la mère du garçon et l'autre sa grand-mère. Ces femmes faisaient comme si elles ne nous avaient pas vus. L'homme en revanche se leva et, flanqué du garçon, vint nous saluer. Nous lui retournâmes son salut. Il nous parla, nous lui parlâmes, ce qui ne nous fit guère progresser et, pour finir, souriant et opinant du bonnet, nous nous assîmes tous par terre. La bête, qui n'était plus soumise à la surveillance du garçon, s'était arrêtée. J'avais compris la nature de la tâche : il s'agissait du battage du seigle. Le bœuf était attaché au poteau central par une corde de jonc ou d'osier tressé. Des gerbes de seigle mûr étaient disposées en cercle sur son passage, épis orientés vers l'extérieur. L'animal foulait les gerbes, le grain tombait sur le sol et les femmes le ramassaient.

– Voilà une bien lente manière de battre, dis-je à Kolemenos. Donnons un coup de main à ce bonhomme.

Kolemenos hocha la tête.

– Montre-moi comment faire.

Nous allâmes appliquer quelques coups de bâton sur les gerbes. Le grain, bien sec, tombait en pluie. Je lançai un coup d'œil au fermier. Il regardait notre manège avec un large sourire. J'allai trouver les autres.

– Faisons le boulot. Ça ne sera pas long.

Tout le monde accepta volontiers et Kristina, armée de sa canne de marche, se joignit à l'opération. Répartis en cercle autour de l'aire de battage, nous nous mîmes à l'œuvre. L'adolescent, hilare, détacha le bœuf et l'emmena. Quand ce fut presque terminé, le fermier dit quelque chose aux deux femmes, qui disparurent à l'intérieur de la maison, puis s'approcha de moi. Après avoir pris une poignée de grains et me l'être déversée d'une main dans l'autre, je ramassai une brassée de tiges et la lui tendis. Il y passa la main, secoua la gerbe et, constatant qu'il n'y restait plus rien, manifesta un plaisir sans mélange.

Je lui demandai par gestes s'il avait de quoi séparer le grain de la balle. Il envoya son garçon quérir un crible dont les mailles étaient constituées de crin de cheval. Dans un premier temps le grain fut tamisé au-dessus de corbeilles, que dans un second temps on versa dans des sacs. Je soulevai un des premiers sacs remplis et l'adolescent me précéda dans la maison pour me montrer le chemin.

L'intérieur en disait long… Les deux tiers étaient consacrés à l'habitation, et le reste servait à entreposer les réserves. Il n'y avait aucune cloison ni rien qui relevât d'une volonté d'aménager les lieux avec raffinement. Quand j'entrai, une des femmes travaillait devant un moulin à farine rudimentaire, fait de deux meules circulaires bien façonnées installées sur un établi d'un mètre de haut. La meule du dessus était pourvue d'une encoche excentrée où s'engageait l'extrémité d'un bambou fiché à l'autre extrémité dans une solive du plafond. Versant le grain dans un orifice ouvert au centre de cette même meule, la femme l'écrasait en imprimant un mouvement rotatif au bambou. L'autre femme s'affairait devant un foyer de pierre placé au centre de la pièce et alimenté, à en juger par l'odeur, avec de la bouse séchée. Il n'y avait pas de cheminée et la fumée s'échappait par un trou dans la toiture.

Le garçon, qui s'était lui aussi chargé d'un sac, l'emporta jusqu'à un grand coffre de bois cerclé de fer qui avait à peu près la forme d'un tonneau. Tout en déposant les sacs dans ce coffre, je regardai autour de moi. À une patère étaient accrochées trois ou quatre vestes de mouton pour l'hiver. Des bouquets de ce qui semblait être des simples séchaient au plafond. J'avisai, posées à même le sol, deux autres huches ainsi que de grandes jarres de terre à col étroit, non vernissées. J'appris par la suite qu'elles contenaient de l'eau et du lait.

Quand le travail fut terminé, le fermier disparut. Le garçon demeura avec nous.

– Les femmes sont en train de cuisiner quelque chose, annonçai-je à mes compagnons.

Des regards pleins d'espoir se tournèrent vers la fumée qui s'échappait du toit. Il s'écoula environ une demi-heure, puis nous entendîmes de plus en plus distinctement grincer des essieux mal graissés et, au coin de la maison, déboucha le fermier menant son bœuf attelé à un chariot à quatre roues chargé de gerbes de seigle.

Ce fut Smith qui rompit le silence consterné qui s'était abattu sur nous :

– Messieurs, c'est nous qui sommes les dindons de la farce. Nous avons encore du pain sur la planche avant de pouvoir dîner.

Zaro se leva d'un bond.

– Allons-y. Voyons voir combien de temps on va mettre.

Il aida Kristina à se relever en la tirant par les poignets et ouvrit la marche en direction du chariot.

Nous travaillâmes fort avant dans l'après-midi, notre rendement s'améliorant avec le temps. Je découvris qu'il était plus facile et tout aussi efficace de battre le grain contre le poteau central. Étant le seul du groupe à pouvoir me targuer d'une expérience en matière de travaux agricoles, je fus agréablement surpris des résultats de nos efforts conjugués. Et, ce qui se conçoit, notre ami mongol était tout aussi ravi qui trottait allègrement derrière chaque sac que nous transportions de l'aire de battage au coffre.

C'est alors que les femmes sortirent nous apporter notre récompense. L'une d'elles portait sur la hanche un panier plat d'osier où s'entassaient des gâteaux d'avoine. La vieille nous présenta l'une des grandes jarres que j'avais vues dans la maison et qui contenaient du petit-lait. Le garçon suivait avec ce qui me parut être trois gobelets de verre, mais quand il fut plus près je vis qu'il s'agissait de culs de bouteilles. Le bord en était régulier; sans doute était-on parvenu à ce résultat en les trempant dans l'eau froide après les avoir chauffés. Les gâteaux, encore tout chauds, étaient délicieux et très nourrissants. En revanche, la première gorgée du petit-lait avait le goût de la paraffine qui avait dû souiller les verres, et nous nous servîmes de notre quart métallique communautaire.

C'était une période où j'éprouvais un besoin maladif de sel. Sa saveur me faisait rêver. Je me dis que cela ne coûterait rien d'en demander à notre hôte. Ce que je fis dans le langage des signes. Je désignai à mon interlocuteur chacun de nous deux alternativement. Je fis le geste de prendre une pincée de sel et de la porter à ma bouche, je me mordis les joues pour contrefaire la sensation produite par le sel sur la langue, émis un claquement de lèvres et souris. L'autre comprit aussitôt. Il se tourna vers la maison et m'invita à le suivre. À l'intérieur il parla aux femmes et ce fut une assez longue palabre. Finalement la vieille souleva le couvercle étroitement ajusté d'un petit bol de bois et me montra du sel. Il était brunâtre, avec des cristaux grossiers. Le manipulant avec moult précautions, comme la denrée rare et précieuse qu'il était à ses yeux, elle en déversa la valeur d'à peine une petite boîte d'allumettes sur un carré de toile à sac et l'y enveloppa. Je les remerciai pour le cadeau.

Comme nous nous éloignions sur le chemin menant au village, le mécanisme primitif du puits, de forme carrée, sans margelle, m'intrigua. Il en débouchait des conduites de bois servant à l'irrigation. De chaque côté deux madriers s'élevaient à deux mètres au-dessus du sol pour soutenir le cylindre enrouleur. Mais de manivelle, point. La corde faisait deux tours autour du cylindre ; une de ses extrémités disparaissait dans le puits tandis que l'autre partait vers un gros poteau de trois mètres de haut fiché verticalement en terre.

À environ un mètre vingt du sol et bien au-dessous de l'endroit où passait la corde, une forte barre de bois traversait le poteau, faisant de l'ensemble un cabestan mû, comme de juste, par le bœuf tournant en rond. Le système était également prévu pour employer l'autre force motrice du pays, la femme, grâce à quatre autres barres mortaisées dans le poteau à hauteur de poitrine, sorte de moteur auxiliaire d'une puissance de quatre femmes. C'était là, me semblait-il, un procédé passablement compliqué pour tirer de l'eau, mais ce puits était profond et le seau, d'une contenance deux fois supérieure à celle des seaux communément utilisés chez nous, était en bois massif cerclé de fer et difficile à remonter même vide.

Au pied de la hauteur contre laquelle était niché ce village croissaient des bouquets d'azalées sauvages qui attiraient toutes sortes de papillons aux couleurs éclatantes. Deux spécimens surtout m'apparurent comme les plus grands et les plus beaux que j'eusse jamais vus et nous nous arrêtâmes pour les contempler. Zaro essaya, sans grande conviction, d'en attraper un, mais Kristina le supplia de le laisser en paix. Nous établîmes notre campement à l'ombre d'une demi-douzaine de petits arbres qui, de loin, nous avaient paru être des chênes, mais qui étaient, je crois, des camphriers.

Par la suite, la végétation se raréfia et seules des bruyères s'accrochaient encore à flanc de coteau. Nous nous dirigions vers un désert dont nous ignorions la nature et l'étendue. Si nous avions été au fait de ses dangers, nous nous serions sans doute mieux préparés. Gobi ne représentait pour nous qu'un mot et rien de plus. Nous en avions à peine discuté. Le soleil se levait à main gauche le matin et nous avancions sans désemparer jusqu'au moment où il disparaissait sur notre droite.

Dernière rencontre dont je me souvienne : deux pêcheurs chinois entre les berges ombragées de saules d'une rivière qui coulait, fraîche et limpide, sur un lit de graviers. Nous avions abouti là à midi, l'heure appropriée, et nous ne vîmes ces pêcheurs qu'une heure plus tard. L'un suivait notre rive et l'autre celle d'en face. À certains moments ils avaient de l'eau jusqu'à la taille, à d'autres leur menton émergeait tout juste. Chacun avait à la main un long bâton de bambou et tirait derrière lui deux cordes passées sur son épaule. Ils allaient dans le sens du courant. Cette technique nous étant inconnue, nous nous avançâmes sur les hauts-fonds pour les regarder approcher.

Ils halaient un filet tendu en travers de la rivière. L'engin se composait de deux ailes d'une vingtaine de mètres reliées à une nasse qui présentait une ouverture carrée dont le côté mesurait environ un mètre cinquante et dont le fond allait s'amincissant. Filet et nasse étaient garnis sur leur bord supérieur de petits flotteurs en bois léger. Cette technique de pêche ne laissait guère de chances aux poissons. Nos deux Chinois battaient vigoureusement l'eau à l'aide de leurs bâtons pour leur faire quitter l'abri des herbes de la rive, et seuls leur échappaient ceux qui réussissaient à sauter par-dessus le bord du piège. Nous eûmes la chance de les voir s'arrêter à l'endroit où nous nous trouvions. Celui qui évoluait de l'autre côté vint rejoindre son compagnon et, ramenant avec lui sa moitié du filet, il referma l'ouverture de la nasse. Comme ils remontaient vers la grève, je vis que le bord inférieur du filet était lesté de cailloux à intervalles réguliers et que l'extrémité de la nasse était maintenue sur le fond par une pierre lisse. Les cordes qu'ils halaient étaient attachées aux quatre coins du filet et le renforçaient sur toute sa longueur.

L'un d'eux empoigna les quatre filins tandis que l'autre s'avançait dans l'eau pour aller prendre un flotteur en forme de gros cigare, constitué de plusieurs morceaux de bambou, qui tournait et se retournait paresseusement au fil du courant à quelque distance en aval du filet. Nous découvrîmes que c'était là leur vivier. Il était pourvu sur sa face la plus large d'une trappe carrée à travers laquelle ils glissaient leurs plus belles prises.

Nous leur fîmes comprendre par gestes que nous voulions les aider. Ils semblèrent y consentir. Des douzaines de petits poissons étaient coincés dans les mailles. Un des pêcheurs en saisit un par la tête, le dégagea et le lança tout frétillant sur la berge. Il nous regarda et désigna le filet. Suivant son exemple, nous débarrassâmes les mailles des poissons, des morceaux de bois, des herbes et des feuilles qui s'y étaient pris.

Les Chinois amenèrent à fleur d'eau la nasse pleine d'une moisson argentée. Avec prestesse et savoir-faire, ils en retirèrent une à une les plus belles pièces pour les glisser dans le vivier. Quand ils eurent terminé, il restait une quinzaine de livres de beaux poissons, moyens et petits. Ils nous firent comprendre que nous pouvions les garder. Je suppose qu'en temps normal ils les auraient rejetés à l'eau pour maintenir un bon empoissonnement. Certains filèrent entre nos doigts inexpérimentés, mais la plupart atterrirent sur l'herbe de la rive. Les Chinois déployèrent leur engin et commencèrent un nouveau trait.

Il y avait là plus de poissons que nous ne pouvions en consommer en plusieurs jours. Aussi décidâmes-nous de manger sur place, puis de faire sécher le reste au soleil sur des pierres plates. Tandis que Kolemenos leur tranchait la tête, tenant sa hache tout près du fer, je les vidais et les autres allaient les laver à la rivière. Kristina et Zaro allumèrent un feu et on nettoya une belle pierre plate en guise de poêle. Bientôt s'éleva une délicieuse odeur de poisson frais en train de frire. Il y avait là environ cinq espèces, parmi lesquelles je reconnus des perches à leur épine dorsale hérissée.

Faire sécher le poisson était pour nous une activité inédite, mais, ayant souvent vu le produit fini, nous nous efforçâmes de parvenir à ce résultat. Une fois vidés, les poissons furent ouverts et débarrassés de leur arête centrale, puis alternativement en partie fumés et séchés à proximité du feu. Cela nous prit plusieurs heures et nous convînmes de passer la nuit sur place pour achever le travail. Pendant toute la matinée du lendemain, les poissons furent exposés au soleil tandis que nous agitions nos fufaikas pour en chasser les mouches. Quand nous jugeâmes l'opération terminée, ils furent partagés et rangés dans les sacs. Nous eûmes par la suite des motifs de satisfaction, car ce qu'il en restait était encore comestible quand nous abordâmes le désert de Gobi.

Nous vécûmes un jour ou deux plus tard un épisode beaucoup moins agréable. C'était l'après-midi. Dans un grand ciel parfaitement bleu un soleil brûlant déclinait lentement vers le couchant. Marchinkovas nous montra à deux kilomètres devant nous un grand nuage brun et mouvant, se demandant ce que cela pouvait être. Nul n'en avait la moindre idée. À n'en pas douter, cela se déplaçait et je penchai d'abord pour une tempête de poussière, sauf qu'il n'y avait pour ainsi dire pas un souffle d'air. Cela avançait rapidement et occupait de plus en plus d'espace dans le ciel.

– C'est un nuage de sauterelles ! s'écria soudain Smith. Il vaut mieux ne pas se retrouver dedans. Restons donc où nous sommes.

Nous nous assîmes sur la terre recuite, enfilant nos manteaux et nous couvrant la tête de nos sacs. L'éclat intense du soleil fut occulté quand des myriades de sauterelles arrivèrent sur nous. Nous leur présentions le dos, serrés les uns contre les autres. Elles s'abattaient sur nous avec des crépitements. Elles pullulaient. L'air vibrait du bourdonnement de leurs ailes.

– Dieu merci, elles ne peuvent pas nous dévorer, dit Zaro.

– Ce n'est pas si sûr, répondit l'Américain. Ces bestioles dévorent presque tout.

Kristina tourna vers lui un visage angoissé.

– Mais non. Je plaisantais, dit-il pour la rassurer.

Il fallut au moins deux heures pour que le gros des sauterelles fût passé. Le soleil brilla de nouveau et les pertes subies par la grande migration gisaient autour de nous. Certaines bougeaient encore, d'autres semblaient mortes. Nous secouâmes nos vêtements et il en tomba par douzaines. Elles avaient trouvé moyen de s'introduire dans nos poches, dans nos manches, dans nos jambes de pantalon. Nous constatâmes avec soulagement qu'elles n'avaient pu pénétrer dans nos sacs, où se trouvait notre précieuse provision de poisson séché.

Donner des indications de durée et de distance a été la difficulté majeure que j'ai rencontrée lors de la reconstitution de notre évasion. Et tout particulièrement en ce qui concerne notre traversée de la Mongolie, où nous ne pouvions converser avec les autochtones et où, même si l'on nous indiquait les noms des rivières, des villages et des autres points de repère, nous n'avions aucun moyen de les consigner phonétiquement afin de raviver ultérieurement nos souvenirs. Mais, à mon avis, notre marche à travers la Mongolie-Extérieure habitée jusqu'aux immensités désertiques de la Mongolie-Intérieure prit entre six et huit semaines.

En revanche, je me souviens que notre entrée dans le désert de Gobi ne se fit pas sous la forme d'une transition brutale. Par deux fois, alors que nous traversions de longues étendues sablonneuses, nous pensâmes nous y trouver, mais, chaque fois, une chaîne de collines assez élevées se dressa bientôt devant nous. Au pied du second massif nous eûmes le bonheur de trouver un ruisselet près duquel nous nous arrêtâmes pour la nuit. Ce furent là nos dernières gorgées d'eau fraîche avant très longtemps.

Le lendemain à la tombée de la nuit, nous arrivâmes au bord d'une piste caravanière qui croisait notre route à angle droit. Quatre Mongols se trouvaient là, autour d'un feu au-dessus duquel une marmite était suspendue à un trépied métallique. Ces hommes semblaient avoir tous entre trente et quarante ans, mais l'un d'eux était sensiblement plus âgé que les autres, comme l'attestait le fait qu'il possédait un magnifique vieux fusil, fort long et à courte crosse, dont le bois quasi noir s'étendait le long du canon et y était assujetti au moyen d'anneaux de cuivre rutilant. Quand il se leva, en même temps que ses compagnons, pour nous accueillir, on vit que ce fusil était aussi haut que son propriétaire. Ce fut l'échange de courtoisies habituel, mais, cette fois, aucun de nos hôtes ne savait le russe. Ils nous firent signe de nous asseoir d'un côté du feu et prirent place de l'autre côté.

Ces voyageurs étaient plus pauvres que ceux que nous avions précédemment rencontrés. Je notai que leurs vestes avaient été soigneusement ravaudées par endroits. Ils ne possédaient qu'une mule à eux quatre, qui transportait le strict nécessaire à leur voyage, dont deux vaches confectionnées, je crois, avec des panses de chameaux. Ils ajoutèrent de l'eau dans la marmite tandis que nous souriions et multipliions les mimiques à l'adresse de l'homme au fusil pour lui dire la joie que nous valait cette rencontre inopinée. Eu égard à sa barbe grisonnante, c'est surtout à Smith que le Mongol s'intéressait, le tenant manifestement pour le plus vieux et par conséquent le chef de notre groupe.

Smith finit par prononcer le mot magique de « Lhassa », et le Mongol, après un instant de réflexion, nous montra la direction à suivre. Il tira de sa veste un objet que je décrirais comme un cylindre de métal monté sur une longue baguette. De l'intérieur du cylindre, il sortit une longueur de ruban de soie comme un Occidental déviderait un mètre à ruban enrouleur. La soie était couverte de symboles en une succession d'encadrés comparables aux images d'une pellicule de cinéma. Il consacra un moment à les examiner en silence puis, d'un mouvement rotatif de la main, il rentra le tout dans la boîte. Nous vîmes dans cette opération une prière pour le bon déroulement de notre pèlerinage. Smith s'inclina pour le remercier.

L'homme qui s'occupait du feu sortit une brique de thé noir, en détacha un morceau et le jeta dans l'eau bouillante. Pendant quelques minutes il touilla la préparation à l'aide d'une cuiller de bois. Le parfum qui émanait du récipient fumant nous chatouillait très agréablement les narines. Apparut ensuite une jarre de bois qui, une fois le couvercle ôté, me parut contenir du miel, mais il se révéla par la suite que cette substance était du beurre. L'homme en ajouta plusieurs cuillerées au breuvage puis le remua de nouveau et le laissa mijoter encore quelque temps.

Ensuite, nos hôtes sortirent deux gobelets. Les trouvant singuliers, je demandai à en examiner un avant qu'on y servît le thé. L'objet, en cuivre bruni, était la partie inférieure de la douille d'un obus de petit calibre. Une bande du même métal, recourbée et fixée par deux rivets de bronze, lui faisait une anse. Je le retournai pour voir si la base portait, selon l'usage, une marque de fabrique. Il y avait encore quelques traces, mais si usées que je ne pus les déchiffrer. Les Mongols semblaient sensibles à mon intérêt, et je regrettai de ne pouvoir leur demander où ils avaient trouvé ces gobelets.

Leur méthode pour servir le thé se révéla plutôt amusante puisqu'elle leur faisait obligation de deviner nos âges respectifs de sorte que le plus âgé de chaque parti fût le premier servi. En ce qui concerne Smith, ils n'eurent pas de mal. Les deux premières tasses puisées dans la marmite furent pour lui et pour le Mongol au fusil. Nous rendîmes notre gobelet à l'officiant qui le remplit et le tendit sans hésitation à Paluchowicz. Je vis le sergent grimacer de dégoût à la première gorgée, regarder l'Américain, puis faire claquer ses lèvres comme lui pour marquer combien il avait aimé le breuvage. Smith avait bu le tout avec beaucoup de sang-froid.

Kristina et moi fûmes servis les derniers. Tout en attendant notre tour, je la taquinai au sujet des mœurs d'un pays dont la règle était « les dames après ». Elle me rétorqua que le fait de la servir en dernier pouvait signifier qu'on la tenait pour la plus jeune du groupe. Les Mongols nous regardaient rire et je gage qu'ils auraient aimé savoir de quoi nous parlions. Quand arriva notre tour, je sentis que les autres nous lorgnaient à la dérobée. Ce thé était bien chaud mais le goût en était exécrable. Nous évitâmes de nous regarder et fîmes bonne contenance. La saveur des feuilles odorantes était masquée par celle du beurre rance qui faisait des yeux à la surface. Nous bûmes néanmoins jusqu'à la dernière goutte et je peinai à contenir mon hilarité quand, par souci de bienséance, Kristina claqua des lèvres à deux reprises.

Les Mongols parachevèrent leur hospitalité en nous offrant des noix et un peu de tabac. Nous nous levâmes et prîmes congé. Quand je me retournai au bout d'une cinquantaine de mètres, ils nous tournaient le dos, de nouveau accroupis autour de leur feu. Au bout de quelques pas, nous étions déjà sortis de leur vie et eux de la nôtre.

Il me revint par la suite que leur chef avait considéré que notre voyage en direction de Lhassa méritait une prière spéciale. En effet, nous nous aventurions, sans eau et avec bien peu de vivres, dans les étendues torrides du Gobi. Aucun d'entre nous ne savait alors quel enfer nous attendait.

XVI

LE DÉSERT DE GOBI : LA FAIM, LA SOIF ET LA MORT

Au bout de deux jours sans eau dans la fournaise estivale des sables du Gobi, je connus les prémices de l'angoisse. Les premiers rayons du soleil levant dissipaient le froid de la nuit du désert. La lumière frappait le sommet des hautes dunes et accusait les ombres au fond des petites vallées qui les séparaient. La peur survenait avec de petits battements d'ailes rapides et, tout en suçant des cailloux pour y recueillir la rosée, nous la refoulions en pressant le pas pour couvrir la plus grande distance possible avant la chaleur aveuglante de midi. De temps en temps, l'un de nous grimpait au sommet d'un de ces innombrables monticules et dirigeait ses regards vers le sud pour voir le même paysage de mort s'étendre jusqu'à l'horizon. Vers midi, nous plantions nos bâtons dans le sable et y accrochions nos vestes en guise d'abris. La peur devait être générale, mais nul n'en disait mot. Mon principal souci était de ne pas effrayer Kristina et je suis certain que les autres gardaient le silence pour la même raison.

La chaleur nous enveloppait, pompait l'humidité de notre corps et nous faisait des jambes de plomb. Chacun marchait plongé dans ses pensées, se concentrant sur la nécessité de mettre interminablement un pied devant l'autre. C'est moi qui la plupart du temps ouvrais la marche, immédiatement suivi de Kolemenos et de Kristina, les autres cheminant groupés quelques mètres en arrière, car, désormais, c'était bien moi qui les faisais aller de l'avant, qui les forçais à se lever le matin et leur faisais abréger le repos de midi. Ce deuxième soir, tandis que nous marchions encore sous les rayons du couchant, la peur m'assaillit de nouveau. Il s'agissait, bien évidemment, de l'angoisse première, la plus oppressante, celle de nous voir tous finir ici dans ces solitudes torrides. Je luttai contre l'idée de rebrousser chemin, de retourner vers l'eau, la verdure et la vie. Je la réprimai.

Nous nous laissâmes tomber au pied d'une dune et les étoiles glacées apparurent au-dessus de nous comme pour nous contempler. Nous aurions dû dormir, vidés comme nous l'étions. Mais, torturés par la soif, nous nous retournions sans arrêt, chacun tour à tour se levait pour aller faire quelques pas, puis s'en revenait. Peu après minuit, comme tout le monde semblait éveillé, je proposai de repartir afin de tirer parti de la fraîcheur nocturne. Nous nous relevâmes pour reprendre notre lente progression. Marcher de nuit nous parut beaucoup moins pénible. Nous fîmes une pause de deux heures après le lever du soleil. Le paysage du côté du sud n'avait pas varié.

Après cette unique tentative, il n'y eut plus de marche de nuit. C'est Makowski qui y mit fin.

– Est-ce que tu sais t'orienter d'après les étoiles? me demanda-t-il.

Les autres tournèrent vers moi un visage défait. Je laissai passer un temps avant de répondre.

– Pas avec une absolue certitude, confessai-je.

– Est-ce que quelqu'un d'autre sait se diriger par rapport aux étoiles? demanda encore Makowski – et, comme personne ne pipait, il conclut d'un ton accablé: Il se peut donc que nous ayons tourné en rond toute la nuit.

Constatant la terrible consternation suscitée par ces paroles, je dis que j'étais sûr que nous n'avions pas changé de direction, que le lever du soleil nous avait prouvé que nous nous dirigions toujours vers le sud. Mais, alors même que je présentais ces arguments, il me fallut bien reconnaître en mon for intérieur que Makowski avait peut-être raison. En tout cas, le doute avait germé et nous ne pouvions nous permettre d'ajouter encore à nos angoisses.

Nous reprîmes donc les marches diurnes. Pas même un souffle d'air ne venait disperser la poussière impalpable suspendue au-dessus du désert, cette poussière qui nous collait au visage et à la barbe, pénétrait nos lèvres crevassées et rougissait le bord de nos yeux déjà éprouvés par l'éclat intolérable du soleil.

Le poisson séché, déjà sérieusement rationné, ne dura que jusqu'au cinquième jour et devant nous s'étendait toujours un horizon sans nulle trace de vie. Au milieu de cet univers aride il n'y avait de vivant que huit petits atomes humains et quelques rares serpents. Rien n'eût été plus facile que de cesser de bouger, de nous étendre là et de mourir. La tentation de faire durer la pause de midi, de continuer à sommeiller tout au long de l'après-midi brûlant jusqu'à ce que le soleil disparût, taraudait nos carcasses douloureuses et déshydratées. Nous avions les pieds dans un état pitoyable, car un sable brûlant traversait l'intérieur des minces semelles de nos mocassins éculés. Alors, d'une voix rauque, je me prenais à dire à mes compagnons de se lever et de repartir. Ici, il n'y a rien, leur répétais-je. Derrière nous, il n'y a rien. Devant, il y a forcément quelque chose. Il faut qu'il y ait quelque chose. Alors, Kristina se levait et venait se ranger à côté de moi, de même que Kolemenos. Puis les autres suivaient, sans ordre. Et chacun se remettait en route tel un automate, tête basse, silencieux, enfermé dans ses pensées, mettant des heures durant un pied devant l'autre.

Le sixième jour, Kristina trébucha et, tombée à genoux, leva les yeux vers moi.

– C'est idiot, Slav: je me suis fait un croche-pied toute seule.

Sans attendre que je l'aide, elle se releva lentement et reprit sa marche à mes côtés. Dans l'après-midi, je fus surpris et vaguement irrité de me retrouver moi aussi à genoux. Je n'avais pas eu conscience de tomber. Je marchais et l'instant d'après j'étais arrêté. «À genoux, me dis-je… comme un homme en prière.» Je me redressai. Nul n'avait ralenti l'allure. Sans doute avaient-ils à peine remarqué ma chute. Il me sembla mettre très longtemps pour reprendre ma place en tête. D'autres s'effondraient également, comme je le notais de temps en temps. Les jambes se dérobaient, ils se figeaient et quelques secondes de perplexité s'écoulaient avant qu'ils comprissent qu'ils avaient cessé d'avancer. Et ils repartaient. Il n'était pas question de renoncer. C'étaient là les signes d'une faiblesse croissante qui sapait nos forces, mais les reconnaître pour tels eût été fatal. La mort venait en reconnaissance, mais nous n'étions pas encore prêts.

Le soleil se leva en ce septième jour dans une symphonie de roses et d'ors. Nous cheminions depuis une heure déjà dans la pâle lumière qui précédait l'aube. Jetant un regard morne vers Kristina et les autres silhouettes qui venaient à ma suite, je fus frappé par leur indomptable courage à tous. Nous traînions littéralement les pieds: les soulever était au-dessus de nos forces.

Sans grand espoir nous observions Kolemenos qui grimpait péniblement jusqu'au sommet d'une haute dune. L'un de nous le faisait chaque matin dès que la visibilité était suffisante. Il demeura là-haut un bout de temps, à regarder vers le sud, la main en visière, tandis que nous continuions à avancer, nous attendant comme chaque jour à un haussement d'épaules désabusé. Mais il ne redescendait toujours pas et, comme il ne quittait pas des yeux une direction située à quelques degrés à l'est de notre cap, je finis par m'arrêter. Je sentis Kristina me poser la main sur le bras. Elle aussi avait les yeux levés vers Kolemenos. Tout le monde s'immobilisa. Nous le vîmes se frotter les paupières, secouer lentement la tête et recommencer à regarder fixement dans la même direction. Quoique tenté de l'appeler, je gardai le silence et m'engageai sur la pente pour aller le rejoindre. Zaro et Kristina m'emboîtèrent le pas. Smith et Marchinkovas les imitèrent. Les deux Polonais, Paluchowicz et Makowski, appuyés sur leur bâton, nous suivirent des yeux.

Arrivant auprès de Kolemenos, je me répétai : « Il n'y a rien. Surtout garde ton calme. Il n'y a rien, c'est sûr. »

J'avais le cœur qui battait la chamade par suite de l'effort consenti pour gravir cette petite montée.

Kolemenos demeurait muet. Il tendit le bras pour montrer quelque chose. Ma vue se brouilla. Pendant quelques secondes je ne pus accommoder. Je fis comme Kolemenos un instant auparavant : je me frottai les yeux et regardai de nouveau. Il y avait effectivement quelque chose, une tache sombre au milieu des sables. Cela pouvait se situer à sept ou huit kilomètres de distance. À travers les brumes trompeuses du petit matin, cela n'avait pas de forme définie, ce n'était pas identifiable. Gagnés par l'émotion, nous commençâmes à faire des hypothèses. Pantelants, hors d'haleine, les deux Polonais nous rejoignirent. Eux aussi voyaient la chose.

– Est-ce que ça pourrait être un animal ? interrogea le sergent.

– En tout cas ce n'est pas du sable, dit Smith. Allons voir.

Il nous fallut deux bonnes heures pour parcourir la distance. Chaque fois que nous passions dans des creux, nous perdions de vue notre objectif. Ne pouvant supporter l'idée qu'il pût définitivement disparaître pendant une des périodes où nous ne le voyions plus, nous gravîmes davantage de dunes qu'à l'accoutumée. Une forme commençait de se dessiner et nous nous prîmes à espérer. Bientôt l'espoir se mua en certitude : c'étaient des arbres – de vrais arbres, vivants, en pleine santé, formant un bosquet qui se détachait sur le sable comme une tache d'encre sur une nappe toute propre.

– Où il y a des arbres, il y a de l'eau, dit l'Américain.

– Une oasis ! s'écria quelqu'un – et ce mot vola de bouche en bouche.

– C'est un miracle ! souffla Kristina. Dieu a eu pitié de nous.

Si nous avions pu courir, nous l'aurions fait. Nous couvrîmes ce dernier kilomètre aussi vite que nos jambes purent nous porter. Je chutai plusieurs fois. J'avais la langue sèche et toute gonflée. Quand les arbres furent plus près je vis qu'il s'agissait de palmiers. Une dépression de forme ovale se creusait sous leur ombrage, et je sus que j'allais y trouver de l'eau. À quelque cent mètres de l'oasis nous traversâmes une piste caravanière orientée est-ouest. À la lisière des arbres nous passâmes devant l'empilement incongru de ce qui semblait être des boîtes à biscuits de fer-blanc rouillées, comme une impensable décharge à ordures en plein désert.

Nous pressâmes le pas sur les vingt derniers mètres, et je crois bien que cela se termina presque au pas de course.

Les arbres, au nombre d'une douzaine ou plus, étaient disposés en croissant sur la rive sud de la pièce d'eau et la recouvraient de leur ombre pendant la plus grande partie de la journée. L'eau, délicieusement lisse et fraîche, dormait dans une dépression de forme elliptique entourée d'imposantes pierres grossièrement façonnées. À cette époque, qui était sans doute la saison la plus chaude, le niveau avait baissé et il nous fallut enjamber ces pierres pour atteindre l'eau. Cette aire de verdure, génératrice de vie, ne devait pas excéder une surface d'un demi-arpent.

C'est Zaro qui avait le gobelet, mais nous n'eûmes pas la

patience d'attendre qu'il le remplît et le fît circuler. Penchés au-dessus de l'eau, nous la lapions et l'aspirions à la manière d'animaux, nous en soulagions nos visages brûlants, nous nous en aspergions la nuque. Nous bûmes jusqu'à ce que quelqu'un nous mît en garde contre le danger qu'il y avait à charger un estomac vide d'une trop grande quantité de liquide. Puis nous y trempâmes nos sacs et, assis sur les pierres plates, lavâmes délicatement nos pauvres pieds. Pendant plusieurs minutes d'indicible bien-être nous sommes restés là sans bouger, les pieds enveloppés dans la toile de jute humide. Tour à tour, chacun se versait des gobelets d'eau sur la tête et le torse pour se débarrasser du sable et de la poussière accumulés au cours de ces six jours et demi. La proximité de l'eau suffisait à nous plonger dans l'extase. Notre moral montait en flèche. Nous étions passés d'un gouffre d'angoisse à la vie et à un espoir renouvelé. Nous bavardions et riions comme si ce dont nous venions de nous désaltérer eût été du champagne. Nous nous demandions qui avait apporté ces pierres et planté ces palmiers pour faire de ce trou d'eau miraculeux un point de repère qui pouvait être aperçu de loin par des hommes torturés par la soif.

Nous n'avions pas encore mesuré toute l'étendue de notre bonne fortune. À une vingtaine de mètres à l'est de la mare, du côté opposé à celui par lequel nous étions arrivés, se trouvaient les vestiges encore tièdes d'un foyer, des empreintes toutes fraîches de chameaux et de nombreuses marques de sabots, prouvant qu'une importante caravane s'était arrêtée là tout récemment. Elle avait vraisemblablement levé le camp à l'aube. Ces hommes, quels qu'ils fussent, avaient fait cuire et mangé de la viande. Des os, encore frais et non corrompus, jonchaient les cendres. Il y avait là les restes de deux animaux, un grand et un petit. Leur chair avait été découpée en tranches et de succulents petits morceaux adhéraient encore à ces os. Nous nous les partageâmes et y mordîmes à belles dents tout en louant la Providence. L'infortuné Paluchowicz, édenté qu'il était, m'emprunta le couteau et s'en tira aussi bien que les autres. Quand les os eurent été nettoyés, on les brisa à coups de hache pour en sucer la moelle.

Pendant les heures les plus chaudes de l'après-midi nous restâmes étendus près de l'eau sous l'ombre bienfaisante des palmiers. Kolemenos, qui possédait ce don rare de pouvoir se détendre complètement en toute situation, dormit en ronflant, mains sous la nuque, bonnet posé sur l'œil. Les rayons obliques du soleil me réveillèrent hanté par une lumière flamboyante et un désert sans fin. Je ramassai le gobelet et allai boire encore. L'Américain se leva, s'étira et vint me rejoindre. Bientôt nous fûmes tous debout, bien réveillés.

– Je vais jeter un coup d'œil à ce tas de boîtes de conserve, nous lança Zaro en s'éloignant. Il y en a peut-être une dans laquelle nous pourrions transporter de l'eau.

L'énigme que représentait ce dépôt au cœur du désert de rebuts issus du monde civilisé restera sans réponse. Il y avait peut-être une centaine de ces boîtes de fer-blanc, et elles se trouvaient là depuis si longtemps que même dans cette atmosphère sèche, elles avaient rouillé au point d'être inutilisables. Nous les retournâmes une à une sans pouvoir découvrir ce qu'elles avaient contenu ni d'où elles provenaient. Nous les entassions sur le côté à mesure que nous les passions en revue. À moitié enfoui dans le sable sous l'empilement, Zaro trouva un rouleau complet de fil de fer couvert de rouille, d'un diamètre de six millimètres, maintenu par des anneaux d'un fil plus mince qui se brisèrent dès qu'on les toucha. Je mis une poignée de sable dans un pli de mon sac et frottai une longueur de ce fil pour en ôter la rouille. La couche n'en était que superficielle ; ce fil de fer était solide et en bon état.

Nous nous fabriquâmes ce soir-là un abri avec les boîtes de fer-blanc, puis nous mîmes en quête de petits morceaux de bois et allumâmes un feu. Je restai un long moment éveillé, me demandant combien de temps il convenait de rester en ce lieu, mais la réponse ne venait pas. Le sommeil, quand il arriva enfin, fut profond et sans rêves. J'ouvris les yeux une heure environ avant l'aube. Zaro, déjà levé, était en train de traîner le rouleau de fil de fer jusqu'à l'oasis.

Un débat eut lieu au sujet de ce fil de fer. Nous le tirâmes jusqu'à l'eau et commençâmes à le dérouler pour le frotter avec du sable. Personne n'avait d'idée bien précise quant à sa possible utilisation, mais nous étions tous d'accord pour dire qu'il nous serait utile à un moment ou à un autre. Tout objet métallique était précieux. Nous ne pouvions tout simplement pas nous résoudre à laisser derrière nous un trésor de ce genre. Puisque nous devions l'emporter, la discussion porta ensuite sur la forme à lui donner pour qu'il soit facilement transportable. C'est ainsi que nous en vînmes à passer des heures, ce jour-là, à le couper en morceaux d'un mètre vingt environ, puis à en retourner une extrémité en forme de crochet et l'autre en boucle que l'on pût se glisser autour du cou. Le fil était raide et, pour le tordre, il fallut le frapper violemment avec le dos du fer de hache tout en le calant étroitement entre des pierres. Quand huit de ces tiges eurent été façonnées, Zaro et deux autres préparèrent quelques tiges d'une soixantaine de centimètres de long, un bout appointé et l'autre recourbé afin de pouvoir s'accrocher à la ceinture. Il restait encore beaucoup de fil de fer quand ce fut terminé, mais nous jugeâmes en avoir récupéré tout ce que nous pouvions porter sans être encombrés. Cette opération nous procura le sentiment d'avoir accompli quelque chose. Utiliser nos mains et notre savoir-faire était stimulant. À cela s'ajoutait la fierté du prisonnier qui possède quelque chose, ne serait-ce qu'un bout de fer de récupération.

Se posait la question de savoir quand nous allions repartir. Nous étions face à deux problèmes insolubles : l'oasis offrait de l'eau mais pas de nourriture; en dehors du gobelet nous n'avions rien pour transporter de l'eau. Makowski soutenait qu'en restant quelques jours sur place, nous avions une chance de voir arriver une caravane et de nous constituer une réserve de vivres pour l'étape suivante. Quant à moi, j'en tenais pour un départ sans délai. Je représentai à mes camarades que nous venions de manquer un convoi et qu'il se pouvait qu'il n'en vînt pas d'autre avant des semaines. Nous attendrions pendant des jours jusqu'à ce que nous fussions trop faibles pour repartir et les prochains nomades qui viendraient à passer nous trouveraient morts de faim. À la lumière de ce qui arriva par la suite, j'espère qu'on me pardonnera mon insistance. Je pense néanmoins avoir eu raison. Mais, pas plus aujourd'hui qu'à l'époque, on ne saurait trancher. La discussion se déroula sans la moindre acrimonie. Nous étions dans une situation désespérée et il nous fallait choisir immédiatement entre deux partis. La décision fut arrêtée tard dans la soirée: nous partirions avant l'aube.

Nous étions en route quand le soleil se leva. Pendant toute cette première demi-journée les arbres de l'oasis restèrent visibles derrière nous. Je ne fus pas mécontent quand ils disparurent enfin sous l'horizon. Des heures durant, Zaro porta le gobelet, une main plaquée dessus. Il l'avait rempli à ras bord et l'eau tiédie battait contre sa paume au rythme de la marche et fuyait en petits ruisselets sur les côtés du récipient. Quand nous nous arrêtâmes à midi, il en avait presque perdu la moitié, par suite de ces fuites et de l'évaporation, et se plaignait de douleurs dans les bras à force de tenir si étroitement le gobelet. Aussi, assis à l'ombre chiche des manteaux tendus sur les bâtons, nous fîmes circuler cette eau avec grande précaution, chacun y trempant les lèvres à chaque passage.

C'était la marche d'avant l'oasis qui recommençait, sauf que cette fois nous n'avions même pas la maigre ressource d'un peu de poisson séché. Pendant les trois premiers jours, je trouvai que nous progressions à une allure surprenante. Le quatrième jour, l'implacable chaleur commença soudain de prélever son tribut. Nous trébuchions et nous nous écroulions de plus en plus fréquemment, l'allure se ralentit, nos échanges se réduisaient à de courtes locutions à peine articulées. J'entends encore Makowski s'écrier :

– L'enfer ne peut pas être plus brûlant que cette saloperie de désert.

Le cinquième jour, Kristina tomba à genoux. Je me retournai lentement vers elle, m'attendant à ce qu'elle se relevât comme cela s'était déjà produit. Mais elle restait dans cette position, parfaitement immobile, sa tête blonde inclinée sur l'avant. Je revins sur mes pas de même que Kolemenos. Avant que nous l'ayons atteinte, elle oscilla et s'effondra en avant, la face dans le sable. Nous l'allongeâmes sur le dos. Elle était inconsciente. Je déboutonnai le col de sa robe et me mis à lui parler, en la secouant doucement, cependant que Smith disposait bâtons et fufaikas pour lui faire de l'ombre.

Elle revint vite à elle. Elle regarda nos physionomies inquiètes rassemblées au-dessus d'elle, se mit sur son séant et, s'accompagnant du sourire de ses lèvres crevassées, déclara :

– Ça va mieux. J'ai dû m'étaler. Je ne sais pas comment c'est arrivé.

– Ne t'en fais pas, la consolai-je. On va s'arrêter un moment et tu vas te remettre.

Elle se pencha en avant et me tapota légèrement la main.

– Je ne tomberai plus, c'est promis.

Nous restâmes là un moment. Kristina se pencha pour se gratter le bas de la jambe et, suivant son geste des yeux, je vis qu'elle avait la cheville enflée au point que le bas étroitement serré de son pantalon lui comprimait les chairs.

– Tu t'es fait piquer par quelque chose, Kristina ?

– Non, Slav. Pourquoi ?

– Ta jambe a l'air tout enflée.

Elle retroussa sa jambe de pantalon tout en tournant son pied pour l'examiner.

– Je ne m'en étais pas aperçue, dit-elle.

Nous marchâmes encore deux heures. Elle semblait aller mieux. Puis, subitement, elle retomba. Cette fois, ses genoux se dérobèrent et elle s'abattit de tout son long dans le sable sans même étendre les bras pour amortir sa chute.

Après l'avoir retournée sur le dos et avoir enlevé le sable qui s'était introduit dans sa bouche et dans son nez, nous lui fîmes un abri. Elle avait les yeux fermés et respirait par à-coups. J'examinai ses chevilles. Elles étaient dans un état pitoyable, livides et enflées à faire céder les ourlets de son pantalon. Je sortis mon couteau et découpai la toile. Elle avait les mollets comme gonflés d'eau jusqu'au genou. Je touchai l'enflure et la marque de mes doigts mit plusieurs secondes à s'effacer.

Kristina resta inconsciente pendant une heure. Nous nous efforcions d'atténuer notre anxiété en échangeant des banalités comme :

– Ce doit être un petit coup d'insolation.

J'avais un nœud au creux de l'estomac. J'étais affolé.

Elle se montra assez enjouée lorsqu'elle fut revenue à elle.

– Mais qu'est-ce qu'il m'arrive ? nous dit-elle. Je deviens vraiment embêtante.

Nous étions aux petits soins pour elle.

– Allez, en route, lança-t-elle soudain en se levant. Nous perdons du temps.

Je marchais à sa hauteur. Tout à coup, l'attention attirée par son pantalon déchiré qui lui battait les chevilles, elle s'arrêta pour considérer ses jambes.

– Mes mollets ont beaucoup gonflé, Slav.

Est-ce qu'ils te font mal, Kristina ?

– Non, pas du tout. Cela doit venir de ce que j'ai beaucoup marché.

C'était l'après-midi du cinquième jour. Elle continua de marcher pendant des heures sans rien de plus méchant qu'un petit faux pas de temps à autre. Elle se maintint à notre hauteur jusqu'à la halte du soir. Assise au milieu de nous, elle jetait de fréquents coups d'œil à ses jambes. Elle n'en parlait pas et nous faisions comme si de rien n'était.

Nous passâmes une mauvaise nuit. Tout le monde, mis à part Kolemenos, était apparemment trop épuisé et trop inquiet pour trouver le sommeil. Kristina ne bougeait pas, mais je sentais bien qu'elle ne dormait pas. Je suçais un caillou. J'avais mal aux dents et mes gencives étaient toutes ramollies et tuméfiées. J'étais obsédé par des images de cours d'eau vive. Je revoyais nettement les sampans des rivières de Mongolie. J'étais sujet à des crises de tremblements qui m'obligeaient à me lever et à déambuler. J'avais le crâne pris dans un étau. Je souffrais des pieds à la tête.

Durant les deux premières heures du sixième jour, il fit assez frais et la marche fut aussi agréable qu'elle peut l'être dans le désert. Mais bientôt le soleil commença de darder ses rayons dans un ciel exempt du moindre nuage. Je saisis Kristina par le coude.

– Est-ce que tu vas pouvoir continuer sous ce soleil ?

– Oui, je pense.

Cinq minutes plus tard, elle se recroquevillait et basculait inconsciente face contre terre. Nous la secourûmes et attendîmes qu'elle rouvrît les yeux. Elle semblait respirer assez normalement, comme une enfant fatiguée. Je m'éloignai de quelques pas et fis signe aux autres de venir me rejoindre.

– Elle est vraiment très enflée, dis-je. Est-ce que quelqu'un sait ce que ça signifie ?

Personne n'avait de lumières sur ces symptômes. Nous revînmes auprès d'elle et attendîmes. J'agitais mon bonnet au-dessus d'elle pour lui faire un peu d'air. Elle ouvrit les yeux et nous sourit.

– Voilà que je redeviens un boulet.

Nous secouâmes la tête avec ensemble.

– Ce coup-ci, vous feriez mieux de me laisser ici.

Nous nous récriâmes comme un seul homme. Kolemenos se laissa tomber à genoux auprès d'elle.

– Ne dis pas des choses pareilles. Ne te conduis pas en gamine stupide. Jamais nous ne t'abandonnerons.

Au bout d'une demi-heure, elle voulut se dresser sur ses coudes et chavira sur le dos.

– Il faut l'aider, dis-je à Kolemenos.

Nous la soulevâmes.

– Je pourrai marcher si vous restez auprès de moi, nous dit-elle.

Le plus étonnant, c'est qu'elle marcha, Kolemenos et moi lui soutenant légèrement les coudes. Au bout de quatre cents mètres, nous la sentîmes recommencer de tomber en avant. Nous la remîmes d'aplomb et elle poursuivit. Elle se tenait droite, sans un mot de désespoir, sans un gémissement. La fois suivante où elle s'affaissa, nous ne parvînmes pas à la retenir. Elle était à bout de forces et même la volonté héroïque qui habitait ce corps gracile ne put lui faire produire un nouvel effort. Tout le groupe se rassembla autour d'elle. Le soleil montait vers son zénith. Kolemenos et moi lui passâmes chacun un bras sous les épaules. La traînant autant que nous la soutenions, nous repartîmes une fois encore. Quinze cents mètres plus loin, je n'en pouvais plus. Je dus m'arrêter, plié en deux pour reprendre ma respiration.

– Reste auprès de moi, Slav, me dit Kolemenos. Je vais la porter.

Il la prit dans ses bras, chancela un peu le temps d'équilibrer son fardeau et partit d'un pas titubant. Il la porta ainsi sur deux cents mètres et je l'aidai à la déposer quand il s'arrêta pour souffler.

– Anastazi, je t'en prie, laisse-moi, le suppliait-elle. Tu gaspilles tes forces.

Il la regarda, mais ne put se résoudre à lui répondre. Ayant dressé notre abri, nous restâmes là peut-être trois heures, attendant que passât le plus chaud de la journée. Kristina gisait parfaitement immobile – je crois qu'elle ne pouvait bouger. L'horrible œdème avait dépassé les genoux. Kolemenos, couché sur le dos, reprenait des forces. Il savait ce qu'il allait faire.

Le soleil commença de décliner. Kolemenos se baissa, prit Kristina dans ses bras et se remit à marcher. Je demeurai tout près de lui et les autres nous entouraient. Il parcourut quatre cents mètres avant de la poser une première fois. Il la reprit et repartit, la tête de Kristina nichée contre sa grande épaule. De ma vie je n'ai jamais rien vu d'aussi magnifique que ce géant à la barbe blonde portant Kristina jusqu'à ce que tombât la nuit sur cette épouvantable sixième journée. L'épreuve dura quelque quatre heures, puis Kristina lui effleura la joue.

– Dépose-moi, Anastazi. S'il te plaît, pose-moi par terre.

Je soulageai Kolemenos d'une partie du poids de la petite et nous l'allongeâmes sur le sol. Nous l'entourâmes. Une ombre de sourire flottait sur ses lèvres. Elle nous regarda tour à tour droit dans les yeux et je crus qu'elle allait nous dire quelque chose. Elle avait des yeux clairs et très bleus. Un grand calme émanait d'elle. Elle ferma les paupières.

– Elle doit être très fatiguée, dit le sergent Paluchowicz. Pauvre petite fille fatiguée.

Nous restâmes là plusieurs minutes, déprimés et ne sachant que faire. Kolemenos était voûté d'épuisement. Nous échangions des regards, mais ne trouvions rien à dire. Je baissai les yeux vers Kristina et mon regard se posa sur son cou. Aussitôt, je m'agenouillai à côté d'elle pour coller l'oreille contre sa poitrine. Son cœur avait cessé de battre. Je ne pouvais le croire. Tournant la tête, j'y appliquai l'autre oreille. Je me redressai pour prendre son frêle poignet. Le pouls était inexistant. Tous me dévisageaient, angoissés. Je lâchai la main qui retomba sur le sable avec un petit bruit mat.

L'Américain dit quelque chose, à peine un murmure. Je voulus lui répondre, mais aucun son ne franchit le seuil de mes lèvres. Des larmes jaillirent de mes yeux, des larmes amères, et je fus pris d'incoercibles sanglots. Dans cet endroit oublié de Dieu, sept hommes pleuraient, car ce qu'ils avaient de plus précieux au monde venait de leur être arraché. Kristina n'était plus.

Je crois bien qu'en ces instants, agenouillés en plein désert autour du corps, nous perdîmes à demi la raison. Nous nous en voulions de l'avoir entraînée dans cette aventure. Plus personnellement, Makowski me reprocha, en polonais, d'avoir insisté pour que nous quittions l'oasis.

L'Américain intervint d'une voix blanche :

– Messieurs, il est vain de se faire des reproches. Je crois qu'elle a été heureuse avec nous.

Tout le monde s'était tu et Smith dit encore :

– À présent, il nous reste à lui faire une sépulture convenable.

Un trou fut creusé au pied d'une dune. Nous mîmes de côté les petites pierres que nous trouvions à mesure que nous creusions. J'ouvris en deux un de nos sacs et le lui posai en double sous le menton. Nous déposâmes le corps au fond du trou. Sur sa poitrine, il y avait son petit crucifix. Nous nous répartîmes autour de la tombe, le bonnet à la main. Il n'y eut pas de service, mais chacun, en sa langue, dit une prière. Smith la prononça en anglais, et c'était la première fois que je l'entendais utiliser sa langue maternelle. Enfin je déployai la toile de jute du sac et en recouvris le visage de la morte. J'étais aveuglé par les larmes. La tombe fut refermée et nous l'entourâmes de petits cailloux.

Kolemenos prit le long bâton de Kristina, en coupa un

bout avec sa hache et, attachant les deux morceaux à l'aide d'une lanière de cuir, il fit une croix.

Nous fîmes nos adieux à Kristina et reprîmes notre marche absurde.

XVII

DU SERPENT ET DE LA BOUE

Le plus affreux, c'était que nous eussions si peu de sujets à remâcher en dehors de Kristina. Marcher était devenu une simple habitude, douloureuse certes, mais qui ne requérait aucune réflexion. Ce soleil implacable m'embrouillait les méninges et empêchait le cheminement logique de mes pensées. Je me prenais à imaginer qu'elle était toujours là, juste derrière moi, et je pouvais cheminer ainsi pendant des kilomètres sans cesser de me la représenter. Mais arrivait toujours le moment où l'idée de sa présence devenait si prégnante qu'il me fallait tourner la tête, et c'était chaque fois le même déchirement. J'émergeai lentement, cette nuit-là, d'un sommeil agité, taraudé par la soif, avec une fois de plus la certitude qu'elle était parmi nous. Et chaque fois que je reprenais conscience de sa disparition, cela ravivait la même sourde souffrance.

Il fallut une autre tragédie pour adoucir le souvenir poignant que nous conservions de Kristina. Bizarrement, cela apaisa aussi en partie le sentiment de culpabilité que j'éprouvais par rapport à sa mort.

Le huitième jour après notre départ de l'oasis, Sigmund Makowski s'effondra dans le sable, les bras le long du corps, et n'avait pas fait usage de son bâton pour prévenir sa chute. Il resta là une minute ou deux, à peine conscient. Nous vîmes qu'il présentait un symptôme éloquent : au-dessus de ses mocassins, la chair était gonflée et flasque. Nous échangeâmes un regard muet. Nous le retournâmes sur le dos et lui éventâmes le visage en agitant nos sacs. Il revint rapidement à lui, se leva, secoua la tête, empoigna son bâton et se remit en route. Il fit des chutes répétées, se relevant et repartant chaque fois. L'horrible œdème grossissait peu à peu et lui alourdissait les jambes.

Il tint le coup plus longtemps que Kristina. Le neuvième jour, il dut bien tomber une demi-douzaine de fois en l'espace de deux heures. Il y eut celle où, étendu face contre terre, poussant désespérément sur ses bras pour se redresser, il appela Kolemenos à la rescousse. Kolemenos et moi vînmes nous agenouiller auprès de lui.

– Si vous m'aidez à me remettre debout, je peux continuer.

Kolemenos le saisit par un bras, moi par l'autre, et nous le relevâmes. Sitôt d'aplomb, il se dégagea et chancela un moment sur place. C'est la gorge serrée que je le vis repartir en titubant comme un ivrogne. Il avançait encore, mais en zigzag, plantant profondément son bâton dans le sable qui se dérobait sous ses pas. Nous le vîmes s'éloigner.

– Il ne faut pas le laisser retomber, me dit Kolemenos.

Nous n'eûmes aucun mal à le rattraper. Kolemenos lui prit son bâton, nous nous passâmes ses bras autour du cou et repartîmes. Il nous regarda tour à tour avec une ombre de sourire. Ses jambes continuaient de fonctionner, mais elles le soutenaient de moins en moins, si bien qu'à la fin de la journée il était devenu un poids mort pesant intolérablement sur nos pauvres épaules.

Il passa une nuit apparemment paisible et, au matin du dixième jour, non seulement il était encore vivant, mais il semblait avoir repris des forces. Il marchait en traînant les pieds, mais sans se faire aider. Il chemina une demi-heure avant de tomber pour la première fois. Par la suite il ne cessa de s'affaler, et Kolemenos et moi nous portâmes à son secours. Quand arriva la pause de midi, il était de nouveau un poids mort suspendu à nos épaules et ne remuait pratiquement plus les jambes. Smith et Paluchowicz se chargèrent de lui et l'allongèrent doucement sur le dos. Puis nous dressâmes notre parasol et nous accroupîmes autour de lui. Il reposait, immobile, et seuls ses yeux semblaient encore contenir une étincelle de vie.

Au bout d'un moment, il les ferma et je crus qu'il était mort, mais il respirait toujours tranquillement. Il rouvrit les paupières, les referma et, cette fois, tout fut dit. Il n'eut aucun spasme, pas un frémissement, pas le moindre signe montrant que la vie venait de quitter ce corps. Comme Kristina, il n'avait pas eu un mot d'adieu.

Le dossier de Sigmund Makowski, âgé de trente-sept ans, ex-capitaine des gardes-frontière polonais, *Korpus Ochrony Pogranicza*, venait de se refermer. Il avait une femme quelque part en Pologne. J'aimerais qu'elle sache que c'était un homme courageux. Nous l'enterrâmes là, dans le désert de Gobi. La première tombe que nous creusâmes était trop petite et nous dûmes en ressortir le corps pour agrandir le trou. Sur son visage nous étendîmes le sac, vide depuis bien longtemps, qu'il avait porté sur plus de trois mille kilomètres, puis nous l'avons enseveli sous le sable. Kolemenos lui confectionna une petite croix de bois, nous dîmes une prière et le laissâmes.

Je m'efforçais de tenir le compte des jours. J'essayai aussi de me souvenir si mes lectures m'avaient appris combien de temps un homme peut résister sans manger ni boire. La chaleur m'accablait de maux de tête. Souvent, le désespoir le plus sombre descendait sur moi et je nous voyais comme six condamnés cheminant vers une mort inéluctable. Chaque matin au réveil la même pensée revenait : À qui le tour ?

Nous étions six simulacres d'hommes, desséchés et racornis, qui allaient d'un pas traînant. Le sable semblait se faire de plus en plus meuble, de plus en plus réticent à laisser aller nos pauvres pieds. Quand l'un de nous trébuchait, il se relevait avec une promptitude ostensible. Nous examinions désormais nos chevilles sans nous en cacher, anxieux d'y déceler le début de l'œdème, annonce d'une fin prochaine.

À l'ombre de la mort, nous devînmes plus proches que jamais. Nul ne s'avouait désespéré. Nul n'évoquait son angoisse. Une seule idée nous obsédait, et nous la formulions sans cesse : trouver vite de l'eau ! Là résidait notre seul espoir. J'imaginais, par-delà chaque arête de sable brûlant, un filet d'eau minuscule et, derrière chaque creux aride, il se présentait toujours une nouvelle crête pour entretenir cet espoir.

Deux jours après la mort de Makowski, nous atteignîmes l'extrême limite de notre résistance. Je pense que c'était le douzième jour après avoir quitté l'oasis. Nous ne marchâmes que six heures. Nous cheminions par deux désormais. On ne se souciait pas de choisir un compagnon plutôt qu'un autre. Celui qui se trouvait le plus près au moment de repartir faisait l'affaire, c'était un ami ; on se donnait le bras et l'on avançait en se soutenant l'un l'autre. Les seules autres créatures vivantes étaient des serpents. Ils restaient immobiles. On ne leur voyait que la tête, leur corps étant enfoui sous le sable. Je me demandais d'où ils tiraient leur subsistance. De toute évidence, ils ne nous craignaient pas et nous n'étions du reste nullement tentés de les importuner. Une fois nous vîmes un rat, mais le désert semblait le domaine exclusif des serpents.

Au soir de ce douzième jour, Zaro et moi avions marché bras dessus, bras dessous, tandis que Smith et Paluchowicz se soutenaient l'un l'autre et que Kolemenos cheminait en compagnie de Marchinkovas. Au milieu de la nuit je fus pris du désir impérieux de me remettre en route. Je devais savoir que si le miracle ne se produisait pas dans les prochaines vingt-quatre heures nous ne pouvions espérer nous en tirer. Je me dominai jusqu'à environ deux heures avant l'aube. Marchinkovas, Zaro et l'Américain étaient réveillés. Je secouai Kolemenos et Paluchowicz. Je les haranguai d'une voix rauque, tant j'avais la gorge sèche et douloureuse. Je me levai. Personne ne regimba. Je partis et ils m'emboîtèrent le pas. Paluchowicz trébucha un peu au début, car il n'était pas encore éveillé et qu'il avait les jambes ankylosées, mais bientôt, à deux de front, nous reprîmes notre progression vers le sud.

Il était facile d'imaginer, au cours de ces heures qui précédaient l'aube, que nous étions peut-être en train d'accomplir en sens inverse le chemin parcouru la veille, mais les premières lueurs du levant nous montraient que nous étions dans la bonne direction. Nous marchions en zigzag, mais il me sembla, quand la chaleur nous obligea à nous arrêter pour prendre un peu de repos, que nous avions, dans la douleur, couvert un nombre respectable de kilomètres. Les bienfaits de notre parasol valaient-ils la peine que nous prenions à l'installer ? Nous le dressâmes néanmoins, car c'était devenu une des habitudes liées à notre survie.

Nous passâmes trois heures sous ce frêle abri, en nage, le cœur battant de façon désordonnée, suffoquant dans l'air brûlant, bouche grande ouverte, langue gonflée et encrassée de poussière. Je faisais glisser le caillou poisseux le long de mes gencives douloureuses pour obtenir un filet de salive qui me permît de déglutir. J'étais au plus bas, je me raccrochais au peu qui me restait de résistance et de courage. Ce fut un effort terrible que de se remettre debout. Nous étions tous dangereusement affaiblis et bien près de la mort.

Toutes mes visions me proposaient de frais étangs, des ruisseaux glougloutants. L'eau qui nous sauva la vie croupissait mêlée de boue au fond du lit d'un ruisseau presque asséché. Nous manquâmes de passer à côté : nous cherchions de l'eau, or ce n'était là qu'un suintement turbide que le désert homicide répugnait à nous révéler. Nous fûmes dessus avant de le voir. Aussitôt, chacun se jeta à plat ventre pour sucer cette boue, y plonger les mains. Durant plusieurs minutes, nous fûmes comme pris de démence. Nous mastiquions la boue pour en extraire l'humidité, puis en recrachions les particules minérales.

Ce fut l'Américain qui trouva la solution. Il y plongea un coin de son sac. Il attendit quelques minutes, puis porta la toile à sa bouche pour en sucer l'humidité. Nous suivîmes son exemple. La quantité d'eau ainsi récoltée était infime comparée à notre soif dévorante, qui durait depuis treize jours, mais c'était mieux que rien et cela nous fit reprendre espoir. Nous recommençâmes à parler pour la première fois depuis des jours, à faire des suggestions. Nous décidâmes de suivre le lit de ce ruisseau, considérant que s'il y avait ici de l'humidité, il pourrait fort bien y avoir, plus loin, de l'eau.

Le ruisseau se rétrécit jusqu'à n'être plus qu'une simple lézarde dans le sol. Nous trouvâmes de l'eau accumulée en petites flaques sur la boue. En y posant les mains réunies en coupe, nous pûmes boire, vraiment boire, sentir l'eau couler dans notre gorge desséchée. Nous nous désaltérâmes, eau, sable et boue mêlés, avec délice. Sans doute était-il préférable que nous ne pussions boire en trop grande quantité. Après chaque gorgée, il fallait attendre plusieurs minutes que les petites cuvettes se remplissent de nouveau du précieux liquide qui sourdait à travers la boue. Mes lèvres déchirées, tuméfiées, sanguinolentes, me brûlaient à son contact. Je gardais l'eau un moment dans la bouche avant de l'avaler, j'en baignais ma langue, mes gencives amollies et mes dents endolories.

Pendant deux heures nous restâmes étendus de tout notre long, épuisés, au bord du ruisseau. Puis nous bûmes encore. Tard dans l'après-midi, Zaro ôta ses mocassins et s'assit les pieds enfouis dans la boue. Lèvres gercées étirées en un sourire de félicité, il nous invita à suivre son exemple. Nous nous installâmes en cercle. Après ces journées torrides passées à traîner interminablement nos pauvres pieds à travers les sables brûlants, nous en éprouvâmes un merveilleux soulagement. Au bout d'un moment, je sentis que le creux où j'avais logé les miens s'emplissait d'eau. Le bien-être que j'en retirai me parut se communiquer à l'ensemble de ma douloureuse carcasse. De temps en temps, je levais les pieds, juste pour le plaisir de les replonger dans la boue liquide.

Connaissant nos premiers instants de bien-être depuis que nous avions quitté l'oasis, nous nous mîmes à parler, à nous concerter sur un avenir encore bien sombre. Primo, nous mourions de faim et étions presque à bout de forces. Secundo, nonobstant cette eau miraculeuse, nous étions encore en plein désert et le paysage restait le même à des kilomètres à la ronde. Notre première décision fut de demeurer une nuit et un jour sur place. Au matin, après avoir pris une nuit de sommeil, nous partirions en reconnaissance le long du ruisseau dans l'espoir de trouver un point d'eau courante. Là où il y avait de l'eau, raisonnions-nous, il y avait de la vie, quelque chose à se mettre sous la dent.

De bonne heure le lendemain matin, nous fîmes un tas de nos fufaikas, nous nous séparâmes en deux groupes et empruntâmes des directions opposées. Kolemenos, Smith et moi poussâmes vers l'est sur plus d'un kilomètre sans rien découvrir. L'eau disparaissait complètement par endroits, comme si son cours devenait souterrain. Quand elle reparaissait, ce n'était toujours que sous la forme d'une trace d'humidité. Nous en conclûmes à regret que s'il existait quelque part de l'eau en quantité, elle logeait dans le sous-sol et nous était par conséquent inaccessible. Deux serpents de belle taille constituèrent les seuls signes de vie que nous rencontrâmes. Nous regagnâmes le lieu de rendez-vous.

Zaro, Marchinkovas et Paluchowicz se firent attendre et nous en étions à nous dire que ce retard était peut-être de bon augure quand nous les vîmes qui s'en revenaient. Zaro étendit les mains, indiquant par là que leurs recherches n'avaient rien donné.

– Pas de chance, dit Marchinkovas quand ils nous rejoignirent.

– Nous n'avons rien trouvé non plus, leur dis-je.

Nous bûmes encore de cette eau trouble et prîmes un nouveau bain de pieds tout en regardant le soleil monter dans le ciel.

– Foutu désert ! ragea Kolemenos. Dire qu'il n'y a que nous et quelques serpents pour en profiter ! Ils ne peuvent nous manger et nous non plus !

– Ce n'est qu'en partie exact, lui répondit Smith : il arrive que l'homme se nourrisse de serpent.

Cela éveilla aussitôt notre intérêt. Smith caressait sa barbe grise d'un air pensif.

– Les Indiens d'Amérique en mangent. J'ai vu des touristes se laisser tenter d'y goûter. Pour ma part, je n'ai jamais essayé ; cela tient, je pense, à un sentiment de répulsion naturel pour les reptiles.

Nous réfléchissions en silence à ce qu'il venait de dire. Il interrompit le cours de nos pensées :

– Messieurs, les serpents sont à mon avis notre seule chance de survie. Il n'est pratiquement rien qu'un homme affamé ne puisse avaler.

Cette idée tout à la fois nous fascinait et nous répugnait. Nous en discutâmes un moment, mais je pense que nous savions tous que nous allions tenter l'expérience : nous n'avions pas le choix.

– Pour les attraper il nous faudrait un bâton fourchu, remarqua Marchinkovas, et nous n'en avons pas.

– Aucun problème, lui dis-je : il suffit de fendre en deux le bout d'un bâton et d'insérer un caillou dans l'entaille.

– Mettons-nous tout de suite au travail, dit Kolemenos en se levant.

Nous décidâmes d'utiliser les bâtons de Zaro et de Paluchowicz. Kolemenos les fendit avec la hache. Un caillou fut glissé dans l'entaille, serré par un brêlage réalisé à l'aide d'une lanière de cuir. Nous obtînmes ainsi deux outils d'aspect efficace.

– Comment saurons-nous lesquels sont venimeux ? interrogea Paluchowicz, exprimant là une question que tout le monde se posait. Et, dans ce cas, est-ce qu'ils sont comestibles ?

– Il n'y a pas lieu de s'inquiéter, lui répondit Smith. Le venin est contenu dans une poche sur l'arrière de la tête. En enlevant la tête, tu enlèves le venin.

Restait un autre problème : le combustible pour entretenir le feu sur lequel faire cuire notre pitance. Nous retournâmes nos sacs en quête de bouts d'amadou. Réunis, ils formèrent un tas plus important que nous ne nous y attendions. Zaro dénicha au fond de son sac trois ou quatre morceaux de crottin séché et, d'un air pénétré, les déposa sur le combustible que nous avions rassemblé. En un autre temps nous aurions ri, mais sourire avec des lèvres crevassées était par trop douloureux.

– J'ai ramassé ça à l'oasis, nous expliqua Zaro. Je me suis dit que cela pourrait servir pour faire du feu à un moment ou à un autre.

Je regrettais que nous n'eussions pas tous fait comme lui. Ce crottin séché se révélait un excellent combustible qui se consumait lentement en produisant une chaleur non négligeable. Nous avions parfois aperçu dans le désert de petits amas de débris organiques déposés là par les tourbillons de vent. Mais nous étions trop soucieux de progresser pour prendre le temps de ramasser ces modestes moissons apportées par les airs. À partir de ce jour la recherche de ces matériaux nous préoccupa presque autant que la chasse aux serpents.

Smith et moi nous chargeâmes du feu pendant que les autres s'en allaient armés des deux bâtons fourchus. Nous creusâmes le sable fin pour atteindre le gravier, puis, plus profondément, la strate de cailloux. Nous cherchions une pierre plate et mince sur laquelle cuire notre serpent. Une heure au moins s'écoula avant de trouver notre bonheur. Nous apercevions nos camarades qui arpentaient silencieusement les dunes avoisinantes. Comme toujours dans ces cas-là, ils passèrent deux heures sans rencontrer un seul reptile. Quand nous n'en cherchions pas, nous en voyions des quantités.

Nous étions prêts à allumer le feu. Chauffée par le soleil, notre pierre plate semblait déjà suffisamment chaude pour qu'on y fît cuire des aliments – à coup sûr un œuf y aurait frit sans peine. Marchinkovas s'en revint, l'air accablé :

– Les serpents ont dû apprendre que nous avions changé d'idée à leur sujet, déclara-t-il avec humeur.

Une demi-heure passa. Nous attendions tous trois en silence autour du foyer. Puis soudain nous parvint une grande clameur. C'était Zaro. Il était caché à notre vue, mais nous vîmes Kolemenos et Paluchowicz s'élancer dans sa direction. Nous nous levâmes pour nous y précipiter également.

À cinquante mètres de là, Zaro avait surpris un serpent et le tenait coincé sous la fourche du bâton, posée à quelques centimètres en arrière de la tête. Notre ami suait à grosses gouttes tant il peinait pour le maintenir. Nous ne pouvions juger de la taille de l'animal, car celui-ci, enfoncé dans le sable, n'en émergeait que d'une quinzaine de centimètres. Par la seule puissance de ses contorsions il entraînait lentement le bâton vers le trou. Lents et gauches du fait de notre affaiblissement, nous nous gênions les uns les autres dans notre souci de prêter main-forte à Zaro. Paluchowicz planta son bâton en arrière du premier. M'emparant d'une lanière que je portais à la taille, je la nouai autour du serpent tout contre le trou et tirai. Mais une trop grande partie de son corps était engagée à l'intérieur. C'était l'impasse.

Kolemenos mit tout le monde d'accord. Le fer de sa hache s'abattit, le serpent fut décapité et nous pûmes le sortir. Il mesurait environ un mètre vingt de long. Gros comme le poignet, il avait le dos noir, le ventre crème et presque blanc à l'approche de la gorge.

– Et voilà votre repas, les gars ! lança Zaro en prenant la pause.

Le cadavre se convulsait encore quand nous fûmes de retour au bord du ruisseau. Nous le déposâmes sur mon sac et j'entrepris de le dépecer sous les directives de Smith. Le début de l'opération ne fut pas facile. Smith disait que la peau pouvait s'enlever comme une chaussette, mais je n'arrivais à trouver une prise. Je finis par entailler la peau sur quelques centimètres, ce qui me permit, non sans difficulté, de dépouiller le reptile de son étroite gaine. Je n'avais jamais vu de serpent écorché. La chair en était blanchâtre, mais elle fonça au soleil tandis que nous attendions que la pierre fût à bonne température. J'ouvris le cadavre dans le sens de la longueur et le vidai.

Il était encore agité de mouvements réflexes quand nous le lovâmes sur la pierre. Cela se mit à grésiller agréablement. De la graisse s'écoulait et allait crépiter dans les flammes. Nous ruisselions de sueur ainsi installés autour du feu. Nous ne parvenions pas à détacher les yeux de ce serpent. Nous retirâmes la pierre du feu à l'aide de nos bâtons, la viande fut retournée et remise à cuire. Enfin, estimant la cuisson terminée, nous déposâmes la pierre sur le sable pour la laisser refroidir un peu.

Pour finir, nous la jetâmes sur mon sac, à quelque distance du feu qui mourait. Nous étions accroupis autour, mais nul ne semblait pressé de s'y tailler un morceau. Nous échangions des regards obliques.

– J'ai une faim de tous les diables, lança Kolemenos.

Il avança la main et nous l'imitâmes. Paluchowicz l'édenté me demanda le couteau. Nous mangeâmes. Le serpent fut bientôt réduit à l'état de squelette. La chair était serrée et rassasiante. J'avais craint que le goût n'en fût trop fort, voire repoussant. Mais il n'était pas très marqué, presque fade. Cela rappelait vaguement le poisson bouilli non assaisonné.

– J'aurais dû y penser plus tôt, dit Smith.

Nous bûmes encore de l'eau boueuse. Le soleil commençait de décliner. Tout en sachant qu'il nous faudrait bientôt repartir, nous répugnions à abandonner ce précieux ruban d'humidité pour nous risquer au milieu des étendues inconnues, brûlées par le soleil, qui s'étendaient devant nous. Vautré là, l'estomac qui grondait sourdement en se colletant avec cette nourriture inédite et barbare, j'avais terriblement envie de fumer. Nous possédions encore du papier journal, mais le tabac était épuisé depuis belle lurette.

Personne ne se souciant d'aborder le sujet de savoir quand nous partirions, nous parlions d'autre chose. Pour la première fois, nous échangeâmes librement nos idées au sujet de Kristina et de Makowski. Pourquoi la mort les avait-elle emportés alors qu'elle nous avait laissé la force de poursuivre ? Cette question était sans réponse, mais cela ne nous empêchait pas de la ruminer. Nous les évoquions avec tristesse et affection. Ce fut, je suppose, un hommage rendu au souvenir de deux amis disparus. Et cela nous soulagea un peu de notre peine.

Je me pris à détailler mes cinq compagnons pour tenter d'évaluer nos chances de nous en sortir. Nous étions tous souffrants. Kolemenos ayant enlevé ses mocassins, je pouvais voir les plaies à vif de ses pieds là où de nouvelles ampoules s'étaient formées sur des ampoules percées, et je savais que son état n'était pas pire à cet égard que celui des autres. Nous étions tellement défigurés que nos proches auraient eu du mal à nous reconnaître. Nous avions les lèvres toutes crevassées et gonflées au point d'en être grotesques. Nous avions les joues creuses. Nos arcades sourcilières surplombaient des yeux aux bords enflammés qui paraissaient enfoncés dans leurs orbites. Nous étions rongés par le scorbut. Seul Paluchowicz n'avait pas à souffrir du désagrément de dents qui se déchaussent. Déjà, Kolemenos avait arraché deux dents douloureuses à Marchinkovas et il allait encore devoir appliquer plusieurs fois à d'autres membres du groupe son art dentaire rudimentaire.

Les poux, le scorbut et le soleil avaient ravagé notre épiderme. Les poux s'étaient multipliés avec la répugnante prolificité propre à leur espèce et nous en étions infestés. Ils s'engraissaient à nos dépens et devenaient d'une grosseur obscène. Nous ne cessions de nous gratter tant la démangeaison était insupportable, et nous finissions par nous écorcher. Ensuite, à cause de nos hardes gorgées de sueur et de nos ongles crasseux, ces minuscules lésions s'infectaient. Cet empoisonnement, quoique superficiel, nous était une cause perpétuelle de dépression et d'abattement. Quand je m'épouillais, je les tuais avec une joie mauvaise. Ils étaient au plus haut degré le symbole de notre dégradation du moment.

Nul ne prit, au bout du compte, l'initiative de donner le signal du départ. Il advint que Kolemenos et Zaro se levèrent en même temps. Nous les imitâmes. Chacun s'accrocha autour du cou sa longueur de fil de fer et ramassa son sac. Je rangeai dans le mien la pierre plate qui avait servi à faire cuire le serpent. Smith mit soigneusement de côté ce qui restait de combustible. Kolemenos rechaussa ses mocassins en grimaçant de douleur. Nous bûmes encore un peu d'eau. Et, en fin d'après-midi, nous nous mîmes en route.

Nous parcourûmes de nombreux kilomètres jusqu'à la tombée du jour et l'apparition des étoiles dans le ciel violet. Nous dormîmes serrés les uns contre les autres et nous réveillâmes avant l'aube pour repartir une nouvelle fois.

Au bout d'une demi-heure, Paluchowicz s'arrêtait en gémissant, se tenant le ventre, cassé en deux. Dans l'heure qui suivit, nous fûmes tous pris de douleurs extrêmement violentes et d'une diarrhée qui nous laissa dans un état d'extrême faiblesse. Quand cela commença de s'apaiser en fin d'après-midi, nous n'avions sans doute pas parcouru plus de cinq kilomètres tant les haltes avaient été fréquentes.

Quelle en était la cause, la viande de serpent ou l'eau? Telle était la question que nous nous posions.

– Il se pourrait que ce soit cette eau polluée, avança Smith. Mais c'est plus probablement dû à une réaction de notre estomac contre l'afflux brutal d'aliment et d'eau.

– Il n'y a qu'un moyen de le savoir, dit Kolemenos: remangeons du serpent. J'ai encore faim.

– De toute façon, dit Marchinkovas avec un haussement d'épaules, c'est du serpent ou rien.

Paluchowicz eut un énième haut-le-cœur.

– Dieu nous vienne en aide, dit-il avec ferveur.

XVIII

NOUS VENONS À BOUT DU DÉSERT

Il est indiscutable que les serpents du désert de Gobi nous sauvèrent la vie. Nous en prîmes deux le lendemain à quelques minutes d'intervalle. Le premier s'apparentait à la couleuvre commune d'Europe; quant à l'autre, sa peau d'un gris argenté présentait le long du dos une large bande rouge éteint que longeaient deux lignes plus fines et de même teinte. Ils furent assommés à coups de bâton, ensuite de quoi Zaro leur maintenant la tête avec la fourche du sien, je les dépouillai sans peine.

La chair de ces deux serpents ne nous parut pas aussi délectable que celle de notre première prise. À mon avis, leur couleur affecta notre jugement. Le tout premier, noir et plus gros, ressemblait à un congre tant par sa coloration que par la consistance de sa viande. Aussi avons-nous par la suite cherché à prendre des serpents de cette espèce.

La graisse translucide qui s'écoulait à la chaleur du feu nous servit de baume pour nos lèvres, nos yeux et nos pieds. Les effets apaisants s'en firent sentir pendant des heures.

Deux jours après avoir quitté le ruisseau nous eûmes des visiteurs. Ce furent d'abord une demi-douzaine de corbeaux qui tournoyèrent au-dessus de nous. Ils restèrent toute la matinée, puis s'éloignèrent sans hâte à midi au moment où nous installions notre abri. Nous nous demandions ce qui les avait poussés à filer quand deux grandes ombres glissèrent sur les sables. Levant la tête, nous vîmes passer à dix mètres au-dessus de nous deux aigles magnifiques dont le plumage paraissait tout noir en contre-jour. Ils nous survolèrent à plusieurs reprises puis allèrent se poser au sommet d'une dune à vingt mètres de là. Leurs ailes avaient une envergure impressionnante.

– Qu'est-ce qu'ils veulent à votre avis? s'enquit quelqu'un.

– Pour moi, ça ne fait aucun doute, répondit Smith: ils ont aperçu les corbeaux et ils viennent voir s'il n'y aurait pas quelque chose à manger.

– Ça, fit Zaro, qu'ils ne comptent pas sur moi!

– Ne t'en fais pas, lui dis-je. Ils ne vont pas nous attaquer.

Il se leva et se mit à les invectiver. Il fit le geste de leur lancer quelque chose. Les aigles affectaient de ne pas remarquer son manège. Il ramassa quelques cailloux, ajusta son tir avec soin. Le premier projectile souleva une petite gerbe de sable à un mètre des oiseaux. Le premier ne bougea pas d'un pouce, l'autre exécuta un petit saut disgracieux. Le second caillou passa loin du but. Les deux aigles s'envolèrent quand il leur plut, tandis que nous démontions notre abri. Ils nous suivirent pendant une heure environ, très haut dans le ciel, avant de s'éloigner en direction du sud.

– Les aigles vivent dans les montagnes, nous fit observer Smith. Peut-être en avons-nous bientôt fini avec ce désert?

La vue portait très loin, mais aucune montagne ne se dessinait à l'horizon.

– Ils parcourent aussi de longues distances, laissai-je tomber.

Nous souffrîmes pendant trois ou quatre jours de maux d'estomac et de diarrhées, puis, alors que le manque d'eau se faisait de nouveau cruellement sentir, ces embarras disparurent. Il y avait des jours où nous ne voyions pas un seul serpent. Puis, le lendemain, lors d'une battue matinale, nous en surprenions deux en train de se chauffer au soleil. Nous les mangions aussitôt. Il y eut une journée à marquer d'une pierre blanche où, en l'espace d'une demi-heure, nous en prîmes deux de l'espèce que nous appelions « gros noirs ». Les jours succédaient aux jours. Nous reçûmes de nouveau la visite d'aigles et de corbeaux. Nous avions repéré une ou deux étoiles très brillantes d'après lesquelles nous nous guidions et il nous arrivait de prolonger notre marche longtemps après le coucher du soleil. Nous avions recommencé à faire des rêves nourris de notre obsession de l'eau.

Je perdis de nouveau le compte des jours. Je dormais d'un sommeil agité, peuplé de serpents coriaces qui, insensibles à mes coups de bâton frénétiques, rampaient vers moi en sifflant. Toutes mes angoisses se donnaient libre cours dans mes rêves. Dans le plus cauchemardesque, je me voyais marcher seul, appelant les autres tout en sachant que je ne les reverrais jamais. Je m'éveillais tout frissonnant dans la fraîcheur du petit matin, soulagé de découvrir près de moi Smith, Kolemenos, Zaro, Marchinkovas et Paluchowicz.

Le paysage se transformait presque imperceptiblement. Le sable devenait d'un jaune plus foncé, les grains en étaient plus gros, les dunes gagnaient en hauteur. Le soleil accomplissait toujours son orbe implacable dans un ciel désespérément limpide, mais il y avait des journées où une brise légère soufflait du sud, nous apportant un soupçon de fraîcheur. Les nuits étaient vraiment froides et j'avais l'impression que nous étions peu à peu en train de sortir de l'immense et torride bassin.

Il y avait peut-être sept ou huit jours que nous avions quitté le ruisseau, quand, non sans une bouffée d'exaltation et d'espoir, nous découvrîmes, un matin au lever, un nouvel horizon. L'atmosphère était ce jour-là d'une parfaite limpidité. Loin dans l'est, à peut-être quatre-vingts kilomètres, voilée d'une brume bleue pareille à une fumée de tabac, se dressait une chaîne de montagnes. Droit devant nous, nous apercevions également des hauteurs, mais il ne s'agissait que de simples avant-monts comparés à ce qui se profilait au levant. Nous étions si ignorants de la géographie de l'Asie centrale que nous nous demandâmes si cette haute barrière n'était pas l'Himalaya, que nous aurions en quelque sorte longé par l'ouest. Peut-être même étions-nous déjà au seuil de l'Inde. Nous devions apprendre que l'immense étendue montagneuse et inhospitalière, orientée nord-sud, du Tibet nous séparait de l'Himalaya.

Nous cheminâmes encore pendant deux épuisantes journées avant d'atteindre un sol plus ferme, étendue caillouteuse légèrement mêlée de sable. Allongés là à bout de forces, nous contemplions nos empreintes : il ne s'agissait plus de marques de pas bien nettes, mais plutôt d'une trace continue semblable à celle que dessinent des skis sur la neige. Devant nous s'élevait doucement une pente rocheuse aride et dénudée. Je n'avais qu'une pensée en tête : peut-être y aurait-il de l'eau sur l'autre versant. Nous nous reposâmes deux heures avant d'entamer la longue ascension. Nous ôtâmes nos mocassins pour les vider du sable qu'ils contenaient. Nous essuyâmes la fine poussière qui s'était logée entre nos orteils. Puis, laissant le désert de Gobi derrière nous, nous commençâmes de grimper.

De l'autre côté de la crête s'étendait un paysage encore plus désolé. La tombée de la nuit nous trouva au fond d'une vallée semée de rochers. Nous aurions continué si Marchinkovas ne s'était cogné le genou en tombant. Au matin, il montrait une grosse ecchymose et se plaignait d'une légère raideur, mais il était capable de marcher. La douleur s'estompa peu à peu et la blessure ne causa plus d'inquiétude. Nous gravîmes une nouvelle hauteur. Nul ne parlait, car il n'était pas question de gaspiller son souffle et de seulement remuer les lèvres nous faisait beaucoup souffrir. Nous cheminions à travers une légère brume matinale et il nous fallut plusieurs heures d'efforts pour atteindre le sommet. De là-haut se voyait de nouveau la grande chaîne de montagnes de l'est. Elle semblait plus formidable encore que la première fois. Au sud, c'était à perte de vue une succession ininterrompue de chaînes peu élevées. Le fond de la vallée en contrebas paraissait couvert de sable et nous résolûmes d'y descendre avant la tombée de la nuit pour nous mettre en quête de serpents.

Il fallut le plus grand des hasards. Nous avions déjà dépassé la source quand Zaro, se retournant, hurla le mot magique. Ce n'était qu'un mince filet sortant d'une fente dans la roche, mais il brillait comme de l'argent. L'eau contournait la base d'un gros rocher arrondi et s'étalait à la surface d'une pierre plate située en contrebas. Kolemenos et moi descendions la pente à pas prudents quelque vingt mètres devant Zaro quand son cri nous figea sur place. Nous le rejoignîmes précipitamment. La source présentait une fissure juste assez large pour qu'on puisse y introduire les doigts d'une main. L'eau étincelait, limpide et glacée. Nous l'avons canalisée jusqu'à un endroit où il nous fut possible d'emplir notre gobelet tout cabossé et nous nous assîmes pour contempler impatiemment l'opération. Cela prit bien dix minutes.

– Tu avais dépassé cet endroit, dis-je à Zaro. Qu'est-ce qui t'a fait te retourner et le découvrir ?

– Je crois bien que je l'ai flairé, me répondit-il avec grand sérieux. Quelque chose m'a poussé à me retourner.

L'eau tombait avec un bruit musical dans le récipient. Quand il fut plein, Zaro s'en saisit précautionneusement et je notai que sa main tremblait légèrement, de sorte qu'il s'en répandait un peu. Il se plaça devant Smith et, avec une courbette, selon l'usage mongol, qui voulait que le plus âgé fût le premier servi, il lui donna le gobelet. L'eau circula et chacun en but une gorgée. Le nectar des dieux n'avait pas un goût plus merveilleux. Encore et encore nous remplîmes la timbale et la fîmes passer de main en main. Puis nous la déposâmes, pleine et débordante, sous la source, de façon que chacun pût se désaltérer quand l'envie lui en prendrait.

Ce devait être le milieu de la journée. Nous convînmes de rester là vingt-quatre heures. Nous ne décelions toutefois aucune trace de vie sur ce flanc de montagne et nous étions extrêmement affamés. Je me portai volontaire pour descendre dans la vallée en quête d'un serpent et Zaro décida de m'accompagner. Équipés de nos deux bâtons fourchus, nous nous mîmes en chemin. Nous ne manquions pas de nous retourner de proche en proche afin de bien repérer la position de nos camarades restés auprès de la source.

La descente nous prit plus d'une heure. La chaleur provoquait des ondoiements sur le fond sablonneux, parsemé de gros rochers, de la vallée. Nos espoirs furent immédiatement éveillés quand nous vîmes un serpent d'environ un mètre de longueur disparaître sous un rocher à notre approche, mais nous poursuivîmes notre chasse jusque bien avant dans l'après-midi sans rien trouver. Chacun partit de son côté et j'étais à deux doigts d'abandonner les recherches quand j'entendis Zaro lancer un hurlement de triomphe. Je le trouvai tenant du bout de son bâton un « gros noir » qui se débattait furieusement. Je retournai mon bâton et le frappai à mort, puis je saisis Zaro par les épaules et le félicitai chaleureusement. Quel champion incontestable pour attraper des serpents !

Remontant péniblement la pente, il portait sa prise autour du cou comme un trophée. Nous étions trempés de sueur et épuisés lorsque nous atteignîmes la source. Kolemenos s'occupa à ma place de dépouiller et de vider le serpent. Paluchowicz avait préparé un feu avec notre reliquat de brindilles, sur lesquelles il avait placé le dernier morceau du crottin de chameau que Zaro avait ramassé à l'oasis. La chaleur produite ne fut pas suffisante pour une cuisson complète, mais nous étions trop affamés pour jouer aux délicats. Nous avons mangé et bu tandis que le soleil se couchait. Seul Kolemenos dormit bien cette nuit-là, les autres souffrant du froid.

Le lendemain matin nous étions repartis. Cette fois, nous n'eûmes pas de crampes d'estomac, ce qui nous amena à attribuer nos précédents embarras gastriques à l'eau trouble du ruisseau. Nous descendîmes la pente et traversâmes la vallée pour gravir le versant opposé, ce qui représentait au moins vingt kilomètres. Du sommet de la crête, nous nous orientâmes. Juste en face de nous se dressaient des hauteurs impressionnantes. C'est pourquoi nous optâmes pour un chemin plus facile qui nous fit dévier d'une dizaine de degrés en direction de l'est. Vers le soir, nous fûmes ragaillardis en découvrant les premières traces de végétation depuis l'oasis. C'était une herbe rustique, piquante, qui s'accrochait dans des fissures par de grosses racines. Nous en arrachâmes une touffe que nous fîmes circuler de main en main pour l'examiner comme des hommes qui n'auraient jamais vu d'herbe auparavant.

Notre épuisant périple se poursuivait jour après jour. L'ordinaire se bornait toujours à un serpent de rencontre – ce fut notre unique subsistance durant trois semaines, depuis le premier que nous avions boulotté dans le désert. Les nuits se refroidirent et de la gelée blanche se formait sur les roches des versants les plus élevés. C'est en vain que nous cherchions des traces de vie animale. Il y avait toutefois des oiseaux : de temps en temps une couple de faucons venait planer au-dessus de nous, ainsi que des pies criardes et nos vieilles connaissances les corbeaux. L'herbe d'altitude devenait chaque jour plus abondante et plus verte, puis nous commençâmes de voir des buissons rabougris et quelques arbres nains, combustible idéal pour le feu que nous allumions désormais chaque soir. Le spectre de la soif se retirait : nous rencontrions des ruisseaux d'eau vive et nous cheminions à présent rarement plus d'une journée sans boire.

Un beau jour, arrivant au sommet d'une longue montée, nous découvrîmes, incrédules, une vaste vallée à l'herbe verte et grasse. Détail encore plus exaltant, nous aperçûmes au loin, à sept ou huit kilomètres de là, les minuscules points blancs que faisait un troupeau d'une centaine de moutons. Nous dévalâmes rapidement le versant, glissant et dérapant dans notre hâte d'atteindre le fond de cette vallée. Nous entendîmes bientôt des bêlements. Il nous restait peut-être quatre cents mètres à franchir quand nous avisâmes deux chiens à long poil blanc et beige, des colleys. Ils contournèrent en hâte le troupeau pour venir se placer entre nous et les bêtes qu'ils étaient chargés de surveiller.

– Ne vous inquiétez pas, leur lança Zaro, on ne va pas leur faire de mal. Où est votre maître ?

– Que je réussisse seulement à m'approcher d'un de ces moutons, grogna Kolemenos, et d'un coup de hache…

– Ne t'énerve pas, Anastazi, lui dis-je. Il est évident que le berger a envoyé ses chiens à notre rencontre. Écartons-nous du troupeau, histoire de voir s'ils comptent nous indiquer où se trouve leur maître.

Nous fîmes ostensiblement un détour. Les chiens nous observèrent durant une ou deux minutes. Puis, apparemment satisfaits de nous avoir éloignés du troupeau, ils détalèrent à toute vitesse vers l'autre versant de la vallée. Suivant des yeux l'axe de leur course, je montrai un point à mes compagnons. À deux kilomètres ou davantage s'élevait un mince filet de fumée.

– Du feu à midi, commenta Marchinkovas, fort intéressé, c'est forcément pour la tambouille.

Ce feu brûlait à l'abri d'une saillie rocheuse contre laquelle s'adossait une toute petite cabane de pierres sèches.

Un vieil homme y était assis flanqué de ses deux chiens, langue pendante. Il leur dit quelque chose comme nous approchions, et ils coururent rejoindre le troupeau. Une marmite toute noire fumait au-dessus du feu. Smith s'avança le premier en s'inclinant. Le vieux se leva en souriant et lui retourna son salut. Puis il fit une courbette à chacun d'entre nous.

Il avait une barbe blanche, le visage large et carré, les pommettes hautes. Son teint buriné évoquait un vieil acajou. Il portait un bonnet en peau de chèvre, rabats relevés au-dessus de la coiffe à la manière des Mongols que nous avions rencontrés dans le nord. Ses bottes de feutre étaient de bonne facture et pourvues de fortes semelles de cuir. Son trois-quarts en mouton retourné, qu'il gardait ouvert, était serré à la taille par une ceinture de laine tissée. Il avait un pantalon molletonné, probablement avec de la laine d'agneau. Il s'appuyait sur un bâton d'un mètre cinquante de long dont l'extrémité inférieure était renforcée d'une pointe en fer et dont l'autre bout faisait une fourche en forme de V ouvert. Dans un étui de bois gainé de cuir, il portait un beau couteau à manche en os, dont, ainsi que je le remarquai par la suite, la lame était à double tranchant. Pour nous accueillir, il s'était levé d'un tapis – une toison de mouton. Son amabilité et le plaisir que lui procurait l'arrivée de visiteurs inattendus ne faisaient aucun doute.

Il parlait avec empressement et il s'écoula bien une minute avant qu'il s'aperçût que nous ne comprenions pas un mot de ce qu'il disait. Je m'adressai à lui en russe et il me regarda d'un air stupide. C'était très dommage, car il avait dû espérer conversation et nouvelles. Je crois qu'il essayait de nous expliquer qu'il nous avait vus de très loin et nous avait préparé à manger. Il nous fit signe de nous asseoir près du feu et se remit à touiller le contenu de sa marmite, tâche qui l'occupait avant notre arrivée. Je jetai un coup d'œil à l'intérieur de sa cabane et vis qu'il n'y avait place que pour un seul dormeur. Le sol était recouvert d'une natte en écorce tressée.

Tout en tournant sa grosse cuiller de bois, il fit une nouvelle tentative en détachant lentement ses mots. Ce fut sans effet. Il y eut un moment de silence. Smith s'éclaircit la voix. Du geste, il désigna notre groupe.

– Nous allons à Lhassa, prononça-t-il distinctement en russe.

Une lueur de compréhension passa dans les yeux du berger.

– Lhassa, Lhassa, répéta Smith en indiquant le sud.

De l'intérieur de son manteau le vieillard tira un moulin à prières qu'il devait traîner depuis des années. Les symboles religieux étaient peints sur un parchemin dont les bords étaient usés à force d'avoir servi. Il montra le soleil et décrivit de nombreux cercles de son bras tendu.

– Il veut nous signifier à combien de jours de marche se trouve Lhassa, dis-je.

– Son bras tourne comme les ailes d'un moulin, observa Zaro. Ça doit être encore sacrément loin.

Nous lui fîmes signe que nous avions compris. Il tira de sa poche un sac de sel – de belle qualité et presque blanc – et nous invita à jeter un coup d'œil dans la marmite tandis qu'il salait sa cuisine. Nous nous penchâmes et vîmes une bouillie grisâtre, épaisse, qui bouillottait. Il touilla derechef, y préleva une cuillerée, souffla dessus, fit claquer ses lèvres, goûta et, pour finir, se pourlécha. Il gloussa comme un gamin aux anges et sa bonne humeur était si contagieuse que nous nous mîmes tous à rire, notre premier accès de vraie gaieté depuis des mois.

Ensuite, le vieux fit quelque chose qui avait tout d'un rituel. Il prit dans sa cabane un objet enveloppé dans un sac de toile. Il nous regardait d'un œil pétillant, et force me fut de penser à un magicien ménageant ses effets avant de réaliser le tour qui va stupéfier son public. Je crois que nous avions tous l'air dûment en haleine au moment où il ouvrit son sac et y plongea la main. Apparut une coupe de bois d'un diamètre d'une douzaine de centimètres sur peut-être huit de profondeur, fort bien tournée, polie par l'usage et d'une belle patine brun sombre. Il souffla dessus, la frotta avec sa manche et nous la fit passer. C'était vraiment là un objet dont on pouvait être fier, le travail d'un artisan habile. Nous le lui rendîmes avec des murmures approbateurs.

Il y versa une louche de gruau et posa le bol sur le tapis. Il disparut dans sa cabane et en ressortit avec une jarre de terre à long col, non vernissée et brun foncé. Elle contenait environ quatre litres de lait de brebis dont il versa une petite quantité dans la coupe. Ne se souciant pas de savoir qui était le plus vieux, il la tendit accompagnée de la cuiller à Zaro, assis près de lui. Celui-ci en goûta une cuillerée, fit claquer ses lèvres et voulut passer la coupe à la ronde, mais le berger le retint par le bras et lui fit signe de finir sa part.

Zaro l'avala promptement et avec un plaisir évident.

– Bon sang, c'est rudement bon ! s'exclama-t-il.

Ce fut ensuite mon tour. Le principal ingrédient semblait être de l'orge, à laquelle avait été ajoutée un peu de graisse. Le lait avait légèrement refroidi la préparation et je dévorai le tout avec avidité. Je sentis la chaleur apaisante gagner mon pauvre estomac. Je lâchai un rot sonore, fis claquer mes lèvres et restituai le bol.

Notre hôte veilla à ce que chacun eût mangé avant de se servir à son tour. À ce qui restait dans la marmite, il ajouta plusieurs décilitres de lait et se remit à touiller, ce qui en rallongea suffisamment le contenu pour que chacun pût bénéficier d'une seconde ration.

Il retira la marmite du feu afin de la laisser refroidir, la déplaçant avec difficulté, car, bien que pourvue de deux trous, elle ne comportait pas d'anse. Notre joie fut indicible quand il tira du tabac d'une blague de peau et nous offrit à chacun de quoi rouler deux ou trois cigarettes. Nous sortîmes nos morceaux, précieusement conservés, de papier journal. Chacun alluma sa cigarette à un tison. Nous étions tout joyeux et débordions de gratitude à l'égard de cet hôte si généreux. Et lui, le brave bonhomme, assis là en tailleur, prenait plaisir à voir nos mines réjouies.

Au bout d'une demi-heure, refusant que nous l'aidions à quoi que ce fût, il alla laver la marmite et le précieux bol à une source proche. Il revint, ranima le feu et nous prépara du thé à la mode tibétaine ; cette fois, le goût de beurre rance ne nous déplut pas tout à fait.

J'avais vraiment envie de faire quelque chose pour le vieil homme.

– Posons une anse en fil de fer sur sa marmite, dis-je à Kolemenos.

Tout le monde jugea l'idée excellente. Il ne nous fallut qu'une trentaine de minutes pour couper la longueur idoine, la cintrer et la fixer à la marmite. Le vieux était ravi.

Nous cherchâmes quel autre service nous pouvions lui rendre. Quelqu'un proposa d'aller ramasser du bois pour le feu. Nous partîmes environ une heure et rentrâmes avec toute une provision, y compris un petit arbre que Kolemenos avait abattu avec sa hache. Le berger guettait notre retour. À notre arrivée, il était en train d'aiguiser son couteau sur une pierre lisse. Ses deux chiens étaient de nouveau là. Il nous fit asseoir et, ses chiens sur les talons, il s'éloigna.

Il reparut bientôt traînant un jeune bélier par la laine placée entre ses cornes. Les chiens lui tournaient autour, sentant qu'il allait se passer quelque chose. En l'espace de cinq minutes, l'animal fut égorgé avec dextérité. Le vieux ne voulut pas que nous l'aidions. Il dépouilla et vida la bête avec une rapidité à ridiculiser mes capacités en la matière. La carcasse fut coupée en quartiers. Il les frotta avec du sel et les suspendit dans sa cabane. Il jeta la tête et les abats aux chiens.

Ce soir-là, la moitié de la bête fut rôtie sur des broches en bois et nous mangeâmes de nouveau à satiété. Par signes nous fîmes comprendre au berger que nous souhaitions rester sur place pour la nuit et il y parut tout disposé. Nous dormîmes bien au chaud autour du feu, tandis que lui passait la nuit dans sa cabane.

Au petit matin, il fit des gâteaux d'orge et nous en donna trois chacun. Il y eut encore du thé et, à notre grand étonnement, car nous pensions les limites de l'hospitalité atteintes, il fit rôtir le reste du bélier et le partagea, puis nous distribua encore un peu de tabac.

Nous le quittâmes au début de l'après-midi après lui avoir refait sa provision de bois. Nous ne savions comment le remercier de son inestimable gentillesse. Chacun lui tapota le dos en lui faisant force sourires. J'espère que nous réussîmes à le convaincre qu'il s'était fait six amis pleins de gratitude.

Pour finir, nous reculâmes de plusieurs pas pour le saluer bien bas, sans, selon l'usage, le quitter des yeux. Il nous rendit notre salut d'un air pénétré. Enfin, nous tournâmes les talons et partîmes. Regardant en arrière, je le vis de dos, ses chiens auprès de lui. Il ne se retourna point.

XIX

LE TIBET

Il est selon moi probable qu'au moment où nous rencontrâmes ce vieillard et ses moutons nous n'étions pas encore au Tibet, mais que, au sortir du désert, nous avions abordé les hautes terres de l'étroite province chinoise du Kan-sou, qui jouxte la frontière nord-est du Tibet. C'était aux environs du début d'octobre 1941, et nous allions mettre plus de trois mois pour couvrir environ deux mille cinq cents kilomètres à travers un pays difficile conduisant à l'Himalaya. Nous nous efforcions de parcourir au moins trente kilomètres par jour. Souvent, nous dépassions cet objectif. Il y eut aussi des jours où nous restâmes sur place, bienheureux de pouvoir nous reposer et nous restaurer grâce au bon accueil des paysans tibétains. Cette tradition d'hospitalité à l'égard des voyageurs était un des aspects, aussi spontané que magnifique, du mode de vie de ces gens. Ils avaient le cœur sur la main et leur générosité n'attendait rien en retour. Sans leur aide, nous n'aurions pu poursuivre.

Il me semblait que notre résistance au froid, de plus en plus intense pendant la nuit, était sensiblement plus faible que dans les temps de notre évasion à la fin de l'hiver sibérien. L'épreuve de la traversée du désert de Gobi avait laissé son empreinte. Il nous arrivait de cheminer encore bien au-delà de la limite raisonnable que nous nous étions fixée pour l'étape du jour, cela afin de trouver un endroit confortable pour la nuit. Certaines fois, découvrant une petite cavité ou quelque autre endroit bien abrité, nous abrégions l'étape prévue. Ramasser du combustible était devenu une idée fixe. Nous ne pouvions concevoir de passer une nuit sans feu.

Au matin, le sol était recouvert d'une épaisse couche de gelée blanche qui tenait encore longtemps après le lever du soleil. À l'est se dressaient des pics couronnés de neige. Comme toujours, nous ignorions notre position.

Nous rencontrâmes un premier village cinq jours après avoir quitté le berger. Nous marchions depuis peut-être une heure après l'aube quand j'avisai un ruban de fumée à une quinzaine de kilomètres sur notre gauche. Nous avions faim, nous étions courbatus et nous n'avions pas très chaud. Nous décidâmes de faire le détour. Nous étions en train de cheminer sur une hauteur couverte de maquis. Plus bas, les broussailles firent place à des pâturages. Constatant bientôt que la fumée provenait en fait de plusieurs foyers, nous comprîmes qu'il s'agissait d'un hameau, encore caché à notre vue par le versant de la colline suivante.

Il était midi passé quand nous atteignîmes notre but. La colline faisait un long contrefort herbu derrière lequel, comme un enfant dans le creux du bras maternel, nichaient dix petites maisons en forme de boîtes. Toutes mesuraient environ six mètres par quatre, avec un seul pan de toit légèrement incliné et recouvert d'un chevauchement de larges planches lestées de pierres. Quelques-unes possédaient sur leur arrière un enclos renfermant une petite remise. Sur les pentes alentour paissaient des douzaines de moutons à longue toison, certains noirs, d'autres gris. Nous approchâmes lentement, nous arrêtant fréquemment pour regarder autour de nous de sorte que les paysans fussent amplement informés de notre arrivée, car nous ignorions quel accueil nous serait fait.

Une fois plus près, nous découvrîmes des enfants, des poulets, des chèvres et les premiers yaks que l'un ou l'autre d'entre nous ait vus ailleurs qu'au zoo. Progressant sans hâte, par groupes de deux, nous atteignîmes la première maison et fîmes halte, intéressés par le spectacle, nouveau pour nous, d'un homme attelant un yak à un haut chariot à deux roues. Quoiqu'il eût noté notre présence, il était trop occupé par son ouvrage pour s'intéresser à nos personnes. Une demi-douzaine d'enfants, timides mais franchement curieux, dont l'aîné pouvait avoir environ dix ans, vinrent se camper à proximité de la voiture pour nous regarder. Le yak, dont la longue toison soyeuse se soulevait au vent qui balayait la vallée, regimbait et faisait son possible pour ne pas se glisser entre les brancards. Peut-être nous avait-il flairés et notre fumet n'était-il pas à son goût, ce pour quoi je ne lui aurais pas jeté la pierre.

Le paysan décida soudain de ne pas poursuivre ses efforts. Il laissa tomber le harnais et libéra la bête. Quand il se tourna vers nous, nous restâmes à distance et le saluâmes sans quitter des yeux son visage jeune, plat et tout luisant de sueur. Il nous retourna cérémonieusement notre salut. Les enfants observaient la scène en silence. Kolemenos et moi nous avançâmes de quelques pas en souriant. Les enfants s'exclamèrent en voyant la haute taille du Lituanien, sa barbe et ses cheveux blonds. Nous saluâmes de nouveau le paysan. Il dit quelque chose et moi de même, mais cela ne servit qu'à nous montrer que nous ne nous comprenions pas. Les enfants, regroupés derrière lui, suivaient l'échange tout en lançant des coups d'œil rapides en direction du colosse blond. Le paysan tourna les talons, parcourut quelques mètres et nous fit signe de le suivre. Les enfants le dépassèrent et s'en furent à toutes jambes annoncer la nouvelle de notre arrivée au village.

Tout en emboîtant le pas à notre guide, je détaillai les alentours. Je remarquai quelques lopins de terre, mais où rien ne poussait. Une femme, affairée à traire une chèvre, se releva pour se précipiter chez elle. Des enfants sortaient des maisons pour nous regarder passer. Je vis que le village était borné à l'est par un torrent qui coulait à vingt ou trente mètres de la dernière habitation. Je trouvai ce village fort bien situé. Les enfants se départirent bien vite de leur timidité : bientôt, nous en eûmes une douzaine qui trottinaient à nos côtés. Notre guide s'arrêta à peu près au centre de l'alignement irrégulier des maisons. La construction devant laquelle nous nous trouvions présentait le même côté sans prétention que les autres à cela près qu'elle était un peu plus grande et possédait une avancée soutenue par deux solides montants de bois.

– Voilà qui est intéressant, me souffla Smith au moment où l'homme y pénétrait.

– À mon avis, il est parti chercher le chef du village, dit Zaro.

Nous n'eûmes guère le temps de poursuivre nos conjectures. Un nouveau personnage apparut sur le perron, à croire qu'il nous avait attendus posté derrière sa porte. Âgé d'une cinquantaine d'années, il portait le costume du pays sur lequel il avait enfilé une ample veste en peau de mouton. Quoiqu'il eût le teint mat des Mongols, il était un peu plus grand que la moyenne et moins typé de visage. Nous échangeâmes les courbettes d'usage, puis il nous dit quelque chose dans la langue locale. Je secouai la tête et lui répondis en russe, lentement et avec concision. Son visage s'éclaira et il me fit un sourire radieux.

– Soyez les bienvenus, déclara-t-il en russe. Je vois que nous allons pouvoir communiquer.

Nous étions plutôt surpris. Il parlait cette langue avec aisance et sans marquer d'hésitations. Je dus me raisonner pour me convaincre qu'il ne pouvait y avoir de danger à tomber sur un Russe, puisque nous étions bien au sud du pays des soviets.

Il attendit ma réponse et, comme je restais coi, il se hâta de préciser :

– Je suis circassien, et il y avait longtemps que je n'avais rencontré quelqu'un qui sache le russe.

– Circassien ? Voilà qui est intéressant… dis-je, en panne d'inspiration.

Il nous soumit à une avalanche de questions.

– Êtes-vous des pèlerins ? Il n'y a guère de bouddhistes chez les Russes. Vous avez traversé le Gobi à pied ?

– Oui, à pied.

– Cela a dû être terrible. Moi-même, une fois, j'ai failli y rester.

Il s'apprêtait à nous poser d'autres questions quand il se rappela tout à coup à ses devoirs d'hôte. Il nous pria de l'excuser et nous invita à entrer chez lui. Notre petite troupe s'exécuta. Une cloison maçonnée partageait l'intérieur de la maison en deux et j'entrevis une femme, sans doute son épouse, qui rassemblait quatre ou cinq enfants dans la pièce de derrière, que je supposai être la cuisine. Je notai de menus détails : quelques gobelets de fer-blanc, une série de cuillers de bois sur une étagère, un bouquet d'herbes sèches pendu au plafond et, le plus curieux, dans un coin, toute fanée derrière sa vitre, une lithographie représentant saint Nicolas dans le style orthodoxe russe. Sous ce cadre, une lampe à huile miniature, toute simple, avec un verre rouge, était posée sur un guéridon de métal. J'avisai des bancs de bois, solides d'aspect, une paillasse de pierre sur laquelle on cuisinait, un grand seau de bois et sa louche, un moulin à farine, un métier à tisser primitif. On utilisait au mieux le peu d'espace disponible. Contre les murs étaient rangés des châlits de bois recouverts de couvertures de laine grossière.

Nous prîmes place sur les bancs. Nous n'étions guère à l'aise dans ce cadre inhabituel. Le Circassien – à dessein ou par étourderie, il ne nous dit pas son nom et nous ne lui donnâmes pas les nôtres – s'adressa de nouveau à moi. Sa première question nous fit sursauter :

– Êtes-vous armés ?

– Non, aucun de nous n'est armé, lui répondis-je.

– N'avez-vous pas même de quoi, par exemple, couper du bois ?

– Oh si. Nous possédons une hache et un couteau pour nous six, sans compter nos bâtons.

– Et c'est tout ? La région n'est pas sûre pour les voyageurs, vous savez.

– Je ne vois pas ce que vous voulez dire. Nous n'avons pas été inquiétés jusqu'à présent.

Il nous considéra un moment en silence.

– Vous n'avez pas vu de Chinois ? Des Chinois armés, j'entends, des soldats ?

– Non, aucun.

Sur quoi il se leva et quitta la pièce. Smith se pencha vers moi pour me dire de chercher à en savoir un peu plus sur ces mystérieux Chinois. Notre hôte reparut au bout de cinq minutes. J'imagine qu'il était sorti donner des instructions pour qu'on nous préparât à manger. Il écouta ma question d'un air grave.

– Je crois bon de vous mettre en garde, dit-il. Ces soldats chinois passent par ici de temps en temps. Ils nous achètent parfois des volailles. Ils ont l'air de sillonner la région, bien que nous soyons ici au Tibet. Je les ai vus partir vers le sud en direction de Lhassa. Comme vous ne parlez que le russe, vous leur seriez suspects. Si jamais vous les apercevez, il serait préférable que vous les évitiez.

Le conseil était bien intentionné et je l'en remerciai, mais nous ne rencontrâmes jamais le moindre soldat chinois.

Une demi-heure après notre arrivée, on nous offrit du thé et des gâteaux d'avoine. Occupés que nous étions à nous remplir l'estomac, nous ne parlâmes guère tant que dura la collation. Puis notre hôte sortit une pipe ainsi qu'un pot de tabac qu'il fit passer à la ronde. La pièce s'emplit bientôt d'une brume bleutée qui s'échappait par la porte ouverte.

– Ainsi donc vous vous rendez à Lhassa.

Il avait lâché cette phrase entre deux bouffées pour relancer la conversation. Je ne pense pas qu'il le crût nécessairement.

– N'oubliez pas, nous prévint-il, que les nuits sont terriblement froides, surtout sur les hauteurs. Ne vous laissez jamais aller à dormir avant d'avoir trouvé un abri convenable. Ne soyez jamais trop fatigués pour faire du feu. Si jamais vous vous endormez en étant trop exposés au froid, vous serez morts au lever du jour. C'est une mort rapide et vous ne la verrez pas venir.

» Vous êtes dans la bonne direction pour aller à Lhassa. Il y a une piste facile à suivre d'ici à la prochaine étape de votre voyage. Vous passerez la nuit ici et demain matin je vous montrerai où la prendre. Ces pistes peuvent être trompeuses et il faut conserver un bon sens de l'orientation. Certaines relient tel village à tel autre ; elles vous feraient perdre un temps considérable. Chacune sert presque exclusivement à une ou deux familles qui les arpentent depuis des siècles.

» Si vous arrivez dans un village à la tombée du jour, restez-y pour la nuit. On vous y donnera toujours le gîte et le couvert. On ne vous demandera rien en échange…

– Ce qui est gênant, l'interrompit Smith, c'est de ne pas parler la langue.

Notre hôte eut un sourire.

– Ce n'est pas un si grand obstacle. Si vous saluez un Tibétain et qu'il vous salue en retour, point n'est besoin d'autre présentation. Il vous considère comme un ami.

Tôt dans la soirée, on nous offrit un repas de mouton rôti – mouton que l'un des fils aînés du Circassien avait égorgé peu après notre arrivée. Tandis que nous mangions, le père découpa des morceaux pour les plus jeunes de ses enfants et ils s'esquivèrent en tenant la viande à même leurs mains. On nous offrit du sel dans un bol afin de relever nos aliments et je crains d'en avoir usé un peu plus que ne l'eût exigé la bienséance. C'était merveilleux que d'en éprouver de nouveau le piquant.

Après le dîner, une demi-douzaine de voisins vinrent se joindre à nous. La pièce était comble. La très active épouse du Tibétain fit de nouveau du thé. Chacun des visiteurs sortit un très beau bol de bois semblable à celui que le berger solitaire nous avait montré cinq jours plus tôt. Il nous apparut une nouvelle fois qu'il s'agissait là d'un bien précieux.

– Qu'est-ce qui donne tant de prix à ces bols ? demandai-je à notre hôte.

– Savez-vous, répondit-il, que l'on troque parfois jusqu'à deux yaks contre un de ces bols !

– Qu'est-ce qui les rend si précieux ?

– Cela tient à ce qu'on ne peut en fabriquer dans ces régions montagneuses. Ils sont tournés dans un bois dur d'une essence particulière, un bois qui ne fend pas. Leur poli augmente avec le temps, de même que leur valeur. Si on les conserve dans ces sacs, c'est parce que le frottement du tissu en accentue le brillant.

Les hommes burent le thé et, quand ils eurent terminé, les bols furent emportés et rincés. Bien qu'ils me parussent tous semblables, chacun reconnut le sien et le rangea soigneusement dans son sac de toile avant de sortir sa pipe et de faire circuler le tabac. Tandis que s'élevaient de gros nuages de fumée, le Circassien s'employa à traduire la conversation animée qui s'était établie entre ses voisins et nous. Il tenait de toute évidence un rôle de premier plan dans la communauté. On le respectait grandement en raison de sa pratique de plusieurs langues étrangères et de sa connaissance du vaste monde qui s'étendait au-delà des limites de cette vallée. Il était suffisamment humain pour prendre plaisir à un tel rôle, mais il l'assumait avec dignité et modestie.

À mesure que la pièce se réchauffait, les poux commencèrent à sortir de leur léthargie. Tout le corps se mit à me démanger et ma conscience de même. Je voyais du coin de l'œil mes camarades passer la main dans leur fufaika pour se gratter discrètement. Je me faufilai jusqu'au Circassien pour lui glisser :

– Je pense que mes amis et moi ferions mieux de dormir dehors ce soir. Nous avons attrapé des poux en quantité au cours de notre voyage et nous ne parvenons pas à nous en débarrasser.

Il me posa la main sur l'épaule.

– Ne vous souciez pas de ça. Les poux, nous savons ce que c'est. Ce soir, vous dormez tous sous mon toit.

Les autres me demandèrent quel avait été le sujet de cet aparté. Je le leur dis et ils sourirent de soulagement. Il semblait donc que je n'avais pas été le seul à m'en faire au sujet de nos hôtes indésirables.

Les voisins nous saluèrent et prirent congé avec l'air d'avoir passé une délicieuse soirée. Sans doute leur avions-nous fourni de quoi nourrir bien des conversations qui illumineraient une existence peu mouvementée. Nous ne leur avions dit qu'une partie de ce qu'ils auraient sans doute voulu savoir, mais ils prendraient plaisir à combler les blancs. Maintes de leurs questions avaient eu trait à Kolemenos. Ce colosse à cheveux blonds issu d'un autre monde les intriguait au possible. Nous leur avions expliqué qu'il venait d'un pays du couchant, situé au bord de la mer. Et Kolemenos de prononcer le mot de Lituanie, mais il n'avait pour eux aucune signification.

Nous avons dormi sur les châlits, notre première nuit sous un toit depuis notre évasion. J'ignore comment s'organisa cette nuit-là le couchage de la famille. Le Circassien et sa femme durent improviser un lit de fortune de l'autre côté du mur et je pense que leurs enfants allèrent coucher dans d'autres maisons du village. Pour la première fois je parvins à me détendre. J'éprouvais un sentiment d'absolue sécurité. Je dormis d'un sommeil profond qui me fit le plus grand bien, et ne m'éveillai à demi qu'aux premiers rayons du soleil. On nous laissa reposer encore quelques heures. La maisonnée était levée depuis longtemps et, quand j'ouvris les yeux, je vis deux des plus jeunes enfants de notre hôte qui nous épiaient. Ils sortirent en courant et je les entendis dire quelque chose à leur père.

Notre bienfaiteur entra, portant sur le bras plusieurs carrés d'épaisse toile de lin.

– Peut-être ces messieurs aimeraient-ils se laver? nous demanda-t-il dans un sourire.

– On se croirait à l'hôtel, badina Zaro. Dites-nous où se trouve la salle de bains.

Le Circassien se joignit à nos rires.

– À l'autre bout du village – elle est belle, propre, avec l'eau courante.

Nous descendîmes au torrent. L'air était vif, mais chacun se dévêtit jusqu'à la taille et, avec moult suffocations et éclaboussures, se plongea la tête dans l'eau et se frotta vigoureusement. Nous fûmes tentés de laver nos vestes et nos gilets de fourrure, mais y renonçâmes considérant le temps qu'ils auraient mis à sécher. Nous nous sentions en pleine forme et, sur le chemin du retour, les facéties de Zaro nous mirent en joie. Elles divertirent plus encore la ribambelle d'enfants qui nous accompagnait.

On nous donna encore de la viande, des gâteaux d'avoine, du thé. Puis ce fut l'heure de partir.

– Quand vous repasserez par ici, nous dit le Circassien d'un air grave, n'oubliez pas cette maison. Vous y serez toujours chez vous.

– Merci, lui répondit Smith. Vous avez été très bon et très généreux avec nous.

– Et remerciez votre épouse pour tout ce qu'elle a fait, ajoutai-je.

– Non. Elle ne comprendrait pas pourquoi. Mais je m'en vais lui glisser un mot gentil de votre part.

Il s'adressa à sa femme. Elle afficha un large sourire et s'en fut quérir un plateau en bois chargé de petits gâteaux d'avoine. Elle le remit à son mari et lui dit quelque chose.

– Elle voudrait que vous les emportiez, nous expliqua-t-il.

Nous nous les partageâmes avec gratitude.

Nous reçûmes encore un autre cadeau d'adieu. Le Circassien nous offrit une belle toison de mouton, souhaitant qu'elle nous servît à confectionner de nouvelles chaussures ou à réparer nos mocassins éculés. Nous ne l'utilisâmes pas à cet effet, mais en tirâmes par la suite une demi-douzaine de paires d'excellentes moufles qui nous protégèrent les mains du froid de la montagne.

Il nous accompagna jusqu'à l'extérieur du village et nous montra la direction à prendre. Ce fut la seule fois de notre voyage où on nous fournit des indications précises et détaillées sur l'itinéraire à suivre.

– Quelques-unes des pistes que vous allez devoir suivre ne seront pas faciles à trouver, nous prévint-il. Ne les cherchez pas à vos pieds, mais regardez au loin et elles vous apparaîtront.

Il nous décrivit les points de repère que nous devrions chercher. C'était d'abord une montagne en forme de couronne située à quatre jours de marche. Nous devions suivre un sentier qui nous ferait franchir le col entre les deux pointes septentrionales de ladite couronne. De là-haut, nous devions ensuite nous diriger sur un pic en pain de sucre, plus éloigné qu'il ne le paraîtrait. Nous mettrions à son avis deux semaines pour l'atteindre. Il ne put nous en dire plus, sinon que nous finirions par tomber sur une route menant à Lhassa. Puis nous arriverions à une patte d'oie. La piste de gauche partait vers l'est et menait à Lhassa, l'autre vers le sud-ouest en direction des villages des contreforts de l'Himalaya.

Nous le laissâmes là, un petit groupe d'enfants massé derrière lui. Quand nous regardâmes en arrière, il agita le bras, ce qui n'est pas du tout l'usage chez les Mongols. La dernière image que nous eûmes de cet homme est cette silhouette agitant le bras en signe d'adieu.

Marchinkovas exprima notre pensée à tous lorsqu'il déclara :

– Ces gens-là me rendent très humble. Ils font beaucoup pour effacer les mauvais souvenirs laissés par ceux qui ont perdu tout respect pour leurs semblables.

Nous fûmes sur nos gardes durant quelques jours, redoutant de tomber sur des troupes chinoises, mais nous ne rencontrâmes ni ne vîmes personne. Nous nous imposâmes de ne pas toucher à nos gâteaux d'avoine avant le troisième jour – nous en avions chacun trois – puis nous en usâmes avec parcimonie, comme de rations de survie. Le chemin était facile à suivre. On trouvait quantité de taillis d'arbustes rappelant les genévriers nains de Sibérie. Ce bois flambait bien et dégageait une bonne chaleur. Au soir du quatrième jour, nous installâmes notre bivouac au pied de la montagne en forme de couronne pour en commencer l'ascension au point du jour. Elle fut longue mais pas très difficile, et il nous fallut deux jours pour atteindre le col.

Une bonne semaine s'était écoulée depuis notre dernier vrai repas quand nous tombâmes sur un troupeau où se mêlaient chèvres et moutons. Il y avait là les deux maisons de leurs propriétaires. La journée était belle et ensoleillée après les températures glaciales des hauteurs. Ici et là croissait une variété d'églantier dont les fleurs jaunes, rouges et blanches accrochaient le regard.

La maison où nous fit entrer le berger était du même style que celle du Circassien, mais plus petite et pas aussi bien meublée. Cependant la gentillesse et l'hospitalité que nous y trouvâmes étaient identiques. La famille se composait du mari et de la femme, âgés d'environ trente-cinq ans, d'une femme de peut-être vingt-cinq ans – la sœur sans doute de la précédente –, et de quatre enfants dont l'âge allait de cinq à seize ans. On nous donna du lait dès notre arrivée et, plus tard, deux repas consistants à base de viande de chèvre. Se faisant comprendre par gestes, ces gens nous invitèrent à passer la nuit chez eux et nous acceptâmes sans rechigner. Au matin, tous sortirent pour nous faire leurs adieux.

Marchinkovas s'arrêta au bout d'une heure de marche pour examiner ses mocassins : à force de cheminer sur ces chemins caillouteux, une de ses semelles avait un trou. Nous nous assîmes tous à côté de lui pour procéder à une séance de ressemelage général. Toutes nos chaussures étaient dans un triste état. Certaines réparations nécessitèrent pour ainsi dire une complète réfection.

Les indications précises du Circassien nous menèrent immanquablement à la montagne en pain de sucre. La franchir m'eût été plus facile si ma vieille blessure à la jambe, juste au-dessus de la cheville, ne s'était pas rouverte. Je me confectionnai un bandage en découpant un morceau de toile de jute dans la partie supérieure de mon sac, mais la blessure resta douloureuse et sensible au toucher.

Aux yeux d'un touriste ou d'un explorateur bien équipé, ce pays, avec ces plissements soulevés lors d'une convulsion originelle de l'écorce terrestre, aurait présenté un tableau d'une grandeur imposante. Pour nous, ces reliefs constituaient autant d'obstacles placés sur notre route. Nos pauvres pieds attestaient les difficultés que nous rencontrions et le Tibet leur fut cruel. Il y eut des nuits où j'aurais pu dormir profondément à la lueur dansante d'un grand feu, mais mes pieds, mis à mal par les caillasses, protestaient contre les épreuves qui leur étaient infligées. Ces élancements me rappelaient la douleur après coup provoquée par l'éclat d'une grenade allemande.

De l'autre côté du pain de sucre s'étendait une longueur

de pays relativement facile à traverser. Dans le lointain, un lac de plusieurs kilomètres de tour réfléchissait les rayons du soleil. Rêvant de nous y baigner et de nous rafraîchir dans ses eaux engageantes, nous allongeâmes le pas. Parvenu sur la rive, j'arrachai mes mocassins et me trempai les pieds. L'eau glacée me provoqua une sensation cuisante. Zaro, les mains en coupe, en porta à ses lèvres. Il la recracha aussitôt. Cette eau était saumâtre, plus salée encore que de l'eau de mer, presque saturée. J'y laissai mes pieds, mais me gardai d'en boire. Nous repartîmes en quête d'eau potable. Au bout de quelques heures, ma cheville me faisait tellement souffrir que je m'arrêtai pour l'examiner. La blessure s'était infectée et une terrible angoisse m'étreignit à la pensée que je pouvais être bientôt réduit à l'immobilité.

Nous atteignîmes avant la fin du jour une rivière au cours rapide. Nous bûmes et fîmes quelque toilette. Nous avions la chair de poule, mais le soleil nous sécha. Nous nous sentions revigorés. Paluchowicz me conseilla de bien laver mon pansement avant de l'enrouler de nouveau autour de ma cheville. Je m'exécutai, puis croisai les doigts.

Nous avions dévié de trois ou quatre kilomètres pour rallier cette rivière. Elle coulait du nord vers le sud et nous la suivîmes pendant plusieurs jours ; la marche en fut facilitée, car le terrain était assez plat, et puis nous évitions ainsi le froid des hauteurs. Elle finit par obliquer vers l'ouest et nous la franchîmes à la nage afin de continuer notre progression vers le sud. Ma cheville était moins douloureuse, la plaie cicatrisait, la suppuration avait presque cessé.

Ayant de nouveau grand besoin de nous alimenter, nous faisions un détour chaque fois qu'une vallée plus verte nous paraissait pouvoir faire vivre hommes et bêtes. Il nous fallait trouver un endroit où manger et nous reposer pendant toute une journée.

XX

À CINQ NOUS PASSONS PRÈS DE LHASSA

Les semaines défilaient, octobre fit place à novembre, les journées étaient fraîches, les nuits glaciales. Il nous arriva de cheminer sans rien manger quatre ou cinq jours d'affilée sur de longues étendues de pays trop dénudées même pour nourrir moutons ou chèvres. Il y eut de lugubres petits matins mangés de brume où je me sentais terriblement démoralisé, privé de toute énergie et incapable de mouvoir ma pauvre carcasse. Chacun avait ses jours d'abattement. Les repas qu'on nous offrait avec tant de générosité étaient substantiels, mais les crudités y faisaient défaut, avec pour résultat que nous souffrions toujours du scorbut. Nous nous estimions malgré tout heureux de ce que personne ne connût un effondrement total et de ce que nous fussions par conséquent capables de poursuivre notre marche. Nous traversions des torrents à la nage chaque fois qu'il le fallait. Nous venions à bout de pics d'aspect redoutable qui, une fois que nous en étions plus proches, nous posaient étonnamment peu de difficultés, et nous gravissions des collines d'aspect anodin qui se révélaient fort escarpées et ralentissaient notre progression.

Un soir, Marchinkovas lança une discussion sur la

question de savoir s'il était bien avisé de traverser l'Himalaya en droite ligne. Il pensait préférable de gagner Lhassa ou quelque autre ville et d'y séjourner le temps de reprendre des forces avant d'entamer la dernière étape. Il fut mollement appuyé par Paluchowicz. Les autres s'opposèrent à une telle perte de temps. Je craignais que ce genre d'atermoiement ne ramollît notre résolution. Depuis des mois nous étions mus par une force qui nous aidait à aller de l'avant, et j'entendais que rien ne lui fît obstacle tant que nous n'aurions pas atteint le sanctuaire de l'Inde.

Smith avança non sans pertinence que nous ne serions peut-être pas aussi chaleureusement accueillis par les autorités d'une grande ville que nous l'avions été par les gens des campagnes. On pouvait nous poser des questions embarrassantes, nous demander de produire des papiers.

Marchinkovas n'insista pas. Il avait émis cette idée pour nous sonder et se satisfit tout à fait de l'issue du débat. Sa suggestion n'était pas née d'un quelconque défaitisme. Il était, tout comme les autres, convaincu que nous finirions par réussir. Nous ne pouvions nous permettre d'envisager un échec.

C'est vers cette époque que nous eûmes l'usage des solides boucles de fil de fer que nous transportions avec nous depuis l'oasis. Un jour que nous franchissions une hauteur, nous trouvâmes la piste obstruée par un éboulis de rochers. Pour contourner l'obstacle, il nous aurait fallu, exercice fort hasardeux, escalader un surplomb surmonté d'un éperon effilé. Une longueur de corde de trois mètres fut confectionnée avec des lanières tressées, puis nouée à une boucle de fil de fer. Mettant à profit sa haute taille, Kolemenos la lança à la manière d'un lasso afin d'accrocher la pointe de l'éperon rocheux. Il y parvint à la dixième tentative. Puis, procédant graduellement, il fit porter son poids, encore considérable, sur la corde. Elle tint bon. Zaro, qui était un des plus légers du groupe, se proposa pour passer le premier. Il grimpa avec beaucoup de précautions, ne se fiant pas uniquement à la corde et tirant parti des moindres prises qui s'offraient à ses mains et à ses pieds. Parvenu là-haut, il assura l'extrémité déjà fixée et nous suivîmes tous assez facilement le même chemin, Kolemenos fermant la marche.

C'était une succession de villages et de hameaux fort distants les uns des autres. Tous se ressemblaient, tant par leur architecture toute simple que par l'hospitalité qui nous y était offerte. Ils ne présentaient aucun trait remarquable permettant de les différencier dans mon souvenir. L'un d'eux est toutefois resté gravé dans ma mémoire en raison d'une rencontre tout à fait insolite que nous y fîmes.

Ce hameau était si modeste et tellement écarté – seulement six maisons, les unes sur les autres – que nous aurions fort bien pu passer sans le voir si le hasard ne nous avait fait entrevoir l'angle d'un bâtiment. Un jeune Tibétain souriant, fort intrigué lorsqu'il découvrit que nous parlions une langue inintelligible, nous mena avec une hâte inhabituelle jusqu'à un groupe d'hommes qui se tenait devant une des maisons. L'un d'eux était tellement plus grand que les Tibétains avec lesquels il s'entretenait qu'il attira tout de suite notre attention. Il se tourna vers nous en même temps que les autres et nous constatâmes avec surprise qu'il était européen. Notre guide fit les présentations, nous saluâmes les paysans. Ils nous rendirent notre salut. L'Européen, lui, inclina légèrement la tête et nous détailla si longuement que je commençai à en éprouver quelque gêne.

C'était un homme de soixante-dix ans environ dont la chevelure grise montrait encore quelques traces de la blondeur de ses jeunes années. Quoique légèrement voûté, il ne devait pas mesurer loin d'un mètre quatre-vingts. Malgré son âge, il paraissait solidement bâti et bien musclé. Il avait l'air d'avoir vécu de nombreuses années au grand air ; ses fortes mains, son long visage intelligent étaient burinés. Pardessus ses vêtements à la mode tibétaine, il portait un épais manteau trois-quarts en mouton retourné serré à la taille par une étroite ceinture de cuir noir. Il était difficile de voir la couleur de ses yeux, car le soleil jouait sur ses lunettes à monture d'acier, en elles-mêmes une singularité dans ces parages. Les Tibétains nous regardaient tour à tour, dans l'expectative. Je me dis qu'il était temps de briser la glace et m'adressai à lui en russe. L'intérêt des indigènes crût sensiblement.

L'homme secoua la tête, marqua un temps puis prit la parole en allemand. Or Marchinkovas, Kolemenos et Zaro, ravis de cette occasion de montrer leurs talents, parlaient cette langue aussi bien que moi le russe. Paluchowicz et moi en savions assez pour suivre la conversation, mais je ne sais si l'Américain en comprenait un mot. J'étais frappé par la réserve de l'étranger. Il s'exprimait avec concision et raideur, répondant à nos questions avec précision et sans se répandre en détails. Il nous dit qu'il était missionnaire, non-conformiste, qu'il était venu ici avec une poignée d'Européens de même confession. Il voyageait en Chine et au Tibet depuis bientôt cinquante ans. Je pense qu'il était allemand ou autrichien.

Sans raison apparente, il se mit à s'exprimer en français. Zaro, qui parlait cette langue à la perfection, l'imita un temps avant de repasser à l'allemand. Les Tibétains écoutaient, bouche bée, fascinés par ce flot de sons étranges. J'avais la nette impression que notre nouvelle connaissance ne nous aimait pas. Je suppose que la cause en était notre apparence, nos tignasses crasseuses, nos hardes en lambeaux, notre dénuement extrême. Il semblait jouir dans ce village et ailleurs d'un grand prestige bâti et renforcé au fil de longues années. Il se peut fort bien qu'il ait pensé que l'arrivée de ces six Européens loqueteux allait nuire à sa réputation auprès des autochtones.

Zaro, qui faisait pour une grande part les frais de la conversation, ne tarda pas à sentir que notre apparition n'enchantait pas vraiment l'inconnu. Cela réveilla le démon qui sommeillait en lui. Il se mit à répondre aux questions du missionnaire avec une insouciance désinvolte. Il nous dépeignit comme un «groupe de touristes cosmopolites» et éluda lorsque l'autre lui demanda d'où nous venions.

Le missionnaire parut franchement incrédule quand il lui dit que nous nous rendions en pèlerinage à Lhassa. Une indéniable atmosphère de méfiance réciproque s'était installée en l'espace de quelques minutes. Seuls les Tibétains goûtaient nos échanges, mais, bien sûr, ils n'y comprenaient goutte.

– Vous êtes démunis de tout. Comment faites-vous pour vivre ?

Et Zaro de répondre :

– Nous survivons grâce à l'hospitalité des gens du pays. Ils sont très bons, comme vous avez dû l'observer.

– Cependant, ce n'est pas comme cela que vous parvenez à vous nourrir tous les jours ?

– C'est vrai, admit Zaro. Il y a bien des jours où nous nous serrons la ceinture. Nous en avons l'habitude.

Marchinkovas intervint pour demander au missionnaire où il vivait. L'homme désigna une mule qui paissait à quelque distance de là.

– Voici ma mule. Où elle s'arrête, là est ma demeure.

Nous étions arrivés dans ce hameau aux alentours de dix heures du matin. Le missionnaire resta avec nous pendant notre repas. À propos de ce lieu, je me souviens aussi qu'on nous y servit du riz et que je me demandai où il avait été récolté. Le missionnaire parlait un peu, mais l'ambiance restait contrainte. Nous l'intriguions et il ne savait pas par quel bout nous prendre. Vers trois heures de l'après-midi, il annonça qu'il comptait partir. Nous l'accompagnâmes dehors. Il alla dire un mot aux habitants des maisons voisines, puis, ayant sellé sa mule, il nous embrassa du regard et nous dit en allemand :

– Quelle que soit votre destination, je vous souhaite bonne chance.

Nous le remerciâmes. Il ne nous tendit pas la main. Il fit ses adieux aux Tibétains et s'éloigna en menant sa mule par le licol.

Le Tibétain qui nous avait reçus chez lui le regarda partir, puis se redressa, se tambourina la poitrine, fit jouer ses muscles. Il cherchait, je crois, à nous faire comprendre que celui qui s'éloignait était, ou avait été, un homme capable de grandes prouesses physiques. Je regrettai que la rencontre n'eût pas été plus amicale. Sans les barrières qui s'étaient dressées entre nous, il aurait pu nous dire beaucoup de ce que nous désirions savoir.

La sempiternelle bande d'enfants aux yeux vifs et curieux nous entourait tandis que nous regagnions la maison de notre hôte. Un gamin d'environ huit ans tira sur le pantalon de Zaro. Celui-ci se mit à lui faire toutes sortes de grimaces. Les autres, au nombre d'une douzaine, se pressèrent autour de lui en riant. Il fit encore quelques excentricités dont les gamins raffolèrent.

– Fais-leur ta danse cosaque, Eugene, lui lançai-je.

Aussitôt, le voilà accroupi, levant un nuage de poussière, tandis que nous marquions le rythme en tapant du pied. Les enfants hurlaient de joie et les adultes, sortis sur le pas de leurs portes, riaient et s'étonnaient des cabrioles de notre ami.

Le numéro débridé de Zaro semblait une façon de tourner en dérision l'air rigide et compassé de celui qui venait de prendre congé. Et je pense qu'il en était conscient.

Nous finîmes par arriver à un embranchement dont nous ne doutâmes pas qu'il s'agissait de celui évoqué par le Circassien – la piste de gauche conduisant à Lhassa, l'autre, orientée vers le sud-ouest, menant en Inde. Quelques heures plus tard nous aperçûmes au loin une grande caravane d'environ cinquante hommes et autant de bêtes s'éloignant lentement dans la direction que nous supposions être celle de la ville sainte. Ce fut le seul parti important que nous vîmes dans ce pays.

Nous découvrions une région de reliefs accidentés, mais aussi de grands lacs. Vers la fin de novembre, une étendue d'eau pareille à une mer intérieure se présenta devant nous. Tout en descendant vers son rivage, nous cherchâmes à évaluer sa superficie. Nous supposions embrasser la totalité de sa largeur, mais, comme nous n'étions pas sûrs que la mince ligne d'horizon en était véritablement le bord opposé, nos estimations regardant sa longueur variaient de seize à quarante kilomètres. Nous nous baignâmes dans ses eaux frisquettes et campâmes autour d'un feu qui ne dégagea pas tout à fait assez de chaleur pour nous prémunir contre l'humidité qui, durant la nuit, monta du lac.

S'ensuivit une période de marche relativement facile. La rive nous guida sur de nombreux kilomètres. Deux jours plus tard, nous retrouvions une région accidentée. Il y eut un hameau de quelques feux où nous ne nous arrêtâmes que le temps d'un repas et où, comme nous refusions de passer la nuit sur place, on nous donna des victuailles à emporter. Nous progressions bien et le moral était excellent. Ma blessure à la jambe s'était refermée et j'en avais ôté le bandage.

Trois ou quatre jours après avoir quitté le grand lac nous installâmes notre bivouac dans une vallée désolée, parsemée d'éboulis, où s'accrochait une végétation rabougrie. Il avait plu et le sol était humide. En dépit de notre amadou, il fallut un moment pour parvenir à allumer du feu. Nous nous installâmes dans une anfractuosité peu profonde pour manger ce qui nous restait de galettes de farine. Une brise nocturne rabattait sur nous la fumée du feu et nous nous serrions les uns contre les autres pour nous tenir chaud.

Rien ne distinguait cette nuit de douzaines d'autres nuits maintenant derrière nous. Assurément, rien n'annonçait qu'elle allait être le théâtre d'une tragédie.

Nous dormîmes d'un sommeil agité à l'exception, comme toujours, de Kolemenos. Tour à tour, chacun s'arrachait à ses rêves en marmonnant et, à demi réveillé, se levait pour aller jeter du bois dans le feu. Ce fut Zaro qui se leva et sortit tandis que le jour commençait d'éclairer la vallée silencieuse et désolée. Je me dressai sur un coude quand il reparut.

– Il y a un peu de brouillard et il fait froid, me dit-il. Mettons-nous en route.

Il s'approcha de nos compagnons pour les réveiller l'un après l'autre. Paluchowicz était étendu à côté de moi. Marchinkovas s'était blotti entre Smith et Kolemenos. Je me levai et m'étirai, massai mes jambes ankylosées, me battis les flancs. Tout le monde grognait, ouvrait les yeux, s'étirait. Kolemenos s'amusa à me bousculer tandis que je faisais mes exercices d'assouplissement.

La voix de Zaro nous fit sursauter :

– Allez, Zacharius. Lève-toi !

Il était penché au-dessus de Marchinkovas, il lui secouait doucement l'épaule. Je perçus une note anxieuse dans sa voix lorsqu'il cria de nouveau :

– Debout ! Lève-toi !

Il nous regarda, les traits déformés par l'inquiétude.

– Je crois qu'il est malade. Je n'arrive pas à le réveiller.

Je tombai à genoux à côté de Marchinkovas. Il était étendu dans une attitude de parfait relâchement, un bras passé au-dessus de la tête. Je saisis ce bras et le remuais. Pas de réaction. Ses yeux restaient fermés. Je cherchai son pouls, collai la tête contre sa poitrine, soulevai ses paupières. Refusant l'évidence, je recommençai l'examen. Le corps était encore tiède.

Enfin, je me relevai.

– Marchinkovas est mort, annonçai-je d'une voix dont le calme m'étonna.

L'affirmation me parut si étrange que je la réitérai :

– Marchinkovas est mort.

– Mais c'est impossible ! s'écria quelqu'un. Il n'était pas malade. J'ai parlé avec lui il y a encore quelques heures. Il allait bien. Il ne se plaignait de rien...

– Il est mort, répétai-je encore une fois.

Smith se pencha sur le corps. Au bout d'une ou deux minutes, il croisa les mains de Marchinkovas sur sa poitrine, se releva et dit :

– Oui, messieurs, Slav a raison.

Paluchowicz ôta sa vieille toque de fourrure et se signa.

Zacharius Marchinkovas, âgé de vingt-huit ou vingt-neuf ans, promis à un brillant avenir d'architecte dans sa Lituanie natale si les Russes n'étaient venus l'en arracher, avait renoncé à lutter. Nous étions abasourdis, nous ne comprenions pas, nous ne voyions pas comment la mort avait pu l'emporter aussi soudainement. Peut-être était-il plus fatigué qu'il n'y paraissait, peut-être avait-il atteint les limites de son courage. Je ne sais. Nul parmi nous ne s'expliquait la chose. Marchinkovas le taciturne, qui soudain lançait un trait d'esprit cynique, Marchinkovas qui vivait surtout avec ses pensées, l'homme qui portait un fardeau d'amertume, que Kristina avait pris en amitié et avait réussi à dérider – Marchinkovas n'était plus.

Sur ce sol pierreux nous ne pûmes trouver un emplacement où lui creuser une tombe. Sa dernière demeure fut une profonde fissure dans la roche que nous obstruâmes à l'aide de cailloux et de graviers. Kolemenos fit une fois de plus son office : il confectionna une petite croix qu'il ficha dans la pierraille. Nous dîmes adieu à notre camarade, chacun à sa façon. Je dis une prière silencieuse et recommandai son âme à Dieu. Puis les cinq que nous étions reprirent leur marche d'un pas traînant. Jugeant qu'ils pourraient nous être utiles, nous emportions avec nous la fufaika et le gilet de zibeline de Marchinkovas.

Le pays se transforma de nouveau. Des collines fort escarpées mirent notre détermination et notre endurance à rude épreuve. Nous apprîmes à utiliser nos boucles de fil de fer pour franchir les passages difficiles. Nous nous efforcions chaque soir de trouver un village pour passer la nuit sous un toit, mais bien souvent elle nous surprenait à découvert sans la moindre habitation en vue.

Un jour, d'une hauteur nous vîmes dans le lointain les rayons du soleil se réfléchir sur les toits d'une ville située en altitude et il nous plut de penser qu'au moins nous avions aperçu la ville sainte de Lhassa. Peut-être s'agissait-il en réalité d'un de ces importants monastères que compte le Tibet. Toutefois, le gisement semblait bien correspondre à la position où nous placions Lhassa et l'idée de l'avoir entrevue après avoir utilisé son nom à la manière d'un talisman tout le long du chemin depuis la frontière sibérienne n'était pas pour nous déplaire.

Vers la fin du mois de décembre, nous tombâmes sur le plus gros village que nous ayons rencontré au Tibet, presque une bourgade, et qui comptait une quarantaine de maisons distribuées avec une régularité inhabituelle de part et d'autre de la route. S'y dressait également un bâtiment insolite, plus grand que les autres, qui en Europe aurait sans doute été la mairie. Un paysan, vêtu de chauds vêtements molletonnés, nous mena vers cet édifice. Nous notâmes chemin faisant l'absence de tout enfant. La raison nous en apparut quand notre guide alla quérir à l'intérieur un Asiatique fort mince, le visage émacié, le regard perçant, qui pouvait avoir entre trente et quarante ans. L'homme nous considéra, salua, sourit et retourna à l'intérieur. Une minute plus tard, deux douzaines d'enfants sortaient bruyamment et s'égaillaient dans la rue sans manquer de nous examiner au passage. Ce bâtiment était donc une école et cet homme sans doute l'instituteur.

Je suis certain qu'il n'était pas tibétain. Chinois? Je n'en jurerais pas. Trois ou quatre villageois nous entouraient quand il reparut et ces hommes échangèrent avec lui quelques paroles relatives au fait que nous étions des étrangers et ne comprenions pas leur langue. Ce qui était l'évidence même. Il s'adressa à nous en deux différents idiomes, peut-être le tibétain et le chinois, parlant lentement et en détachant soigneusement ses syllabes. Je dis quelques mots en russe et Zaro fit une tentative en allemand. Cela ne nous mena nulle part.

Nous restâmes un moment à danser d'un pied sur l'autre sous le regard impatient des Tibétains. L'instituteur reprit la parole, très lentement. En français, cette fois! Zaro entra aussitôt en lice. Les mots se bousculaient dans sa bouche. L'instituteur leva la main en souriant pour lui signaler de parler plus posément. Zaro obtempéra et tous deux se mirent à converser avec un plaisir manifeste. L'entretien s'accompagnait de gestes de la part de notre ami, avec moult redites et simplifications. Les Tibétains, ravis du tour qu'avaient pris les choses, affichaient des visages radieux.

L'Asiatique, de sa voix lente et douce, dit à Zaro :

– Suivez l'homme qui vous a amenés ici. Il va vous mener chez lui et s'occuper de vous. Je vous rejoins dans un moment et nous parlerons encore.

Là-dessus il dit quelques mots au Tibétain et nous fûmes conduits à une maison où l'on nous servit le thé tandis qu'un repas était en cours de préparation.

L'instituteur entra sans bruit et sans frapper – ce n'est apparemment pas l'usage au Tibet que de frapper aux portes –, et salua à la ronde. Il s'assit en notre compagnie et mangea avec nous. Il sortit un couteau à cran d'arrêt relié à une lanière de cuir tressé qu'il portait autour de la taille et, voyant que je m'y intéressais, il me le tendit. L'objet ne comportait qu'une seule lame, le manche était en os et l'inscription sur l'acier révélait qu'il était de fabrication allemande. Il ne dit pas d'où il le tenait.

Zaro chercha à lui faire dire où il avait fait ses études ainsi que le lieu où il avait appris ses rudiments de français, mais l'autre affecta, et fort habilement, de se faire détourner l'attention par le maître de maison et laissa la question sans réponse. La curiosité de Zaro sur ce point ne fut du reste jamais satisfaite. Ce personnage m'intéressait énormément. J'étais certain qu'il n'avait pas passé toute sa vie au Tibet. L'idée m'est venue par la suite qu'il avait peut-être séjourné en Indochine.

Obéissant à notre prudence coutumière, nous ne lui révélâmes pas le point de départ de notre voyage, mais Zaro apaisa sa curiosité quant à la manière dont nous avions pénétré au Tibet. Il fut fortement impressionné en apprenant que nous avions traversé le désert de Gobi. À sa connaissance, nul n'y était jamais parvenu sans bêtes et sans vivres.

– Et quelle est votre destination ? demanda-t-il.

– Nous cherchons à nous rendre en Inde, lui répondit Zaro.

Plus question désormais de parler d'un pèlerinage à Lhassa, ville qui se trouvait maintenant derrière nous.

Notre hôte tibétain nous coupa poliment pour demander de quoi nous étions en train de parler. L'instituteur lui fit la traduction et tous deux semblèrent montrer une certaine inquiétude.

– Vous devriez changer d'itinéraire, nous conseilla l'instituteur. Il va faire mauvais temps dans la montagne et vous allez au-devant de grandes souffrances. Le mieux serait de passer par Lhassa et de vous joindre à une caravane. Il se peut que vous ayez à attendre quelque temps, mais cela en vaut la peine.

Zaro lui dit que nous réfléchirions à ce conseil, mais nous savions tous que nous allions poursuivre et n'entrerions jamais à Lhassa.

Nous priâmes l'instituteur de remercier le maître de maison pour son repas et ses bontés. La commission fut faite. Le Tibétain répondit et l'instituteur traduisit :

– Il a été heureux de vous recevoir. Il souhaite que vos pieds vous transportent où vous le souhaitez et que votre voyage s'effectue sans encombre. Il dit que vous passerez la nuit chez lui et qu'il vous donnera demain des victuailles pour la route.

Nous restâmes à converser longtemps après la tombée de la nuit. Par le truchement de Zaro, je posai une question qui me turlupinait depuis que j'étais entré dans cette maison : il y régnait une odeur particulière, âcre, un peu comme une odeur de ferme.

L'instituteur sourit et désigna le sol pavé, qui semblait avoir reçu une épaisse couche de peinture rouge brique. C'est de là, m'expliqua-t-il, que provenait l'odeur en question. Les habitants de cette région, soucieux de la beauté de leur intérieur, obtenaient cet effet de peinture bien lissée en utilisant une fine poussière rouge mêlée à de l'urine animale.

Zaro lui demanda de nous calculer la date. Nous étions le 23 décembre 1941.

Nous dormîmes profondément sur des peaux de mouton étendues à même le sol. Le lendemain matin, nous reçûmes les provisions promises et nous prîmes congé accompagnés des vœux de bonne continuation de nos hôtes.

Le soir du 24, nous veillâmes autour d'un grand feu. Il gelait et nul n'avait envie de se coucher pour grelotter toute la nuit dans un demi-sommeil. Nous parlions des Noëls d'autrefois, de celui, horrible, de l'année passée, quand nous marchions vers le nord en direction du camp. Paluchowicz, fervent catholique, nous surprit tous en entonnant subitement de sa voix fausse et éraillée un cantique polonais. Il en chanta deux couplets, puis, voyant que nous ne l'imitions pas, il se tut.

– À chaque Noël, dit-il après un moment, aussi loin que

je me souvienne, je chantais des cantiques. C'est pourquoi je n'y ai pas manqué ce soir. Cela nous sera favorable, je le sais.

Les journées désormais étaient froides, les nuits plus froides encore. Des nuages chargés de neige pesaient, menaçants, au-dessus des contreforts désolés de l'Himalaya. Nous passâmes une nuit dans un hameau composé de quatre misérables cabanes de pierre et consacrâmes plusieurs heures le lendemain matin à nous confectionner des moufles dans la toison que nous avait donnée le Circassien.

Arriva une journée limpide où se découvrit, coiffée de neige et enveloppée de nuages, apparemment toute proche, la masse formidable de l'Himalaya. Nous en étions en réalité encore fort éloignés et nous allions découvrir que le chemin qui nous en séparait était parsemé d'épreuves et de dangers.

Nous faisions notre possible pour ne pas nous faire surprendre par la nuit sur les hauteurs, jusqu'au jour où, au début de l'après-midi, une furieuse tempête de neige s'abattit sur nous. Continuer eût été de la folie. La neige nous aveuglait et on n'y voyait pas à plus de quelques mètres. Nous nous mîmes en quête d'un abri. Nos mocassins disparaissaient sous la neige. Nous nous trouvions sur une pente normalement abrupte, mais nos semelles glissantes menaçaient à chaque pas de faire de cette descente un désastre.

La chance ou la Providence nous offrit un abri naturel contre la tourmente en l'espèce d'une anfractuosité formée par deux énormes rochers appuyés l'un contre l'autre selon un angle aigu. Nous avions avec nous une provision de bois et d'excréments séchés que nous portions à tour de rôle. Nous entreprîmes d'allumer un feu. Nous fûmes bien près de renoncer, car, par ce vent chargé de neige, la gubka rougeoyante ne parvenait pas à enflammer les brindilles.

Zaro et moi y travaillâmes plus d'une heure avant de réussir enfin. Les coinçant avec les plus grosses pierres que nous pûmes trouver, nous tendîmes nos sacs pour boucher le jour entre les deux rochers. Voyant bientôt cette toiture improvisée ployer sous le poids de la neige amoncelée, nous glissâmes sous les sacs nos bâtons en manière de chevrons.

Au matin, nous étions coincés par la neige. Mais, fait surprenant, notre petit abri enfumé était relativement douillet. Le pire de la tempête était passé et, quand nous nous fûmes déblayé une sortie, seuls quelques flocons nous attendaient sous un soleil mouillé. La descente, périlleuse, occupa toute notre journée, mais nous nous en tirâmes sans encombre.

XXI

LES CONTREFORTS DE L'HIMALAYA

Selon mes estimations, c'est vers la fin de janvier que nous atteignîmes la grande rivière, gelée d'une rive à l'autre. Il devait s'agir de cet important cours d'eau qui traverse d'ouest en est la partie méridionale du Tibet et se fraie un chemin à travers la barrière montagneuse pour pénétrer en Inde et y devenir le puissant Brahmapoutre. L'hiver était arrivé et les températures nocturnes descendaient largement au-dessous de zéro. C'était une alternance de fortes chutes de neige, de pluies de neige fondue, de vents glacés qui dévalaient des hauteurs. Si rudes que fussent ces conditions climatiques, elles n'avaient pas la rigueur de l'hiver sibérien. Toutefois, sous-alimentés et affaiblis comme nous l'étions après neuf longs mois de voyage ininterrompu, elles se révélaient passablement éprouvantes.

Nous traversâmes la rivière avec circonspection. Zaro, le plus léger, nous précéda pour éprouver l'épaisseur de la glace en son milieu, là où nous craignions qu'elle ne pût supporter notre poids. Le passage se fit sans problème, mais nous eûmes quelque difficulté à prendre pied sur l'autre rive, qui formait un haut talus abrupt et verglacé. Kolemenos y tailla des marches à coups de hache et nous parvînmes à l'escalader. Longeant la rivière sur un ou deux kilomètres vers l'ouest, nous trouvâmes un endroit où la berge s'abaissait, offrant un accès facile à l'eau. Il y avait là trois cabanes de pierre, devant lesquelles, sur une grève étroite, une demi-douzaine de petites embarcations étaient remontées, quilles en l'air. Du fait de leurs avants et de leurs arrières relevés, ces bateaux étaient inclinés sur le côté, ce qui laissait entre le sol et le plat-bord un jour suffisant pour qu'un homme pût s'y glisser. J'y passai la tête et flairai une odeur de poissons morts depuis longtemps. Des écailles étaient encore collées sur les planches du bordage.

Nous nous dirigeâmes vers les cabanes. Elles étaient si basses de plafond que Kolemenos était contraint de courber la tête. Le toit était constitué de longueurs de bambou qui supportaient une couche de clayonnages étroitement entrelacés dans lesquels étaient passées des cordes en crin d'animal, de yak probablement. Le sol paraissait suffisamment sec pour qu'on pût supposer cette toiture étanche. La construction était des plus rudimentaires : trois boîtes de pierre avec des nattes jetées par-dessus, une fente pour toute entrée. Ces huttes renfermaient quelques vieux filets, des perches de bambou de différentes longueurs et quelques courts cylindres de bois d'un diamètre important, tout éraflés, qui servaient manifestement de rouleaux pour mettre les bateaux à l'eau ou les remonter sur la berge.

Nous choisîmes la meilleure de ces cabanes et décidâmes d'y passer la nuit. Sur la terre battue se dessinait un cercle noirci où se trouvaient quelques morceaux de bois carbonisés ; au-dessus, le toit était percé d'un petit orifice. C'est là que nous fîmes notre feu, le lançant à l'aide de quelques bambous fendus et les recouvrant pour la nuit de ces excréments d'animaux dont Zaro avait toujours une provision.

En février, nous rencontrâmes notre dernier village, huit ou neuf maisons blotties dans un creux à une cinquantaine de mètres au-dessus d'une étroite vallée. Derrière se dressait le formidable rempart des hauteurs que nous avions péniblement franchies au cours des deux jours écoulés. De l'autre côté de la vallée, fondue dans la lumière d'un soleil hivernal, une nouvelle chaîne montagneuse s'élevait jusqu'aux nuages. Ces maisons présentaient une caractéristique rare au Tibet. Ce furent les seules constructions à étage que nous vîmes dans tout le pays, et même depuis que nous avions quitté la Sibérie. Nous étions descendus un peu trop à l'ouest et en contrebas du hameau et dûmes pour nous y rendre remonter un sentier à peine tracé. Nous étions en piteux état, épuisés et affamés. Paluchowicz boitait, une pierre pointue lui ayant entaillé la plante du pied.

Quand ils eurent compris d'où nous venions et où nous voulions nous rendre, les villageois furent stupéfaits de notre hardiesse et de notre témérité. On nous fit aimablement entrer dans une maison et asseoir sur des bancs très bas polis par les ans. Tout le monde s'empressait autour de nous. On nous servit du thé bien chaud, du mouton et les habituels gâteaux d'avoine, si rassasiants. On donna à Paluchowicz un onguent, sans doute de la graisse de mouton, pour qu'il en enduisît sa blessure. Hommes et enfants arrivaient des autres maisons et nous dévisageaient avec force courbettes, sourires et lents hochements de tête. Notre venue était assurément un événement extraordinaire et qui constituerait pour longtemps un sujet de conversation et d'étonnement.

Cette maison était un excellent exemple d'un usage que nous avions retrouvé d'un bout à l'autre du Tibet : chaque habitation y renferme une pierre plate sur laquelle est gravée une inscription de trois ou quatre lignes. Celle que nous avions sous les yeux était scellée dans la maçonnerie, près de la porte, à une soixantaine de centimètres au-dessus du sol. Le Circassien nous avait expliqué que ces plaques ne pouvaient être confectionnées que par certains lamas et que les Tibétains y attachaient un grand prix. Elles étaient censées tenir à distance les esprits malfaisants. Le maître de maison, plus grand que la moyenne des Tibétains et qui devait avoir une trentaine d'années, parut ravi de l'intérêt que je portais à sa pierre porte-bonheur. Il s'approcha, la désigna, puis me montra son poignet gauche, où je vis un large bracelet de cuivre auquel était attachée une petite boîte de métal. J'y vis une variante du moulin à prières. Notre hôte cherchait probablement à me faire comprendre qu'il existait un rapport d'ordre religieux entre cet objet et l'inscription portée sur la pierre.

Ces gens étaient de fort habiles tisserands. Dans la grande pièce du rez-de-chaussée, il y avait un rouet et un petit métier à tisser. L'étoffe de laine qu'ils fabriquaient était épaisse, chaude et de bonne qualité. Les meilleurs exemples de leur production que j'eus l'occasion d'admirer étaient des couvertures et des dessus-de-lit aux teintes vives, dans les rouges et les jaunes. Les moutons se trouvaient pour lors dans leur parc d'hiver, vaste enclos aux murs de pierres sèches pourvu sur tout un côté d'une toiture basse destinée à les protéger du plus fort des intempéries.

On accédait à l'étage par une volée de marches en pierre, fort pentue, située dans l'angle de la pièce. Il n'y avait point de rampe et l'on entrait dans la chambre par une ouverture carrée comparable à une écoutille de navire. C'était là-haut que dormait la famille. Y étaient également entreposées des balles de laine bien compactes. C'est là que, dans une lourde odeur de suint, nous passâmes la nuit bien à l'abri tandis que dehors le vent sifflait autour des murs épais. Le jour nous éveilla peu à peu, à mesure qu'il filtrait à travers une unique lucarne fermée par un épais mica.

Tandis que nous avalions un substantiel petit déjeuner, nous vîmes non sans amusement notre hôte examiner nos sacs l'un après l'autre, les soupeser et en palper le contenu.

– Il est peut-être en train de vérifier que nous n'embarquons pas l'argenterie, plaisanta Zaro.

Sans comprendre ce qui venait d'être dit, le Tibétain prit

plaisir à nous voir rire et se joignit à notre hilarité. Poursuivant sa fouille, il constata que notre bagage consistait en quelques pièces de fourrures, une toison de mouton, une provision de brindilles et d'excréments séchés. Quand il en eut terminé, il nous regarda d'un air soucieux, montra les sacs, puis la nourriture dont nous étions en train de nous gaver.

– Il s'inquiète de voir que nous voyageons sans vivres, dit Smith.

L'homme gagna la petite pièce de derrière et nous l'entendîmes discuter avec les femmes. Puis il repassa et sortit, suivi d'un garçon d'une quinzaine d'années. Ils s'absentèrent une demi-heure environ et reparurent portant un agneau fraîchement tué et dépouillé. Il fendit la carcasse en deux et, durant quelques heures, les deux femmes de la maison firent rôtir cette viande à la broche.

Pendant ce temps l'homme allait de l'un à l'autre pour examiner nos pieds meurtris. Il alla quérir à l'étage une balle de laine non cardée. Il nous montra sur un des mocassins de Paluchowicz comment disposer cette laine pour se protéger les pieds du froid. Il en détacha des poignées qu'il distribua à chacun d'entre nous. L'idée était excellente et je crois que nous parvînmes à lui témoigner notre gratitude.

Nous quittâmes ce hameau, nos sacs lestés de victuailles, dont un demi-mouton rôti. Jusqu'alors, nous conservions les comestibles que l'on nous donnait dans une seule besace que nous portions à tour de rôle. Considérant le risque de perdre tous nos vivres d'un coup si celui qui en était chargé venait à disparaître au cours d'une des ascensions – elles devenaient de plus en plus périlleuses –, nous décidâmes de répartir désormais viande et gâteaux entre nos différents sacs.

Le Tibétain nous fit un bout de conduite sur un étroit sentier à flanc de montagne. Sans lui, nous aurions gagné le fond de la vallée pour remonter l'autre versant afin de conserver notre direction plein sud. Mais il nous désigna le sud-ouest avec insistance et, s'adressant tour à tour à chacun de nous, nous montra un point de repère, constitué par deux pics jumeaux, sur lequel nous diriger. Il nous salua et s'en fut.

– Dieu soit avec toi, dit Paluchowicz avec ferveur.

C'était le début de l'après-midi. Au cours des quelques heures de jour qui restaient, nous couvrîmes une quinzaine de kilomètres en terrain relativement facile. Ce soir-là, assis autour d'un petit feu, nous parlâmes longuement, cherchant à déterminer notre position et la distance qu'il nous restait encore à parcourir. Dès que la conversation languissait, le grand silence de la montagne nous enveloppait. J'éprouvais un sentiment de pitié pour mes compagnons et moi. J'étais habité de l'angoisse que, après les milliers de kilomètres que nous avions parcourus, la chance vînt soudain à nous manquer. Souvent la nuit, j'étais assailli par le désespoir et le doute. Les autres aussi, j'en suis sûr, livraient le même combat intérieur, même si jamais personne ne s'en ouvrait. Au lever du jour les perspectives semblaient moins sinistres. La peur persistait, tapie quelque part, mais l'action et le mouvement, la nécessité de résoudre les problèmes quotidiens, la reléguaient à l'arrière-plan. Nous étions, et plus que jamais, animés d'une compulsion à aller de l'avant. C'était devenu une obsession, une forme de folie. Chaque matin, tel ou tel disait d'une voix égale : « Allez, en route », et cela suffisait à nous faire lever et repartir tels des automates. Jamais personne ne réclamait une demi-heure de répit. Nous nous mettions en chemin et la marche dérouillait nos articulations ankylosées, réchauffait nos muscles transis.

Nous nous rationnions au maximum. À raison d'un repas quotidien, nos provisions durèrent plus de quinze jours. C'était insuffisant compte tenu des ascensions exténuantes et des descentes périlleuses qui se succédaient, mais au moins avions-nous, tant qu'il nous restait quelque chose, l'assurance de ne pas mourir de faim. Il nous arriva plusieurs fois d'être surpris par la nuit sur les hauteurs et de devoir appliquer concrètement les enseignements de notre expérience sibérienne : nous creusions un abri dans la neige et y restions terrés sans dormir jusqu'au point du jour.

Nous fîmes au fil des semaines des progrès considérables en matière d'alpinisme. J'avais pratiqué un peu l'escalade en Pologne avant la guerre, mais c'était sans commune mesure avec les terribles difficultés que nous opposait l'Himalaya. J'étais alors chaussé de forts brodequins à crampons et disposais de tout l'équipement moderne en plus des services d'un guide compétent. Et cela se pratiquait en été, comme un sport. Ici, nous grimpions des heures durant, le sac sur le dos, pour finalement buter sur une paroi en surplomb. Alors, nous restions accrochés des deux mains le temps de laisser reposer nos pieds, raidis et douloureux à force d'être recroquevillés en position préhensile à l'intérieur des mocassins. Puis nous faisions demi-tour et redescendions afin de trouver une autre voie vers le sommet. Dans ces conditions notre progression était très lente. Nous n'avions pour tout équipement qu'une forte corde de cuir, trop courte pour être d'une réelle utilité, la hache – de loin notre bien le plus précieux –, le coutelas ainsi que les boucles et pointes de fil de fer que nous avions confectionnées avec le fil de fer trouvé dans l'oasis du désert de Gobi.

Nous grimpions selon un ordre préétabli. Zaro, le plus léger d'entre nous, ouvrait la voie, il éprouvait les prises avec la hache, brisait la croûte glacée de la neige. Je venais en deuxième position et prenais parfois la tête afin de permettre à Zaro de se reposer, puis suivaient Kolemenos, Smith et Paluchowicz. Nous nous efforcions de faciliter les choses à nos deux aînés, mais ils tenaient à ouvrir la marche lors des redescentes. Nous avions toujours nos fidèles bâtons et, sur les pentes les moins prononcées, nous les fichions dans la neige afin de déceler les crevasses. Sinon, nous les portions derrière nous, glissés à la ceinture.

Zaro aurait passé partout pour un grimpeur expérimenté et intrépide. Pour vaincre les surplombs qui n'offraient pas de prises, nous avions fini par imaginer une technique bien aléatoire. Nous nouions la corde à une grosse pierre en forme de 8. Nous la lancions par-dessus l'avancée rocheuse autant de fois qu'il le fallait pour qu'elle s'accrochât quelque part. Ensuite, Kolemenos tirait dessus, puis s'y suspendait et finissait par y faire porter tout son poids. Après quoi Zaro, héroïquement, y grimpait, et nous le regardions, la gorge serrée, sachant qu'il paierait toute erreur de sa vie. Une ou deux fois je constatai après coup, avec effarement, qu'il s'en était fallu de bien peu que la pierre ne glissât.

Les jours de temps clair, la réverbération du soleil sur la neige ajoutait encore à nos épreuves. Nous étions également sujets à une autre sensation extrêmement pénible : le froid nous prenait au front et nous avions bientôt l'impression d'être coiffés d'un casque de glace. Nous résolûmes le problème en nous confectionnant des masques en peau de mouton percés de trous pour les yeux ; le bord supérieur en était coincé sous notre bonnet et le bas pendait librement à hauteur du nez. Ces masques servirent bien leur objet et nous protégèrent également contre la réverbération du soleil, mais ils favorisaient une condensation qui se changeait en glace autour du nez et de la bouche. Il me fallait de temps en temps m'arrêter pour la faire fondre en me posant les moufles sur le bas du visage. Nous gardions les mains couvertes autant que possible, mais quand nous avions besoin de nos doigts pour grimper, nous ôtions nos moufles, rattachées par une lanière à nos poignets. Avec nos masques et les rabats de nos bonnets sur les oreilles, il nous était difficile de nous entendre. L'irritation s'accumulait. Nous étions mortellement las, maussades, et nous avions perpétuellement faim. J'avais les nerfs tendus comme des cordes de piano. Il faisait trop froid pour dormir.

Un jour du début de mars, nous sortîmes d'une chute de

neige qui balayait une longue traversée orientée est-ouest, et débouchâmes sur une dépression ensoleillée, nappée de neige, entre deux montagnes. Ce beau soleil du milieu de la matinée nous fit ôter masques et bonnets, et nous nous assîmes pour nous reposer. Un grand silence nous enveloppait. Il y avait deux jours que nous n'avions plus rien à manger et le moral était au plus bas. Nous nous tenions serrés les uns contre les autres sans échanger un mot. C'est alors que j'entendis quelque chose.

– J'ai entendu un chien aboyer, fit Paluchowicz.

– Moi aussi, j'ai entendu quelque chose, dis-je.

– Ça vient de par là, reprit Paluchowicz, tout excité. Il faut aller voir ce que c'est.

Nous fîmes environ quatre cents mètres, l'oreille aux aguets. Cet aboiement nous parut si proche quand il retentit de nouveau que nous nous figeâmes sur place. Nous regardâmes alentour sans rien voir. Nous nous attendions à découvrir une maison ou une hutte, mais il n'y avait aucune construction en vue. Le chien avait dû nous flairer, car il émit une plainte prolongée dont nous finîmes par localiser la source : l'entrée d'une grotte, toute noire sur la blancheur environnante, située à une centaine de mètres de là. Tandis que nous nous en approchions, nous vîmes une forme humaine sortir en pleine lumière et se tourner dans notre direction. L'homme dit quelque chose au chien, qu'un autre venait de rejoindre, et l'animal cessa de donner de la voix.

L'homme était âgé. Des mèches de fins cheveux blancs lui pendaient jusqu'au menton, encadrant un visage ridé et buriné. Il sourit, découvrant une bouche où manquaient bien des dents. Portant le manteau tibétain en mouton retourné sur une veste et un pantalon ouatinés, il était chaudement vêtu. Il était chaussé d'une belle paire de bottes en cuir, dont le haut de la tige s'ornait d'un motif ajouré qui laissait voir une doublure de feutre vert. Je ne sais qui de lui ou de nous était le plus ravi de la rencontre. Il dodelinait de la tête, nous faisait des courbettes, parlait et nous adressait de grands sourires édentés. Nous le saluions et riions, heureux au point que pour un peu nous aurions fait une ronde autour de lui. Même les chiens, bruns avec des reflets roux, l'air de samoyèdes en réduction, étaient gagnés par notre enthousiasme et couraient autour de nous avec des aboiements joyeux en remuant furieusement leur queue touffue.

Un mur bas d'un mètre vingt de haut, constitué de pierres entassées sans ordre, servait de brise-vent devant l'entrée de la grotte. L'homme nous engagea à contourner ce muret et à entrer chez lui. Aussitôt, avant que nos yeux se fussent accommodés à la pénombre, nos narines furent assaillies par une puissante odeur de bergerie.

L'étroitesse de l'entrée ne présageait pas un tel volume intérieur. La grotte faisait un coude qui lui donnait la forme d'un boomerang. L'homme et ses chiens vivaient dans un espace profond de quatre ou cinq mètres entre l'entrée et un mur de gravats qui partageait l'endroit en deux. Derrière, dans le fond, se tenaient les moutons, au nombre d'une centaine d'après mon estimation. Il s'agissait donc du quartier d'hivernage d'un berger attendant le printemps et la fonte des neiges qui permettraient à son troupeau de paître l'herbe nouvelle de la vallée. À des crochets pendaient quatre ou cinq balles de foin retenues dans des filets à grosses mailles. Un tas de filets vides prouvait que les bêtes étaient parquées ici depuis de nombreuses semaines.

Un feu brûlait au centre de la salle, près duquel se trouvait une réserve de combustible, menu bois et excréments séchés. Deux chaudrons, un grand et un petit, étaient posés contre les pierres du foyer. Le grand, ainsi que je le découvris, servait à faire fondre la neige pour l'approvisionnement en eau des moutons. L'autre était l'ustensile de cuisine du berger. Il se mit aussitôt à préparer le thé et, pour la première fois au Tibet comme en Mongolie, j'ai vu faire du thé avec des feuilles en vrac. Il les tira d'une boîte de bois poli de couleur vert olive. Ce devait être pour marquer l'occasion, car par la suite il utilisa l'habituel thé noir en brique.

Le vieillard prit un couteau qu'il portait à la ceinture. Il s'agenouilla et se mit à en aiguiser lentement la lame sur une pierre plate. Les chiens se levèrent et vinrent lui tourner autour, sachant qu'ils recevraient bientôt leur pitance. Il apprécia le tranchant sur le gras de son pouce, nous adressa un grand sourire, puis, les chiens sur les talons, il partit vers le fond de la grotte. Repassant devant nous avec un agneau sous le bras, qui se débattait en bêlant, il l'emporta dehors et, après un temps remarquablement court, s'en revint avec une carcasse entièrement dépouillée. Il donna à ses chiens la tête et les abats, puis découpa des morceaux à rôtir. Tandis que la viande commençait de grésiller, nous le vîmes avec étonnement présenter ses belles bottes sous la graisse qui en dégouttait, pour ensuite les frotter de façon à en imprégner le cuir, cela sans doute afin de les assouplir et de les protéger. À l'aide d'une farine grossière et d'un peu d'eau puisée au fond du grand chaudron, il pétrit des gâteaux qu'il fit cuire sur une pierre plate en abord du foyer. Nous mangeâmes comme des hommes affamés et, le repas terminé, nous n'eûmes aucun mal à roter afin de lui témoigner notre satisfaction.

Quand le vieillard voulut emporter le lourd chaudron dehors, Kolemenos et moi nous en chargeâmes. Nous l'aidâmes à le remplir de neige. Nous voulûmes, quand il fut plein, le rapporter à l'intérieur, mais le berger nous arrêta. Avec une agilité surprenante, il se jucha dessus pour tasser la neige. Il redescendit et nous complétâmes le niveau. Ce fut Zaro qui, cette fois, sauta dessus et dansa avec des cris de joie, tandis que le vieux s'étranglait de rire. La provision de neige fut mise à fondre et, quelque temps plus tard, il se mit en devoir de panser et d'abreuver ses bêtes.

La présence des moutons plus encore que le feu réchauffait l'intérieur de la grotte, et je dormis d'un sommeil de brute. Je m'éveillai par deux fois au cours de la nuit en me demandant où je me trouvais, tant était forte la puanteur d'un tel troupeau confiné depuis longtemps dans ce lieu clos, mais je me rendormis bientôt, habité d'une délicieuse sensation de sécurité et de bien-être. Notre hôte se leva avant nous et, quand nous ouvrîmes complètement les yeux, il était en train de remuer sur le feu, qu'il avait ranimé, une épaisse bouillie de gruau. Il nous offrit en cadeau d'adieu le dernier quartier du mouton qu'il avait égorgé la veille.

Dehors, devant l'entrée de la grotte, nous comprîmes qu'il nous demandait où nous allions. Nous réglant sur le soleil, nous désignâmes le sud. Il saisit alors le bras que tendait Zaro et le fit pivoter de quelques degrés vers l'ouest. Ce fut la direction que nous prîmes.

La suite nous prouva que le berger connaissait bien cette partie du pays. Nous suivîmes un parcours sinueux qui nous évita toute ascension épuisante. Cela dut nous rallonger, mais aborder les montagnes de front nous aurait sans doute pris encore plus de temps.

Un fait m'est resté en mémoire. Dans une longue descente couverte de neige, Paluchowicz perdit accidentellement un de ses mocassins. Nous le vîmes dévaler la pente et enfin s'immobiliser, cependant que, lâchant une bordée de jurons de salle de garde, il demeurait en équilibre sur une jambe pour éviter à son pied nu le contact de la neige glacée.

– Je vais te le chercher ! s'écria Zaro en s'élançant.

Avant même de s'être arrêté, il se baissa et ramassa le mocassin. Emporté par son élan, il se laissa choir sur le derrière afin de s'arrêter. L'instant d'après, il partait en glissade et disparaissait à notre vue.

Courant, mais avec plus de circonspection, j'arrivai le premier à l'endroit où il avait disparu. La pente s'y faisait plus forte, puis s'adoucissait de nouveau. J'avisai au fond de la cuvette mon Zaro qui s'étranglait de rire tout en secouant la neige collée à son pantalon. Paluchowicz nous rejoignit à cloche-pied, agitant les bras à l'adresse de Zaro qui se trouvait à plus de cent mètres en contrebas.

– Lance-toi ! lui cria ce dernier. Pour descendre, il n'y a pas mieux !

Je m'assis et dévalai sur les fesses la piste inaugurée par Zaro. Ce fut une descente proprement exaltante. Le vent sifflait à mes oreilles. Parvenu en bas, je hurlai moi aussi de rire. L'un après l'autre, Kolemenos, Smith et Paluchowicz nous imitèrent.

Cet incident m'est resté en mémoire parce que c'est la seule partie de notre long voyage que nous ne fîmes pas à pied.

XXII

LES ABOMINABLES HOMMES DES NEIGES

Vers la fin du mois de mars 1942, nous acquîmes la certitude d'être enfin tout près de ce sanctuaire qu'était l'Inde à nos yeux. Face à nous se dressait la barrière montagneuse la plus haute et la plus inhospitalière que nous eussions rencontrée jusqu'à présent. Nous nous dîmes qu'un ultime coup de collier nous porterait dans ce pays où nous attendaient la liberté, la civilisation, le repos et la paix de l'esprit. Chacun de nous avait besoin de toutes les assurances et de tous les encouragements qu'il pouvait engranger. J'étais torturé par la crainte qu'une ultime ascension difficile ne finît par avoir raison de moi. Je redoutais ce sommeil insidieux qui vous gagne dans les hauteurs et dont on ne se réveille pas. Toutes mes peurs étaient accusées par la conviction, unanime, qu'après avoir parcouru plus de six mille kilomètres, nous touchions enfin au but. Je ne parvenais pas à me défaire du spectre d'un échec. Chez chacun de nous, les ressources tant physiques que mentales étaient au plus bas. Il nous restait toutefois un inestimable atout : cette amitié, étroite, fervente, d'hommes soudés par l'adversité. Tant que nous serions ensemble, il y aurait toujours de l'espoir. En termes de moral et de détermination, l'ensemble était plus considérable que la somme de ses parties.

Nous nous assîmes ce soir-là autour d'un feu alimenté avec nos dernières réserves de combustible et mangeâmes les quelques miettes de nos provisions qui nous restaient. Nous sortîmes la corde de cuir, la hache, le couteau, les boucles et pointes de fil de fer, afin de les vérifier. Les deux heures de jour qui restaient furent consacrées à la réfection de nos mocassins. Quand ce fut terminé, nous étions aussi prêts que possible à affronter notre dernière épreuve. Le feu faiblit, se réduisit en cendres avant minuit et nous fîmes les cent pas en attendant les premières lueurs de l'aube. Zaro s'enroula la corde autour de la taille, prit la hache des mains de Kolemenos et se mit en route. Repartir me fut un soulagement.

Nous avions de la chance : il faisait beau. Le vent était froid, mais le soleil brillait suffisamment pour faire fondre la couche de neige supérieure. Il se reformait pendant la nuit une croûte de glace craquante et traîtresse. Nous grimpions avec plus d'assurance et plus de circonspection qu'auparavant. Zaro, qui allait en tête, de petites volutes de vapeur s'échappant de son masque, éprouvait soigneusement chaque prise et taillait à coups de hache des degrés dans la glace.

Nous atteignîmes le sommet au début du troisième jour, mais ce fut pour découvrir qu'un autre pic nous attendait. Nous étions en plein cauchemar. Il semblait qu'il dût toujours y avoir une nouvelle montagne en travers de notre chemin. Il nous fallut deux jours pour descendre le versant sud et je trouvai cela plus éprouvant nerveusement que l'ascension elle-même. Dans le creux, nous construisîmes un igloo et parvînmes à dormir quelques heures avant d'aborder l'épreuve du lendemain.

Le relief suivant fut ce que nous rencontrâmes de pire. De vallée à vallée, il nous fallut six jours. Nos dernières ressources en furent à ce point entamées que, pour la première fois, nous envisagions ouvertement la possibilité de tous y rester. Je suis certain qu'un blizzard de quelques heures aurait eu raison de nous.

Cela faisait deux jours que nous montions vers un sommet caché à notre vue par des nuages blancs. M'élevant au-dessus d'une étroite corniche, j'enfonçai mon couteau dans une fissure en guise de prise supplémentaire. Le corps plaqué contre la roche, je libérai tour à tour mes mains et mes pieds afin de faire jouer mes doigts et mes orteils ankylosés. Puis je refermai la main droite sur le manche du couteau, planté au-dessus de moi, et commençai de me hisser à la force du bras. Soudain, comme s'il était vivant, ledit couteau sauta de son logement en faisant entendre un tintement métallique, m'échappa et vola par-dessus ma tête. J'assurai une nouvelle prise et, m'accrochant des doigts et des orteils, parvins à gagner une position moins précaire. Plus aucune trace de ce couteau. Il avait disparu. J'avais le sentiment d'avoir perdu un ami.

À l'approche du sommet, le troisième jour, l'ascension devint plus facile. Nous commencions toutefois à nous demander si nous allions l'atteindre. Le froid était terrible, nous étions environnés d'un brouillard tourbillonnant. Les effets de la haute altitude nous vidaient de ce qui nous restait d'endurance. Chaque pas était une lutte contre une terrible lassitude qui incitait à s'asseoir pour verser des larmes de désespoir. Je n'arrivais plus à emplir mes poumons et mon cœur battait à rompre. Notre volonté se désagrégeait. Livré à lui-même, chacun de nous aurait volontiers renoncé, aurait été heureux de s'allonger sur place pour fermer les yeux et se laisser glisser dans le néant. Mais il y en avait toujours un pour avancer, si bien que nous continuions de même. Pour couronner le tout, nous nous mîmes à saigner du nez. Je tentai de me boucher les narines avec des morceaux de toile à sac, mais j'avais tant de mal à respirer par la bouche que je dus y renoncer. Le sang me coulait dans la barbe et y gelait aussitôt.

Nous savions qu'il nous faudrait passer la nuit dans cette atmosphère raréfiée, et cela n'était pas fait pour nous remonter le moral.

– Il faut continuer à marcher tant qu'il fait jour, nous dit Zaro. Il faut tenter de franchir ce sommet avant la nuit.

Nous poursuivîmes donc, à grand-peine, telles des mouches luttant pour s'extraire de la mélasse. Nous effectuâmes de longues traverses à droite et à gauche, n'ayant plus l'énergie nécessaire pour prendre l'obstacle de front. Je ne me rappelle pas le franchissement du sommet. Je me souviens seulement d'avoir noté avec étonnement, à un moment donné, que Zaro, qui normalement ouvrait la marche, se trouvait un peu au-dessous de moi. Nous nous élevâmes encore un peu, puis il nous apparut que la redescente avait commencé.

Cette nuit-là fut l'épisode le plus critique de toute notre aventure. Sur une large corniche où la neige avait été accumulée par le vent, après avoir cassé la croûte verglacée à la hache, nous nous creusâmes un abri précaire contre les rigueurs de la nuit. Nous n'avions pas de quoi faire du feu. Nous étions tellement vidés que nous aurions pu dormir debout, mais nous savions que s'abandonner au sommeil, c'était flirter avec la mort.

Ce fut la plus longue nuit de ma vie. Nous étions serrés les uns contre les autres, debout, nous tenant par les épaules. Le sommeil pesait sur nos paupières et, du bout des doigts glissés sous le masque, j'empêchais les miennes de se fermer. Par trois fois, Kolemenos, qui n'avait pas son pareil comme dormeur, laissa son menton tomber sur sa poitrine et se mit à ronfler, et chaque fois nous dûmes le secouer et lui bourrer les côtes pour qu'il reprît conscience. Chacun observait ses compagnons, guettant les yeux qui se fermaient, les têtes qui se mettaient à dodeliner. De proche en proche, notre petit groupe accomplissait une lente rotation sur lui-même tout en battant la semelle. Au cours d'un de ces grotesques ballets, je commençai de sombrer dans un délicieux sommeil velouté, mais l'Américain m'en arracha en me giflant doucement et en me secouant par la barbe. Arriva cet horrible moment qui précède l'aube, où la fatigue et le froid combinés provoquèrent chez moi une crise d'irrépressibles frissons qui me secouaient de la tête aux pieds.

– Mettons-nous en route, dit l'un de nous. Descendons là où on pourra de nouveau respirer normalement.

– Je ne supporterais pas une deuxième nuit comme celle-là, dit Paluchowicz, exprimant là l'opinion générale.

Il faisait à peine jour, mais nous quittâmes notre abri et repartîmes. Paluchowicz allait en tête tandis que Zaro et moi fermions la marche. Je ne pouvais croire que nous nous en tirerions. Vers midi, nous aboutîmes à une corniche large d'une trentaine de centimètres au-dessus d'un à-pic épouvantable. Il fallut rebrousser chemin, remonter sur nos traces et chercher une autre voie. Nous finîmes par passer, mais non sans courir de grands dangers et en jouant fréquemment de la hache et de la corde.

Après dix heures d'efforts épuisants, nous avions dû descendre de quinze cents mètres avant la tombée de la nuit. Nous respirions plus facilement, le moral était meilleur, l'espoir remontrait le bout de son nez. Nous passâmes une nouvelle nuit de veille, interminable et débilitante, puis reprîmes la descente. Enfin, la vallée se dessina assez nettement en contrebas.

Dans le courant de l'après-midi, Zaro me demanda :

– Tu ne remarques rien de particulier à propos de cette vallée ?

Je regardai alentour.

– Non, lui répondis-je. Quoi ?

Il désigna une longue ligne de crête qui se détachait du massif principal pour s'étirer vers l'ouest.

– Cette disposition rappelle l'endroit où nous avons découvert la grotte du berger.

– Tu n'imagines tout de même pas y dénicher un autre berger ? lui dis-je en riant.

– Non. Mais nous pourrions peut-être trouver une grotte où dormir toute une nuit.

Nous appelâmes les autres pour leur proposer de nous dérouter afin de battre le pied de ce massif. Ils acceptèrent aussitôt.

Le plus extraordinaire en la circonstance n'est pas que nous ayons découvert une grotte après deux heures de recherche, mais bien que cette grotte fût le lieu d'hivernage d'un gardien de troupeaux. À la différence de la première, elle était inoccupée, mais nous y trouvâmes une réserve de bois, près de l'entrée, et un tas de toisons non tannées dissimulées contre la paroi du fond. S'il nous fallait un signe que la Providence travaillait toujours pour nous, il venait de nous être adressé.

Nous avisâmes, suspendu à une cheville enfoncée dans la voûte, quelque chose qui était enveloppé d'une souple peau d'agneau. Quelqu'un le décrocha. Il s'agissait d'un jarret de chevreau, en partie fumé et presque noir. Trop affamés pour nous montrer difficiles, nous décidâmes d'allumer du feu et de le faire cuire.

Et quel feu ! Ses flammes éclairaient jusqu'aux coins les plus reculés de la grotte. Tout en regardant cuire la viande, nous pûmes nous réchauffer pour la première fois depuis des semaines. Désormais privés de couteau, nous dûmes débiter grossièrement la viande à la hache, réservant la moitié du morceau pour le petit déjeuner du lendemain et tailladant le reste en fragments irréguliers. Paluchowicz l'édenté mit plus longtemps que les autres à manger sa part, mais chacun eut de quoi apaiser sa fringale.

Pour la première fois depuis que nous avions quitté la Sibérie, nous faisions main basse sur le bien d'autrui. Avec les toisons nous nous confectionnâmes des vestes sans manches. J'espère qu'on ne nous tiendra pas rigueur de ces larcins ;

nous avions grand besoin de protéger nos corps exténués des atteintes du froid. Nous passâmes la nuit sur une grande couche communautaire faite de chaudes peaux de mouton, et qui sentaient fort. Quand nous ouvrîmes les yeux, le soleil était déjà levé depuis deux heures et le feu était mort depuis longtemps. En hâte, nous rangeâmes les peaux qui avaient servi à notre couchage, mangeâmes le reste de la viande et partîmes.

Il était vain de se perdre en conjectures quant à la distance qui nous séparait de la fin de notre voyage. Nous étions encore en pleine montagne. Le pic, de moindre importance, que, deux jours après l'épisode de la grotte, nous nous mîmes en devoir de franchir était, mais nous l'ignorions, le dernier contrefort de l'Himalaya. Au-delà s'étendaient les avant-monts qui menaient vers le nord de l'Inde. Je ne me rappelle aucun des détails de cette dernière ascension, mais je sais qu'elle nous prit deux jours et que nous ne souffrîmes pas des inconvénients de l'altitude. Quand commença la descente sur l'autre versant, le soleil brillait et l'atmosphère était étonnamment limpide. Loin vers l'ouest se détachaient de formidables reliefs enneigés en comparaison desquels l'éminence sur laquelle nous nous trouvions avait l'apparence d'une modeste colline. Vers le sud l'altitude décroissait de façon spectaculaire. Je compris que j'étais en train de regarder l'Inde.

Au cours de notre pérégrination à travers l'Himalaya nous n'avions rencontré nulle autre créature que des hommes, des chiens et des moutons. Aussi fûmes-nous fort intrigués lorsque, peu après avoir abordé la descente, Kolemenos repéra deux points noirs qui se déplaçaient sur la neige à peut-être cinq cents mètres en contrebas. Nous pensions à des animaux et donc à de la nourriture. Mais à mesure que nous descendions, nous perdîmes espoir de les voir attendre notre venue. La configuration du relief les dissimula temporairement à notre vue. Pourtant, quand nous fîmes halte au bord d'une arête, nous vîmes qu'ils étaient toujours là, à trois ou quatre mètres en contrebas et à environ cent mètres de distance.

Deux détails me frappèrent aussitôt : ils étaient énormes et marchaient sur leurs pattes de derrière. Pour l'avoir contemplé deux heures durant, ce tableau m'est resté gravé en mémoire. Commençant par n'en pas croire nos yeux, nous demeurâmes sur place à regarder. Quelqu'un parla de descendre encore pour les voir de plus près.

– Ils ont l'air suffisamment costauds pour nous dévorer, objecta Zaro.

Nous restâmes donc à distance, nous méfiant de créatures inconnues qui ne s'enfuyaient pas à l'approche de l'homme.

J'essayai de calculer leur taille en me fondant sur ce que j'avais appris lors de ma formation d'observateur d'artillerie. Elles ne devaient pas mesurer moins de deux mètres quarante de haut. Une était un peu plus grande que l'autre dans le rapport des tailles moyennes de l'homme et de la femme. Les deux créatures allaient et venaient tranquillement sur un ressaut plus ou moins plat qu'il nous faudrait à l'évidence traverser pour poursuivre notre descente. Nous pensions que si nous attendions assez longtemps, elles finiraient par décamper, nous libérant ainsi le passage. Mais il était indéniable qu'elles nous avaient vus et il était également manifeste qu'elles ne nous craignaient pas.

L'Américain ne doutait pas de les voir à un moment ou à un autre retomber sur leurs quatre pattes. Ce qu'elles ne firent à aucun moment.

Je distinguais mal leur figure, mais la tête était carrée et les oreilles devaient être collées au crâne, car aucune saillie n'y était visible. Les épaules étaient tombantes, le thorax puissant. Les bras étaient longs et les poignets atteignaient le niveau des genoux. Vu de profil, l'occiput formait une ligne droite du sommet de la tête aux épaules.

– Exactement comme ces foutus Prussiens, lâcha Paluchowicz.

Nous avions tous conscience d'être en train d'observer des êtres que nous n'avions jamais rencontrés, pas même au zoo ou dans les livres. De loin, on aurait pu penser à un ours ou à un grand singe de l'espèce des orangs-outangs. Ils n'étaient pas faciles à décrire. De plus près, leur silhouette générale évoquait à la fois quelque chose de l'ours et du grand singe, mais il aurait été impossible de les confondre avec l'un ou l'autre. Leur pelage était d'un brun tirant sur le roux. Mais il se composait de deux types de poils : une fourrure courte et serrée, rousse, qui leur conférait cette couleur particulière ; s'y mêlaient des poils longs, clairsemés et raides qui, dans la lumière, avaient une teinte grisâtre.

Assis jambes pendantes sur le rebord du rocher, nous les observâmes attentivement pendant peut-être une heure. Ils ne faisaient rien sinon se déplacer lentement, s'arrêtant parfois pour regarder alentour comme qui admire un panorama. Ils tournaient de temps en temps la tête vers nous, sans paraître autrement intéressés.

– On ne va pas attendre toute la journée qu'ils veuillent bien s'en aller ! s'exclama Zaro en se levant. Je vais les faire ficher le camp.

Il se mit à agiter les bras, à exécuter un genre de danse du scalp, à vociférer et à hurler. Les créatures ne se retournèrent même pas. Il alla ramasser une demi-douzaine de petits morceaux de glace et les leur lança l'un après l'autre, mais ils tombèrent loin de leur cible. Un des projectiles souleva un peu de neige à une vingtaine de mètres du but, mais, si elles le remarquèrent, elles n'en montrèrent rien. Zaro se rassit, hors d'haleine.

Nous patientâmes encore une heure, mais elles semblaient ne pas demander mieux que de demeurer là où elles se trouvaient. L'idée me vint qu'elles nous mettaient au défi de traverser leur territoire.

– Je crois qu'ils se moquent de nous, dit Zaro.

– Qui nous dit qu'ils ne vont pas se mettre en tête de venir s'intéresser de près à nos personnes ? dit Smith en se levant. À l'évidence, ils n'ont pas peur de nous. Je crois que nous ferions mieux de partir pendant qu'il en est encore temps.

Nous contournâmes le rocher et nous éloignâmes. Je me retournai : le couple se tenait immobile, balançant légèrement les bras, comme tendant l'oreille. Qu'étaient donc ces créatures ? Pendant des années, cela demeura un mystère pour moi. Mais ayant par la suite eu écho d'expéditions scientifiques parties sur les traces de l'« abominable homme des neiges » et ayant étudié les descriptions qu'en ont faites les indigènes, je crois possible que nous ayons ce jour-là rencontré deux de ces êtres. J'insiste cependant sur le fait que les estimations récentes quant à leur taille, soit environ un mètre soixante, doivent être fausses. La taille minimale d'un spécimen adulte doit approcher deux mètres dix.

Je considère qu'en nous obligeant à nous dérouter, ils furent responsables de la dernière catastrophe qui nous frappa.

Il devait être midi quand nous reprîmes notre descente. Tout allait bien et nous progressions à bonne allure. Le moral était bon, bien que nous eussions le ventre vide. Nous trouvâmes pour la nuit une cavité quasi idéale au milieu des rochers. Le lendemain, une fois la brume promptement dissipée, une belle et limpide matinée d'avril s'offrit à nous.

Deux heures plus tard, ce fut le drame. Arrivés au sommet d'une déclivité, Zaro et moi avions assuré une extrémité de la corde à nos deux bâtons. Je riais d'une plaisanterie de Zaro concernant les deux étranges créatures rencontrées la veille. La pente était courte et à peine assez abrupte pour justifier l'utilisation de la corde. Nous l'avions lancée pour le cas où Paluchowicz, qui descendait à reculons à quatre pattes, eût glissé dans une crevasse traîtresse. À sa suite venaient Kolemenos et Smith, tous bien espacés. Tous trois passaient au-dessus de la corde sans éprouver le besoin de s'y tenir.

Je notai que Paluchowicz atteignait le bas de la pente. À l'instant où je me tournais vers Zaro pour lui dire quelque chose, je vis la corde agiter les bâtons puis redevenir lâche. Simultanément un cri bref, aigu retentit, le cri de quelqu'un qui est soumis à une vive surprise. Zaro et moi pivotâmes vers la pente. L'horrible vérité ne m'apparut qu'au bout d'une seconde ou deux. Smith était là. Kolemenos était là. Mais Paluchowicz avait disparu. Nous restions figés, comme des idiots, à appeler son nom. Pas de réponse. Les deux autres, qui lui tournaient le dos, n'avaient rien vu. Ils s'étaient arrêtés dès notre première exclamation et restaient là à nous regarder.

– Revenez ! leur lançai-je. Il est arrivé quelque chose à Anton.

Ils remontèrent vers nous. Je halai sur la corde et en attachai l'extrémité autour de ma taille.

– Je vais descendre voir si je peux le trouver, dis-je.

J'atteignis le point où, vue d'en haut, la pente semblait se poursuivre en douceur. Zaro reprit le mou de la corde et je me retournai comme je l'avais vu faire à Paluchowicz. Ce que je découvris me coupa le souffle : la montagne s'ouvrait comme si elle avait été tranchée d'un formidable coup de hache. L'ouvert du précipice, large d'une vingtaine de mètres, en était la partie la plus étroite. Je ne voyais pas le fond. Je sentis la sueur perler sur mon front.

– Anton ! Anton ! appelai-je en vain.

Je m'écartai du gouffre et montai retrouver mes camarades, si secoué que je m'agrippai fermement à la corde.

Ils m'assaillirent de questions. L'avais-je vu ? Pourquoi avais-je appelé ? Où était-il ?

Je leur dis ce qu'il y avait en contrebas, je leur dis n'avoir vu nulle trace de Paluchowicz.

– Il va bien falloir que nous le trouvions, fit Kolemenos.

– Nous ne le retrouverons jamais, leur dis-je. Il est mort.

Personne ne voulait le croire. Moi-même je ne le pouvais pas. Non sans difficulté, nous gagnâmes un endroit d'où nous pûmes voir le précipice. Alors ils comprirent. Nous y jetâmes une pierre et tendîmes l'oreille. Nous ne l'entendîmes même pas toucher le fond. Nous y précipitâmes un plus gros bloc et le bruit de sa chute ne remonta pas jusqu'à nous.

Nous restâmes là un long moment, ne sachant que faire. Le drame était survenu de façon tellement brutale ! Paluchowicz était avec nous et l'instant d'après il avait disparu. Jamais je n'avais imaginé qu'il pût mourir. Il semblait indestructible. Pauvre vieux sergent Paluchowicz, tout édenté, si coriace et si pieux.

– Avoir fait tout ce chemin ! dit l'Américain, tout ce chemin pour mourir aussi bêtement !

Je crois que, de nous quatre, c'était lui le plus ébranlé. Ils étaient les plus âgés du groupe et cela les avait rapprochés.

Kolemenos se défit de son sac et, posément, en ouvrit les coutures. Nous le regardions faire en silence. Il y coinça une pierre et jeta le tout dans le vide. La pierre s'échappa et le sac, linceul symbolique, tomba en virevoltant. Puis Kolemenos prit son bâton et à l'aide de la hache émoussée y coupa un morceau pour faire une croix qu'il planta là, sur le bord.

Nous reprîmes notre descente, en nous efforçant de ne pas perdre de vue l'endroit où notre ami avait disparu, avec le vague espoir de retrouver son corps. Mais nous n'atteignîmes jamais le fond de la grande fissure et jamais nous ne retrouvâmes Paluchowicz.

Se succédèrent ensuite quelques chaudes journées. En nous retournant, nous pouvions contempler les majestueuses montagnes que nous venions de franchir. Nous étions terriblement affaiblis par le manque de nourriture et, à présent que nous avions fait le plus dur, nous avions grand-peine à continuer. Nous aperçûmes un jour deux chèvres sauvages à longs poils, qui s'enfuirent à grands bonds rapides. Elles n'avaient rien à craindre de nous : nous disposions d'à peine assez de forces pour tuer quoi que ce fût excédant la taille d'un scarabée. Le pays était encore accidenté, mais il y avait des rivières et des ruisseaux, des oiseaux dans les arbres.

Nous n'avions pas mangé depuis une huitaine de jours quand, par une matinée ensoleillée, nous aperçûmes loin vers l'est un troupeau de moutons sous la conduite d'hommes et de chiens. Ils étaient bien trop éloignés pour nous être de quelque secours et, de plus, ils eurent bientôt disparu, mais cela nous redonna espoir. Bientôt nous serions recueillis. Nous arrachâmes quelques touffes d'herbe qui poussaient au bord d'un ruisseau et tentâmes de nous en nourrir, mais elles étaient fort amères et notre estomac ne put les garder.

Épuisés, pareils à des squelettes ambulants, nous connaissions pour la première fois la paix de l'esprit. Nous abandonnions enfin toute crainte d'être repris.

Un petit groupe d'hommes en marche arriva venant de l'ouest. Quand ils furent plus près, je vis qu'il s'agissait d'une demi-douzaine de soldats indigènes sous le commandement d'un sous-officier. J'aurais voulu agiter les bras, battre des mains, les acclamer. Au lieu de cela, je demeurai planté sur place avec mes trois compagnons, à les regarder approcher. Ils étaient élégants, impeccables, alertes, militaires. Des larmes me roulaient sur les joues.

Smith s'avança et tendit la main.

– Nous sommes très heureux de vous rencontrer, dit-il.

XXIII

À QUATRE NOUS ATTEIGNONS LES INDES

Il était difficile de concevoir que c'en était terminé. Appuyé sur mon bâton, je clignais les paupières pour m'éclaircir la vue. Je me sentais tout faible, hébété, comme sujet à une montée de fièvre. Je flageolais sur mes jambes et il me fallait faire un réel effort pour ne pas tomber. Zaro était lui aussi penché sur son bâton, un des grands bras de Kolemenos en travers des épaules. Sous le chaud soleil de midi, le paysage, raboteux, broussailleux, dansait dans une brume. Arrêtés à cinq pas face à nous, en chemise et en short tropical, les soldats formaient un groupe compact qui flottait dans mon champ de vision.

Je laissai tomber ma tête sur ma poitrine et prêtai l'oreille à ce que disait Smith. Il s'exprimait en anglais, langue que je n'entendais pas, mais on ne pouvait se méprendre sur le caractère pressant des inflexions de sa voix. Cela dura plusieurs minutes. Je me tenais genoux fléchis pour empêcher mes jambes de trembler.

L'Américain revint vers nous, le visage souriant.

– Messieurs, nous sommes tirés d'affaire – et, comme nous demeurions immobiles et silencieux, il répéta, en russe cette fois et très lentement : Messieurs, nous sommes tirés d'affaire.

Zaro poussa un grand cri qui me fit sursauter. Il jeta son bâton par terre et se mit à vociférer, les bras au ciel. Il étreignit Smith et celui-ci dut le tenir à bras-le-corps pour l'empêcher de s'élancer vers les soldats afin de les embrasser un à un.

– Reste au large, Eugene! lui criait-il. Ne les approche pas. Je leur ai dit que nous étions couverts de vermine.

Zaro se mit à rire et à se trémousser entre les bras de Smith, l'entraînant dans une gigue endiablée, et tous deux s'esclaffaient et pleuraient en même temps. Je n'ai pas souvenance de m'être mis à danser, mais je nous revois tous les quatre trépignant de joie au milieu d'un nuage de poussière, nous jetant dans les bras les uns des autres, fous rires et larmes mêlés, jusqu'au moment où nous nous laissâmes tomber par terre un à un.

Kolemenos, affalé sur le dos, se répétait à voix basse les paroles de Smith :

– Tirés d'affaire… nous sommes tirés d'affaire…

– Nous allons pouvoir recommencer à vivre, dit l'Américain.

Je méditai cela durant un instant. La formule était magnifique. Toute cette année passée à marcher, avec ses misères, ses chagrins, ses épreuves, pour qu'enfin nous pussions recommencer à vivre !

Nous apprîmes de la bouche de Smith que ces hommes, qui étaient en manœuvre, nous conduiraient, si nous n'étions pas trop faibles pour marcher, à quelques kilomètres de là jusqu'à une route où ils avaient rendez-vous avec un camion de leur unité. Smith leur avait dit que quelques kilomètres de plus n'allaient pas nous tuer. Une fois arrivés à leur cantonnement, nous aurions droit à un repas digne de ce nom.

Les soldats tirèrent des tapis de sol de leur paquetage et nous installèrent un abri contre le soleil. Nous y restâmes allongés une heure. J'avais mal à la tête et me sentais un peu patraque. On nous donna un paquet de cigarettes et des allumettes. Sur le moment, plus encore que de manger, j'avais envie de fumer. Manipuler un objet aussi banal qu'une boîte d'allumettes me causa une véritable jubilation. Griller cette cigarette fut un bonheur suprême. Une grosse boîte de pêches au sirop fit son apparition, qui fut promptement ouverte, et nous y plongeâmes les doigts pour nous enfourner ces fruits dans la bouche et en exprimer voluptueusement le jus et la pulpe. Nous bûmes à la gourde et fûmes prêts à partir.

Il me semblait qu'aucun d'entre nous ne se souviendrait des détails de cette dernière étape. Les soldats réglèrent leur allure sur notre pas traînant et il dut bien nous falloir cinq heures pour couvrir une quinzaine de kilomètres. Zaro cheminait à mes côtés et nous nous encouragions en feignant de croire que nous allions au pas cadencé.

– C'est le retour des héros ! plaisantait-il. Il ne manque plus qu'une fanfare pour ouvrir le défilé.

Le côté le plus agréable de ce qui nous arriva après fut que nous n'eûmes plus aucune décision à prendre. Nous effectuâmes un trajet à bord d'un camion qui roulait à tombeau ouvert, ce qui est la marque de tout bon chauffeur militaire. Nous étions aussi excités que des écoliers : c'était notre premier transport sur roues depuis que nous étions descendus du train à Irkoutsk, dix-huit mois plus tôt. On allait nous accueillir et s'occuper de nous, nous indiquer ce qu'il fallait faire, voire, par la suite, nous traiter comme des coqs en pâte. Les Britanniques allaient se charger de tout.

Je ne suis jamais parvenu à découvrir où nous nous trouvions exactement. À l'époque je ne m'en souciais pas. Tout ce que je pourrais hasarder en me penchant sur les cartes comporterait une marge d'erreur de plusieurs centaines de kilomètres. Smith a dû le savoir, mais, s'il me l'a jamais dit, cela ne m'est pas resté. Je me répétais que nous étions en Inde et cela suffisait à mon bonheur.

Le jeune lieutenant britannique qui nous regarda descendre du plateau du camion était étonnamment propre, tiré à quatre épingles et glabre. Je l'observai tandis que l'Américain lui racontait notre histoire sous les ombrages devant le petit cantonnement installé au bord de la route. Son regard ne cessait d'aller de l'un à l'autre avec une expression d'incrédulité. Il cherchait à comprendre. Il posa plusieurs questions, hochant lentement la tête en écoutant les réponses. Je lui trouvais l'air vraiment jeunot. Pourtant il était dans mes âges.

– Ça y est, il me croit, nous dit Smith. Il va prendre des dispositions pour que nous soyons épouillés et décrassés ici même, car il ne peut nous ramener à la caserne dans cet état. Il va devoir d'ici là nous tenir isolés de ses hommes, mais nous allons être bien nourris et soignés. Il dit que nous n'avons pas à nous en faire.

On nous servit ce soir-là un repas chaud avec en dessert une compote de fruits et un pudding cuit à la vapeur. C'était la première fois que je goûtais au thé de l'armée, brûlant, très fort, additionné de lait condensé et abondamment sucré. On nous donna des cigarettes. On nous donna aussi de quoi panser nos pieds. Nous passâmes la nuit sous la tente, enveloppés dans des couvertures militaires.

La nouveauté, le mouvement et l'excitation suscitée par tous ces événements me faisaient tenir le coup. Je n'avais pas le temps de me poser et de mesurer à quel point j'étais près de m'effondrer. Le déjeuner du lendemain absorba toute mon attention : encore du thé, du corned-beef, du fromage et du beurre australiens en boîte, un pain incroyablement blanc, des tranches de bacon en conserve et de la confiture.

L'épouillage fut mené de façon radicale. Nous ôtâmes toutes nos hardes – vestes en mouton, fufaikas, gilets fourrés, bonnets, masques, pantalons matelassés, sacs et guêtres – et le tout fut entassé dehors. On jeta par-dessus les couvertures dans lesquelles nous avions dormi. On nous rasa la tête et le corps; poils et cheveux furent recueillis et rejoignirent le reste. On y déversa de l'essence et soudain le tout s'embrasa, crachant une fumée noire qui s'éleva dans l'air limpide. Tout disparut dans les flammes.

– J'espère que ces saletés de poux en bavent, déclara Kolemenos. Ils se sont suffisamment payé de bon temps à mes dépens.

Je me tournai vers lui et lui vers moi. L'instant d'après, nous nous dévisagions les uns les autres en riant follement : nous venions de comprendre que nous nous voyions pour la première fois, que chacun découvrait pour la toute première fois les traits, le dessin de la bouche, la forme du menton, de ceux aux côtés desquels, durant douze mois et sur plus de six mille kilomètres, il avait lutté pour survivre. Il ne nous était jamais rien arrivé de plus comique. Jamais je n'avais songé à ce qu'il pouvait y avoir sous ces barbes et ces tignasses, et eux non plus sans doute. C'était comme de mettre bas les masques au terme d'un bal costumé qui se serait fantastiquement éternisé.

– Ça alors, Zaro, m'exclamai-je, mais tu es beau garçon !

– Tu n'es pas mal non plus, me répondit-il.

Et Smith, maintenant qu'il était débarrassé de ses cheveux gris, ne se révélait pas aussi âgé que je me l'étais figuré. Et Kolemenos, en dépit des stigmates dont nous étions tous porteurs, était aussi bel homme que peut l'être un grand gaillard bien bâti. Nous étions là, nus comme des vers, à rire et à plaisanter devant le feu qui grondait.

Une fois récurés, nos coupures, nos plaies et démangeaisons recouvertes de pommade, nous fûmes prêts à réintégrer le monde civilisé. Chacun toucha des sous-vêtements impeccablement blancs, une chemise et un short kaki, des chaussettes, des chaussures de toile et, pour couronner le tout, un feutre léger, fort seyant, comme ceux que portaient les Australiens. Smith s'habilla posément, en prenant tout son temps, mais nous autres enfilâmes le tout en hâte, à qui serait prêt le premier. Nous nous contemplâmes et ne fûmes pas déçus du résultat. Nous rigolions de la blancheur de nos genoux.

On nous emmena vers l'ouest. J'éprouvais une curieuse impression de détachement, tel un nageur épuisé qui se laisserait porter par le courant. Nous arrivâmes dans une petite ville de garnison, mais je n'eus pas le loisir de la visiter. On nous dirigea immédiatement sur l'hôpital.

Le médecin nous attendait. Il nous examina d'un air pénétré, les yeux plissés derrière ses lunettes à monture d'écaille. Il hochait la tête aux réponses de Smith à des questions concises. La quarantaine alerte, l'homme se montra plutôt compatissant derrière une façade d'efficacité impersonnelle. Il nous fallait beaucoup de soins, dit-il à Smith. Surtout pas de surmenage. Nous ne serions peut-être pas rétablis avant un bout de temps.

On nous garda là quelques jours. Le docteur nous dispensait potions et cachets. Nous nous prélassions. Nous mangions merveilleusement et on nous gavait de fruits frais. Le colossal appétit de Kolemenos faisait la joie du petit personnel. On nous laissait fumer tant que nous voulions.

Nous fûmes temporairement séparés de Smith. Il nous expliqua qu'on l'emmenait voir les autorités américaines.

– Vous trois, on va vous conduire à Calcutta. Quoi qu'il arrive, je vous retrouverai là-bas.

Nous lui serrâmes la main. Nous avions tous la gorge nouée.

– Gardez le moral, nous recommanda-t-il. Le toubib m'a dit que nous allions tous être très malades avant d'être complètement remis. Mais il affirme qu'avec les soins qui nous seront prodigués dans un grand hôpital, nous nous en tirerons.

Je pensais que nous n'étions pas si malades que cela et je le lui dis. Je ne me rendais pas compte que, enivré par l'exaltation des derniers jours, j'éprouvais un faux sentiment de bien-être et que la note restait encore à payer.

Il nous quitta comme un fantôme sort d'un rêve.

– On le retrouvera à Calcutta, dit Zaro.

Comme si l'Inde était un mouchoir de poche et que Calcutta se trouvât au bout de la rue. C'était un peu ce que nous nous figurions. Nous étions déchargés de tout. Nous étions à bout de forces et bien contents de ne plus nous occuper de rien. Le sentiment d'urgence, la résolution dure comme fer qui nous avaient habités au cours de l'année écoulée s'étaient retirés de nous.

Je ne me rappelle pas grand-chose du voyage qui nous mena à Calcutta, sinon qu'il fut long et ennuyeux, et que j'avais un cafard noir. Nous fumions sans discontinuer.

Je me souviens que lorsqu'on nous véhicula en bus à travers les rues populeuses et bruyantes de la ville, nous étions gais comme des pinsons, nous nous désignions les uns les autres tel ou tel détail haut en couleur, pleins d'une bonne humeur quasi hystérique ; et j'y vois un symptôme de notre état du moment. J'aurais pu penser que notre convalescence venait de commencer. Je me laissais derechef abuser par une nouvelle situation d'effervescence.

L'autobus franchit les hautes portes d'un hôpital et un infirmier nous emmena, Zaro, Kolemenos et moi, passer un examen médical préliminaire. Nous butâmes dans un premier temps sur la barrière de la langue. Puis nos interlocuteurs comprirent qu'à nous trois nous parlions le russe, le polonais, le français et l'allemand, mais non pas l'anglais. Nous finîmes par avoir affaire à un infirmier qui parlait le français. On voulut connaître nos antécédents médicaux depuis le plus jeune âge. Zaro énuméra donc nos oreillons, coqueluches et opérations. Le tout était consigné sur des fiches en bristol. On nous examina, on nous pesa, on nous fit passer sous la toise. On nous fit prendre un bain et enfiler un pyjama, puis on nous mit au lit dans une salle fort longue, Zaro et Kolemenos côte à côte et moi en face.

Je me souviens très bien du réveil, le lendemain matin :

une sœur infirmière immaculée debout près de mon lit, son bras robuste et hâlé contre le mien, tout blanc, badinant jusqu'à ce que je lui fisse un sourire. Puis ce fut le petit déjeuner: des œufs, de fines tranches de pain blanc et du beurre.

Je me rendormis ce matin-là et sombrai pour près d'un mois dans un puits sans fond où je n'eus plus ni connaissance ni souvenir. J'appris tout cela par la suite; c'est Smith qui se fit raconter l'épisode et me le rapporta.

On m'administrait des sédatifs et j'étais surveillé jour et nuit. Pendant ce temps Zaro puis Kolemenos sombrèrent à leur tour. La nuit, je hurlais et délirais. Je fuyais les Russes, traversais des déserts et des montagnes. Chaque jour je mangeais la moitié de mon pain et cachais le reste sous mon matelas ou dans ma taie d'oreiller. Et chaque jour, on me retirait discrètement mon précieux petit butin. On m'apportait de grosses miches blanches des cuisines et l'on me disait qu'il ne fallait plus m'en faire, qu'il y aurait toujours du pain. Peine perdue: je continuais d'en amasser pour l'étape suivante de mon évasion.

Cette crise connut, me dit-on, son point culminant au bout d'une dizaine de jours. Ensuite de quoi, je me montrai plus calme, très affaibli, tellement vidé que l'on me porta sur la liste des malades à surveiller de très près. Kolemenos et Zaro étaient eux aussi au plus bas.

Mais, me fut-il raconté par la suite, ni l'un ni l'autre ne fit un numéro comparable à celui dans lequel je me lançai au cours de la deuxième nuit de mon hospitalisation. Je sortis le pain que j'avais mis de côté, roulai mon matelas, mes draps, mes oreillers et, au grand étonnement du personnel, qui ne pensait pas qu'il me restât autant de forces, je me dirigeai vers la porte en titubant sous le poids de mon fardeau. Pendant que je préparais mon bagage, la religieuse de garde avait fait venir le médecin.

– Laissons-le, dit-il; voyons ce qu'il va faire.

À la porte, le docteur, la sœur et deux garçons de salle me barrèrent le passage. Le docteur me parla à voix basse, comme il eût procédé avec un somnambule. Je tentai d'avancer. On me retint. Lâchant ma charge, je me débattis violemment. Ils durent s'y mettre à quatre pour me ramener jusqu'à mon lit. Je n'ai aucun souvenir de cet épisode.

Un beau matin, quatre semaines après mon admission, je m'éveillai en pleine forme, comme au sortir d'une nuit de sommeil réparateur. Quand on me dit que ladite nuit avait duré tout un mois, je n'en crus pas mes oreilles.

Smith, svelte et fort élégant dans un costume léger, vint nous rendre visite. Il nous dit avoir été entre la vie et la mort pendant une semaine. Il était passé me voir deux jours auparavant, mais je n'avais pas semblé le reconnaître. Il s'était entretenu avec les médecins et leur avait raconté en détail tout ce par quoi nous étions passés.

– Ça va aller maintenant, Slav, me dit-il – il eut un geste en direction de Zaro et de Kolemenos qui, assis dans leur lit, nous regardaient, l'air radieux. Et pour eux aussi.

Un des soldats hospitalisés dans notre service voulut savoir comment nous nous appelions. L'Américain le lui dit, mais l'autre, éprouvant quelque difficulté avec des syllabes inusitées dans sa langue, adopta un moyen terme ; ainsi devînmes-nous Zaro, Slav et « le Grand ».

Notre histoire fit le tour de l'hôpital. Des membres du personnel venaient de tous les coins de l'établissement jeter un coup d'œil à nos personnes. Les soldats britanniques de notre salle nous comblaient de gentillesses. L'un d'eux fit circuler son chapeau pour collecter des cigarettes, de l'argent, du chocolat, de menus présents, qu'il partagea entre nous.

Smith revint nous voir quelques jours plus tard. Il m'offrit un porte-cigarettes et me donna un peu d'argent.

– Qu'est-ce que tu comptes faire, Slav, quand tu seras sur pied ?

Je lui dis que je n'avais qu'un seul parti à prendre : en tant qu'officier polonais, je devais rejoindre l'armée polonaise.

– Es-tu bien sûr que c'est ce que tu désires ?

– Je n'ai pas le choix.

– Bien entendu, on se revoit après la guerre. Où auront lieu les retrouvailles ?

– À Varsovie.

Je lui notai l'adresse de notre maison de famille à Varsovie.

– Entendu, dit-il. Va pour Varsovie.

Un officier britannique et un interprète polonais vinrent me rendre visite. Ce fut un long entretien en forme d'interrogatoire sans être toutefois trop appuyé. Me furent posées, afin d'éprouver ma bonne foi, de nombreuses questions concernant la Pologne, sa population et sa politique. Puis, de nouveau, les Russes et notre voyage.

Le lendemain, l'interprète revint seul. Il m'apportait en cadeau une demi-douzaine de mouchoirs blancs et un fume-cigarette indien d'ivoire. Il m'annonça que les Britanniques avaient pris des dispositions pour me faire rallier les forces polonaises combattant avec les Alliés au Moyen-Orient.

La veille de mon départ, Zaro, Kolemenos et moi eûmes droit à une petite soirée d'adieux au réfectoire de l'hôpital.

Smith passa me voir le lendemain, m'apportant une petite valise en carton dans laquelle ranger mes maigres possessions. J'avais résolu de faire en sorte que ma séparation d'avec Zaro et Kolemenos fût aussi peu pénible que possible. Nous nous dîmes bonsoir dans la salle et les soldats me lancèrent des « Bonne chance ! », des « Porte-toi bien ! » et autres choses de ce genre. Je me dirigeai vers la porte, précédé de Smith. Zaro et Kolemenos nous emboîtèrent le pas. J'aurais voulu qu'ils restassent là où ils étaient, mais ils continuaient de nous suivre. Je me retournai sur le seuil et le grand Kolemenos s'élança pour me serrer dans ses bras, puis ce fut le tour de Zaro. Tout le monde avait la larme à l'œil et je dus me faire violence pour les quitter. L'Américain se tamponnait avec son mouchoir tout en marchant à mes côtés.

Il prit l'autobus avec moi et descendit dans le centre de Calcutta.

– Prends bien soin de toi, Slav, dit-il. Et que Dieu te bénisse.

L'autobus redémarra pour me conduire au camp de transit où je devais attendre un transport de troupes à destination du Moyen-Orient. Je me retournai et lui fis un signe de la main.

Je me sentais soudain privé d'amis, démuni de tout, aussi perdu et esseulé qu'il est possible de l'être.

TABLE

DU MÊME AUTEUR

Aux Éditions Phébus

À marche forcée, 2002; Éditions de la Loupe, 2005; Libretto n° 348, 2011.

libretto

Dernières parutions

410.	DONALD RAY POLLOCK	*Knockemstiff*
409.	CÉDRIC GRAS	*Vladivostok*
408.	DAVID DONACHIE	*Trafic au plus bas*
407.	RAX RINNEKANKAS	*La lune s'enfuit*
406.	RON HANSEN	*L'Extase de Mariette*
405.	SYLVIE WEIL	*Chez les Weil*
404.	OLIVIER BERNARD	*Nouvelle d'en bas*
403.	NICHOLAS JUBBER	*Sur les traces du Prêtre Jean*
402.	BALTHUS	*Correspondance amoureuse*
401.	DAVID EBERSHOFF	*Danish Girl*
400.	WILLIAM SAROYAN	*Folie dans la famille*
399.	CONSTANCE DE SALM	*Vingt-Quatre Heures d'une femme sensible*
398.	JENNIFER LESIEUR	*Jack London*
397.	GILES MILTON	*Samouraï William*
396.	DMITRI BORTNIKOV	*Le Syndrome de Fritz*
395.	ROLAND TOPOR	*La Princesse Angine*
394.	BERNARD OLLIVIER	*La vie commence à 60 ans*
393.	ALEXANDER KENT	*Deux officiers du roi*
392.	JOSEPH CZAPSKI	*Proust contre la déchéance*
391.	MAURICE SACHS	*Chronique joyeuse et scandaleuse*
390.	SUAT DERWISH	*Les Ombres du Yali*

389. JEANNE CORDELIER *La Dérobade*
388. GIAMBATTISTA BASILE *Le Conte des Contes*
387. JAMES WADDINGTON *Un Tour en enfer*
386. ALEXANDER KENT *Flamme au vent*
385. LOUIS BROMFIELD *Précoce automne*
384. BERNARD OLLIVIER *Aventures en Loire*
383. JACK SCHAEFFER *L'Homme des vallées perdues*
382. RON HANSEN *Soleil de cendre*
381. TCHINGUIZ AÏTMATOV *Il fut un blanc navire*
380. ALBERT T'SERSTEVENS *L'homme que fut Blaise Cendrars*
379. EDWARD CAREY *L'Observatoire*
378. WILLIAM SAROYAN *Une comédie humaine*
377. THEODOR KRÖGER *Le Village oublié*
376. DOROTHY SCARBOROUGH *Le Vent*
375. HANS HABE *La Tarnowska*
374. W. WILKIE COLLINS *Une belle canaille*
373. IGNACIO DEL VALLE *Empereurs des ténèbres*
372. MARCELLE SAUVAGEOT *Laissez-moi*
371. LAWRENCE DURRELL *Citrons acides*
370. DAVID DONACHIE *Une chance du diable*
369. R. L. STEVENSON *Le Trafiquant d'épaves*
368. GILES MILTON *La Guerre de la noix muscade*
367. RON HANSEN *La Nièce d'Hitler*
366. HERMAN BANG *Les Quatre Diables*
365. PETER BALAKIAN *Le Tigre en flammes*
364. ROGER DE BEAUVOIR *Les Mystères de l'île Saint-Louis*
363. ALBERT T'SERSTEVENS *Les Corsaires du roi*

362. MARCELO FIGUERAS	*La Griffe du passé*
361. RODERICK CONWAY MORRIS	*Djem*
360. ALEXANDER KENT	*Honneur aux braves*
359. CARLOS BAUVERD	*Post Mortem*
358. W. WILKIE COLLINS	*Mari et Femme*
357. JACK LONDON	*La Fille de la nuit – Courage à la hollandaise*
356. FRANÇOISE CLOAREC	*Séraphine*
355. ROLAND TOPOR	*Le Locataire chimérique*
354. MARGARET DRABBLE	*La Sorcière d'Exmoor*
353. EMMANUEL DARLEY	*Un des malheurs*
352. RAFAEL SABATINI	*Le Faucon des mers*
351. ROY PARVIN	*La Petite-Fille de Menno*
350. MORIS FARHI	*Jeunes Turcs*
349. DAVID STOREY	*Ma vie sportive*
348. SLAVOMIR RAWICZ	*À marche forcée*
347. ROLAND PIDOUX	*Les Clochards d'Asmodée*
346. ALEXANDER KENT	*Victoire oblige*
345. SERGIO ATZENI	*Le Fils de Bakounine*
344. ILIJA TROJANOW	*Le Collectionneur de mondes*
343. JOSEF MARTIN BAUER	*Aussi loin que mes pas me portent*
342. WILLIAM DALRYMPLE	*Dans l'ombre de Byzance. Sur les traces des chrétiens d'Orient*
341. DAVID MADSEN	*Le Nain de l'ombre*
340. CLAUDE FARRÈRE	*Thomas l'Agnelet*
339. GEORGES BERNANOS	*Un crime*

338. MIKLÓS BÁNFFY	*Que le vent vous emporte. Chronique transylvaine*, t. 3
337. KENNETH GRAHAME	*Le Vent dans les saules*
336. CARLO GÉBLER	*Comment tuer un homme*
335. KLAUS MANN	*Speed*
334. ANA MARÍA MATUTE	*La Tour de guet*
333. MÉLANI LE BRIS	*La Cuisine des flibustiers*
332. JANE DIEULAFOY	*L'Orient sous le voile. De Chiraz à Bagdad, 1881-1882*
331. J. SHERIDAN LE FANU	*Les Mystères de Morley Court*
330. DOROTHY PARKER	*Hymnes à la haine*
329. ALEXANDER KENT	*Cap sur la Baltique*
328. MIKLÓS BÁNFFY	*Vous étiez trop légers. Chronique transylvaine*, t. 2
327. PIERRE LOTI	*Fantôme d'Orient et autres textes sur la Turquie*
326. JACK LONDON	*Face de Lune*
325. VICTOR BARRUCAND	*Avec le feu*
324. IVY COMPTON-BURNETT	*Une famille et une fortune*
323. ALEXANDRE DUMAS	*Le Chevalier d'Harmental*
322. W. WILKIE COLLINS	*Secret absolu*
321. ERNEST SHACKLETON	*Au cœur de l'Antarctique*
320. ROSAMOND LEHMANN	*Le Jour enseveli*
319. JANE DIEULAFOY	*Une amazone en Orient*
318. JACK LONDON	*La Croisière du « Dazzler »*
317. R. L. STEVENSON	*Dr Jekyll et Mr Hyde*
316. CECIL SCOTT FORESTER	*Lieutenant de marine. Capitaine Hornblower*, t. 2

315.	CECIL SCOTT FORESTER	*Aspirant de marine. Capitaine Hornblower*, t. 1
314.	BERYL MARKHAM	*Vers l'Ouest avec la nuit*
313.	ARNOLD HENRY SAVAGE LANDOR	*La Route de Lhassa. À travers le Tibet interdit, 1897-1898*
312.	SYLVAIN TESSON	*Vérification de la porte opposée*
311.	LOUIS BROMFIELD	*Mrs Parkington*
310.	JOSEPH O'CONNOR	*Les Bons Chrétiens*
309.	JACK LONDON	*Les Tortues de Tasmanie*
308.	TOM REISS	*L'Orientaliste. Une vie étrange et dangereuse*
307.	ADOLPHUS WASHINGTON GREELY	*Les Naufragés du pôle. Trois années d'errance dans l'enfer blanc, 1881-1884*
306.	MIKLÓS BÁNFFY	*Vos jours sont comptés. Chronique transylvaine*, t. 1
305.	ALEXANDER KENT	*Combat rapproché*
304.	GUY BOOTHBY	*Docteur Nikola*
303.	ROGER VAILLAND	*Drôle de jeu*
302.	JACK LONDON	*La Force des forts*
301.	JEAN MALAQUAIS	*Planète sans visa*
300.	J. SHERIDAN LE FANU	*La Maison près du cimetière*
299.	FERDYNAND OSSENDOWSKI	*De la présidence à la prison*
298.	ALEXANDRE DUMAS	*Ali Pacha*
297.	BADÎ' AL-ZAMÂNE AL-HAMADHANI	*Le Livre des vagabonds. Séances d'un beau parleur impénitent*
296.	W. WILKIE COLLINS	*Seule contre la loi*

Cet ouvrage
a été reproduit et achevé d'imprimer
en février 2013
dans les ateliers de Normandie Roto Impression s.a.s.
61250 Lonrai
N° d'imprimeur: 13-0344

Imprimé en France

Dépôt légal: juin 2011